聖徳太子と日本書紀の幻

飯田全紀

奈良新聞社

目次

飛鳥大乱

日の光を浴び風を切って疾走する一騎。厩戸《うまやと》（のちの聖徳太子）である。愛馬の名は黒駒。かなり遅れて一騎が駆ける。厩戸に仕える子麻呂《ねまろ》である。背には弓を掛け、矢を入れた靫《ゆぎ》を腰にさげている。

雷丘《いかづちのおか》（神丘《かむをか》）を過ぎ、天香具山を通り越すと正面に耳成山が迫まる。

広い草原を突っ走る。風で胸元がはだけた。後ろを振り返る。子麻呂の馬が犬のように小さかった。

「ど、どー」

手綱を引いて馬を止める。孤を描くように手綱を操りながら後ろ向きになった。鞭《むち》の音が聞こえる。速度を上げているようだ。少しずつ馬が大きくなってくる。再び馬首を回すと、

「はっ」

手綱を緩め、ひと揺れさせて馬腹を軽く踵《かかと》で打った。

一陣の風のように走る。空気をいっぱいに吸った。大きく息を吐く。ツバクラメが頭上を横切る。耳成山の上に白い雲が気持ち良さそうに浮かんでいる。麓で馬体を大きく傾けながら西に折れる。

華やかな青い筒袖の衣と青の括り袴《くくりばかま》。繊維は古い麻。大王家の王子でありながら、何事にも質素を好んだ。

小川が見える。飛び越える。翼が生《は》え、空を駆けた気分になる。空はどこまでも青い。青い衣と青い袴が空に溶け込んだ。軽やかに着地する。草原を疾走する。額に汗が滲《にじ》む。人馬一体になった、ようだ。

前方に林があった。抜けると、左手に草木が茂る小高い丘が目に入る。

「ぴやっ」

「ぴや、ぴやっ」

鋭い鹿の鳴き声が聞こえる。仲間に伝える警戒の叫びだ。同時に鹿の群れが疾走する音も響く。不穏な空気が満ちてくる。馬上でつと立った。丘の向こう側からだった。身を低め、擦過《さっか》する笹の茂った丘の急傾斜を、樹々の隙間をぬって駆け登る。たびたび下枝《しずえ》が体を打った。袴が茨《いばら》に悪さをされて裂ける。

頂上は草木が取り払われて見晴らしが良い。十頭余りの鹿の群れを数騎が追っている。

(鹿狩り)

近づいて来る。

(蝦夷《えみし》……)

大臣《おおおみ》の蘇我馬子《そがのうまこ》の次男である。艶《つや》やかな紫色の衣をまとい、ゆったりとした袴に朱の足結《あゆい》。煌《きら》めきながら首珠（首飾り）、手珠が揺らいでいる。腰に吊った装飾大刀《たち》が光った。

蝦夷の後に従う一騎。更に従者らしい騎馬が数騎続く。

（確か、石蛾《せきが》）

新羅《しらぎ》に滅ぼされた任那《みまな》（加耶《かや》諸国）からのいわくある渡来人だと耳にしている。腰に鹿皮の行縢《むかばき》を着け、土色の地味な衣装をまとっているのだが、妖気を感じさせる切れ長の目が冷たく、秘めた野望があるようにも見える。

ようやく子麻呂が早足でやって来た。馬は上り切れず麓で乗り捨てたようだ。

眼下を鹿の群れが横切ってゆく。蝦夷が弓に矢を番《つが》えるのが見える。厩戸もさっと右手を横に出す。子麻呂が素早く弓矢を手渡す。厩戸も弓に矢を番えきりきりと弓弦《ゆづる》を引き絞る。空気を裂くような音を立てて蝦夷の矢が飛んだ。厩戸も矢を射放つ。目算し蝦夷の矢を射落とそうとした。が当然のように外れ、矢唸りさせて地面に突き刺さる。矢羽根が震えている。蝦夷と石蛾がこちらを見上げたがすぐに目を戻した。厩戸を無視したようだ。

蝦夷の矢は鹿の首を貫き血が飛び散った。駆けて来た勢いで前につんのめりどっと倒れる。角が無いので雌のようだ。

「未熟者」

自らを叱責する。額から汗が零《こぼ》れた。

意外にも鹿《か》の子斑の子鹿が一頭戻って来た。

「ぴー、ぴー」

鳴き声が哀しく聞こえる。母なのか、倒れた鹿に寄り添い、顔を舐める。

（しっかりしてと励ましている）

厩戸の心にそう響いた。

（ひゅーっ）

矢が飛来する。吸い込まれるように子鹿の胴に命中した。ゆっくりと母鹿の体に覆い被さっていく。子鹿に気を取られ次の矢に気づかなかった。

（惨《むご》いことを……許せない）

固く口を結び厩戸が駆け降りようとする。機敏に子麻呂が黒駒の轡《くつわ》を握り、力強く下に引っ張った。驚いたのか黒駒が後退りする。両耳を後ろに伏せている。怒っていた。しまったというふうに子麻呂が手を放した。子麻呂が馬にぞんざいに接するのを初めて見た。

（子麻呂らしくない）

冷静さを失っている。宥《なだ》めるように厩戸が黒駒の首や肩を愛ぶする。両耳がぴんと立った。落ち着いたようだ。子麻呂は様子を見て安心したのか、

「なりません」

と首を振り、またも轡を握る。厩戸も手綱を握り直す。

「離せ」

きっと見る。子麻呂は馬上の厩戸を見上げ、

「蘇我氏と事を構えてはいけません。お父様、橘豊日大王《たちばなのとよひのおおきみ》（第三十一代用明天皇）にご迷惑が掛かるやもしれませぬ。それに王子様は蘇我氏のお血筋、お忘れになられませぬように」

「人としての道を問わねばならない。子鹿まで狩りの餌食にすることはなかろう」

目が潤み、感情が高ぶる。

「しかし王子様、冷静によくお考え下さい」

「……」

麓では石蛾らが獲物の鹿を馬の背に乗せている。蝦夷が弓を撫でながらちらちらっとこちらを見た。厩戸が睨みつける。目を逸らした。中天に達した日の下、蝦夷の一団が引き返す。砂塵が舞い上がった。やがて視界から消える。やっと子麻呂が轡を放した。

「二つめの矢は石蛾でした。蝦夷様ではありません」

落ち着き払って言う。

「同じことだ」

「噂では、石蛾の父母は新羅の軍丁《いくさよぼろ》に虐殺されたそうにございます」

その時石蛾は九歳だったらしい。隷従《れいじゅう》の日々のなか屈辱に耐え忍んだという風聞がある。見上げる子麻呂の目に多分な同情の色があった。首がだるくなったのか、一度頭を下げたがすぐに見上げ話を継いだ。

「親を殺された子の哀しみ辛《つら》さは身に染《し》みて知っていることでしょう。子鹿の身に己《おのれ》自身を重ねたとは考えられませんか」

「親に先立たれた子は不憫《ふびん》ゆえ、親の元に送ってやったとでも言いたいのか」

「さすが、王子様。正《まさ》しくその通りにございます」

妙な持ち上げ方をした。

（詭弁を弄《ろう》することばかり……）

と返そうとしたが思い止《とど》まる。子麻呂は子麻呂なりに良かれと思って言っている。これ以上言い合っても埒《らち》が明かないことは分かっていた。

橘豊日（用明）元年（五八六）のこの年、厩戸十三歳。声変わりも終えすでに威が見え隠れしていた。子麻呂は厩戸より五歳年上で、祖は百済《くだら》からの渡来人である。時には兄のように苦言を呈してくれる忠勤な従臣だった。時折偏屈《へんくつ》な性格が出るのが玉に瑕《きず》である。

無惨に殺された鹿の母子の姿が甦る。

（鍛錬《たんれん》しないと…）

弓矢の上達を誓う。続いて石蛾の冷たい目が浮かんだ。

（任那……）

任那は朝鮮半島南部にあった国である。任那の安羅《あら》に倭国の出先機関、任那之倭宰《みまなのやまとのみこともち》（任那日本府）が存在したという。その任那が天国排開広庭《あめくにおしはらきひろにわ》（欽明）二十三年（五六二）春一月、新羅に打ち滅ぼされた。

「任那再興」

その悲願は成らず、天国排開広庭大王は死の間際、

「新羅を討って、任那を封じ建てよ」

との遺勅を残す。だが今日まで成就できていない。

「王子様、いかがなされました」

子麻呂の声で厩戸は物思いから覚める。見はるかすと、遠くの畑で煙が揺曳《ようえい》している。何かを燃やしているようだ。空ではトンビがゆるやかに輪を描いている。何事も無かったかのように静けさが戻っていた。眼下にはのどかな田園風景がどこまでも広がっている。揺らいで見える。かぎろひ（陽炎）だった。が、のんびりとした景色とは裏腹に、崇仏派の大臣蘇我馬子と排仏派の大連《おおむらじ》物部守屋《もののべのもりや》の確執が深まっていた。


難波の南に百済人の住む漁を生業《なりわい》とした集落がある。海に近いせいか潮の香りがした。この地は馬子の父稲目が大臣の権限で渡来した百済人のために与えた土地である。蘇我氏は稲目の代で伸《の》し上がったと流説されていた。

集落の外れに尼寺があった。寺といっても塔や金堂のある本格的な寺ではない。屋根も草葺《ぶ》きである。

この寺を取り囲む二十人ばかりの集団がいた。いずれも鉄製の甲冑《かっちゅう》を身にまとい、手には矛、腰に剣を帯びている。弓矢を持つ者も多い。長《おさ》なのか庇《ひさし》のある兜《かぶと》の武人もいた。力士然とした肥満の大男である。そばにいるのが副長のようだ。長がさっと手を上げ、

「かかれっ」

山門を指差した。さほど高くない山門がうるさい音を立て蹴破られる。埃で前がぼやけた。視界が晴れると一人の老いた寺男が穏やかな顔でぬうっと突っ立っている。額の皺《しわ》が波打っているようだ。

「何かご用ですかな」

地蔵顔で話し掛ける。踏み込もうとした兵らがまごつく。どう対応すれば良いのか分からないようだ。

「どうした」

長が声を張り上げ兵を押し除けがに股で前に出た。濁った目だけが小さく、体に合わせたかのように鼻、口、顔が大ぶりの魁偉な面容である。濁った小さな目が異様に光る。

「何の用だ」

胴間声で寺男を一喝する。

「それはこちらの言い分にございます」

丁重にやんわりと答える。にもかかわらず、

「おのれは、わしに逆らうのか」

絡《から》んだ。

「めっそうもない。ここは寺の境内。暴れると仏罰を受けまするぞ」

「面白い。おのれこそ神罰を受けろ」

後ろにいた部下の矛を取り上げこなれた手つきで軽く回すや寺男の胸を突き刺した。背中を突き抜ける。一瞬のことだった。寺男の口と胸から血が溢れ出る。矛を抜く。声も無くその場に崩れた。

「ばかめが」

冷めた視線を投げて無慈悲にも唾をかける。

「火矢を放て」

次々と火矢が唸りを立てて仏堂に突き刺さる。先端に布を巻き、たっぷりと油を染み込ませ点火した矢である。板壁が燃え上がった。仏堂の板戸が内側から開く。中から尼が一人現れる。見栄《みえ》のいい尼だった。動ずることなく数段の階《きざはし》を下りて庭に立った。

手には火の点いた小ぶりの藁束を持っている。何やら全身がとろりと濡れている。油の臭いが広がった。

「何だ、あの尼は」

「いいおみな（女）だ」

長をはじめ兵らが口々に発する。それぞれの思いで息を凝らして見つめている。

「ま、まさか」

長が突如、ぽつりと吐いた。兵らが申し合わせたように怯《ひる》み、長の顔を見る。すぐに顔を戻す。

やおら、火の点いた藁束を衣につけた。瞬間尼の全身から真っ赤な炎が吹き上がる。仰天した兵たちが飛び退く。遠巻きになった。見つめるばかりで火を消そうともしない。いつしか尼が手を合わせている。炎の中から力強い読経が聞こえる。やがて炎の玉になった塊《かい》がゆっくりと前に倒れていった。火の粉が散らばる。燻《くすぶ》った黒焦《くろこ》げの遺体が残る。壮烈な死だった。見てはいけないものを見たように兵たちが震えている。

「これが信心というものか……」

兵の一人が呟いた。尼の敬虔《けいけん》な姿に恐怖と共に神秘的なものを感じていた。

燃え盛る仏堂が凄まじい音を立てて崩壊した。火の粉が舞い上がる。黒煙を吹いた焦げ柱が残されただけだった。

「皆よくやった。凱旋じゃ」

長が大声で告げる。

「褒美がまっておるぞ」

副長が元気づけたが反応が無い。目的を果たしたというのに後味が悪いのか、言葉を失念したように押し黙っていた。

舎屋《やかす》の見えない細道を黙り込んだままの兵たちが走りぎみに急ぐ。二上山が迫ってくる。竹内峠越えである。森を抜けると左手に草葺き屋根の小さくはない舎屋が見えた。突然右手から唸りを立てた二本の矢が飛来し、長の美豆良《みずら》（耳元で束ねた髪）を掠《かす》め、次の矢が長の兜に命中する。甲高い音を立てた。すぐさま前後から矢継ぎ早に飛矢が兵らを襲う。手ぐすね引いて待ち伏せていた。

（ぶすっ、ぶすっ）

地に刺さる音が不気味だった。兵たちが浮き足立ち一斉に舎屋に向かって逃げる。ちっ、と舌打ちをした長も続く。追い込まれていることに気づいていない。むろん舎屋には人がいない。住人は予《あらかじ》め避難し、十分過ぎる手当をもらっていた。

その舎屋に四方から立て続けに火矢が突き刺さる。たちまち燃え上がった。火の粉が飛び散る。猛火が空に噴き上がる。炎が家を覆い尽くす。

「うわあっ」

「火を消せ」

「逃げろ」

交錯した絶叫が起こる。熱さに耐えかねたのか、数人が火を噴く戸を蹴破って飛び出した。いきなり火矢が襲い兵が火だるまとなる。転がり回って火を消していた兵が動かなくなった。恐れをなしたのか、それから兵は出てこない。やや経つと、火の勢いは弱まった。燻った舎屋が一挙に崩れ落ちる。焼け焦げた臭いが鼻につく。生きながら焚殺された。

何者かが意趣返しをしたようだ。仏教でいうところの因果応報かもしれなかった。

その頃、厩戸は宮城の矢場で片肌脱ぎで弓矢の稽古《けいこ》を続けていた。弓の指南役からは、

「これからは自ら極めなさい」

と告げられている。教え尽くしたからなのか、これ以上上達が見込めないから言ったのか、厩戸は問わなかった。

汗を拭おうともせず振り子になった小石の的を狙う。その距離十五歩（約二十三メートル）。的から少し離れた所で子麻呂が控えていた。

振り子が止まると動かし、放った矢が溜るとこちらに運んで来ることになっている。

矢を番え、弓弦を引き絞る。弦を胸に、矢を頬付《ほほづ》け、標的を狙う。緊張するのが自分でも分かる。

（落ち着け、冷静に……）

気持ちを集中させる。

（動きを読め。目を離すな）

先を予想する。息を止めた。

（今だ）

無心のつもりで矢を放つ。

（きゃん）

弦音を発し飛んだ。が的から外れる。弦音が悪かった。射の良し悪しを弦音が教えてくれる。それでも構えたままの姿勢を保つ。外れた理由は残身に残る。その悪いところに気づいて自らの射を反省する。

肩のぶれ、腰の位置、手足の開き、力の加減等々、修正しながら矢を放つ。動く的を射当てる秘伝は無い。子麻呂が止まった振り子を動かした。幾度も重ねるが的には掠りもしない。座射でも試みるが無駄だった。子麻呂が束ねた矢をこちらに運んでくる。上目遣いで気の毒そうに見上げる。

厩戸と目が合った。どちらもさっと目を逸らす。

（もしや）

弓矢に欠陥があるのやもしれぬと思った。弓を両手で握り、ためつすがめつ眺める。次に足元の矢入れより矢を取った。ふいに何かに思い当たったように矢入れに戻す。

（だめだ、他に責めを求めては）

自らを戒める。

暈《かさ》のかかった日が二上山の上にあった。夕暮れが近い。

（止《と》めにしよう）

息も上がり井戸端で汗を流そうと思った時、殺された鹿の母子が瞼《まぶた》に浮かぶ。夕餉が出来たと従僕が告げに来る。

「後にする。先に食すように」

従僕が去ると再び弓矢を手にする。

「続けるぞ」

子麻呂にきっぱり言った。子麻呂の目には、王子はどうかされていると映っている。

矢入れから二本引き抜き、一本を口に咥《くわ》え、いま一本を弓に番《つが》えた。顎の先から汗が滴り落ちる。射的への執念が空腹を忘れさせた。


尼寺炎上の悲劇、比丘尼の火定は翌日には飛鳥に知れ渡っていた。厩戸も子麻呂から知らされる。厩戸は衝撃を受ける。許せることではない。殺された人たちのことを思うと胸が苦しく、いつしか仏堂に籠もっていた。釈迦像の前で座する。見上げると、

「お教え下さい」

祈るような呟きが零れる。口の中が苦かった。

「なぜにこの世は争いが絶えないのでございますか？」

真摯な眼差しを向けて問う。一瞬哀しげな目を向けられた気がする。

「どうして人は憎み、殺し合わねばならないのです？」

真情を吐露する。際疾《きわど》い兆《きざ》しを感じていた。蘇我馬子と物部守屋の啀《いが》み合いである。

仏は沈黙を守っていた。沈黙こそが、至上の教えの一つでもある。

この頃、厩戸は渡来人の僧らから仏教を学んでいる。特定の師はおらず、僧の風声を聞けば自ら

足を運び教えを乞うた。外書の論語、孟子、礼記、中庸などは父橘豊日と親交のあった覚哿《かくか》から習得していた。卓立した学識の持ち主であるが酒に淫《いん》する。頭を丸め、目鼻立ちの大きな赤ら顔。張った顎に無精髭。肩幅が広く腹がでっぷりと出ている。いかにも人後に落ちぬ酒豪という感じだった。自ら酒造りもする。といっても米を噛んでつぶし、壺の中に入れて発酵を待つ醸《かも》し酒である。近頃では貴人との付き合いも広くなり、上等な清酒《すみさけ》を入手しているらしい。

「あまりお飲みになっては、お体に……」

厩戸が意見するも軽くいなされた。三輪山近くで粗末な草庵を結んでいる。

厩戸の宮の大門が見えると胸がときめいた。武具を身に着けぬ門丁が一人直立している。こちらに気づいたのか目を向けた。呼吸を整え近づく。

「秦河勝《はたのかわかつ》と申します。厩戸様にお会いしたいのですが」

意を、目尻の上がった目に集中させて申し入れる。

「ご不在であります」

厳《いかつ》い顔であったが横柄なことも無く丁寧な対応を見せた。威圧感もない。門前払いされるやもしれぬと不安を感じていたが、失望せずに済んだ。気持ちがほぐれる。門丁にその気持ちが伝わったのか、

「もうじきお帰りになりましょう」

笑みを浮かべて親切に相手をしてくれる。生涯を捧げるに足る人物か、己の全身で見定めるつもりであったが、

(厩戸王子の人柄が門丁にまで通じている。噂通りの秀《ひい》でた人に違いない)

確信する。それとなく王子のことを聞いた。供の子麻呂と遠乗りに出掛けたという。この宮のことは子麻呂がすべてを任されているらしい。噂をすれば影がさすで、蹄の音がする。ゆったりと近づいてきた。疾走した後は徐々に減速してやらないと、馬の体に良くないことは河勝も知っている。

(馬を大切にしておられる)

河勝は嬉しくなった。

日没まであと少しと思われる頃、厩戸が帰ってきた。後ろに一騎が従っている。子麻呂である。河勝も門丁と共に迎える。厩戸が馬から降りる。

(こんな動きまで、雅《みやび》やかな……)

閑雅な容顔で思ったより長身である。大人の背丈ほどあった。堂々たる体軀である。子麻呂も降りる。子麻呂が胡散《うさん》臭そうに見る。目礼し一歩前に進み出て折《おり》敷《し》くと、

「秦河勝と申します。厩戸様にお仕えしとうございます」

張りのある声で単刀直入に訴える。すぐに子麻呂が、

「だめだ。礼儀も弁《わきま》えず突然押し掛け、王子様に直訴するなど無礼にもほどがある。しかも秦《はた》といえば新羅《しらぎ》から渡来した氏族ではないか」

声を荒らげる。百済出身者は新羅人を憎んでいる者が少なくない。古より二国間で領土争いが絶えない。身内を殺された者も多い。倭国にいても引き摺《ず》っていた。

「立ち去れ。さもしい男よ、芬々とした悪臭がする」

子麻呂の気色ばんだ声が飛んだ。聞き捨て河勝は厩戸を見、頭を下げる。

「子麻呂、いいではないか。話だけでも聞いてやろう」

河勝の目尻が下がる。大人《たいじん》たる風格を感じた。

「王子様」

詰《なじ》るように子麻呂が言う。気にせず、

「この姿では客人に失礼だ。汗を落とし着替えたい。主屋の中で待っていて下さい」

尊大ぶったところがなく、気さくに声を掛ける厩戸の思いやる人となりは河勝の心を打った。

秦氏は子麻呂が言ったように新羅からの渡来人である。任那を滅ぼしたのは新羅であり、評判が悪く何かと肩身が狭い。権力からも遠ざけられている。新羅に通じていると疑われているのかもしれない。

(厩戸王子様なら……大事を成せる)

見極め将来に期待している。いつの日か秦一族に日の光を与えたいとの野心もある。このままでは秦氏は世間を憚《はばか》って細々と生きていかざるを得ない。

釣瓶《つるべ》で水を汲《く》んだ厩戸は井戸端で諸肌を脱ぎ、濡らした手拭でたっぷりと汗の出た体を拭いた。

冷たい水が火照《ほて》った体を気持ち良くさせる。再び水を汲む。

「誰だ⁉」

誰何《すいか》する従僕たちの大音声、剣で争う音が高鳴る。数カ所からだった。荒々しい足音、女たちの悲鳴が被《かぶ》る。同時に襲われているようだ。

（わたしを捜しているのか）

危うい緊張が走る。後ろで忍び足がした。はっとして振り返る。いきなり直刀が唸りを立てて突いてくる。身を斜《はす》にして避けるのと釣瓶の水を掛けるのが一緒だった。相手も難無く躱《かわ》す。覆面をした刺客だ。突いてくるのを釣瓶で払いのける。息もつかせぬようにまたも突いてくる。直刀が釣瓶に深く食い込む。握り持った釣瓶を放つ。抜けないようだ。そのすきを見逃さない。懐に飛び込んで刺客の腹を蹴飛ばした。仰向けに転倒するもすっと立ち上がり釣瓶から直刀を抜いた。釣瓶が投げつけられる。体を沈める。井戸にぶち当たり派手な音を立てた。再び切っ先を向けて迫ろうとしている。近くで争う獣じみた声が続いていたが衰えてきていた。死傷者が出ているに違いなかった。

「こらっ」

刺客はびくっとしたように声の方を向く。河勝である。手には剣が握られていた。厩戸は声には出さなかったがほっとした。諸肌に衣を戻す。

「とっとと失《う》せろ」

河勝が大声で呼ばわるも、刺客は滑るように河勝に肉薄した。幾度か刃を交えて飛び違える。男の覆面が剥《は》がれる。子麻呂、従僕らが駆けつけ遠巻きにした。刺客がじりじりと間合いをつめる。河勝も踏み込んだ。擦れ違う瞬間、河勝の剣が一瞬早く刺客の右腕を突いた。血が滴《したた》る。それでも逃げもせず直刀を左手に持ち換えて迫ってくる。瞬《まばた》き一つしない男だった。

突いてきた。しかし今度は刃に勢いが無い。容易《たやす》く払う。体勢を立て直すとまたもや間合いをつめてくる。河勝が唇を噛み鞘を握る。渾身の力で刺客の肩に食らわした。ぼきっと音がする。骨が折れたようだ。その場に尻もちをついた。苦痛のはずなのに呻《うめ》き声一つ出さない。河勝が厩戸に向き直る。折り目正しく背《そびら》に剣を回して片膝を地べたにつく。後で気づいたのだが剣に罅《ひび》が入っていた。この頃の剣の拵《こしら》えはそう丈夫ではない。

「この者の命、助けてもよろしいでしょうか」

わずかに目を上げ伺いを立てる。子麻呂がとっさに、

「だめだ。首を刎《は》ねろ」

またもや荒らげた声を発し同調を求めるように厩戸を見る。子麻呂の顔も少々立てねばと、

「河勝、見事であった」

「はっ」

「そなたの手柄だ。そなたに任せる」

あえて河勝の問いに正面から答えなかった。

「王子」

様をつけなかった子麻呂の口ぶりに不満が滲《にじ》んでいた。河勝が立ち上がり刺客を見据える。

「帰って主人に申せ。卑怯な真似は二度としたくありません、となI」

出し抜けに刺客が苦しみ、よろめいて立ち上がる。目が吊り上がり、顔が悪魔に様変わりしている。手で口を押さえた。血が指間から溢れ滴った。見る見るうちに顔、衣が赤く染まる。前後に振らつくと仰向けに倒れる。幾度か身震いし、そのまま息絶えた。口の中に毒を仕掛けていたようだ。厩戸は進み出て、腰を落とし遺体に向き合うと合掌する。こんなところにも厩戸の心根が出ていた。

幸い宮の者は従僕が二人、軽い刀傷を負っただけである。刺客たちは戦いの末、十人余りが誅殺された。全滅であった。厩戸は遺体を懇《ねんご》ろに葬るよう命じた。

河勝が再び地べたに片膝をつけ、厩戸に、仕えたいと懇願する。従僕らが揃って厩戸と河勝を交互に見やる。成りゆきに関心があるようだ。子麻呂が河勝に目を据え、口を開く。

「新羅は任那を滅ぼし、在留倭人を多く殺した憎っくき仇である」

河勝は子麻呂を見上げ言い返す。

「だから、倭国と新羅の懸け橋になりたいのです。厩戸様はいずれ大王になられるお方と拝察します。微力とはいえ、厩戸様の下で存分に働きとうございます」

「だめだと何度言わせるつもりだ」

「刺客が侵入した以上、これからは警護を厳重にせねばなりません」

「それぐらいのこと、聞くまでのことはない」

「子麻呂様」

と重みを込めて言う。

「何だ」

「刺客の始末、どうつけられるのですか」

（？）

「厩戸様が宮で襲われたこと、誰が責めを負われますか」

子麻呂が言葉に詰まる。事の重大さに思い至ったようだ。厩戸に向き直った河勝が、

「やつがれに警護の長《おさ》をお命じ下さい。見ての通り、武術の心得があります。これを生かしたい。同じ生かすなら厩戸様のために役立てたいのです」

「……」

「子麻呂様もお忙しい御身《おんみ》。いくら優れた子麻呂様でもすべてに目配りはできません」

「だ、黙れ。出過ぎたことを申すな」

子麻呂が切り返す。

「やつがれは警護の長として死ぬ覚悟はいつでもできております」

「小賢《こざか》しい。何が死ぬ覚悟だ、騙《かた》り者め」

子麻呂の偏屈な性格が剥《む》き出しだった。険悪な空気になる。空気がぴりぴりと震えるようだ。流れを変えるように、

「それは困る」

厩戸が強い声で口を挟む。河勝が向きを変え、首を傾げて厩戸を見上げる。

「そのように大袈裟に考えてくれるな。死ぬ覚悟でなく、生きる覚悟で仕えてくれないか」

厩戸が河勝の思いを掬《すく》い取り、口元を綻《ほころ》ばす。典雅な響きで耳に入りまたもや河勝を感激させた。

「謹んで仕《つかまつ》ります」

片膝を地につけていた姿勢を正し、深々と頭を下げる。望んだことが現実になった。不本意でも厩戸が認めたからには、子麻呂は受け入れざるを得ない。

河勝は初対面でも即座に決断する厩戸の度量の大きさに感心していた。興奮が湧き上がる。目頭が熱くなった。

（人を見る目がある）

思いが通じ正しく評価されたと少し自惚《うぬぼ》れる。

（異才があると言うべきか……。このお方なら命を懸けられる）

直感とはいえわずかな疑いも持たなかった。河勝にとって鮮烈な出会いである。おのずと恭敬《くぎょう》の度合いが増した。

しばし後、河勝は厩戸に仕える誇らしさに胸を張って暮れなずむ宮の周囲を巡っていた。従僕を

一人連れている。

（どこから侵入したのだろう……）

塀は大人の背丈以上ある。梯子を掛けなければ乗り越えられない高さである。塀のそばに大樹が数本立っている。見上げた。その一本の太い枝に縄が巻きついたような跡が目に入る。

（ここに違いない）

縄を枝に巻きつけてよじ登ったのだ。樹を切り倒すよう従僕に命じた。

襲撃されたことを知った父橘豊日大王は、厩戸に護身用として切刃造りの七星剣を与えた。名の由来は片刃の直刀に北斗七星の文様が描かれていたことによる。


穴穂部《あなほべ》王子は次期大王位を狙っていた。厩戸の母穴穂部間人《あなほべのはしひと》王女の弟である。支持するのは排仏派の物部守屋、中臣勝海《なかとみのかつみ》らである。しかし加勢する豪族が一向に増えない。そこで訳語田《おさだ》大王（第三十代敏達《びだつ》天皇）の死後も大后《おおきさき》（皇后）として権力の中枢にいる炊屋姫《かしきやひめ》（豊御食炊屋姫《とよみけかしきやひめ》）を味方につけたいようだった。稀代の美女である。それがかえって冷たく感じる時もある。二人は異母姉弟である。大后と言っても正確には元大后で、現大后は穴穂部間人王女である。が政《まつりごと》には一切関心を示さなかった。政に執《しっ》し、しかも才《かど》のある炊屋とは正反対だった。その炊屋は広瀬（現在の奈良県広陵町あたり）の殯宮《あらきのみや》奥の、訳語田大王の棺《ひつぎ》が安置された喪屋に籠もり、朝に夕に亡き大王を慰めていた。

殯とは、人が死ぬとすぐに埋葬せずある一定期間、棺を仮屋に安置し、儀礼を尽くし、死者の再生を願い、生き返らねば鎮魂するをいう。その仮屋を殯宮といった。

白木造りの喪屋の内部は、高過ぎぬ天井から白絹が幾重にも棺の四方に床まで垂れ下げられて棺を取り巻いている。前面が出入りできるよう御帳になっていた。昨年（五八五）八月に訳語田大王が崩御した日より続いている。風が青葉の香りを運んだ。薄い御帳が光を漉《こ》してそこはかとなくたゆたう。

喪主は竹田王子（訳語田と炊屋の長子）である。馬子が炊屋の意を汲んで指名した。これに反対する豪族もいた。

「嫡子の押坂彦人大兄《おしさかのひこひとのおおえ》王子様を喪主にすべきである」

この主張に馬子ら大半の豪族が首を振る。あらかじめ根回しされていたようでもあった。

何もかもが順調に進んできたわけではない。昨年八月に訳語田大王が崩御した時のことである。馬子が死者を慕う誄《しのびごと》を述べた際に守屋が、

「大矢で射られた雀のようだ」

と言ってあざ笑う。小柄な体に大きな大刀を帯びていたので、馬子の不恰好を嘲笑したのである。死者を悼む厳粛な場に相応しくない。守屋の番がくる。緊張しているのか、手を小刻みに震わせ誄を読む。即馬子が、

「鈴を付けたら面白かろう」

とやり返す。不遜な態度である。皆が横目で二人を睨んだ。権力を巡る抗争がこんな所にまで及んでいる。

宵の口、白い喪服をまとった炊屋が喪屋で訳語田の御霊に話し掛ける。燈明の炎が微かに揺れていた。黒い潤んだ目で、

「黄泉《よみ》の国の住み心地、いかがにございます。お淋しゅうはございませぬか……。早うあなた様の元に参りとう存じますが、それもなりません」

深い息をし、

「我《わ》は長生きし、成さねば成らぬことがございます。それまでどうか機嫌ようお過ごし下さいませ。何を成すのか、とのご下問ですか……。我の成すこととは……」

燈明の灯りが隙間風に煽られて大きく揺れる。薄闇の中で囁き続けた。


川の辺りから高く澄み切った河鹿蛙の鳴き声が聞こえる四月のその日――。

炊屋はいつものように喪屋に籠もっていた。棺の中から嫌な臭いが流れ喪屋に充満している。その臭いを否定しては訳語田に申し訳がないと捉えている。ついつい微睡《まどろ》んでいると、

「大后様」

宮人の声が聞こえた。炊屋は日に一度庭に出る。新鮮な空気を吸った。真上にある日が眩く、足元もしっかりとしない。それでも満身に目くるめく日を浴びて気持ちが良い。瑞々《みずみず》しい樹々の若葉

を見ながら匂いを嗅ぎ、幾度か深い息を繰り返す。風のそよぎが葉ずれの音を奏でるのを聴きながら、光を満喫して元気になった。亡くなった当初は死者を慰めるための歌舞音曲、挽歌の朗詠、泣き女の慟哭などが盛んであったが昨今はめっきり減っている。

(倦《う》み疲れた……)

投げ出したくなったが、

(いやいや、これは大事なお務め。心得違いをしてはいけない。それにしても、殯とは逆に政は楽しくてしようがない。決して飽くことがない)

その時、

「炊屋姫様」

どすの利いた声がする。声に覚えがある。異母弟の穴穂部王子だ。かんばしからざる評判の持ち主である。幾度か会ったことがある。次の大王になりたいらしく、しきりに運動しているとの報を宮人の長より受けている。橘豊日が病弱なので、死んでからでは遅いと今から働き掛けているのだろう。

物陰から出てきた。炊屋は知らぬふりをして去ろうとする。背後で、

「姫様、わたしを次期大王に推挙して下さい」

のっけからあからさまに言った。本人は普通にしゃべっているつもりなのだろうが偉丈夫ゆえか、威圧感のある声だ。

（礼を知らぬ。無礼極まりない）

足音が近づく。相手にせず歩く。何かが起きそうな気色《けしき》を感じる。やにわに突飛なことを言った。

「お美しい」

炊屋は髷《まげ》を解き、長い黒髪を白い喪服の背で緩く束ねている。濡れたような黒髪が妙に艶《なま》めかしい。その髪に触れた。どきりとするや振り返り、

「無礼者！」

柳眉を逆立てる。持ち前の強い気性を隠さない。間を置かず犬吠えが聞こえる。威嚇の鋭い叫びだ。警護の隼人《はやと》らの合図でもある。穴穂部は吠声《はいせい》のした方角に目を向けたが戻すと、

「あまりにもお美しい黒髪ゆえ、つい……」

図太くはぐらかしたが、泰然と、

「分かれば良い。退《さ》がりなさい」

「わたしを次の大王にしてくれないか」

大王大王と疎《うと》ましい。それにしても灰汁《あく》が強過ぎる。

「我《わ》にそのような権限は無い。過大視にもほどがある。申したきことがあれば大臣、大連に申せ」

「大臣は大后様にお頼みせよと」

「……して大連は？」

「支持するがその前に、大后様に好かれよと」

炊屋は鼻で笑いながら、

「我に振るということは、体《てい》よく断ったのじゃ。まさか我に直訴するとは思いも寄らなかったであろう。諦めなさい。引き際が肝心。汝《な》のためでもある」

穴穂部を大王に据えれば必ず凶が出ると確信した。

「大王位は成りとうて成れるものではない。己を磨き、皆を心酔させる手間を掛け、天の声を待ちなさい。ゆめゆめ武力で決着しようなどと考えてはいけません。さもないと後悔しますよ」

ふいに話題を変え、

「そういつまでも死者と暮らすこともなかろう。馬鹿正直に続けたところで死者が生き返るでなし、死者と暮らすよりわたしと共に暮らした方が楽しいですぞ。守っている者などおらぬ。気にせず、さあ」

気色の悪い笑みを浮かべて両手を差し伸べる。しつこい男だった。

「お帰りです。お送りしなさい」

つんけんと言って踵《きびす》を返す。いつの間にか炊屋のそばで警護長の三輪君逆《みわのきみさかう》が畏《かしこ》まって控えている。更には横刀《たち》を持った七、八人の警護の隼人が太い眉を怒らせ、腰を屈め隼人盾で周りを囲んで身構え牽制している。いずれも顔に朱の化粧を施し、肩に緋《ひ》色の肩布を垂らしていた。

穴穂部は腰の石帯に吊った剣に手を掛け、血走った目で、

「立ち去れ」

がなり立てたが皆動じない。一朝ことあらば命を賭して大后をお護りするのが隼人の役目である。

「吠ゆる狗《いぬ》」

「大后の守り人」

として恐れられ敬われている。穴穂部の恫喝を退《しりぞ》けた。

炊屋は穴穂部に素気《すげ》無《な》く言ったが、橘豊日大王の代になってからも、病弱の橘豊日は何かと炊屋(同母の妹)を頼るので、炊屋は絶大な権力を今も握っている。しかも大后の地位に付属する服属集団の私部《きさいちべ》を掌握し、脆弱《ぜいじゃく》だと危惧された経済的基盤は盤石であった。

炊屋は訳語田、橘豊日を常に支え、よく尽くし、政において意見を述べ、天《あめ》の下《した》を治めた。大臣馬子らもそれを認めている。かつて順《まつろ》わぬ東国で反乱が起こった。妥協しようとした豪族らに、

「一歩も引いてはなりません」

と強行論を主張したことがある。その結果反乱軍が鎮圧されて東国を統《す》べることができた。すでに大王の威厳があった。

そうなったのは大后広姫が死去した後、大后位を継いでからである。大后は大王の政を補佐するのが役目でもある。大后広姫は大后穴穂部間人王女と同様、政に関心を示さなかった。着飾って輿《こし》に乗り、社に詣でるのを好む。信心深いともいえた。ある日訳語田に、

「社で何を祈っておる」

嬉しそうにはいと高らかに返事をし、

「倭国の繁栄と、大王様が千代に八千代にご健勝であらしゃいますよう祈っております」

弥栄《いやさか》を言祝《ことほ》ぎ畏まる。出来過ぎた答えだった。これはこれで殊勝な女人である。

炊屋が大王と相談し、勅命を出していた。称制ともいえる。

「大后様のお言葉は大王様の言葉に等しい」

と言う臣もいる。宮人の長を使い有力豪族らへの根回しも怠らなかった。喪中でありながらそれはそれとして、これはと思う政には参画し、権力を手離さない。穴穂部はこのことを知らない。のちに大王になるだけあってしたたかな一面もある。馬子はそれを利用しようとしていた。


田植えが始まった。水田で揺れる早苗《さなえ》の青に心が洗われる五月のその日――。

蹄の音が近づいた。逆《さかう》は門の隙間から外を見る。騎馬の穴穂部王子だった。素行は直らず性懲りもなくまたぞろやって来た。歩兵を数人連れている。殯宮に再び緊張が走る。

「門内に入れるな」

逆が隼人らに厳命を下す。前回に懲りて警護の隼人を増やし厳重になされている。場違いの男を入れるわけにはいかない。

(大后炊屋姫様を我が物にすれば、大王になれると思い込んでいるようだ)

門前で騎馬のまま、

「穴穂部である。炊屋姫に呼ばれわざわざ参った」

喚き声が聞こえる。

「聞いてはおらぬ」

「無礼な物言い、名乗れ」

「三輪君逆である」

訳語田の寵臣であった頃から炊屋に気に入られ仕えている。

「早う開けよ。姫とは契《ちぎ》りおうた仲だ、会わせないと後で責めを負うぞ」

度外れたことを言った。しかし取り合わない。

「開けないか」

歩兵に命じたのか、門戸が激しく叩かれる。逆はついに開けなかった。

蹄の音が遠ざかる。どうやら諦めて帰ったようだ。ややあって、門戸を叩く音がする。

「厩戸王子様の使いで参った。開けて下され」

隼人が門を開いた。その途端穴穂部が易々と門内に入り込む。声の主は歩兵の一人だった。まんまと一杯食わされた。節義のない姑息な手段だ。常軌を逸している。

逆が両手を広げて立ちはだかった。

「これより先、ご遠慮ください」

腰を低めて頭を下げる。

「こいつ」

逆上したのか剣を抜いた。突いてくる。とっさに横に飛ぶ。相手は大王家に連なる王子である。傷を負わすわけにはいかない。隼人らは吠声《はいせい》で威嚇する。鋭い犬吠えが交錯する。

「こしゃくな」

大刀が横から唸りを立てて襲ってきた。辛《かろ》うじて躱したが袖が切り裂かれる。逆は剣を抜いて地べたに立てると鞘《さや》を構えた。

「こは何事です」

皆が声の方向を見る。炊屋だった。数人の宮人が後ろに控えていた。逆が一礼して答える。

「穴穂部王子様に剣の指南を受けておりました。お騒がせし真に申し訳ありませぬ」

事実を告げなかった。本当のことを言えば、炊屋の耳障りとなることは必至だ。穴穂部を見、

「されど宮中同様、殯宮で剣を抜くことは禁じられております」

炊屋に向き直り、

「背反行為、存分に罰して下さい」

頭を下げる。

「……」

穴穂部は返す言葉が出てこないのか開いた口元が震えている。落ち着きを失っていた。仕出かした不祥事に気づいたらしく軽く頭を下げた。

「こたびだけは許す」

炊屋は言い捨てると長居は無用とばかりに立ち去った。穴穂部が逆を憎々しげに睨《ね》めつけた。

「何！　逆が殺された。そは真《まこと》か」

突如信じがたい悲報を聞いた炊屋は自分でも顔が青ざめるのが分かった。殯宮の布で仕切った一室である。

「真にございます」

側近の尾佐呼が苦々しげに答え、言葉を継いだ。

「漏れ聞くところによると、三輪君逆は今際《いまわ》のきわに『炊屋姫様』と発したそうにございます」

「……哀れな」

「いかが致しましょうか」

「……一人にしてくれ」

胸の動悸が苦しい。退《の》く尾佐呼の後ろ姿を見ながら気分が悪くなった。

三輪君逆は穴穂部王子に殺された。物部守屋と兵を率い、逆が逃げ込んだ磐余《いわれ》の池辺雙槻宮《いけべのなみつきのみや》を囲む。この宮は橘豊日大王の住まいでもある。大王は宮城にいた。恐れもせず火矢を放つ。宮を囲むだけでも恐れ多いのに、火矢まで放つとは由々しき事態だった。まさに傍若無人である。舎人らによって消され炎上には至らなかった。

（大王を巻き込むつもりか……。いな、逆を討つことを口実に、大王の抹殺を企てていたのではな

いのか）

感情の高ぶりを抑えて炊屋は沈思する。

逆は宮を脱出し、本拠の三輪山に逃れ、挙句の果て、炊屋の海石榴市宮《つばいちのみや》（後宮《きさきのみや》）に隠れた。だが三輪一族の密告に遭い討たれたのだった。

炊屋はあたかも他者に語るが如く己の心と問答していた。

「逆の仇を討つべきか」

（穴穂部を討つことは容易《たやす》いが、私情にかられて殺《や》ったことと世上は見る。大后の手を血で汚してはならぬ）

「どうすればよい」

形のいい眉と眉の間が狭くなった。

（……先送りせよ）

「待てと言うのか。逆が悲しむのではないのか」

逆を愛しむように遠くを見た。

（そのようなことはない。逆は大后を守ることに生きる意義を持っていた。大后一筋であった。死してもその気持ちは変わらない。それゆえ、大后の立場を危うくすることは望まない）

「……」

（穴穂部はあの通り、直情径行の気質。いずれ兵を挙げる。反逆の兵を）

「それまで我慢せよと申すのか」

怒りを静めるかのように低く語る。

(殺すならば、あくまで公に誅殺せねばならぬ。私情を越えてこその政《まつりごと》)

「大義名分」

納得したのかにこりと笑みを見せる。

(そうよ。大后の立ち位置を忘れてはいけない。大后の私情を咎め、権力を奪おうとする者も少なくない。平静を装うのだ)

味わうように空気を吸った。


稲が穂を垂れ、畔道に曼珠沙華《まんじゅしゃげ》が咲き誇る秋九月——。

厩戸は子麻呂に案内されて大和川を舟で下り、河内湖に出てから難波津に向かう。

初めて茅渟海《ちぬのうみ》(大坂湾)の岸壁に立った。広々とした紺碧の海が果てしない。霞んだ淡路の島も見える。波の砕ける音。潮の匂い。行き交う船々。何もかもが新鮮だった。子麻呂は二度目らしい。

「この海が大陸と半島に繋がっておるのか」

「さようでございます」

舳先《へさき》近くに立った厩戸が滄海の彼方を見据えて息を呑む。波々が日を照り返し煌《きら》めいた。眩《まぶ》しそうに目を細めた厩戸が、

「もっと沖に出よ」

艫《とも》の船頭に命じる。子麻呂が、

「この舟では無理です。高波に見舞われればたちまち転覆します」

厩戸が残念そうな顔を見せるが気を取り直し、

「ではこの辺りを遊覧しよう」

明るく口にした。舟が波に合わせて上下に揺れながら進む。船頭が櫓《ろ》を漕ぐたびに木の擦《こす》れる音がする。海鳥の群れが海面すれすれに飛翔した。陸に住吉社の森といくつかの古墳が見える。ひときわ巨大な前方後円墳が迫る。高さ十二丈（約三十六メートル）ほどもあろうかという陵が日の光を浴び、目が痛くなるほどに白く輝いている。倭国最大の広さを誇る。

「あれが大鷦鷯《おほさざき》大王（第十六代仁徳天皇）の陵《みささぎ》（大仙《だいせん》古墳）か」

「仰せの通り」

「船でやって来た者は度肝を抜かれるであろう」

「それを狙ってのことやもしれませぬ」

往時、巨大過ぎる陵を造った強大な大王の権力と高度な土木技術の確かさが窺われた。

後日、厩戸は父橘豊日に会った折、大鷦鷯大王の陵に参拝したことを話した。大王は大鷦鷯大王の偉大さをまるで我がことの如く自慢げに述べる。

「大鷦鷯大王が高殿に登りみそなわすと、食事時というのに舎屋の煙が上がっていない。厩戸、なぜだと思う」

「……強い風で、煙が横に流れていたのでは」

「そうではない。そのような浅い考えではだめだ。もっと深く思いを馳《は》せよ」

「すみません」

「『民たちは貧しくて炊《かし》ぐ人がいないのだろう』と大王は思い至られた。事実を知るべく臣下に調べさせると案の定、五穀が実らず民が窮乏しているとの報がもたらされる。厩戸、大王はどうされたと思う」

「……大王家の倉を開き、民に与えられたのでしょう」

「違う。そんなことで多くの民は救えぬ。大王は『今後三年間、税の取り立てをやめる』と宣言された。自らも質素な生活を送られる。雨漏りも修繕することができない。大王の耐え忍ばれる日々が続いた」

「……」

「この間、五穀豊穣が続き、民は潤い舎屋の煙は盛んに上がるようになった。従臣らは『そろそろ税を取って宮を建て替えましょう』と進言する。だが大王は許さず、更に三年経ってようやく税を徴収させた」

「それで、建て替えられたのですか」

「そうなのだが、頼まれもしないのに人々が願い出て普請に加わったそうだ」

「大鷦鷯大王の民を慈しむお心が人々に通じていたのですね」

「大王は常々言われていたそうだ。『民が貧しければ朕《ちん》も貧しい。民が富めば朕も富んだことになる』。民と大王は一心同体だったといえる。わたしも舎屋の煙が国中に満ちるような政《まつりごと》をしたいものだ」

「民のための政ですか」

「そうだ」

大王は威勢良く言う。厩戸は合点した。


橘豊日二年（五八七）夏四月二日――。

初夏を告げるホトトギスの初音《はつね》が聞こえる磐余の河上で新嘗《にいなめ》の大祭が行われた。橘豊日は気怠《けだる》さを感じる。時折咳《しわぶ》いたが、そのうち治るだろうと気にもせず宮に帰った。

大夫《まえつきみ》、群臣らを召集する。上段に玉座、下段で左右に分かれ座する馬子、守屋、大夫ら。いつもは首も背骨も真っ直ぐに伸ばした姿勢なのだが今日は違った。前屈《かが》みで、

「朕《ちん》は仏法に帰依したい。そなたたちはこのことを議するように」

かねてより考えていたことを述べた。いきなり大連物部守屋が目を険しくさせ、

「大王ともあろうお方が国つ神に背いて蕃神を敬うなど許されぬ悪行。あってはならぬことにございます。必ずや神のお怒りに触れます」

「大連」

馬子が止めようとするが目もくれず、

「そもそも大王は万代《よろずよ》より、神々をお祀りなされるのが務めであります。恐れながらそのような蛮行許しがたい」

橘豊日を責める。馬子も黙っていない。間髪を入れず、

「神々を蔑《ないがし》ろにするとは仰せになっておらぬ。橘豊日《たちばなのとよひの》大王様のご叡慮を重く受け止めよ。御心に添うべき従臣が出過ぎた口を叩くでない、身分を弁えぬか」

叱責されて馬子を睨み返す。二人の視線がぶつかった。物騒な気配に包まれる。

「穏やかに、穏やかに。何事も穏やかが一等だ」

大王はそれだけ言うと突如音もなく立ち上がる。皆が大王を見る。

「風気を患《わずら》ったようだ。朕は休むことにする」

目の下に隈ができている。口元に手を当て、大きな嚏《くさめ》をした。

大王が退くと、さっと守屋に近づく者がいる。耳元で、

「お気をつけなされませ。あなた様のお命を奪うべく、刺客が放たれました」

「誰だ命じたのは、馬子か？」

馬子の顔を横目で見ながら小声で問う。馬子はちらと守屋を見たが、大夫らと立ち上がるとこの場を去った。

「さあ、そこまでは……。立ち聞きし、あなた様に急ぎご注進した次第」

言葉を濁した。守屋は徒《ただ》ならぬ空気を感じ急ぎ従者を引き連れ別業《なりどころ》（別荘）のある阿都（河内、現在の大阪府八尾市）に引き上げた。


守屋の動きは予断を許さない。先手を打つべく馬子は殯宮《あらきのみや》の炊屋を秘かに訪ねる。橘豊日は病の床《とこ》にあり、炊屋に直接言上するつもりである。上段で炊屋が胡床（椅子）に座り、下段に馬子が座する。守屋の一件を奏上した。

「無断で帰国したというのか」

そう問うたが事態はすでに耳に入っている。

「さようにございます。大連という重臣の立場を弁えず、奏請もせぬ大それた振る舞い、看過できません。この一件をもってしても、下心あるは明白。災いの芽は早めに摘み取るのが上策かと」

馬子がけしかける。帰国したのを奇貨として、守屋を反逆者に仕立て上げる焦臭《きな》い動きだ。片頬で笑うとおもむろに、

「いかにすれば良い？」

馬子に振って本心を探る。

「勅命を出され、召喚なさるがよろしかろうと」

「弁明させるのか」

「さにあらず。大王様、大后様を蔑ろにする守屋の所業、軽くはございません。引っ捕らえ牢に入れます。先には穴穂部王子とつるんで三輪君逆を殺害しております。お忘れになってはいけません。当然ながら厳罰に処するが相当かと」

「よかろう、と言いたいがそうまでする必要はない。朝廷を侮っているとは気づかず、これまでの功績を誇り、先行きを楽観視しているのであろう」

「しかし守屋を生かしておけば、いずれ戦になるやもしれませぬ。そうなれば多くの命が失われます。今なら一人の命で済む、一殺多生にございます。どうかご英断を」

馬子は天晴れなことを言った。本心は蘇我氏に味方する豪族が幾らいるか摑み切れていない。気が気でなく、このまま大《おお》戦になることに逡巡していた。馬子の不服そうな顔を見、炊屋が目を据える。馬子が目線を下げた。炊屋が立ち上がり、

「疑心暗鬼になっておろう。齟齬《そご》もあるやもしれぬ。手を差し伸べ救ってやる」

守屋の心情を思いやり温情を示す。馬子の言い分を鵜呑みにしなかった。

「弁明させよ。糺すことにもなる」

凛然《りんぜん》と政治的判断が下された。炊屋が去って、馬子は物思いに耽る。馬子は炊屋が守屋を断罪に処すこと、ためらいなく同意すると踏んでいた。守屋と穴穂部王子に寵臣の三輪君逆を殺されたのである。守屋を公に誅殺できる絶好の機会である。活《い》かそうとしない。思惑が外れた。

（弁疏させるなどもどかしい。炊屋の真意は……）

腹づもりが読めない。叔父、姪《めい》の関係でありながら心の内を見せぬ炊屋に苛ら立った。思い起こせば大后位に就いてからだ。炊屋なら己の意のままに操ることができると決めて掛かっていたが、ままならないことに気づく。

「腹黒女め」

鼻の穴を広げうっかり口走る。言った後でしまったというふうに、横目をぎらつかせて周囲を見回す。もちろん誰もいない。

馬子は気づかなかったが縁で尾佐呼が聴き耳を立てている。

(思うつぼにならず、ご不満のようだ)

冷笑した。

勅使が帰った後の物部氏の居館では守屋が長老、従臣らに詰め寄られ騒然としていた。

「由々しきありさま、何でお受けなされた。馬を飛ばせばまだ追いつける」

「お断りすべきです」

「行けば殺される。お考え直しを」

続けざまに諫止される。

「案ずることはない。弁明せよとのありがたい勅命だ。大后様の機嫌を損なう前に弁解した方が、物部氏のためになる」

守屋がいきり立つ。

「そんなに勅命が大事か。勅命など馬子と談合して書いておるのが分からんのか」

緊迫感がなさすぎると長老が詰め寄る。

「大后様はそのようなお方ではない。穿《うが》ちすぎだ。わしが無辜《むこ》であること、大后様ならおわかり下さる。そのような邪推、従えぬ」

「高を括るは命取りぞ。お忘れか」

「何が言いたい」

「あなた様は穴穂部王子と共謀、いや政を正そうと、三輪君逆を殺害した張本人ですぞ。大后は何も言わぬが、腸《はらわた》が煮え繰り返っているに違いない。逆の仇を討つ機会を狙っておろう」

「その気があるならもうとうに殺していたはず、機会は幾度もあった。無用の猜疑《さいぎ》じゃ」

「あなた様は分かっておらぬ」

冷めた落ち着き払った口調で、

「表裏あるのがあの女の怖いところよ。底意はあくまであなた様を公に葬るつもりじゃ」

炊屋の意中を曲解した長老がしたり顔で語る。

「大后様は喪中ではないか。殯に専念するよう守屋様、言上されてはいかがか」

従臣が意見する。

「大后様は倭国の安寧と民の幸せを第一等と考え、批判に耐え、悲しみを忍び、政に関わっておられるのだろう。祈請《うけい》で占ったが吉とでた」

「いやに大后の肩を持たれますな。亀卜《きぼく》では凶とでたらしいですぞ」

「どうあれ大后様は賦与《ふよ》された才《かど》のある特別な存在だ。今の倭国は炊屋様が出張らねば治まらぬ。政はそう単純ではない」

守屋は諭すように言ったが長老が話に割り込む。

「そうではない。権力を維持したいからよ。権力の魔力に取り憑《つ》かれている。だが、そうはいってもどうにもならん。いまは炊屋に逆らえぬ。八坂、小坂、兄」

呼ばれた三人は長老の前に進み出る。守屋の決心が覆された瞬間である。

「そちたちは守屋様の名代として飛鳥へ行け」

守屋は長老らの言うことは露ほども考えたことは無かったが、事態は有らぬ方向に引き摺られていった。分岐点となるこの決断が、物部氏に取り返しのつかぬ災いを招くことになる。

大后炊屋は使者たちの拝謁を許さなかった。尾佐呼が代わって対応する。

「なぜ守屋が自ら来ぬ。なぜ勅命に逆らう。けしからぬ所業じゃ」

「そ、それが物部守屋、急な病にて致し方なくわれらが参りました」

「……さようか。大事にせよと伝えよ」

今度は優しく語り掛けた。

八坂らは大后に拝謁できず大王に面談を申し入れる。橘豊日大王は体調が優れず御目通りは実現しない。次いで馬子に申し開きするも、聞き入れられなかった。あくまで冷淡な態度である。名代を立てたことが裏目に出た。このことで守屋は馬子との決戦を覚悟する。

守屋が兵を集めているとの風聞が広がった。守屋と親しい中臣連勝海《なかとみのむらじかつみ》が押坂彦人大兄王子《おしさかのひこひとのおおえのおうじ》と竹田王子の像《ひとかた》を作り呪ったらしい。

押坂彦人大兄王子と竹田王子は大王候補であった。押坂彦人大兄王子は先の大王訳語田と大后広姫との嫡子である。

呪いが成就しなかった勝海は押坂彦人大兄王子に鞍替えしようとしたが、押坂彦人大兄王子の従臣迹見首赤檮《とみのおびといちい》に殺された。押坂彦人大兄王子の水派宮《みまたのみや》（現在の奈良県広陵町か）を訪れた帰りである。

馬子も兵を集め出したとの報が伝わる。深刻な事態である。飛鳥の大乱が起きようとしていた。

翌日、橘豊日は得体の知れぬ高熱に襲われる。腰痛にも見舞われ下痢も起こった。周囲が騒ぎ出す。薬師の見立ては、

「風邪と食当たりが重なったのでしょう」

呑気《のんき》なことを言って薬籠から生薬を取り出し、風邪と腹癒やしの薬を調剤する。

「二、三日もすればお元気になられます」

牀《しょう》（寝台）の周りで見守っていた大后穴穂部間人王女《あなほべのはしひとのひめみこ》、来目王子（厩戸の同腹の弟）、田目王子

（厩戸の異母兄）、舎人、宮人らが安堵の笑みを浮かべた。なぜか厩戸には知らされていない。

ところが三日後の日が昇った頃、宮人の悲鳴が宮中に反響する。大王の目が充血し、顔中に大小の朱珠の痘が出ていた。しかも顔色が紫がかった赤色である。ここに至ってようやく疱瘡《ほうそう》（天然痘）であることが分かった。

「瘡《かさ》が……」

皆が震え上がった。

「御寝所を朱に染めよ」

薬師が震え声を張り上げる。赤い色は邪気を追い払うと信じられている。治療法は無い。ほとんどの人が死んだ。宮中は騒然となる。ただちに各地に玉体平癒の祈禱が命じられる。宮城でも鳴弦《めいげん》（弓の弦を手で強く引き鳴らす）で病魔退散を祈念する。うつる病である。皆が大王の御寝所から離れた。この病に一度罹《かか》った者はうつらないのだがこの時代、そう知られてはいない。

厩戸が駆けつける。舎人らによって面会は許されない。厩戸は仕方なく母らが詰めている内裏に顔を出す。母穴穂部間人王女が厩戸を目ざとく認めてじろりと目を向けた。二重顎を動かして、

「今まで何をしておった。父が病だというに、親不孝者」

おっとりした顔なのにきついことを言う。

「申し訳ありません」

反抗せずに黙って頭を下げる。それしかすべがない。母とは幼い頃よりうまくいっていない。ど

うも苦手である。大人びた悟ったような物言いが気にいらないらしく、

「可愛げがない」

と正面から言われたこともある。弟の来目ばかりを可愛がった。来目は少壮にして類《たぐ》い稀《まれ》な久米舞の名手でもあった。穴穂部間人は控えていた宮人に目を向けると、

「流罪にするよう、蘇我大臣殿に言いなされ」

ゆったりと告げる。薬師のことらしい。八つ当たりのはずなのに声が優しい。しかし目角を立てている。

「役立たずなお方じゃ。見立てを誤った。えせ薬師をこのまま捨て置いては筋が通りません。情けをもって死を免じます。ありがたくちょうだいするように、そう自ら命じたいがそうもなるまい。大后が言っていたと大臣に伝えよ」

「しかとお伝え致します」

宮人が両手を顔前に組みながら頭を下げる。母の芝居がかったありさまに厩戸は唖然とする。来目は逆にもっともだというふうにこくりとした。田目も同調する。

数日後には橘豊日の全身に瘡《もがさ》が出た。

「厩戸、厩戸」

呼んでいるという。心の臓が高鳴った。止める者もいたが振り払い御寝所に入る。薬師が辞儀をして退く。父橘豊日は牀に横たわり眠りについていた。やつれた顔にじとっと汗をかいている。懐

から手拭いを出して丁寧に拭いてやる。目覚めた。そばに厩戸を見つけると片方の斑《まだら》になった疱の手を衾《ふすま》（掛け布団）から出した。厩戸は疱で膨れた手を両手でしっかり包み込む。思いやりのある手つきであった。

「夢を、見ていた。あの時の、夢だ」

「……」

「わたしは、大きな罪を、犯したやも、しれぬ。仏に、縋《すが》りながら、仏の教えに背き、正直な道を、進まなんだ。こうなったのも、必然やもしれぬ。仏罰が、下ったので、あろう」

喘ぎながら呟いた。大王の手を褥《しとね》（布団）の中に戻し、

「あまりお話しにならない方が……。お休み下さい、話はいつでもできます」

厩戸は両手を伸ばし少しずれた衾を直す。しかし語るのを止《や》めなかった。

「わたしは、もうすぐ、死ぬ。天命であろう」

ひたと見つめ達観したように言った。死の影におののく気配は微塵もなかった。

「そのような弱気なことは……。薬師を呼びます」

「無用だ。そんな、ことより、おまえに、話さねば、気が済まぬ、ことがある。これまで、誰にも、話した、ことがない」

厩戸は父の思いのままにしてやろうと思う。

「訳語田（敏達）大王は死の間際、見舞いに、来ていたわたしに、聞き取れぬ、ような、か細い声

で申された。炊屋もいた」

意識が混濁しているのかと思ったがそうでもないようだ。

「『おし、押坂、彦人大兄を、た、たの……』最期の、お言葉、だった」

「……それがお気に掛かるのですか？」

「炊屋は、『声は、あまりに小さく、聞き取れなかった』と、申したが、おそらく、押坂、彦人大兄王子を、次の、大王にせよ、と申されたに、違いない。その遺勅を、守らず、わたしは大王に、なった。知っての通り、あの方は、大王家の、嫡子だ」

呵責を覚えているかのように橘豊日は押坂彦人大兄王子が嫡子であることを気にしているが、この頃は嫡子が次の大王を継承するとの定めが無く、むしろ兄弟継承が多い。訳語田と橘豊日も異母兄弟である。それに有力豪族らも嘴《くちばし》を容《い》れた。

「今の話では押坂彦人大兄王子を大王にせよとは申されていないではありませんか。仮にそうであっても大王位は豪族の同意が必要と聞いております。それにあの方は病気がちとか。それゆえ行く末を頼むと言いたかったのでは……」

「そうで、あろうか」

「そうですよ。考え過ぎ、忖度《そんたく》のしすぎです。お気に病まれることではありません」

「そうは、言うが、わたしは大王に、即位、することなく、押坂、彦人大兄王子が、大王になって、おれば、もっと良き、政を、されたやも、しれぬ、と、思うのだ」

「そのようなことはございません。父上は国のため、民のため、命を賭して大王の務めを果たされておりますす。この国の進むべき道を真剣に考えておられるご立派な大王にございます。これからも民のための政を続けて下さい」

「おお、そう、そうありたい」

「わたしは父上の子に生まれたこと、誇りに思うております。早くお元気になって下さい。一緒に遠乗りなど致しましょう」

「楽しみだ。わ、わたしは、いい子を、持った……」

言いたいことを言って安心したのか、目を閉じると眠りに入った。寝息が薬草くさい御寝所に規則正しく響く。心の奥底に秘していたのをこんな形で打ち明けられたがこの時、厩戸は押坂彦人大兄王子が大王家の嫡流であることを深くは考えなかった。その夜、厩戸は一睡もせずに枕元で見守る。ふと大王が目覚めると思い出したかのように、ぽつんと、

「わたしが、飼って、いる、小鳥を、放ってくれ。さぞや、窮屈、な、思いをし、たであろう」

息も絶え絶えに言った。死なせてはいけないと大切に飼っていた小鳥たちである。

「承りました」

厩戸が笑みを見せる。大王も静かに微笑を返すと再び深い眠りについた。

深夜、橘豊日の呼吸が荒くなる。身を乗り出して父の様子を窺う。しばし荒い息が続いたが弱くなってゆく。耳に入らなくなった。血の気のない顔に死相が現れている。

「父上、父上！」

二度と目を開けることはなかった。安堵に満ちた安らかな顔だった。父の顔がかすんでくる。涙が頬を伝う。涙が騒ぎ溢れ出た。

（取り乱してはならぬ。父に叱られる）

唇を噛む。耐え難い夜が過ぎてゆく。言いようもない悲しみで胸が潰されそうだった。

（父と二人だけの夜を存分に過ごしたい）

夜もすがら父との思い出に心を遊ばせては物言わぬ父に語り掛ける。心と心の語り合いであった。堪《こら》えているのだが、瞳が潤み、嗚咽《おえつ》が洩れた。父の言葉が浮かぶ。

「わ、わたしは、いい子を持った」

父の言葉を繰り返す。父に恥じぬ生き方をせねば、と誓う。

（民のために生き、民のために死す）

言葉では浅《あさ》はかだが、そううまくいくのだろうかと不安な気持ちが押し寄せる。辺りが紺色から青みがちになってくる。夜明けが近い。大王の神上《かむあ》がる（崩御）で宮中が俄然慌ただしくなった。

東空が鴇《とき》色から黄金色に染まる。神々しいまでのお日様だ。

放たれた数羽の鳥が黄金色の光の空の高みに舞い上がる。追想が被さった。

（神がお隠れあそばした……）

心おきなく泣いて赤く目を腫らした厩戸は庭に降りる。目《ま》の辺りを微風《そよかぜ》に乗ったフジナ（タンポポの古名）の綿毛がふわりふわりと通り過ぎる。石の台《うてな》に立って鳥たちをいつまでも見送った。

橘豊日の枕元に、厩戸、穴穂部間人大后、来目王子、田目王子ら王族が集《つど》った。そこへ馬子がご注進とばかりに勢い込んで入って来る。

「大后様」

声が高い。

「落ち着きなさい。大王様がお休みというのに」

橘豊日がさも生きているかのように叱る。母の心も乱れているのだろうと厩戸は解釈する。

「大王様の舎人二人が殉死しました」

「そ、それは、真か？」

「しかとこの目で確かめました」

「そうかそうか」

肩を反《そ》らす。

「さもあろう、さもあろう。偉大な大王様であられた」

「真にさようです」

馬子が如才なく追従する。

「大臣」

厩戸が二人の会話に割り込んだ。大后が詰《なじ》る。

「話の途中ですよ」

母の言葉に構わず、

「大臣」

再び声を掛ける。

「王子様、何事でございます」

馬子が面倒臭そうに顔を向ける。

「これ以上殉死者が出ぬよう禁止の触《ふ》れを出してはいかがか。従臣は掛け替えの無い大事な宝。失っては政の障りとなる。生きて次期大王を支えてほしい。民のためでもある」

今度は穴穂部間人が意気込んで口を挟む。

「何を言うのです。差し出たことを申すな」

金切り声を上げ、

「殉死者は多ければ多いほど良い。橘豊日大王様の人望の証しです。ほ、ほ、ほ、ほ」

意味も無く笑った。来目と田目が穴穂部間人に寄り添うと、取り交わしたように声を揃え、

「大后様のおっしゃる通り」

と、厩戸を横目で見る。本気で言っているのか、大后に迎合しているのか厩戸には分からない。

「そうれ見なされ、来目も田目も賛同してくれておる。それにしてもそなたは可愛げが無い。恥ずかしいとは思わぬのか、いつもいつも母に逆らう。何か母に恨みでもあるのか」

ここぞとばかりに丁寧に小言を言う。厩戸が反論しないので満足したのか、

「殉死禁止令の悪法を出せば一番大臣殿がお困りになる」

（？）

厩戸は母を見、目を馬子に移す。目が合った。馬子が目を逸らす。

「大臣馬子殿は大王様に重く用いられたお方。一番恩義を感じておられよう。のう馬子殿」

「仰せの通りにございます。橘豊日大王様あっての馬子。生涯忘れは致しません」

「よう申された。さすが蘇我氏の氏《うじ》の上《かみ》。今までよう尽くしてくれました。さぞや大王様もお喜びでしょう。後のことは心配しないで良いですよ。安心なさい」

（？）

「皆もお止めしてはならぬぞ」

一同を見渡す。厩戸、馬子以外、皆がこくりとする。馬子の顔が何ともいえぬ困り果てた顔になる。青ざめていた。厩戸は見逃さない。

（殉死を禁止するだろう）

厩戸の口のあたりが緩む。

「馬子殿、大王様もお待ちであろう」

大后が微笑掛ける。

「ご明察恐れ入ります。さっそく大夫らと談合致します。ではこれにて失礼します」

あたふたと退散する。殉死させられては堪らないようだ。もっともである。

この日のうちに殉死禁止令が発令された。古には殉死は認められていたがある大后の死の際、生きたまま土中に埋められようとした奴婢が泣き叫ぶ。これを見た大王が同情を寄せ、禁止されたと伝わるが守られていなかった。


その頃、広瀬の殯宮《あらきのみや》の布で仕切った一室で早くも炊屋と馬子の密談が行われていた。上段の胡床に炊屋、下段に馬子が対座する。

「泊瀬部《はつせべ》（のちの第三十二代崇峻《すしゅん》天皇）か押坂彦人大兄王子（のちの第三十四代舒明《じょめい》天皇の父）しかおるまい」

と炊屋。

「さようですな。竹田王子、厩戸王子は若過ぎますな」

この中で厩戸が一番若輩であった。若輩は大王にそぐわないという不文律の約束の如きものがあった。

「なれど、ご子息の竹田王子様を大王になされ、大后様がご後見なされば良いではありませんか」

「豪族らは納得しまい」

「わたくしが抑えます」

「我《わ》に取り入るでない。我は私利私欲で政に関わっているのではない。汝《な》もそうであろう」

炊屋は馬子への皮肉を込めて言ったつもりなのだが、

「恐れ入り奉ります。わたくしも私情を捨てこの命、倭国に、大王家に捧げております。加えて申せば、竹田王子様のご成長を何よりの喜びとしております。これは私情ではなく竹田王子様こそが、倭国を統《す》べるに能《あたふ》なお方だと信じるがゆえにございます」

歯の浮くような言葉を平然と述べる。心の底を気振《けぶ》りも見せず綺麗事を言った。以前に炊屋のことを腹黒い女め、と呟いたことは忘れている。

「さようか、良い心掛けです」

「次期大王には押坂彦人大兄王子より泊瀬部王子が適任かと。ご存知のように泊瀬部の兄穴穂部王子は乱暴者です。弟に出し抜かれ怒りましょう。二族を仲違《なかたが》いさせ、互いの力を削《そ》ぐことにもなります」

上流階級で生まれた子は実母ではなく、乳母《ちおも》一族に育てられた。兄弟姉妹とはいえ別々の宮、環境で成長する。当然考え方、性質が違ってくる。しかも育てる一族の思惑も絡む。互いに行き来は無いに等しく、それほど親密な関係にならないことが多い。

「……そう、するか。根回しは抜かりなく」

「心得ました」

泊瀬部には蘇我の血が流れているが、押坂彦人大兄王子には流れていない。息長《おきなが》一族である。押坂彦人大兄王子が大王になれば蘇我氏が排除されることは目に見えていた。

厩戸には気掛かりなことがある。叔父穴穂部王子のことである。近頃、物部守屋と袂を分かち孤立しているらしい。そんな噂があるが深いところで繋がっているという話もある。いずれにしても大王位を諦めていないようで、独自に兵を集めていた。一方、守屋も兵を集め、河内で大掛かりな演習を三度も行い人々を驚かしていた。古より大王家に仕える軍事氏族でありながら、大王家に刃向かおうとしている。穴穂部、守屋共に支持勢力が少ないなか、いやそれゆえか、武力で大王位を奪うつもりだと思われた。

「困った……」

「何も王子様が困られなくとも、放っておけばよろしいではありませんか」

河勝が何を言っているのかというふうに言い返す。厩戸は日頃より腹蔵の無い意見を求めた。

「大后炊屋姫様にとって、異母弟に当たるお方。母上にとっては同腹の弟《いろせ》。定めしお二人共にお心を痛めておられるであろう」

そこが気になる厩戸は心配げに言ったが、

「そうとも思えませんが」

あじきなく言い放つ。

「どういう意味か」

思わぬ物言いに河勝の顔をじっと見る。

「炊屋姫様は寵臣の三輪君逆を穴穂部王子に殺されております。自重されておるようですが、おそらく憎んでも余りあるお怒りをお持ちでしょう」

推量を口にする。

「申してはなんですが、穴穂部間人王女様は来目王子様しか眼中になく、穴穂部王子様のことは心をお痛めになっても少しの間のことで、そういつまでも気になさらないと思われます」

「……わたしが直接お会いして申し上げる」

「お許しにならないでしょう。それよりも拝謁が許されるかどうか」

対話が嚙み合っていない。

「誰のことを言っておる」

「大后炊屋姫様に拝謁して、穴穂部王子様の命乞いをなさるのでは」

「違う。叔父上に会って、大后様に詫《わ》びを入れるように勧めるのだ」

「確かに、それはよろしゅうございます。やつがれもお供します」

「いや一人で行く。その方が安心なさるでしょう」

大胆にもそう決めた。立ち上がり子麻呂を呼ぶ。馬屋に詰めていたのか強いにおいがする。嫌がる者もいるが厩戸は気にならない。子麻呂はこのにおいを誇りとしている。馬の世話は安心して任せていた。

黒駒に乗り斑鳩の西里を目指す。この地は穴穂部氏の支配する飛地で穴穂部王子の宮があった。

高楼と大殿が見えてきた。高楼の上に人影がある。厩戸はゆっくり黒駒を進める。穴穂部王子だった。弓矢を携えている。矢を引き絞った。矢唸りを立て飛来する。厩戸は微動だにしない。矢は頬を掠め地に刺さった。矢羽根が揺動する。

「いい度胸だ。誉めてとらす」

いつものどすの利いた声が飛んでくる。ふてぶてしい態度だ。厩戸は馬から降りる。次の矢が射掛けられる。弓が足元にぶすっと突き刺さる。

「何用だ。許しも無く領地に入りおって」

「お話しにきました」

「話し合うことなど無いわ。馬子にでも頼まれたのであろう」

にべもなく冷淡に突き返す。

「大事な用件です」

「しょうのない奴《やつ》だ。ならば申してみろ」

「ここでは憚《はばか》られます。どうか二人だけで」

と声を落とす。ふんと鼻を鳴らし、

「たいそうなことをぬかす。まあいいだろう。繁多であるが叔父、甥の関係ゆえ、今回だけは相手になってやる」

軋《きし》んだ音を立てて大門がゆっくりと開かれた。内には三十人近くの兵が剣、弓矢などで通さぬとばかりに物々しく身構えている。威風堂々、厩戸が進む。位《くらい》負けしたように道を開けた。

奥まった堂舎に通される。筒袖の衣にゆったりとした袴姿の穴穂部は手に須恵器の酒壺を持って胡座《あぐら》をかき、厩戸は前に座す。穴穂部のそばには大刀が置かれていた。直截《ちょくさい》に訴える。

「何だと、もう一度言え」

厩戸を眇《すが》める。酒の香が強い。

「ですから兵を解き、大后炊屋姫様に詫びを入れてはいかがかと。さすればうまく収まります」

「厩戸」

苦々しく呼び捨てた。酒臭い息がかかる。

「おまえは、炊屋の犬か」

どう勘違いしたのか挑発的な物言いをした。厚意がこっぴどく反発されたが、

「わたしの意志で参りました」

「魂胆を隠しておろう。正直に申せ」

「わたしは叔父上のことが気掛かりなだけです。このままではいずれ取り返しのつかぬ結果に……」

「利いたふうな口を叩きおって、馬子に殺《や》られるとでも言いたいのか」

「ご明察の通り、万に一つも勝ち目はございません」

「生意気な。寺で経でも唱えておればいいものを、愚弄《ぐろう》するにもほどがある、勘弁ならん」

自負心を傷つけられたと思い込んだのか、傍《かたわ》らの大刀に節くれだった手を掛けた。厩戸は落ち着

き払って平然としている。思い直したのか、手を大刀から離して含み笑いを浮かべると胡座を組み直し、

「あのな。おまえはなぜ母から嫌われておるか分かっておらぬな」

切言を呈したつもりだが唐突に母を持ち出した。口調を変えて続ける。

「さも偉ぶった物言いを常に相手に投げつける。小童《こわっぱ》のくせに年上でもお構い無し。相手への思いやり、敬うというものがまるで無い。いつも相手を見下し説教する。それを己の至らなさと思わずいい気なもんだ。人を侮《あなど》ってそんなに楽しいのか」

「間違った判断です」

「口答えする間《ま》があったら反省せよ。いつも自己満足な優越感に浸りおる。何もかも可愛げがない」

(可愛げがない)

母からも言われたことだった。口を噤《つぐ》む。やはりそうなのだと妙に得心する。

「こうまで罵声を浴びても反論しないのか。度量が大きいと誇示しているつもりだろうが」

思わぬ展開になってくる。これではわざわざ何のために来訪したのか分からない。話題を変えた。

「叔父上なら必ず大王の位が巡って参りましょう。それまで大それたことは考えず、研鑽を重ねられ」

「黙れ。気休めを言うな。うかうかとおまえの口車に乗せられたとあっては世の笑い者だ」

両手で酒壺を弄《いじ》っている。目が据《す》わっている。酒壺を投げた。ひょい、とよける。意表をついたつもりだろうが怪我《けが》をさせられてはつまらない。後ろでにぎやかな音を立てた。板戸に当たり砕け散ったようだ。穴穂部が怪訝《けげん》な顔をする。その顔を見て、

「そうではありません」

「ではどう違うのだ」

　突っ込んできた。

「わたしは叔父上がご立派なお方だと信じるがゆえ、こうして参ったのです。先ほどより叔父上らしからぬ申されよう、わたしは悲しゅうございます」

　言葉を飾り小さな嘘をついた。どう贔屓目《ひいきめ》に見ても到底立派だとは思えないが、嘘も方便と割り切り頭を下げる。空々しく聞こえたのか、

「ええい、要らざることを、不愉快だ。とっとと帰れ、顔も見たくない」

　頭の上から怒声を浴びせられる。

「どうか早まったことをなさらぬように、伏してお願い申し上げます。叔父上を死なせとうはありませぬ。今一度お考え直し下さい」

　念を押す。頭を上げると穴穂部は大きな欠伸《あくび》をしている。口元を手で隠そうともしない。終えると、

「身のほども知らぬくどい奴め。しゃしゃり出て、青臭い己の独善を押しつけるな。擦り寄ってく

るならまだしも、説教しおって」

舌打ちをして手を叩く。縁から、お呼びですか、と男の声がする。話の接ぎ穂が出てこない。

「摘み出せ」

冷えた口調でずけずけと言った。もはや聞く耳を持たなかった。


恵みの水に潤った梅雨が明けた夏六月七日――。

蘇我馬子と数人の大夫が海石榴市宮に出張った大后炊屋に奏上する。上段の胡床に座る炊屋を見ながらやや頭を下げ、情勢を説明した後、馬子が、

「穴穂部王子と物部守屋の軍事力、侮れません。物部はご承知の通り軍事を誇る氏族、戦闘力は豪族随一にございます。守屋はその武力をもって大后炊屋姫様を除く所存。いまだ政を意のままに動かしたい野心を捨て切れておりません。その野心に利用されるのが穴穂部王子」

緊迫した面持ちで言上する。馬子にとって、穴穂部を除くことは急務であった。

「必ずや穴穂部王子を旗頭にして反乱を起こすでしょう。そうなっては遅い、そう思われませんか」

穴穂部と親しい宅部王子《やかべのおうじ》のことは黙っていた。武小広国押盾大王《たけをひろくにおしたてのおおきみ》（第二十八代宣化《せんか》天皇）の王子である。王子を二人も殺すとなると炊屋の決断が鈍るやもしれぬと伏せた。炊屋は宅部には何ら遺恨は無いはずだ。

炊屋は答えない。大后とはいえ実質的には大王の権力を握っている。この段階で腹の内は見せるものではないと思っているようだ。大后は逆《さかう》を惨殺した穴穂部王子を憎んでいると確信していたがそのことは曖気《おくび》にも出さない。馬子は乾いた唇を舐め、

「そうなる前に、穴穂部王子を討つ、ご英断を」

炊屋の目が冷たく光る。馬子を見据えた。

「穴穂部王子は大后様にとって異母弟に当たられるお方。親愛の情はいかばかりかと存じ上げ奉ります。王子を討つことは大后様にとって胸が張り裂けられる苦痛、悲しみ。さりながらこのままでは大王家が二つに割れます。国のため、大王家のため、のみならず民のため、ここは私情を捨て、心を鬼にして正義の何たるかをお示し下さい」

炊屋の自尊心を擽《くすぐ》る。炊屋の頬が緩む。

馬子の目が見開く。大夫らも顔を上げる。

「穴穂部王子を討て」

ただちに追討の兵が隠密裏に準備された。

日がとっぷりと暮れてから、穴穂部王子の宮は馬子らの兵に囲まれた。夜間の出兵は珍しい。事は急を要する。物部兵に後ろから急襲されるのを怖れて意表をついた。道中では馬の口に枚《ばい》を含ませ、脚は藁で包んで蹄の音を無くす用心深さである。狙い通り宮は孤立無援となる。燃え立つ松明《たいまつ》が宮の周囲を二重、三重に包囲して宮が煌々《こうこう》と照らされる。松明の弾ける音が絶え間なく聞こえる。

「穴穂部を血祭りに上げよ」

「おおっ」

勇み立った軍勢が威勢よく鎧《よろい》の草摺《くさずり》を叩く。辺りに轟《とどろ》いた。激しく矢が降り注ぐ。火矢が射られて大殿に続々と突き刺さり燃え上がる。穴穂部兵が浮き足立った。

「うろたえるな」

穴穂部王子が叱咤して動揺が広がるのを抑える。

「怯《ひる》むな」

その叫びに重なるように唸りを立てた矢の応酬が続く。怒濤《どとう》の如く火矢が飛来する。必死に防戦するも、しょせん多勢に無勢、この寡兵ではいかんともしがたく死傷者が増えるばかりだった。穴穂部が高楼を見上げる。応戦していたはずの兵が一人もいない。射落とされたようだ。

「貸せ」

そばにいた兵の弓矢を取り上げ高楼に駆け上がる。下を見て立ち竦《すく》む。夥《おびただ》しい兵が揃って弓弦を引き絞り見上げていた。戦意が萎えぞっと震える。言いようのない恐怖が押し寄せた。

「射よ——」

下の方で大音声が発せられた。唸りを立てた矢がどっと飛来する。穴穂部の甲冑に矢継ぎ早に命中するも甲高い音を立てて跳ね返る。矢を放った一隊が退くとすぐさま次の一隊が前進して矢を射る波状攻撃に晒される。夜気を切り裂き飛来した矢が胸を直撃する。穴穂部が呻き声を立てた。

梯子《はしご》に足を掛けたがふらつくと真っ逆さまに落ちた。運良く下に水の入った樽があった。激しい水音を立てて高々と飛沫《しぶき》を上げる。這《は》い出して逃げたが、見つけ出され誅殺された。

大殿が火の粉を散らして崩れ落ちた。

翌日、宅部王子も討たれる。宮は全焼した。

穴穂部王子と陰謀に与《くみ》したというのが理由である。といっても結託した確かな証拠があったわけではない。

「謀反は許すな。王子ゆえ、なおさら目こぼし無用」

馬子が殺害を命じる。ついでに始末されたようなものだった。宅部誅殺の一件は大后には事後報告となる。炊屋は何も言わず軽く頷いただけだった。馬子は早々に退散した。

放置されたままの二人の遺体を弔ったのは厩戸である。遺族でさえも馬子の目を気にしているのか知らぬ顔であった。厩戸は急ぎ炎上した宮跡に陵を土師《はじ》氏に築かせる。土師氏は大王家の陵造りを請け負う氏族である。

二人は輩《ともがら》であったというので一つの石棺に一緒に葬ってやる。

(これで淋しくないだろう)

金銅の冠、装飾大刀、鏡、装身具、儀式用の煌《きら》びやかな履《くつ》、馬具等、本人が好んだと言われるものを選び石棺と石室に納める。河勝、子麻呂、厩戸王子の従僕、奴婢らが手伝った。のちの世にこの陵は「藤ノ木古墳」という説もある。

暑い日差しが照りつけている。じっとしていても汗が出るこの頃である。厩戸は河勝が海石榴市《つばいち》の馬市を冷やかしに行くというのでついてきた。馬屋館の前の馬つなぎ場に各地より名馬が集まっているという。

(馬屋館……)

忘れることのできない場所である。ここで倭国で最初の尼僧善信尼、弟子の禅蔵尼、恵善尼の三人が縛られ、法衣を奪われて辱《はずかし》めを受けた。この時、善信尼は年齢十二歳。奇しくも厩戸と同じ年であった。指示したのが物部守屋である。そればかりではない。各地の寺を焼き、塔を切り倒し、仏像も焼いた。

崇仏派から見れば極悪非道の人物である。だがこの時期運悪く疫病が流行してあまたの人々が苦しみながら死んだ。

「ひとえに蘇我氏が仏法を広めたがゆえにございます」

槍玉に挙げて守屋が奏上する。大王訳語田はこの主張を良しとした。

「仏法をやめよ」

勅命が下される。馬子は当然ながら抗うことができない。まして厩戸には何ら力が無い。排仏派の大勝利だった。仏法が認められるのは大王訳語田が崩御後、橘豊日が大王に即位してからである。橘豊日は仏法を信じ、神道を尊んだ。それなのに崇仏派と排仏派の対立が続いている。

厩戸と河勝は中通りに出た。この頃は金銭が流通しておらず物々交換である。通りの両側には掘っ立て小屋が立ち並びさまざまな物が並んでいる。通りも小屋も老若男女でひしめいていた。米、麦、豆などの穀物、野菜、果物、魚、海草、酒、布、土器、須恵器、農具等々暮らしに必要なものはほとんど揃っていた。よく見ると、箸《はし》や匙《さじ》までも並べられている。手で食する習慣がまだ残っているが、箸や匙を使う人も増えていた。裏通りでは奴婢までが牛馬同然に売り買いされるのが常である。このことは厩戸は知らない。

途中の広場で小太鼓と笛に合わせたひょうきんな踊り、とんぼ返りの曲芸などの大道芸が行われている。遠巻きに見ていた人々からやんやの喝采が起こった。

「賑やかですな。気散じにもなります」

と河勝。

「人が皆生き生きとしている。戦がないせいだろう」

と厩戸。人々の活気に満ちた姿を見ながらも不安なものが吹っ切れない。馬子と守屋の権力闘争である。突如、前方で女の悲鳴が聞こえる。争うような声もした。気遣わしげな顔で厩戸は声のする方角へ走り出す。河勝が後を追う。

薄墨の衣をまとった一人の僧を十人ほどの兵が取り囲んでいる。甲冑はしていない。いずれも朱色の兵服を身に着けている。物部氏の配下のようだ。厩戸と河勝は群衆にまぎれて成り行きを見守る。

「とんでもない。愚僧は海を渡って来た一介の乞食僧《こつじき》。道をお開け下さい」

澱《よど》みなき倭語を使うが潰れた声である。読経で喉を鍛え過ぎたようだ。剃って日が経っていないのか禿頭《とくとう》が青々としている。

「愚僧は仏と共に」

手を合わせ歩みながら、

「倭国の安寧《あんねい》を祈り、各地を巡礼しております。他意は無し」

経を唱え進む。前の兵が無言で後退る《あとじさ》。やにわに鷲鼻でえらの張ったがっちりした兵が横手から前に出て、

「何をしておる。引っ括《くく》れ」

声高に発した。兵の長のようだ。円頭大刀を腰に吊るしている。数人の兵が僧を押さえつけて荒縄を掛けた。

「な、何をなさる」

物見高い野次馬たちから悲鳴が起こった。

「ほざくな。世を惑わすくそ坊主め」

縛り上げた。縄尻を持たれ引っ立てられる。人々は好奇の目で遠巻きに見ていた。

「お待ちなさい」

厩戸が数歩前に出て声を掛ける。兵らが同時に振り向いた。

「何の咎ですか。この僧侶がどんな罪悪を犯したというのです」

「いちいちその方《ほう》に答える必要は無い。大連物部守屋様の命に従ったまでのこと。仏法は禁じられておる」

長が答える。

「今は仏法は許されている。そんなこともご存知無いのか。それとも守屋殿に尻尾を振っておられるか」

仏法は許されているのだが、守屋はお構いなしに仏教徒に迫害を加えていた。

「その方、下手に出ておれば付け上がりおって」

「縛《いまし》めを解きなさい」

長が柄に手を掛ける。すっと河勝が進み出ると両手を広げ厩戸を庇う。

「控えよ。このお方は大王家のご子息、厩戸王子様であるぞ」

河勝が大喝する。一瞬長が怯《ひる》んだが立ち直り、

「嘘をつくな。大王家の王子様がこのような所にお見えになるはずがない、騙《かた》り者め。貴人の名を騙り、難癖をつけ、何か脅し盗ろうとの魂胆であろう。何よりの証拠がその粗末な衣装。王子様なら華やかな衣をまとっておられるわ。抜かったな、悪者め」

大刀を抜いた。河勝も剣を抜く。緊張が走る。群衆が騒ぎながら大きく輪を広げた。後ろにいた兵らを統率すると思える品格ある武人が長の脇に立つ。二十歳前後に見えた。兵よりも深い朱の衣

をまとっている。兵に向かい、

「控えよ。それなるは厩戸王子様に違いない。僧の縄を解け」

急ぎ一人の兵が縄を解く。僧が厩戸に向かって合掌した。河勝が剣を鞘に戻す。長が大刀を収めて地べたに片膝を立てた。兵らも従う。

「物部可智根《かちね》と申します」

厩戸の前に進み出て地べたに片膝を立てると名乗った。

「知らぬこととはいえとんだご無礼を、お許し下さい」

殷懃《いんぎん》に頭を下げる。厩戸は可智根の名は聞き知っていたが会うのは初めてである。守屋の子息であるが、母が身分低き家柄の出ゆえ、物部一族では重用されていないらしい。知り得ているのはその程度である。

「こちらこそ」

厩戸も軽く頭を下げる。

馬市のことをすっかり忘れていた。駆けつけたがすでに良馬は残っていなかった。

帰ろうと来た道を戻る。大樹の影で先ほど《ほど》の僧が踞《うずくま》り肩を震わせ嗚咽していた。気になってぐいと近寄り声を掛ける。

「いかがなされました」

手で涙を拭って振り向いた。目が真っ赤に腫れ上がり、顔は涙の跡で斑《まだら》になっている。よくよく

厩戸の顔を見て立ち上がるや、

「縄めの恥を受けました。深く信心している拙僧を仏は見捨てたもうた。仏は拙僧を僧とは認めていない。僧をやめて還俗《げんぞく》します」

震えた声で悔しそうに言う。

「あなたは誤解されています。仏はあなたを捨てるどころかあなたをお救いになったのですよ」

「……意味が分かりません」

「あの危機でさえ、あなたは大事に至らずに済んだではありませんか。命も取られず怪我もせず、これが仏様のご加護でのうて何と言うのです。仏様はあなたをお守り下された。あなたをお救いになったのです。これをありがたいと思わねばそれこそ見捨てられましょう」

この言葉が乞食僧のこれからを決定づけた。

「そう、そうですね。不明でありました。修行がまだまだ足りません」

声の震えは止《や》んでいる。照れるようにてかてかした頭を撫でながら表情を和らげて明るい笑顔を見せた。厩戸の心地も明るくなる。この様子を可智根は近くから羨むように聴いていた。

そんなある日、可智根が厩戸を訪ねてくる。心に変化が芽生えたのか、顔つきが柔和になっている。厩戸は喜んで迎えた。

「仏教に関心を持ちました」

仏の教えを知りたくて発心したと言う。物部氏は排仏派なので自分が仏教に興味を示したのは内密にしてくれとのことだった。厩戸は笑みを見せ大きく頷いた。厩戸は入念に、熱心に、仏の教えを講釈した。


日が沈もうとする頃、殯宮の一室で炊屋と尾佐呼が蜂蜜湯を飲みながら密談を重ねていた。三本脚の結び燈台の灯火が揺れて炊屋の顔に陰影が生じる。妖艶な美しさだった。

「掠《かす》め盗れと言うのか」

「めっそうもございません。お預かりするのでございます。お隠れになった橘豊日《たちばなのとよひ》（用明）大王様は姫様の兄君です。何ら不都合はございません」

橘豊日の大后穴穂部間人王女に気づかれぬよう、大王の遺領を炊屋の私部《きさいちべ》へ編入してはどうか、との尾佐呼の提案である。誰もいないのに左右を確かめると、

「竹田王子様が大王に成られるためには何かと物入りにございます。押坂彦人大兄王子を擁立せんと企む豪族《たくら》は少なくありません。反対派を丸め込むためにも十分な財が必要。惜しみなく使わねばなりません」

炊屋が両手で包むようにしていた小鉢を膝元に置くと、口元に団扇《うちわ》を当てて含み笑いをする。

「そなたはいつもながら歯に衣着《きぬき》せぬ露骨な物言いをする」

「わたくしめの取り柄にございます」

「そうであった。もう少しで下品だと言うところであった」

「姫様」

と可愛く拗《す》ねて見せる。

「すまぬすまぬ、許せ」

「恐れ入りましてございます。わたくしめは英明で徳に満ちた竹田王子様が大王に即位されることこそ、国のため、大王家のためになると信じるがゆえにございます」

炊屋が小鉢を手に取ると、白い喉を見せて蜂蜜湯を飲み干した。尾佐呼も旨そうに啜る。

「おいしゅうございます。とろりとした甘さが何とも言えません」

それには応えず炊屋は小鉢を床に置く。

「ところで一人、大王候補を忘れてはおらぬか」

「はて？　どなた様です」

「厩戸じゃ」

「あの王子様は仏法に帰依されているゆえ、いずれ僧侶となり仏門に入られるのでは」

「さも仏を信仰しているようだが、馬に乗って野原を駆け回り、弓矢、剣の鍛錬も怠らぬと聞く。いずれ竹田の前に立ちはだかることになるやもしれぬ」

「その時は、この尾佐呼にお任せ下さい。厩戸王子様の正体を摑んでみせます」

「それはたのもしい。頼りにしています」

笑みを堪えたような顔を見せた。

竹田王子の乳母は名ばかりで、炊屋が内裏の奥まった一室で自らの乳を与えて養育した。それだけにひとしお慈しんでいるようだった。

じじっ、と音がする。部屋が暗くなる。灯心が無くなってきていた。

蝉時雨の中、騎馬の守屋の後を数人の騎兵が続く。大和川沿いの道を川上に向かって駆けていた。どの辺りで敵を迎え討てば効果的か地形を下見している。道すがら守屋が手綱を引いて馬を止める。一騎が駆けつけ横に並ぶ。側近の捕鳥部万《ととりべのよろず》である。守屋が馬上から身を乗り出し、

「この辺りは川幅が狭い。渡るには絶好の場所に見えるが」

「流れが速くて川底が深うございます。おそらく避けるものと思われます」

しばし思案するように守屋が腕を組む。脳裏に敵が続々と渡ってくる光景が浮かぶ。危惧した。腕を元に戻し、

「念のため、ここも見張らせよ」

守屋が鞭をくれる。しきりと響いていた蝉の鳴き声が聞こえなくなった。一団が更に川上を目指す。馬上で守屋が衣の衿元をくつろげ、首筋から胸に滴る汗を布で拭った。河内を流れる大和川の流域を下見すると本拠の阿都に向かう。西空が桃色から茜色《あかね》に染まろうとしていた。いつもは飛鳥から二上山に落ちる夕日を楽しんでいたが、河内では二上山が東になるため、二上山に沈む夕日は見られない。

大きくはない道を駆ける。四つ辻に差し掛かる。道端に小さなお堂があった。嫌な予感がする。手綱を絞り馬を止めた。後続の騎馬も倣う。

(こんな所にまで……)

石仏が安置されている。前の土器には食べ物が供えられていた。この辺の村人に信仰されているようだ。守屋が馬から降りた。万らも従う。神経が逆立ったのか守屋の顔が真っ赤になっている。

「眠らせてくれる、引っ張り出せ」

石仏が守屋の前に引き出される。目を閉じ優しく微笑んでいる。それが余計に守屋を苛立たせたようだ。腰に吊るした剣を抜刀し、ためらいもなく上段に構える。

「くたばれ」

仏頭を目掛け振り下ろす。乾いた音と共に手が痺《しび》れる。唸った刃が中ほどで折れ、刃毀《はこぼ》れした半分が半月を描いて地面に刺さる。石仏を真っ二つにするはずが、逆に己の剣が真っ二つにされていた。石像は元のままである。小さな欠けら一つ落ちていない。

守屋が石仏の目をまじまじと見る。信じられぬ光景だった。石仏の閉じた目から一筋の赤い雫が流れて頬を伝う。さながら血の涙であった。

「な、何と……」

茫然となる。守屋の青ざめた顔が歪んだ。

「守屋様、守屋様」

とんでもない守屋の様相に万が声を掛ける。

「み、見よ。ほ、仏の目から血の、涙が」

舌が縺《もつ》れて要領を得ず、目に落ち着きがない。額から油汗が垂れる。震え上がっていた。必死に訴える表情がひょうげて見えるが、失笑ならず真顔で、

「何も変わりありませんが……もしや、狐狸《こり》に化かされたのでは……」

万が答える。

「阿呆《あほう》、目ん玉広げてしっかり見よ」

守屋にしか見えないようだ。

「臆《おく》したか守屋」

上空から遠音《とおね》がする。妙にずしりと腹に響く。今度は尼の唱える経が嫋々《じょうじょう》と流れてくる。守屋にしか聞こえていなかった。全員石仏を見ず、物の怪《け》でも見るように守屋の様子を眺めていた。

空が紫紺色に暮れる。夜の帳《とばり》が下りようとしていた。

大和三山が北の方角に見えてくる。この辺りは蘇我氏の支配地である。厩戸が黒駒に跨り駆ける。近頃ひんぱんに軍馬が駆けていた。厩戸も幾度か擦れ違う。吉野路に遠乗りした帰りである。いつものように子麻呂の馬は遥か後方である。

雲が懸かり輝きのない日がずいぶんと傾き二上山の上空にあった。畝傍《うねび》山の麓を疾走する。

厩戸の耳が異様な音を捉える。鞭で叩く音だった。音の方角に黒駒を走らせる。畑に沿った小道で、腹這《ば》いになった奴《やっこ》と思われる男が鞭で烈《はげ》しく打擲《ちょうちゃく》されている。汚れた顔にはみみず腫れが走り、垢じみた粗末な貫頭衣があちこち裂けて血に染まっていた。情け容赦のない鞭がびしびしと男の背中を直撃する。血煙が上がる。同時に藁しべが切れ、ばさばさの頭髪が躍った。

畑仕事の手を休め遠巻きにした貫頭衣の奴婢《ぬひ》たちが不安そうに見ている。見せしめのため見学させているようだ。貫頭衣は樹の皮を継ぎ合わせ、川底の澱《よど》んだ泥で染められた黒灰色である。

「蝦夷《えみし》」

とっさに口に出た。嬲《なぶ》るように男の周りを巡り、鞭の一撃を振り下ろすのは恐しい形相をした蝦夷だった。傍らに石蛾がいる。鞭で奴婢を折檻《せっかん》するなど厩戸の宮ではありえないことである。見かねて近づき急ぎ馬を降りて声を掛ける。

「蝦夷殿」

叩くのに夢中だったのか、ぎくっ、としたように厩戸を見た。

「王子ではないか。何の用ですか。ここは蘇我氏の支配地、王子とはいえ無断での立ち入りは遠慮願いたい」

「そう言われるな。わたしにも蘇我の血が流れている」

「用件は？　おれは忙しい」

「鞭で人を叩くのに、ですか」

「人ではない。奴《やっこ》だ」

いっぱしに大人びた言を発す。

「奴婢とて同じ人間、叩かずとも話せば分かる」

おおっ、とどよめきが起こる。小躍りする者もいた。見ていた奴婢たちだ。蝦夷が睨《ね》めつける。

静かになった。

「早く傷の手当てを」

それには答えず、

「この奴はおれが父からもらった。おれの物だ。王子とはいえ、いらざる口出しは慎み下さい。何もしとうてしているのではない。怠けたゆえ、仕置きをしておるのよ。躾でもある」

敵意を帯びた視線を投げて勝ち誇ったように言い放つ。

「そうなのか」

厩戸が奴に問う。蝦夷が余計なことを言うなといわんばかりに奴を射竦める。男はしばし黙っていたが、意を決したのか、

「ち、違います」

言葉少なに弱々しい声を洩らした。

「こやつ」

蝦夷の鞭が飛んだ。幼い頃の育った環境のせいか何かにつけて若年らしくない。

「やめよ」

厩戸が蝦夷の腕を摑んで止める。蝦夷が目を白黒させ、

「な、何をする」

厩戸の手を払う。剣呑《けんのん》な空気になった。

「領国の仕置きは領主に任されている。大王とてとやかく言えぬ。それが習いだ」

「それとこれとは別儀です」

と厩戸。今まで黙然としていた石蛾が剣の柄に手を掛けたその時、蹄の音が近づいた。蘇我善徳と数人の兵だった。馬子の嫡子であり蝦夷の兄でもある。誰かがこの推移を知らせに走ったのだろう。善徳とは以前、僧の庵で法話を一緒に聞いたことがあり、印象深く残っていた。

斑馬《まだら》から善徳が降りる。石蛾が柄から手を離した。

「王子様、久しいですな」

笑みを見せる。

「お元気そうで何より」

厩戸も笑みを返し、

「傷の手当てを」

承知と言うや兵に命ずる。またも蹄の音が近づく。子麻呂だった。厩戸を見失いやっと見つけたようだ。

「いずれまた」

厩戸は善徳に軽く頭を下げて黒駒に乗った。子麻呂が続く。蝦夷と石蛾が去りゆく厩戸を憎々しげに睨み据えていたのをむろん厩戸は知らない。何があったのです、と子麻呂。厩戸は子麻呂と馬を並べゆっくりと進む。先ほどのいきさつを手短に話した。子麻呂は馬の背に揺られながら、

「お掛けになった情けは、あの奴に厄《やく》となって降り掛かりましょう」

「……どういうことだ」

合点がいかず聞き返す。

「蝦夷様は奴婢の眼前で恥をかかされたと腹立たしいことです」

「そんなつもりは毛頭ない」

子麻呂は首を横に振り、

「そのむかつきはどこへ爆発すると思いますか」

「……」

「奴に向かいます」

「まさか」

「考えてもみて下さい。蝦夷様は正面切って王子様には刃向かえません。豪族は大王家に仕える従臣同然、手出しできません。それゆえ王子様への憎しみ憤懣はその奴に向かうは確か。要するに腹癒せです」

厩戸が手綱を引いて黒駒の首を返す。

「どこへ行かれるのです」

「蝦夷の居館へ行き、男を助け出す」

さっと黒駒の前に馬を寄せ、

「おやめ下さい。それでは助ける前に男が殺されます」

「ではわたしがその男をもらい受けよう」

「蝦夷様も意地がございます。承知なされますまい」

「見て見ぬ振りをせよと言うのか」

「さよう、それが良策というものです」

「……そうだ、善徳殿に力になってもらおう」

「善徳様が動けば兄弟で争われることになりかねません。おやめになるのが……」

「ならば馬子殿に」

「厩戸様のためになりません。これからは余計なことに関わらぬようお気尽くし下さい。王子様が良かれと思ってしたことでも、相手には災難となることも多々あります。王子様は苦労されておらぬから仕方ありませんが、世の中それほど安直ではありません」

辛辣《しんらつ》なことを言う。厩戸は大きく溜め息をつき、子麻呂の意見に従った。

帰路を疾走する。見る見る子麻呂を引き離した。

（後味の悪い遠乗りだった）

しかし、こうしてあちこち出掛けるとさまざまな場面に遭遇し、いろんな人にも出会える。いい出会い。そうではない出会い。新しい発見。これらの体験が無ければ生涯目を配ることはなかったであろうことも幾つかある。そう思うと落ち込んでいた心が少し軽くなった、ような気がする。夕映えも無いまま二上山に日が沈もうとしていた。

逆賊・守屋

物部守屋は阿都の居館に帰ってから三日間寝込んでいた。三日目の深夜、凶夢を見る。

石仏を転がして遊んでいると憂いを帯びた仏の目から血の涙が流れている。いつかしら合掌した尼の姿になった。握っていた水晶の数珠の緒が切れる。次々と珠が尼の膝元に転がり落ちる。光っていた珠が瞬時に赤く変じ、薄墨の衣が朱に染まってゆく。突如炎となって尼を包み込む。

「うわあああ」

守屋が奇声を発す。炎の中から尼の歌うように唱える経が聞こえる。黒焦げの尼が守屋に覆い被さった。尼の凄艶《せいえん》な目が不気味に光る。

「うわあ――」

今度は現実の己の悲鳴で呼び覚まされた。上半身を起こす。怖気《おぞけ》が走った。

(夢か……恐ろしい夢だった)

寿命が縮む思いである。やけに体が重い。胃の腑が痛んだ。縁に控えていた従僕が外から、守屋様、と声を掛ける。

「何でもない。そうだ、白湯《さゆ》をくれぬか」

やたらと喉が渇く。全身に汗がねっとりと絡みついている。背筋に冷汗が流れた。小鉢に入れられた白湯が届けられる。ごくりと飲んで、もう一杯所望する。胃の痛みは消えた。寝床で喫していると、庭から荒々しい足音が走り寄る。

「一大事」

万《よろず》の声だった。

「入れ」

深刻な顔をしている。

「蘇我の兵が石上社《いそのかみ》を襲い占領、神職らを人質にしております」

立ち上がり、

「すぐに兵を差し向け奪い返せ」

「は」

「待て。戦いはならぬ」

やって来た長老が止めた。

「いくら長老とはいえ氏の上はわしだぞ。わしの命に従え」

「冷静になられよ。戦になれば社に火を点けるは必定。守屋様とて寺を燃やされたではありませんか。古より続く総氏神、守護神を灰にしてはなりませぬ」

必死に説得する。

「馬子めが」

喉の奥から絞り出したような声だ。手の小鉢の白湯を一口啜るや庭に投げつける。不快な気分が澱《おり》のように残った。

社の神庫には大王家の重宝《ちょうほう》、兵仗などがぎっしり納められている。それに武器庫には戦闘用の弓矢、大刀などが多量に保管されていた。それらが蘇我氏に奪われたのである。先手を打たれ大きな痛手だ。神聖なる社には手を出さぬと軽視したのが躓《つまず》きとなった。

守屋は暗い霊屋《たまや》で巫女に鳴弦をさせたが弦が切れるという不吉なことが生じる。巫女を去らせると一人籠もり、煩悶《はんもん》した。


大和と河内に騎馬の使者が行き交った。蘇我、物部共に各地の豪族を我が陣営に合力させるのに躍起である。互いの使者が鉢合わせして争うことも珍しくない。

馬子には大后炊屋がついていると知れ渡る。

「勅命という大義名分」

それがもらえる立場だ。守屋を見限り馬子に味方する豪族が増える。守屋は劣勢であった。檄《げき》を飛ばすも効果が無い。各地の物部一族に頼るしかなくなった。しかし一族の多くはだんまりを決め込んでいる。

ある夜、可智根が守屋に進言する。

「厩戸王子様を味方になされませ。年若とはいえ徳のある稀有《けう》なお方。人望もあり、いい意味で大人びておられます」

「厩戸やらは仏を信心しているというではないか。わしは今まで散々仏教徒を迫害してきた。与力するわけがなかろう。まして厩戸は蘇我一族。曲がりなりにも仏を崇める馬子を裏切るわけがない」

隙間から風が吹き込んだ。灯火が左右に大きく揺れる。守屋の迷いのようだ。

「そうではありません。あのお方は馬子様のような現世利益《りやく》を求めるを良しとせず、仏の教えを守ろうとなされております。ですから戦は好まれません。仏の教え、不殺生に反するからです。必ず良い手立てを考えて下さりましょう」

「手立てとは？」

「おそらく馬子様との和議」

「笑わせるな！　馬子が承知するはずがなかろう。わしも同意せぬ」

「それをまとめるのがあの王子様の凄いところです」

「わしが馬子に遅れを取ると思っておるな」

可智根が首を横に振る。

「戦う前から弱腰でどうする。臆病風が吹いておるならとっとと逃げよ。咎めはせぬ」

「戦になれば多くの兵を失います。兵には親も子もおりましょう。一族を泣かせてはなりません」

「何を言う、そのような禍事《まがごと》。主人のために死ぬのは従臣の務め、誉《ほま》れであるぞ。万一死んでも遺子を取り立て、暮らしは十分にしておる。戯《たわ》けたことを申すな」

「わたしが使者に立ちます」

「まだ言うか、厩戸かぶれめ。下がれ」

守屋は可智根のせっかくの提案を聞き入れなかった。

厩戸は仏の教えを広めようと海石榴市界隈での辻説法を思いつく。説き分ける至難さにも挑みたい。

「成りません。王子様ともあろうお方がそのような下賤《げせん》なことを。貴人たる嗜みをお忘れですか」

「子麻呂殿。王子様のなさることにいちいち口を挟むでない」

河勝が意見する。

「王子様に至らぬことがあれば、お叱り覚悟でお諫《いさ》めする。当たり前のことだ」

と子麻呂。河勝は返す言葉が見つからない。

「それにまだ、あの時の刺客を命じた者が分かっていない。警護の長として怠慢である」

「……」

「王子様が再び襲われたらどうする」

「わたしが必ずお守りします」

「警護に必ずは無い」

うんざりしたのか厩戸が、

「やめなさい」

珍しく声を荒らげた。

厩戸は束髪於額《ひさごはな》（髪を額で束ねる）を解き、てっぺんで結い、白い頭巾で覆い、笠を目深に被る。墨染《すみぞ》めの衣もまとい僧侶に扮した。

海石榴市の辻に立つ。日は真上から暑い日差しを投げつけている。間隔をとって河勝、従僕らが油断なく警護する。こうして見張っていると誰もが怪《あや》しく見えてくるそうだ。通行人にも商人のなりをした従僕が混ざり目を光らせている。警戒おさおさ怠り無し、であった。

僧侶厩戸が持ち前の穏やかな声に重みを乗せ、自然《じねん》の湧きいずるままに語る。

「この世から争いを無くさねばなりません。和の道、人の道を忘れ、人が人を憎む。この悪感情を絶ち切らねばなりません。人が人を殺す、こんな悍《おぞ》ましい不幸はありません。仏教では不殺生、人を殺すなとの戒《かい》があります」

一人、二人と立ち止まる。後ろの方で聞いていたのか、ふらりと前に出た老人が、ゆったりとした口調で、

「そう言いなさるが、殺して物を奪った方が楽な暮らしができるわいの」

冗談とも本気とも取れる言葉を真顔で投げた。

「そうでしょうか。そんな非道なことをしてあなたは心が痛まぬのですか」

「痛まん。ばれんようにすりゃええのや」

と屈託無く答えて体を揺すった。

「あなたのような考えの人が増えれば、逆にあなたが殺される立場になるやもしれませぬ」

「そりゃ、困るで」

間延びした声に爆笑が起こる。いつしか集まりとなって立ち聞いている。老人が黙った。更に人が寄り、これから盛り上がろうとする時だった。水を差すようにいきなり空気を切った飛矢が厩戸を襲う。笠を突き抜けた。次の矢が唸りを立てて飛来する。厩戸の肩を掠めて後ろの樹に突き刺さる。矢羽根が震えている。悲鳴を上げた群衆が逃げまどう。河勝が大股で駆けつけ厩戸を伏せさせた。従僕たちが厩戸の周りを取り囲み人盾《ひとだて》となる。鷹のような目が周囲の怪しき動きを追っている。もう矢は襲ってこなかった。

離れた大樹の枝の上で人影が動く。枝から枝へ飛び移る。地面に飛び降りると弓を脇に手挟《たばさ》み真っしぐらに走り去る。厩戸は衣の裾を払って立ち上がるや、笠の縁《ふち》を指で持ち上げてその後ろ姿を目で追う。

（天魔《てんま》に魅入られた者に命はやらぬ）

笠の紐を締め直しながら口を一文字に結んだ。


時を同じくして守屋の居館では軍議が行われていた。守屋が上段に、下段に長老、従臣らが相対

し座する。可智根も末席に座っている。重苦しい沈黙が支配する中、守屋が声を張り上げ、

「遅い、まだ来ないのか」

苦渋に満ちた顔で大喝する。状況を好転させんがために血眼である。

「申し上げます。各地の豪族に密使を放ちましたが色良い返事がもらえません。これまでのご恩を忘れ、馬子に与《くみ》するやからが増えております」

と万が報告する。どことなく歯切れが悪い。多くが意気消沈したかのように目線を下げ、むっつりとしている。

「われらが負けるとでも思うておるのか」

「さあ……」

「大伴は何と申した」

「それが……」

「どうした、有体《ありてい》に申せ」

「使者は袋叩きに遭い、命からがら逃げ帰りました」

「くそっ、大伴め。何ゆえの変心だ。共に大王家のため、力を尽くそうと誓いおうたというに」

揣摩《しま》（憶測）しつつ拳《こぶし》で己の膝頭を叩いた。夢想もしていない大きな誤算である。多数派工夫も芳しくない。容易ならざる緊迫感が満ち満ちる。

「恐れながら、われらも大王家の王子を擁立《ようりつ》すれば朝敵にはならぬのでは」

と従臣が述べる。

「朝敵と申すが、いまだ勅命は下されておらぬではないか」

「下される前に、大王家の王子を担ぐことが肝心かと。そうすれば豪族らもおっつけ参軍しましょう」

「そこで穴穂部王子を擁立したが殺され、宅部王子も誅され、押坂彦人大兄王子には断られ散々だ。他の王子にも当たったが、日和見《ひよりみ》する者、中立と申す者、いずれも己の保身に走る腑抜け者ばかり……」

やや間があった。空虚《うつろ》な目をわずかに見せると、

「皆の者。今日まで至らぬ守屋をよく支えてくれた。これからはそなたらの裁量に委《ゆだ》ねる。各自思いのまま、気のままに致せ。敵に走るも良し、指弾はせん」

弱気になったのか、それとも従臣らの本心を探るために瀬踏みしたのかは読み取れない。皆が意図をくみかねて黙する中、

「何をおっしゃる。われらは守屋様に命をお預けした身です」

潔い口上に感銘したのか、阿諛《あゆ》なのか、すぐさま万が真っ先に応じた。これが呼び水となる。

「そうだ」

「命など惜しゅうない。馬子の首を取るべし」

「いざ、戦だ。蘇我のやつばらに遅れを取るな」

威勢のいい声があちこちから飛び交った。突如、可智根が立ち上がり、

「それでは朝廷に背き奉ることになりましょう。恭順の意を表して降服なさるが一番。朝廷軍に下っても恥ではございません、むしろ従臣はそうあるべき。父上のお命はもちろん皆の命も大事。再起の機会は必ず訪れます、ここは我慢すべきです」

異を唱え戒慎を促したがどこからか二人近寄ると否応無しに可智根の両脇を抱え連れ出した。懐手をした守屋が後ろ姿をはたと見る。どことなく座が弛んでいた。

その夜、守屋は干し柿をかじりながら主屋に籠もり思料していた。劣勢を挽回すべく、謀り事を巡らすも巧い考えが浮かばない。隘路《あいろ》に迷い込んだようである。床に腰を下ろしているので尻が冷える。灯火の油が無くなり闇になる。それでも気にならない。かえって集中できる。重そうな一重瞼を閉じた。

(このままでは)

悲観論が蔓延して動揺が広がる居館の空気に危機感を抱いていた。起死回生の策を練っている。兵の士気を鼓舞せねばとの一心である。

けたたましい鶏鳴《けいめい》が耳に入る。はっと、閃《ひらめ》いたように瞼《まぶた》が開く。立ち上がっていた。

守屋は夕暮れ近く攻勢に転じた。樹々に囲まれた霊屋《たまや》の社の境内に居館の者一同、加えて近在の物部一族を招集する。しかつめらしい顔の二百人ばかりがひしめいた。夜来の雨が降っていたが儀式の前には一転して日が差した。境内は玉砂利が敷きつめられているので水捌《は》けが良い。濡れそ

ぼった玉砂利が日の光を照り返す。皆が目を細め、

「吉兆じゃ」

「邪気が払われた。めでたや、めでたや」

己《おの》がじし囃《はや》し立て、今か今かと立ったまま祭殿を見上げる。前の方に守屋もいた。

西に黄紅色の空が弧状に広がった。赤みがかるとやがて深い朱に変わり、次には紫となって西空が暗くなる。山々は黒い稜線を見せていた。豪快な太鼓の音が響き渡る。神意を伺う儀式が始まった。皆が黙る。鳴りやむと静寂が訪れた。厳かな和琴の音《ね》が奏でられ祭殿に染み入る。神の降臨には和琴を弾いて招くのが仕来《しきた》りである。

左手から千早《ちはや》をまとった巫女が足音を立てずに現れ階を上がる。手には榊《さかき》の枝葉が握られている。白木の床に座ると祭殿を見上げる。神懸《が》かりした巫女が神託を告げるのである。

残照が消え境内が暗くなってくる。夜空には星がいくつか煌《きら》めいていたが、おのおのの顔が見分けがたくなった。目が暗闇に慣れて薄灯りに照らされた巫女の姿がぼうっと見える。巫女の肩がぴくぴくと動く。激しくなった。全身に及んだ。瘧《おこり》のように震えながらぶつぶつと呟いているのだが聴き取れない。神懸かりだった。

「ぎゃあ――」

いきなり怪鳥のような叫び声を上げて前に膝から崩れる。体の震えは止んでいた。和琴の音が激しく高鳴る。巫女が足を揃えてすっと立ち上がるとこちらを向いている。目が吊り上がり、口が大

きく裂けている。床に崩れた際にした化粧のせいなのだが暗闇で気づかない。恐れたように皆が後退る。守屋だけがなぜかじっとしていた。どこからか涼しげな鈴の音《ね》が聞こえる。すると待っていたかのように一同を睥睨《へいげい》し、

「われは物部氏の祖、饒速日命《にぎはやひのみこと》なるぞ。頭《ず》が高い！」

神憑った凄みのある声だ。鈴の音が聞こえなくなった。守屋が真っ先に片膝を地につけて礼をする。皆も片膝をつき畏《かしこ》まる。

「こたびの戦《いくさ》、勝利疑いなし」

喚声が起こった。思わず皆が嬉しそうに顔を見合わせ頷いている。肩を抱き合う者もいる。ざわつきを一掃するかのように、

「大連物部守屋」

枝葉の握られた手の指で指し示し、厳かな声を振り立てる。守屋が顔を上げ姿勢を正す。

「敵はしょせん烏合の衆。悪人ばらの馬子を討ち果たし、大王家をお守りせよ」

号令した。次に巫女は流れるように指を指し、

「されば者共、命を惜しむな。恩賞は思いのままぞ」

励声《れいせい》を発し皆をその気にさせる。瞬き一つしなかった。

「おおっ」

期せずして耳をろうせんばかりの気炎が起こり、わっと総立ちになる。熱に浮かされたように歓

喜の渦が広がった。巫女がゆっくりとその場に倒れる。神託が終わった。守屋が振り返り、

「勝利したも同然」

境内を埋め尽くした全員の雄叫《おたけ》びが樹々の葉を揺らし辺り一面に谺した。いやが上にも勇躍した戦の気運が異様に昂揚する。興奮が冷めやらぬまま解散し、各人が居館に帰り戦の準備に入った。

（まやかしであれ、会心の演技であった。さすが俳優《わざおぎ》）

灯りの余光を受けた守屋が声を出さずに笑った。

託宣は内応者からすぐに馬子に報告された。

このお告げを知った馬子はその手があったと石蛾に声を掛ける。

「われらも神託を受けようぞ」

「ご主人様は崇仏派の頭目。かような矛盾は信が損なわれます。ご無用になされませ。神は神、われらはわれら。事を成すのは人でございますれば」

冷めた口調が返ってきた。

馬子は殯宮の大后炊屋を内密に訪ねた。宮人に案内される。いつものように抜け目なく大后への手土産を宮人に渡す。下段に座り黙然と待つ。

炊屋は奥で宮人に髪を梳《くしけず》らせていた。大后が現れ上段の胡床に座る。従っていた側近の尾佐呼が上段の端近《はしぢか》に控えた。

「急ぎの用か」

「仰せの通りにございます」

「守屋のことであろう」

「ご明察恐れ入ります。実は守屋に神託が下ったそうにございます」

「して、どのような」

「『大王に成り代わり、国を治めよ』と」

「ふふふ、さようか」

皮肉な笑みを見せる。その笑みで正視すると、

「じゃが、今のは聞かざれしこととする」

意味深長に言ったまま遠くに視線を移す。たまに見せる符牒《ふちょう》であった。

(姫様は今の馬子の嘘にご不満なのだ。至上の大后様を欺くなど看過してはならない)

たちまち忖度した尾佐呼が、

「馬子様」

迫るように口を出す。

「わたくしめの耳に入った内容とはいささか違います」

「おかしなことを申される。どんな内容ですかな」

「『悪人ばらの馬子を討ち果たし、大王家をお守りせよ』」

馬子もそれは聞いていたがあえて伏せた。これでは自身がさも佞臣《ねいしん》のようである。毒気を抜かれ

て返答に窮したが、

「さようですか。口さがない連中がおりますな。怖い怖い」

首を竦《すく》めてそら恍《とぼ》けて見せる。馬子も尾佐呼にかかっては形無しである。

「それはそうと、大后様。心得悪しき守屋の傍若無人なる振る舞い、許しがたし」

熱弁をふるって悪辣さを強調する。

「仏教徒への迫害、三輪君逆の殺害。勝手に都を離れ叱るに自ら弁明もしない。そのうえ河内での軍事演習。檄を飛ばし兵を集め、あまつさえこたびの神託。罪は明々白々、万死に値します。これ以上のさばらしては累を及ぼしましょう」

「どうせよと申す」

「立つべき秋《とき》は今。物部守屋を誅伐せよ、とお命じ下さいませ」

蘇我氏が勝手に動いて私闘になることを恐れている。用意周到ともいえる。馬子の筋書きを敏感に読んだ。

「勅命はそうやすやすとは出せぬ。その前に問う」

馬子は受け流されて内心舌打ちをするも、やや前屈みになった。

「勝算はあるのか。大王家の王子たちは汝《な》に味方すると言うたのか」

事がことだけにおのずと詰問調である。

「これからにございますが、ただ」

言葉を切り、大后の顔を窺いながら、

「厩戸王子様を味方につければ、去就に悩んでおられる他の王子様はなびくかと」

「さすが大臣、良きところに目をつける。では厩戸を口説いてみよ」

言い捨てて席を立った。奥で一人、黙考する。炊屋は守屋追討にためらいがある。大豪族であれ守屋を潰すのは容易だが、その後の政である。馬子は表向きは炊屋に従っている。だが守屋がいなくなれば豪族たちを懐柔し、蘇我氏の利益になるように政を進めるだろう。合議の上での政策ですと奏上されれば裁可せざるを得ない。守屋と馬子の実力者を互いに牽制《けんせい》させ、政の釣り合いを取って大王家を守ってきた一面がある。守屋がいなくなった時の先が見えている。馬子の専横が露骨になるのは明白だった。

（次の大王は泊瀬部王子と決めたが……）

ふと思いつき、近くに置かれた鈴を鳴らして尾佐呼を呼ぶ。

「泊瀬部を丸ごと調べよ」

翌日には尾佐呼より詳細な報告があった。炊屋が蘇《そ》を食している時だ。

「ふふふふ」

口元に団扇を当て上品に笑う。尾佐呼は得意げに小鼻を動かした。

「さようか、泊瀬部がのう」

耳寄りな話であった。泊瀬部王子はかつて各豪族たちの領地、領民を余さず大王家に献上させ、改めて大王から貸し与えるように、と父天国排開広庭（欽明）大王に言上したことがあるという。自明とはいえ大王の絶対性にこだわっていた。

「煮え切らぬ父に『倭国は土地も民草も大王が統《す》べる国。それがあるべき姿。貪欲で蒙昧《もうまい》な豪族らの私有を許してはなりません。逆らえばわたしが将軍となり、豪族共を捻り潰してごらんにいれましょう』と啖呵を切ったそうにございます」

尾佐呼が愉快そうに告げる。

感興をそそられた炊屋が白い歯並びを見せて嬉しげに、

「そは、心強いことよ。楽しみじゃ。で、大王はどうお答えになった？」

「『子に政で説教されるとは、思ってもおらなんだ』と苦笑いされていたとの由」

炊屋は満面に笑みを浮かべた。尾佐呼の物欲しそうな目が木皿に盛られた蘇にいっている。炊屋は皿を前に出し、

「美味です、たんと食してみよ」

「それでは、ご相伴におあずかりします」

尾佐呼は一つ摘むと口に入れる。甘い香りが漂う。ゆっくりと噛む。奇妙な顔をした。

「不思議な味ですな」

「蘇というて、牛の乳を煮詰めて固めた物じゃ」

「う、牛の乳」

大きく噎《む》せ込む。口を押さえ、

「ご、ご無礼を」

うろたえて後退りも忘れ立ち去った。後ろ姿を目で追いながら、唇についた蘇の小粒を桃色がかった爪先でゆかしく取る。

(口に合わなかったようじゃ)

団扇をもて遊びつつさも楽しそうに顔をにこにこさせた。

その日の夕方、殯宮に炊屋の実家(額田部)から弔問を装った男の訪問があった。尾佐呼には黙っていたが、女の目だけではなく男の目からも泊瀬部王子のこれまでの行状を探らせていた。用心深いといえばそうだ。疑い深いといえば深い。

「真か」

「まず間違いないことかと」

泊瀬部の舎人に十分な鉄の延板を与え聞き出した。それによると泊瀬部は橘豊日大王に、

「大王家にとって必ず馬子は害になる大きな火種。大王家が潰される前に馬子を誅すべし」

己の立場、身分も弁えず、馬子の非を殊更論《あげつら》い、一家言《いっかげん》を吐いたという。

楽しむかのように聴いていた炊屋は男を下がらせると物思いに耽《ふけ》る。激越とはいえ、泊瀬部の主張は明快で壮烈としている。尾佐呼の聞いてきたことと男が仕入れてきたことは繫《つな》がっていた。

(泊瀬部……)

これほど泊瀬部王子が大臣馬子を信用していないとは思いも寄らなかった。

(馬子……)

馬子は果たして泊瀬部の心の内を読んでいるのだろうかと興味深くなる。あるいはすでに泊瀬部の言動は調べ上げているのかもしれないとも思う。馬子にとっては豪族の存在を脅かす忌むべき大王であった。

(偏狭過ぎる泊瀬部では馬子らとは折り合いをつけられまい……泊瀬部が大王になれば)

尾佐呼には楽しみじゃ、と言ってはみたが、得体の知れぬ不吉なものを感じていた。存外に馬子と相性が悪そうだ。だからといって今さら後戻りはできない。

(前に進むしかない)

膝上の両手を強く握り締めた。


馬子は騎馬で数人の従者と共に厩戸を訪ねた。主屋で向かい合って座す。従者は大殿の外で終わるのを待つ。

「大臣、どうしました」

「ちとお力添えを頼もうと」

「わたしにできることならやらせていただきますが」

「お安いことです。物部守屋誅伐に加わっていただきたい」

「お断りします」

迷いなくあっさりと言った。そう答えるしかない。予想していたのか馬子は気にせず、

「戦といっても、王子様には安全な後ろでおいしい物を食し、気随に見目麗《みめうるわ》しき乙女と双六でもして遊《すさ》んでいただくだけ。酒もたんまり用意させます」

さながら物見遊山に行くように得意そうに言う。馬子自身の好みを押しつけているようで厩戸は不愉快になった。

「大臣」

注視する。

「何ですかな」

「大臣の務めをお忘れか」

「言うも愚かであるが、大王家を支えるのが第一義。大王家の寿《ことぶき》を我が喜びとし、務めております」

「大臣は民の安寧を願い、戦にならぬよう策を練るのが第一の務め。戦を避けるため、あらゆる手段を講じなければなりません。戦を起こすなどとんでもない」

「心得ております。しかし防戦せねば飛鳥は焼け野原にされる。それでもよろしいか」

すぐさま反論されたが、

「攻撃させぬようにするのが大臣の務め。心をもって真を尽くすのが大事。こちらから仕掛けるの

は愚の骨頂、わたしは反対です」

思ったままを口にする。

「王子の考えは浅過ぎる。何も分かっておらぬ」

憮然と立ち上がると床を乱暴に踏みつけながら去った。戦を厭《いと》う厩戸に断られ頭にきているようだった。


馬子が島ノ庄（現在の奈良県明日香村、石舞台古墳の西の辺り）の居館に戻ると待ち構えていたように蝦夷が迎える。後ろに石蛾が控えている。

「いかがでございました」

「話にならん、口の減らぬ若造め。王子でなくば追放してくれるものを」

こめかみが痙攣《けいれん》している。

「父上、この石蛾にお任せ下さい」

石蛾を顎で指す。馬子も目を走らせる。

「蝦夷よりおぬしの働き、聞いておるぞ。何でも利《き》け者だそうな」

「恐れ入ります」

眉一つ動かさず深く頭を下げた。妖気を気にせず、

「良き思案があるなら申せ」

たじろぎもせず、石蛾が用心深い目つきで周りの気配を確認する。馬子が呼応するかのように小声で、

「待て。奥の高床で聞く」

石蛾が薄い唇にあるやなしやの笑みを浮かべた。ちなみに馬子の居館には、小さくはない満々と水を湛える池（泉水）があり、そこには島もある。そのため嶋大臣《しまのおおおみ》と異称された。

鷹の幼鳥が樹枝で羽ばたきを繰り返す夏六月二十一日――。

善信尼は弟子の禅蔵尼、恵善尼を連れて馬子の居館を訪れた。白絹頭巾、白衣が奥床しい。来るそうそう、

「出家の途《みち》は、受戒するが根本であります。願わくば百済に行って、受戒の法を学びとう存じます」

はきはきと馬子に願う。至極当然な訴えである。

「おお、よくぞ申された。及ばずながらこの馬子、力になります」

大歓迎される。高坏《たかつき》に盛られた渡来の菓子を馳走になった、その帰りである。とある四つ辻で善信尼らが覆面の一団に襲われる。

「大連物部守屋様のご命令である。おとなしゅうついて参れ」

抗うと頬を打たれ、怯んだところ腕を摑まれ引き連れられようとする。たまさか一人遠乗りでこ

の辺りを駆けていた厩戸が悲鳴を聞きつけ助けに入る。厩戸の姿を見るや一団は一散に逃げ出した。

ここからは尼寺より島ノ庄の方が近い。厩戸は三人に付き添って馬子の居館に引き返し事の次第を説明した。馬子は眉間に皺《しわ》を寄せて深刻な顔を見せると、

「王子様、ありがとうございました。尼らが助かったのは、これもひとえに仏のご加護、お導きにございましょう。王子様が仏に成り代わりお救い下された。ありがたやありがたや」

と大仰に厩戸に手を合わせる。馬子のからかいに気づかず尼たちも倣う。

「やめて下さい、面映ゆうございます」

困ったように言いながらも爽やかな笑みが厩戸の口元にあった。馬子が手を戻す。が尼らは拝み足りないようだった。

「守屋め、このようないたいけな尼に二度までも手を出すとは、許せぬ悪業」

馬子は警護の兵をつけてまだ脅《おび》えている善信尼らを尼寺に送り届ける。これより善信尼の尼寺は兵による警護が続いた。

帰路の馬上で厩戸は、何か引っ掛かりを感じる。

(守屋の名を出すとは……それにわたしの姿を見るや、拍子抜けするほどさらりと逃げ去った)

尼が襲われた頃合いに合わせるかのように、はしなくも通り掛かった。

(よもやこのような偶然があるとは……)

厩戸の遠乗りの道順などはだいたい決まっている。

（それを知って何者かがもくろんだとすれば）

手の込んだ作為を感じたが、誰が何の目的で謀ったのかまでは今の厩戸には読み切れない。

（考え過ぎではないのか）

近頃、野心のある御仁と交わるうちに疑い深くなったと自嘲する。知らぬ間に鍛えられていた。いずれにしても善信尼らはかつて海石榴市で鞭で打たれ辱《はずかし》めを受けたのは疑うべからざる事実である。命じたのは物部守屋その男に間違いなかった。


二上山の上空に黄ばんだ日が見える秋七月一日——。

磐余の池辺雙槻宮《いけべのなみつきのみや》の玉座。炊屋は橘豊日の宮に出張った。馬子、大夫、群臣らの前で、

「大臣蘇我馬子。朝敵、物部守屋を追討せよ」

大后炊屋より勅命が下る。守屋が逆賊となった瞬間である。これより馬子が率いる兵は官軍となり、守屋軍は賊軍となる。これで勝敗の帰趨《きすう》は決まったも同然と思えた。馬子は軍を掌握し、豪族らの長《おさ》としての地位が確たるものとなった。しかしながら少ないとはいえ、煮え切らぬ王子、豪族らもおり、厩戸の動向に関心が寄せられた。

そんな折も折、勅使の手輿《たごし》が厩戸の宮に向かう。日没の闇が迫っている。先触れの使者が門内に入った。一斉に篝火が焚かれる。勅使は炊屋の側近の一人額田部久麻呂大夫《ぬかたべのひさまろまえつきみ》である。

厩戸は主屋で迎える。上座の正面に勅使、下座に厩戸。後ろに子麻呂、河勝が控える。半島から入手したであろう玉をちりばめた漆紗《しっしゃ》の冠、緋紫の袍《ほう》（長い上着）と袴《はかま》。腰は絛帯《くみのおび》（綬《じゅ》）を締め、中央で膝の辺りまで垂らしている。

「大臣蘇我馬子を補佐し、天《あめ》の下を鎮めよ」

厩戸が下げた頭を戻し勅使を見上げる。のっぺりとした顔である。丸ぼったい眉をひそめた。

「いかがした。不満かそれとも言いたきことがあるのか。あれば忌憚なく申すが良い」

「恐れながら、和をもって朝敵と和議を結んでもよろしゅうございますか」

「すでに皆が動いておる。それでもそう言うか」

「はい。いかなる理由があれ、相手を殺せば遺恨が残ります。あくまで大后炊屋姫様の徳を奉じ、敵の心を改心させねばなりません」

「分かった。王子の仏法へのこだわり、わたしの耳にも入っている。中でも不殺生は一等大事にしているとか。それゆえ大后様は王子を選ばれたのです。わたしも感服致した。王子の信じるまま、思うまま、存分に振る舞ってください」

落ち着き払った福々しい笑みを見せる。

「ありがたいお言葉、身命を賭して務めます」

「嬉しく思う。ただ戦はどう転ぶや分からぬ要素がある。王子の望む和議が叶えば一番ですが、万一戦にならぬとも限らぬ。そこでだ。敵の命も大切ではあるが、王子の命はもっと尊い。くれぐれも御身大事と心得ください」

厩戸は深々と頭を下げる。言辞はすこぶる好意的であった。厩戸はこれで戦いにならずに済むと信じ込んでいる。

（大臣の暴走を止めなくては）

一人意気込んでいる。己の力を過信しすぎていた。厩戸が馬子と共に戦うという報は一気に広まる。馬子は好かぬ、戦も好かぬと拒んでいた王子らは馬子に同調する。中立を決めていた豪族たちも守屋を見限って馬子になびく。

決戦の時は迫っている。歴史が大きく動こうとしていた。


伊勢国から熨斗鮑《のしあわび》が献上された秋七月三日――。

池辺雙槻宮《いけべのなみつきのみや》で出陣の儀が夜明けと同時に挙行された。空は晴れ渡り、時折涼風が肌を撫でる。

玉座に白と貝紫を中心とした色合わせの衣をまとった大后炊屋、縁には泊瀬部、竹田、厩戸、難波、春日らの各王子が居並ぶ。

階《きざはし》の下の庭には俄《にわか》の土舞台が設《しつら》えられている。庭の左右に大臣馬子、大夫、群臣らが分かれて整列した。出征の祝いとして久米舞が奉納されるのが習わしである。晴れの舞人の栄誉に輝いたのが来目王子であった。

鼓が打たれた。来目が大門に現れ端正に辞儀をする。涼やかな目で進み出ると土舞台に立ち、中央で優雅に両腕を組み、額へ捧げ、深く体を前に曲げる。最敬礼である。色白で細面の女人のような顔立ちである。竹田王子を見知っている者は竹田王子に似ていると思い、竹田王子はしげしげと来目を見つめ、炊屋もわずかに身を乗り出し見入った。

（そっくりじゃ）

改めて竹田を見る。厩戸は分かっていることなので驚きはない。

身にまとう裲襠《りょうとう》装束は、黒と見紛《みまが》うほどの濃い藍色で、装束の下に着た袖の広い上衣もそう、腰に吊した大刀の柄、鞘もそうである。褐色《かち》といい勝ちに繋《つな》がるめでたき色とされている。裲襠装束は一種の貫頭衣で、細長い布の中央に穴を空けて首を通し、体の前後に垂らして腰紐で結んだものである。

舞台の袖に龍笛、大太鼓、小太鼓、鼓、和琴などの楽人が控える。演奏に合わせて戦勝祝いの久米舞が始まった。

大刀を抜き豪快に空気を斬る。同時に鋭い音《ね》が奏でられる。舞手と楽人の息がぴったりである。次には龍笛ののどかなゆったりとした旋律に合わせゆっくりと滑るように進む。足を止め、土を踏み鳴らす。そして数歩進み、天を見ながら大刀を天へと掲げた。静かに顔と大刀を下げながら歌う。外見通りの優しい声であった。

「みつみつし　来目の子らが　垣下《かきもと》に　粟生《あはふ》には　臭韮一本《かみらひともと》」

威勢のいい来目の者共。垣の下の粟畑には臭い韮《にら》が一本あるぞ。

澄んだ清い声が響く。力強い声になった。勇壮な中にも華麗さ漂う舞である。大刀をかざし舞台を大きく回る。両手を横へ大きく広げ、構えに入る。

「其《そ》のが本《もと》　其根芽繋《そねめつな》ぎて　撃ちてし止まむ」

根こそぎ討ち果たせ。

演奏に合わせて舞い続ける。厳粛《げんしゅく》な中にも悲壮感を醸《かも》していた。前に、横に、後ろに。速く、強く、高く、低く、空気を大刀で斬る。その動作でさまざまな感情、情愛を表現する。演奏が盛り上げ戦いを彷彿《ほうふつ》とさせた。

大刀で斬るたびに舞人の広い袖がゆったりと揺れる。皆が来目王子の優美さに見惚《みと》れていた。溜め息を洩らす者もいる。女より女らしい。それでいて勇猛果敢な動きになると男より男らしい。こうして勝利を寿《ことほ》ぎ、皆の無事を祈る久米舞が奉納された。

来目が玉座に向かい、片膝を舞台に着けて一礼する。炊屋が手をやや上げる。宮人が恭しく朱色の三方を掲げ土舞台に上がる。来目の前に置かれた。艶やかな五色の絹の束が積まれている。

「見事であった。褒美《ほうび》をとらせる」

「ははーーっ」

深く頭を下げた。挙措《きょそ》は完璧だった。炊屋は終始嫋《たお》やかさを醸《かも》していた。

時を移さず舞台の設えが取り払われて出征となる。馬子は庭の地べたに片膝をつき、玉座の大后炊屋を仰ぎ見る。馬子の後ろには厩戸ら王子をはじめ幾多の兵がずらりと整列していた。炊屋が満足そうに見下ろす。

「大臣蘇我馬子、勅命により、朝敵物部守屋を追討致します」

「頼もしい。天《あめ》の下を鎮めて参れ」

「ははっ」

馬子が丁寧に頭を下げる。厩戸らも倣う。額田部久麻呂大夫が三方に載せた刀剣を目八分《めはちぶ》に恭しく捧げ馬子に歩み寄る。刀剣の柄、鞘に煌めく玉の細工が施されている。二人の宮人が平たい布を折り重ねて載せた三方を同じく目八分に掲げ従っていた。馬子の前に置かれる。

節刀《せっとう》、日月旗であった。

「あり、ありがたき幸せ」

馬子と呼吸を合わせたように一同打ち揃って頭を下げた。跪拝しつつ馬子は勝利への感触を肌で感じた。

節刀は反乱鎮撫の将軍に授けられ、出征の際に与えられるのが慣例である。日像旗は赤地の錦《にしき》に金色の太陽が刺繍《ししゅう》され、月像旗は白地の錦に銀色の月が刺繍された幟《のぼり》。いずれも大王家の威厳を示す威儀物である。

馬子が振り返り兵たちに訓示を述べて呼び掛ける。

「皆の者――。命を惜しむな。われらには守護神、大后炊屋姫様がついておられる」

「おーっ」

耳をつんざく鬨の声が上がり大空に反響した。厩戸は眉根を寄せる。何やら自分が思っている和平の方向とは違うような気がする。

(大軍で包囲して、戦わず、守屋を降服させる戦略ではなかったのか)

そう勝手に思いなしていたような雰囲気だ。参軍したのは戦を止めるためである。不可解の一語に尽きたが、今にして思えば勅使久麻呂大夫に煽てられ、乗せられたような気がしないでもない。馬子の近くにいる久麻呂大夫に目を向ける。

(まだ遅くない。止める機会はある)

時局への認識を改める。これから正念場だと気を取り直した。

錚々《そうそう》たる顔ぶれが参軍した軍勢が二手に分けられる。馬にも鎧《よろい》(馬冑《ばちゅう》)をさせた馬子は泊瀬部、竹田、厩戸、難波、春日らの王子、紀氏、巨勢氏、膳氏、葛城氏らの豪族、そればかりか騎馬隊、弓隊なども従えた。王子らの馬は厩戸を除き皆が煌《きら》びやかな飾馬である。甲冑が初めてなのか言動がぎこちない王子もいる。厩戸は戦をするつもりはないので甲冑はしていないが矢が避けると信じる者も少なからずいた。七星剣は従僕の一人が携えている。石蛾は蝦夷の後を騎馬で続く。戦いを監視する役目として額田部久麻呂大夫が従軍していた。戦況は逐次大后に報告されることになっている。

もう一方は大伴連嚙《くい》が阿倍氏、平群氏、坂本氏、春日氏といった豪族を率いた。絶え間なく兵馬が続く。道中の途中から合流する豪族らも少なくない。おのずと隊列が長くなる。押坂彦人大兄王子の名代として迹見首赤檮《とみのおびといちい》も駆けつけた。押坂彦人大兄王子は病と表して参軍しなかった。

「危のうございます」

坂本臣糠手《あらて》が水派宮《みまたのみや》の押坂彦人大兄王子を訪れ進言した。戦のどさくさに紛《まぎ》れて暗殺されることを警戒している。

「大臣に油断されるな」

坂本臣は息長一族に近く、押坂彦人大兄王子の大王擁立を画策している。押坂彦人大兄王子を失えば旗印が無くなってしまう。それだけは避けたかった。

蒼天の下を日像旗、月像旗を先頭に馬子、厩戸ら王子が吹き出る汗をものともせずに粛々《しゅくしゅく》と馬を進める。その後を勇んだ各隊が続く。隊長だけが騎馬で兵たちは徒歩である。風が水の匂いを運んできた。臨戦態勢にあるせいかこの辺りに来ると人との出会いは皆無で集落も静まり返っている。すでに住人らはこぞって山中にでも避難したようだ。大和川に差し掛かる。大和川に架かる橋は残らず打ち落とされたとの報を受けていた。対岸の堤に盾を立て、弓矢を携えた物部兵が現れ、来てはならぬとばかりに立ち並ぶ。この辺りは浅瀬なので抜かりなく兵を伏せていたようだ。

「ほう、出迎えか……大義だな」

「こしゃくな」

その数五百人余り。弓の長さは大人の背丈ほどあった。片や馬子軍は二千人近い。この場は数では圧倒している。馬子は王子らを安全な後詰めに移す。万一王子に怪我でもされたら大后に何を言われるかしれたものでないと用心している。厩戸は止《とど》まった。

「弓隊前へ」

鼻息の荒い馬子が采配を振る。物部兵に負けじとばかりに堤に横一列に並ぶ。すぐさま盾が立てられる。張りつめた空気が広がった。従臣が、

「将軍ともあろうお方が前線に立たれてはなりません」

諫めるが馬子は聞く耳を持たない。殯宮《あらきのみや》で誄《しのびごと》を述べた際、守屋にからかわれて武を強調するようになった。よほど癪《しゃく》に障ったのかもしれない。馬子はこの果敢さが敵味方に畏怖されると信じ込んでいるようだ。

突如対岸の堤に矢倉が立った。事前に組み立てて横に寝かせていたと思われる。そう高くはないが上から矢を射られたらかなり飛距離が伸びる。味方の兵には痛手だ。それにこちらの動きが何でも彼でも知られてしまう。矢倉に登る姿が見える。こちらを見た。

「可智根」

甲冑で武装しているが、まごう方《かた》なく物部可智根だ。心が動いた。厩戸が黒駒を前に進める。馬子へと寄せて馬の首を揃える。

「大臣、わたしが和睦の使者として守屋殿と会います」

「今更何を言われる」

語気を強めた。黙殺し、

「降服を勧めます。さすれば戦は止められます」

と、熱っぽく語る。

「王子様、それは危険だ。王子様は崇仏派の巨悪と見倣《みな》されている。行けば必ず殺される。守屋はこの好機を逃さないだろう。万一のことがあれば、わたしが大后様に叱責される」

「あの矢倉の上の男はわたしの友垣《ともがき》、可智根です、彼《あれ》を通じて守屋殿と面談します。わたしを使者に立たせて下さい。このままではいずれ戦になる。戦は避けるべきです」

「王子様はそのつもりでも、守屋が承知するかどうか」

「降服すれば、全員の命と領地は保障する、この条件で守屋殿は納得するでしょう」

「……」

「これでよろしいですね」

「可智根とやらは、良き友垣を持たれたのう」

「大臣」

厩戸は嬉しそうに目を輝かせると矢倉に向かって大声で、

「可智根殿──。話があ──る。これより川を渡る」

やや静寂があった。

「厩戸様──。承──知」

風に乗った可智根の声が届く。厩戸が黒駒に跨がったまま堤を下り、川に乗り入れる。

蝦夷と石蛾、二人を追うように善徳も馬子の元に騎馬で駆けつける。

「厩戸を行かせてはなりません。戦が中止になれば、恩賞の領地がもらえず豪族らの不満が募るばかり」

蝦夷が言い立てる。すると善徳が、

「黙れ。戦は避けねばならぬ。つまらぬことを申すな」

釘を刺した。

事前に知った通り、水嵩《みずかさ》は大人の腰ほどである。半ばで予期せぬ深みにはまったが、黒駒が鼻をぶるると鳴らしながら巧みな泳ぎで切り抜け、無事対岸に着いた。

「よしよし」

黒駒の首筋を優しく叩いてやる。砂煙を残し、厩戸の姿が見えなくなった。

(わしの求めているのは守屋と仲ようすることではない。守屋が支配する領土だ。それが分からぬとは、めでたいことよ)

馬子の冷然とした眸子《ぼうし》があった。

厩戸が可智根と共に阿都の守屋の居館に向かった後、馬子は泊瀬部王子に一番矢の栄誉を与える。緊張気味の泊瀬部が馬上で矢（のちの鏑矢《かぶらや》）を番《つが》える。放った矢が青空に吸い込まれていった。射手らが弓弦を引き絞る。

（好機を逃してはならぬ）

馬子は自らに言い聞かせた。

「放て――」

鼓膜に響く馬子の号令が下る。太鼓、鉦が激しく打ち鳴らされた。途方も無い数の飛矢が物部兵を襲う。物部兵が弓矢で反撃する。互いの兵が矢継ぎ早に斃される。堤から転がり落ち、川に流される兵。乾坤一擲《けんこんいってき》の大戦が始まった。

再び善徳、蝦夷、石蛾が騎馬で駆けつける。

「父上、話が違います」

善徳が馬から飛び降り抗議した。蝦夷も馬から降り、

「兄上、何をほざく。英明な父上が熟慮されてのご決断。兄上こそとやかく放《こ》くな」

反発する。善徳は父馬子と目が合った。馬子がぷいと目を逸らす。がっかりしたのか善徳は馬に鞭をくれて持ち場に戻った。矢唸り、蛮声、馬の嘶きなどが絶え間なく聞こえる。殺戮《さつりく》の修羅場と成していた。

蝦夷は兄善徳の善人面《づら》した物言いが気に障る。

（厩戸に染まっている）

厩戸のせいで世の中がおかしくなっていくのが我慢ならない。

（兄善徳と厩戸、何とかせねば）

脇の石蛾を見る。蝦夷の胸中があたかも透《す》けて見えるかのように愁眉した。飛矢が石蛾の胸に命中したが挂甲《けいこう》が矢を跳ね返す。矢倉の上から飛来した矢が石蛾の頭上を越えた。石蛾の挂甲は小さな鉄板を革紐で威《おど》し（綴《つづ》り合わせ）て作られている。

対岸の物部兵がいなくなった。

（退却したようだ）

馬子軍の先鋒隊が水を切って先を争うように大和川を徒《かち》で渡り始める。中ほどに来た。突然対岸にあまたの物部兵が現れ、数え切れぬ矢に晒される。容赦のない矢が間断なく飛来する。続けざまに兵が水飛沫を上げて斃れ、怖《お》じ気《け》づいた兵が算を乱して引き返す。その背にも矢唸りを立てて突き刺さる。大混乱に陥った。川の水は血に染まり真っ赤な流れとなる。

矢倉の上から飛来する矢にてこずっていた。向かい風なので矢が矢倉の上まで届かない。

「何たるざまだ」

馬子がかっかとする。矢倉の上から空気を切り裂いて飛来した矢が馬子の首をすれすれに掠める。次の矢が馬子を警護していた兵の首を貫いた。血が飛び散り馬子の顔にも懸かる。兵は呻き声も立てずその場に崩れた。汗ばんだ体に寒気が走る。

「おのれ」

手で顔を拭く。手のひらが真っ赤になった。

「火矢を、火矢を矢倉に放て」
馬子が吼えた。火矢が放たれ矢倉を襲う。上の見張り場を狙うのではなく下の柱を的としている。何本もの火矢が柱に突き刺さり炎上した。矢倉が傾き崩れ落ちる。数人の兵が悲痛な大声を上げて落下した。不気味な音を立てて動かなくなる。もう一人が弧を描いて落ちる。派手な水音を立てた。

矢の戦が続く。おいおい敵の飛矢が少なくなっていく。馬子軍は再び川を渡り始めた。兵は盾で矢を防ぎ、続々と上陸する。敵中に突撃して両軍入り乱れての凄まじい白兵戦となった。物部兵は一歩も退《の》くことなく向かってくる。互角の戦いである。しかし兵の数で圧倒的に勝る馬子側がじりじりと物部兵を囲い込む。窮地に追い込まれても必死に応戦した。死を覚悟しているのか戦意は衰えず手強い。ついに四方八方から攻撃されて隊は全滅した。

一方、大伴隊は大和川の川底が深く、川幅のある箇所を選び軍を配した。物見が泳いで渡る。対岸に着いた物見は姿を消した。戻ってくると堤の上で手を振る。敵がいないとの合図である。事前に用意していた木材で舟を組み立てる。出来上がった幾つもの舟を浮かべて浮き橋を架けた。大軍を速やかに対岸に運ぶ。一路、阿都の守屋の居館を目指す。

厩戸は可智根に連れられ、守屋の居館の水濠に架かる板橋を渡って裏手から入った。従臣に案内される。下座で座してしばし待つ。環頭大刀を持った守屋、可智根が入ってきた。上座の虎皮の敷

物に守屋が胡座をかいて座る。警戒心を持っているのが表情で汲み取れる。可智根が厩戸の横に座った。厩戸は頭を下げ、

「厩戸にございます」

「挨拶はいい」

ぞんざいに言って床に大刀を置いた。

顔を上げ守屋と目を合わす。細面で目尻がやや吊り上がりぎみの狐顔だった。瓜実顔《うりざね》の可智根とは似ていない。おそらく可智根は母方に似たのだろうとたわいもないことが一瞬脳裏をよぎる。

「可智根から聞いた。和議を結びたいそうだな」

「はい」

「王子の思いつきですかな？」

「そうではございません。和議は当初よりの結論。大臣馬子の同意も得ております」

正直に吐露し言い方を変える。

「神仏は共に大事な国の宝。仲よくせねばなりません」

「瀆神《とくしん》するばかりか己の知を衒《てら》う流説通りの賢《さか》しい王子だ。仏教は外《と》つ国《くに》の邪教。神と一緒にするでない、汚らわしい。わしは仏教など認めぬ」

むっとした顔を向け一蹴した。王族に対しても妥協を許さぬ一徹さである。

「されど仏教はこれからの国づくりにとって必要欠くべからざる教え」

「首を突っ込むでない。王子は政には関わっておらぬ。いらざる介入ぞ。参与されてから述べられよ」

「これは大連殿ともあろうお方のご発言とは思われません。政は広く民の声も聞き、政に生かす。それが善政というものではございませぬか。なまじ政に関わっておらぬゆえ見える面もあります」

言った後で、

(しまった)

反感の誘因となる悪い癖が出た。我知らず、相手を言い負かそうとしている。慎重に言葉を選ばなくてはまとまる話もまとまらない。守屋の目の色が変わっている。

「言い過ぎました。申し訳ありません」

辞儀をする。

「この期《ご》に及んで和議などするわけがなかろう。王子は馬子が承知したと申したが信じられぬ」

「決してそのような。わたしの目を見て同意されました」

「大甘過ぎるのではないか。馬子は平然と嘘をつく男よ。それを悪いことだとは思っていない。嘘も方便だと思っておろう」

庭から縁へと、忙しない足音が近づいてくる。仕切り布の前で止まる。白い布が揺れた。

「守屋様」

「何だ、騒々しい」

失礼します、と従臣が入ってくる。守屋に寄ると腰を屈め耳語する。

「確かか」

守屋の殺気立った目があまつさえ吊り上がり、顔面が見る見る血の気を帯びた。従臣は言い終えると急ぎ立ち去る。

「父上、いかがなされました」

それまで黙って二人のやりとりを聞いていた可智根が気を揉《も》むように声を掛ける。

「厩戸、わしを謀《たばか》ったな」

逆上をあらわにした激高が投げられる。目が刃のように化している。

「どういうことです」

と厩戸。守屋は厩戸の問いに答えず、

「可智根。おまえの隊が馬子に攻められ全滅した」

「まさか」

「何と」

厩戸と可智根が驚きの声を発す。とんだことが生じていた。和議の話はそれきりになった。

「厩戸、どう責めを取る」

何食わぬ顔で和議を持ち掛け、裏では馬子と示し合わせていると誤解しているようだ。守屋が大刀の鞘を握るや片方の手で柄を叩き眼《がん》を飛ばす。厩戸は従容《しょうよう》とした態度で、

「大連殿の思いのままに」

「……そうさせてもらおう」

すっくと立ち上がるや大刀を携え厩戸にずかずかと歩み寄る。前で大刀を抜いた。出入り口からも殺気を感じる。幾人も息を殺して守屋の命令を待ち構えているようだ。

「誅してくれる」

「父上、お待ち下さい」

立ち上がり守屋の前で両手を広げる。

「王子は命を顧みず、単身この居館に乗り込まれた。しかも甲冑も着けず丸腰です。和議を願う心は真《まこと》でありましょう。王子は陰険な馬子に騙されただけです。ここは厩戸王子様の勇気と真心に免じ、王子様を無事お返しすることで、父上のご器量、懐の深さを天の下にお示しください」

「……そうだな」

大刀を鞘に収める。出入り口から殺気が消えた。可智根は広げていた両手を下げ、

「ありがとうございます」

低頭する。守屋が底光る目で見下ろし、

「厩戸王子、戦場で雌雄《しゆう》を決しようぞ。わしは崇仏派を滅ぼす、仏教国はつくらせぬ。それが嫌なら王子も戦われよ、手加減はせぬぞ」

「大連殿、今一度お考え直しを」

それには答えず問答無用とばかりに顔を背けて足早に去った。頑とした拒絶の背《そびら》に、

「お待ち下さい、大連殿」

願いを込めて声を絞る。守屋は振り返ることはなかった。手応えの無い受け答えに己の無力が思い知らされる。ひどく落胆した。

ともあれ、まず厩戸は黒駒に跨り馬子の元へと急ぐ。手綱を握る両手が汗ばんだ。西空は紫紺色に染まろうとしている。河内の各地は馬子軍と守屋軍の熾烈な戦闘が広がり巨大な戦場と成していた。寺も焼かれ、寺もろとも焼け死ぬ僧尼が絶えない。それればかりか民草《たみくさ》も巻き込まれる。舎屋を焼かれて逃げ惑う途中、流れ矢に当たり死ぬ者も多発する。親の遺体に取り縋《すが》り、声を限りに泣く子供たちも少なくなかった。

馬子の軍は小高い丘の上にある。ここから守屋の居館がよく見えた。守屋は阿都から退却してこの衣摺《きぬすり》の地にいた。丘には泥で固めた稲を積み上げた守屋の砦があったのだが、攻防の末に馬子軍が奪い取ったのである。扼《やく》するこの一帯で馬子軍は野営して篝火を焚いた。

「厩戸王子様が戻られました」

「通せ」

金飾りのある広い幄舎《あくしゃ》（幕屋）に入ると篝火が贅沢に四基も焚かれ明々としている。床几《しょうぎ》に腰を据《す》えた馬子がカラウリ（胡瓜《きゅうり》の古名）をかじりながら、ぎょろりとした目を向ける。食うのをやめ

て作り笑いをするも目だけが笑っていない。その顔のまま、

「苦労でした。して首尾はいかがでありました」

「大臣、話が違い過ぎます」

「はて、何のことですかな」

「和議の談合中に戦を仕掛けられては交渉になりません」

「これは妙なことを申される。厩戸王子様の言葉とは到底思えぬ」

口固めを反古にしながら厩戸の落ち度のように、

「王子様は和議を自らしくじりながら、不印《ふじるし》の責めを他者のせいになさるのか」

穏やかな声で話柄を変えて逆手を取った。こうしている間も途切れることなく戦場のざわめきが遠く近く耳に入る。和の糸口さえ見い出せなかった厩戸は答えに窮する。

「相手が先に飛矢で攻撃したので兵が応戦した。反撃しなければ皆殺しにされていた。やむを得ぬ仕儀なのです。この戦は仏の存亡を懸けた戦い、王子様は仏を守りたくはないのですか」

一息ついてカラウリを噛んだ。喉に落とし込むと続ける。

「王子様は権力争いだと思うておるやもしれぬが、権力を握らねば仏の教えを広めることはできませぬぞ。わしらは神も仏も受け入れるが、守屋は『仏は受け入れぬ、滅ぼすのみ』と冒瀆しておる。守屋が降服せぬ以上、戦で決着する他はない」

「……」

「仏を守らねばならぬ。僧尼を救わねばならぬ。わしらが守らずして守屋の毒牙から誰が死守するというのです」

馬子の熱弁に反論できない。馬子がまるで正義の人のように思える。厩戸は黙って馬子の幄舎を出、近くに張っている自身の幄舎に戻った。河勝が迎える。子麻呂は厩戸の留守を預かる。この夜は仮庵《かりいお》で寝る。互いに兵を引かせて休めているのか静かな夜であった。気のせいか、なぜかカラウリのかじる音が聞こえた。

中天に赤っぽい月があった。可智根は守屋の居館を訪う。

「何用じゃ。わしはおまえと違うて忙しい身である。手短に申せ」

「挽回の策がございます」

不審げな目を向けた。

「効き目がある、大逆転の切り札」

「勿体ぶらずに言わぬか」

「夜討ちです、夜襲」

呆れたように可智根の顔を見ると、

「仏教にかぶれておったのではないのか。仏の教えを忘れたか」

嫌みったらしく言った。

「忘れてはおりませんが、このままでは物部一族が滅びてしまいます。これだけは何としても防がねば」

「良い心掛けである」

言葉とは裏腹に鼻先で笑った。この時代は宗家、分家などの家が単位の考え方はなく、氏、一族である。

「敵ははるばる河内にまで進軍しての戦、しかも慣れぬ露営。体も心も疲れ切っておりましょう。そこを逃さず先手を打ち、丘の後方より夜明け前に一気に攻め込みます。味方の大勝利です」

「ふざけるな」

「どこがですか」

「夜討ちのそのものである。夜襲は卑怯なる手法、いやしくも、神に仕える物部一族たる氏の上として、そのような愚劣な戦はできぬ。わしの名に泥を塗らせるつもりか」

「正々堂々もよろしいが、眼前には存亡の危機が迫り、事は急を要します。体面を繕っていてはなりません。戦に些事《さじ》な綺麗ごとは無用。勝てばよいのです。負ければ命を取られる。それでもいいのですか。一族の命、従臣の命、皆の命が父上の双肩にかかっております。勝たねばならぬ、必ず勝たねば」

「おまえはいつもわしが負けるようなことばかり申す。わしを見下しているのであろう」

「父上に勝ってもらいたいからこそ申しておるのです」

熱を込めて力説したが、守屋は冷然としている。

「わたしの一存でやったことに致します。父上にはご迷惑はお掛けしません。どうか兵をお貸し下さい。これを逃せば勝利が失せます」

「おまえの隊は馬子兵に全滅させられた。読みが手緩いから手玉に取られるのよ。馬子に踊らされおって」

眦《まなじり》を決し、

「おまえが殺したも同然。そのような者の申すこと、片腹痛いわ」

「敵の虚を突くのです。詭道も戦には必要」

「黙れ。そうまで言うなら、おまえ一人で夜討ちを掛けよ」

価値ある策を切り捨てた。この選択が守屋の勝機を遠ざける。

草いきれの名残なのか夜になっても熱気が漂っていた。厩戸はまんじりともせず一夜を明かす。普段と違う枕のせいもあるのかもしれない。

乳色の霧の深い明け方だった。だんだんに霧が消えて隠微だった周囲がくっきりと浮かび上がる。待っていたかのように前哨戦が始まった。両軍入り乱れ一進一退の攻防が続く。馬子軍は兵の数で勝っているのに押され気味となった。馬子軍の死傷者が増えていく。

丘の上から戦況を見ていた厩戸が、

「すまぬが白膠木《ぬるで》を切り取ってきてはくれないか」

河勝に命じた。

「どうなさるのです」

「四天王の像を彫り、勝利の暁には護世四王《ごせしおう》のための寺塔を建てると誓う」

厩戸は見晴らしの良い場所の、切り株の発芽した蘖《ひこばえ》を避けて座り四天王像を彫った。正目《まさめ》を確認して少しずつ丁寧に彫り進める。小刀を押すようにして削る。削り滓《かす》が溜まるたび息を吹き掛け彫りやすくする。

（うん、うん）

唇を引き結び、自身で納得しながら削る。空から降ってきた飛矢が目前の地に突き刺さった。

丘の下では壮絶な戦闘が続いていた。ふと手を休め一望する。阿鼻叫喚の中、敵も味方も幾多の兵が斃れていく。見たくもない信じ難い悲惨な光景だった。

（頭の中では分かっていたが……）

目を瞑り合掌し経を唱える。

（いかん、見なくては）

瞠目した。

（決して忘れてはいけない。心に焼きつけよ）

現実から目を逸らしてはならぬと己に言い聞かす。知らぬ間に手が動いている。目は戦を見下ろし、手は四天王像を彫っていた。

劣勢の馬子軍から二十人余りの騎馬隊が地響きを立てて敵中に突入した。馬上から矛《ほこ》を縦横無尽に振り回し敵兵を蹴散らして、次から次へと薙《な》ぎ倒しては敵軍深く駆け込んだ。居館の門がなぜか開かれる。躊躇《ためら》うことなく騎馬隊が水濠に架かる板橋を駆け抜けて門内に突入してゆく。

（門がわざわざ開かれた？）

もしや罠ではないかと厩戸が感じた時、横手からあまたの矢が騎馬隊を急襲する。至近距離のため矢が鎧《よろい》を貫き針鼠《はりねずみ》にされ、後から後から落馬した。

血まみれの一騎が難を免れ馬首を返してこちらに向かい逃げてくる。その背に矢が幾つも浴びせられて突き刺さる。ゆっくりと頭から落馬したが片足が鐙《あぶみ》に引っ掛かる。馬の尻に飛矢が刺さるや棹《さお》立ちになって嘶《いなな》いた。

一方、大伴隊は狭撃すべく守屋の居館の裏手にいた。裏手には広過ぎる雑木林があり、中ほどに居館へ通じる一本道がある。この道を通れば居館への近道であり楽なのだが、物部兵が途中で待ち伏せしているのが目に見えている。ゆえに悟られぬよう、道のない蓬々《ほうほう》と茂った草地の林を音を立てずに行軍する策が取られた。まずは別動隊の精鋭二百人余りが選抜され、林の中を進んだ。先兵が注意深く周囲に目を配りながら草叢《くさむら》を掻《か》き分け進む。敵の気配は無い。手を上げて合図を送る。軍勢が続く。突然弓弦をきりきりと引き絞る音がする。数が多いのか重なった音が大きい。同時に数え切れぬ野鳥が飛び立つ。

「あっ」

すわこそ（驚きの声を発し）と身構えた軍勢に矢の雨が襲う。前後左右、樹上からも引きも切らず飛来し、殺《や》られ続ける。太い樹が無く猛射に防ぎようが無かった。これでは堪《たま》らない。意表を衝かれた伏兵に一《ひと》たまりも無く全滅した。

厩戸は彫りに集中する。滴る汗が眉毛を越えて目に入り瞬きをする。

（早く仕上げなくては）

死傷者が増えるばかりだ。このままでは守屋が勝利するやもしれぬ。そうなれば倭国の仏法が滅びる。

最後の目の仕上げに入る。開眼である。目の周りをきっちり削って形を整える。ここだけ丹念に眉の下と目の下を深く彫る。仏敵を今にも退治せんとする眼力が現れた。全体を見据える。精緻に彫るゆとりが無かったが躍動に満ち溢れたお姿であった。厩戸の目が活き活きし、笑みが洩れる。

ついに持国天、広目天、増長天、多聞天の四天王が完成した。

「仏敵に勝たせて下さい」

この戦勝祈願は現世利益《りやく》であるが、私利私欲ではないので厩戸は良しとしていた。突然横手から、

「おやめ下さい」

諫める大声がする。現実に引き戻される。立ち上がり別の切り株の上に四天王像を恭しく置いた。

一騎が月毛の馬に鞭をくれて丘を駆け下りる。竹田王子だった。数人の従僕が走って追ってい

る。馬子も苦々しい思いで成り行きを見ていた。

「王子様、お戻り下さい」

追いかける従僕の悲愴な大呼《たいこ》が耳に入る。手柄を立てて周りに認めさせたいのだろう。

「王子様をお守りせよ」

馬子の命令一下、数騎が後を追った。両軍入り乱れての激戦が続いている。竹田王子は戦場を縦横に駆け巡り敵兵を蹴散らしてゆく。飛来した矢も大刀で斬り払う。なかなかの戦ぶりである。敵の集団が逃げ出した。

「うおお――」

獣の咆哮《ほうこう》にも似た荒々しい叫び声を出してやみくもに追尾する。警護の騎馬も従った。

額の汗を衣で拭いていた馬子が四天王像を見つけ歩み寄る。前で跪いて手を合わせ、

「われらを勝たせて下さるならば、諸天王と大神王のおんため、寺塔を建立し三宝を広めましょう」

誓った。

（なぜ敵は逃げる？）

俯瞰《ふかん》しながら厩戸は疑問に思う。竹田王子を殺そうと思えば殺せたはずだ。

（人質）

そうに違いない。竹田王子と知って人質にするつもりで己の懐深く誘い込んでいる。大后炊屋の

長子と知っているのだ。捕捉して大后と何らかの取り引きをするつもりだろう。

警護の兵らは射殺され、竹田王子が敵兵に囲まれた。投網を持った兵が魚を捕るかのように竹田王子を追い詰める。辛うじて投網を躱《かわ》す。

(助けなければ)

「黒駒」

疾呼《しっこ》する。頭に四天王像を紐で括《くく》りつけた。黒駒が走り寄る。飛び乗った。

「王子様、忘れものです」

従僕が呼ばりながら、走り出した厩戸に七星剣を投げつける。片手で受け取り丘を一気に駆け下りる。河勝も騎馬で続く。

「南無仏。竹田王子様にご加護を」

事挙げて言霊《ことだま》とした。

「竹田王子様をお救いせよ」

馬子が大音声を発す。馬子の本隊が怒濤の如く丘を下る。飛矢が厩戸の肩を掠める。守屋だ。榎《えのき》に登り上から射掛けていた。七星剣を抜き、打ち落とす。敢然と立ち向かう厩戸に投網が襲う。七星剣で切り裂いた。黒駒が群がる敵を追い散らす。

すんでのところで血路が開かれ竹田王子は虎口《ここう》を脱した。

「厩戸、苦労」

言い捨て、馬を疾走させて命からがらこの場を去った。河勝が後を警護して付き添う。向こう見ずな己に懲りたのか丘の本隊に戻っていった。

馬子の本隊と守屋の本隊がぶつかった。激しい白兵戦となる。眼前の敵に夢中で、上からの矢の襲来に気づかず馬子兵が止めどなく地べたに伏してゆく。守屋が強弓で樹の上から放っていた。やにわに一本の矢が逆風をものともせず守屋を襲う。胸から背中を貫いた。よろめき横枝を握るもぶちっと折れるや、口から泡を含んだ真っ赤な血を吹き出して真っ逆さまに落下する。骨が砕ける物恐ろしい音を立てた。非業の最期を遂げる。射殺したのは迹見首赤檮《とみのおびといちい》であった。

指揮官を失った物部の軍勢は大混乱に陥った。ここが勝負どころと見極めた馬子軍が嵩にかかって水濠内の居館になだれ込む。潰走《かいそう》する兵が後を絶たない。もはや軍としての機能は消滅していた。馬子軍が活気づき戦況が急変する。

「追え、追え――。一兵たりとも逃がすな」

一騎が大刀を揮《ふる》って不敵にも、怯むことなく馬子軍の真っ只中に突進する。物部可智根だった。顔が汗と返り血にまみれている。飛来した矢が可智根の毛深い左腕《かいな》に突き刺さる。引き抜き投げ捨てた。鏃《やじり》が肉を抉《えぐ》り出して生温かい鮮血が溢れ出る。痛さに耐えているのか顔をしかめた。矢が可智根の馬の耳を掠める。棒立ちになった馬から投げ出された。見ていた厩戸が黒駒から飛び降り、

「可智根を助けよ」

馬首を可智根のいる方角に向けて尻を叩く。黒駒が疾走した。可智根に押し寄せる兵士たち。黒

駒が駆けつけ兵らに突撃する。慌てふためいた兵らが逃げ惑い、囲みが解ける。可智根は黒駒に飛び乗った。蹄の音を響かせながら一直線に北に向かう。一度だけ振り返った。

「さらばだ、厩戸王子」

そう耳が捉える。黒駒の首に伏せるように乗ってひた走る。やがて見えなくなった。

大乱は終息するも残党狩りで戦場は馬が駆け巡る。累々たる死体が転がっている。早くも大嘘鳥《おほをそどり》（カラス）が上空を飛び交っていた。戦の惨さを如実に語っている。

「生きている人がいるやもしれぬ」

早く助けねばと厩戸、河勝が確認を始める。やや離れた所に小刀を握った数人の兵がいた。戦死者に近寄っては次の遺体へと移る。身を低くしては何かを確かめているようだ。遺体の首の辺りを突いた。呻き声がする。まだ息のある兵のとどめを刺している。言語に絶する悲惨極まりない光景だった。手当てをして助けるのではなく安易に殺しているのを目《ま》の当たりにする。駆け寄り、

「やめよ」

と叫ぶが、その言葉に押し被《かぶ》せるように、

「大臣様のご命令です。文句があるなら馬子様に言ってくれ」

反論した。厩戸と気づくはずもない。厩戸は馬子に掛け合うが、

「助かる見込みの無い者だけ、楽にしてあげている。これも仏の慈悲というもの」

仏の教えを持ち出した。胸がしきりに痛む。

（こんなはずではなかったのに……）

厩戸は唇を強過ぎるほどに噛む。痛さを感じていない。夕闇が迫っていた。

この夜、厩戸は寝つかれず幾度も寝返りを打つ。惨憺《さんたん》たる征野が脳裏から離れない。血と汗の臭いが鼻孔にまといついた。一方、馬子は鼾《いびき》をかいて熟睡していた。

未熟なり厩戸

翌日の夜明け頃から厩戸は河勝と騎馬で戦禍を見て回った。数騎の従僕が後に従う。

焼けただれた舎屋。人馬に踏み荒らされた田畑。ろくに弔いもしてもらえない遺体が至る所に転がる。その遺体を啄《つい》ばむ大嘘鳥共。殺伐とした景色の中を厳しい双眸で黒駒を進めていく。黒駒はあれからしばらくのちに戻ってきた。可智根を無事逃がしたようだ。それだけが救いである。

兵のみならず何ら関係のない民と思われる人々の死体も少なくない。数えきれぬ物部兵の朱の着衣が血の海と錯覚させる。厩戸の心は痛み続けた。

「敵味方区別無く、丁重に葬ってやってくれ」

河勝が振り向き、

「聞いての通りだ、頼んだぞ」

従僕に命じる。応援を求めるため一騎が走り去った。

「なぜ人はこのような、惨《むご》いことができるのであろう」

馬首を並べた河勝に問う。

「やつがれにはとんと分かりかねますが、ただ」

馬蹄《ばてい》の音が幾つも重なって近づいてくる。騎馬の集団だった。擦れ違う。厩戸を知っているのか礼をして去った。残党狩りの途上らしい。まだ掃討されぬ物部の残党が抗っている。馬子は河内の地が鎮《しず》まるまで駐屯すると公言していた。

「ただ」

厩戸は河勝の言葉を繰り返し先を促す。

「仏の教えが広まれば、人の心に慈悲が生まれ、世の流れが変わるのではないかと」

「真《まこと》、そう思うか」

河勝が大きく頷くと、

「王子様、ご決断なされませ」

「どういうことだ」

「大王になられませ。大王になり、大王自ら行う政《まつりごと》、親政をなされよ。今は豪族らの力が強過ぎて政が歪められております。豪族たちの政です。大王家はもっと強くなくては正しい政、民のための政はできません」

「……簡単にそう言うが」

「浅学《せんがく》の極み。申し訳ございません」

「河勝の申す通り政は民のためでなくてはならない」

大和川が見える。堤を下り、馬に水を与えて休ませる。従僕らも倣う。向こう岸に十歳を二、三過ぎていると思われる少女がこちらを見ていた。切れ長の細い目だった。衣は粗末な灰黒色の貫頭衣。何か事情がありそうだ。手に何か握っている。振りかぶって投げつける。石だった。弧を描き、川の中ほどで落ちた。石を拾っては何度も繰り返す。一つが風に乗って厩戸の足元に落ちた。

従僕の一人が、

「無礼な小娘」

石を拾って投げ返そうとする。

「放っておきなさい」

と厩戸。腹立ちよりも健気さを感じている。少女は厩戸を狙い投げ続けている。執拗である。悪ふざけとは思えない。敵意をもってのことと思われた。厩戸と分かって投げているのかどうかは不明である。

「行こう」

少女の感情が高ぶっているようだ。

(静めてやらねば)

この場を離れた。馬子軍の一人だと目星をつけ、少女なりに戦をしているのだろうか。あるいは身内が殺され仇を討とうとしているのかもしれない。少女の名は細売《ほそめ》。もちろん厩戸はその名を知る由もない。この細い目の少女は厩戸の心に深く刻まれた。

幼子の泣き声が彼方より聞こえる。その方角に黒駒を走らせる。前方に騎馬の一団が見える。先頭に一騎、その後を一騎、さらに数騎の騎馬が続く。泣いている童《わらべ》のそばに止める。蝦夷と石蛾だった。石蛾が馬から降りて童に歩み寄る。いきなり小刀を抜いて刺し殺す。一気に泣き声がやんだ。

厩戸らが駆けつける。父親と思われる遺体の脇に屠《ほふ》された童が倒れている。またもや過酷な現実が眼前で起こった。口の中で血に似た味が広がる。

「王子、血相を変えていかがなされた」

蝦夷が薄ら笑いを浮かべる。石蛾もそうだ。

「なぜ殺した、いたいけな子を、哀れな。あなたは人の心を持たぬのか」

「これは突飛なことを申されます。王子こそ人の心をお持ちではない」

蝦夷がやり返し緊張が走る。互いの従僕たちが馬上で身構えた。蝦夷が勝ち誇ったように続ける。

「一人残された幼子はこの先、どうやって生きていけというのです。野垂れ死にするか、盗人にでも拾われ、やがて盗賊になって悪業の限りを尽くすのがおち。そうなる前に石蛾が父の後を追わせてやった、そうだろう石蛾」

傍らに控える石蛾を慰労する。厩戸の脳裏に鹿の母子が射殺された光景が浮沈する。

「本人のため、世のためにした慈悲の行い、これこそが誠の人の道。どうかお褒めの言葉を王子からも掛けてやって下さい」

反論しようとしたが言葉を呑み込む。これ以上問答を繰り返せば、従僕らが争う予感が生じていた。厩戸は馬から降り、遺体のそばにしゃがみ手を合わせる。

「失礼する」

蝦夷が捨て台詞を吐いてさっさと走り去る。石蛾らも続く。一顧だにしない。厩戸の全身に怒りと悲しみが湧き上がる。唇を震わせ、不覚にも涙ぐんだ。


西空が薄紅色に染まる頃、東の空では山ぎわに濃い月が昇っていた。馬子は自身の幄舎《あくしゃ》に豪族の氏《うじ》の上《かみ》を招いた。その数三十人近い。皆が武具を外し、頭髪と衣服を整えているが、戦の興奮がいまだ冷めやらぬのか顔を紅潮させている者もいる。勝利の祝宴を始める前に戦勝の第一の功労者を選ぶ談合である。事前に調整しておかないとその時になって揉《も》めることになる。王子たちや額田部のいる場での揉め事は避けたかった。上座の馬子の目の前で氏の上らが左右に対座する。馬子が、

「皆の衆、大儀であった。心憎いお働きでした」

と陽気に言って手を叩く。数人の従臣が三方に載せた膨れ上がった絹袋を氏の上たちの前に次から次へと運ぶ。ずっしりと重そうだった。

「これは?」

「まさか」

「そのまさかです」

と馬子。

「さ、砂金」

誰かが驚きの声を上げた。声にならぬどよめきが広がる。

「わしからの慰労だ。お納め下さい」

「おおっ」

今度は歓声が起こった。馬子は吝《しわ》くはなく、人は利で動くものと確信している。

「物部一族の支配地は膨大だ。それらを残らず没収し、働きに応じて分け与えられることになろう。わしからも額田部殿同様、大后様に皆の働きをとくと奏上する。さぞやご満足なされ、過分な恩賞が下されるだろう」

「大臣殿。われら一族の手柄をお忘れなく」

大伴が一番に戦慣れした地声を放つ。われもわれもと武功を主張した。

「皆の勇猛果敢なるお働き、忘じてなるものか。大臣蘇我馬子にお任せあれ。悪いようにはせん」

馬子が拳《こぶし》でどんと胸を打ち、次に手を叩く。遊び女《め》たちが酒肴《しゅこう》を運んでくる。

「前祝いだ。存分にやって下さい」

遊び女らが酒を注《つ》いで回る。山海の珍味を食しながらおのおの飲み干した。

「ところでこたびの戦、第一の功《いさお》は誰であろう」

馬子が問う。

「言うまでもない。竹田王子様でございましょう。押され気味の我が軍を救うべく自ら危険を顧みず討って出られた。兵はいかばかり鼓舞されましたことか。しかもまっことあっぱれなご活躍であった」

「いや、厩戸王子じゃ。竹田王子の窮地を救われ、あまたの物部兵を蹴散らされた。それでわれらが勢いづいたのを忘れてはならん。実に凛々しいお姿で見ものであった。その戦ぶりは後々の世まで語り継がれましょう」

「そうではあるが、樹の上の守屋を射殺したのがいたではないか。敵の氏の上を殺《や》った功績は大きい。顔がでかく、勇猛な面構えで、名は何とか言ったな、たしか」

「迹見首赤檮《とみのおびといちい》だ」

「おお、そうであった」

「旨《うま》いのう。勝利の振る舞い酒は格別だ」

上《うわ》の空なのか話の流れにお構いなしで大声を発す。どんよりした重そうな酔眼を向けた。相手にせず、

「なれど迹見は押坂彦人大兄王子様の従臣だぞ」

「それがどうかしたのか」

「い、いや別に」

口を閉じる。豪族の中には押坂彦人大兄王子を次の大王に擁立したい者も少なからずいる。いらぬことを言って恨まれたくはない。そうかといって馬子は押坂彦人大兄王子を大王にする気はさらさらないと思われる。どちらにつくか、氏の上にとって思案の為所《しどころ》であった。

「王子様ともあろうお方が前線に出て、敵とあいまみえるのはいかがなものか。手柄は配下に譲

り、自らは戦況を把握し、味方を勝利に導くよう差配を振るのが役割。もっともこの戦は大臣殿が采配なされ、王子様らの出番が無かったことに同情はするが、しかしながら王子には王子、従臣には従臣の役目というものがある。討ち死にでもすれば大王家の恥だ」

「厩戸王子はだめだ。わしは反対する」

「何でだ」

「有《あ》ろう事か、敵兵の遺体まで手厚く葬っているというではないか。敵に情けなど掛ける必要はない。川に流せば済むことだ。王子はよほど変わり者と見える。それとも偽善者なのか、気が知れぬわ」

「そういえば守屋の遺体に手を合わせたというぞ。酔狂にもほどがある」

「敵の氏の上が死んで悲しんでおられるのか。喜ぶべきだ」

「尋常ではない」

「あの王子様は世の動きから常にはぐれている。奇態なる言動、困ったものよ」

「まだ十四歳じゃ。分別の至らぬこともあろう。そこまで決めつけては酷だ、大目に見てやれ」

「十四歳といえば立派な大人だ。そのような見下したことを申しては逆に王子様に失礼だ。言葉を選ばれよ。わしは十二歳で一族と共に戦場を駈け回っていたわ」

鼻息が荒い。馬子は黙って聞いている。自由に言わせることで相手の本心が分かる。馬子は敵か味方かを峻別《しゅんべつ》していた。

交々《こもごも》言った堂々巡りの末に武功第一に決まったのは竹田王子であった。氏の上の大半が賛同する。大后炊屋に阿《おもね》ったようだ。馬子にも異存はない。

山々は霞んでいる。日没にはまだ間があった。占領した守屋の居館の主屋で戦勝祝いの宴が催される。上座にずらりと王子らが座り、端近に額田部久麻呂大夫が控える。厩戸の姿だけが無かった。豪族らは下座に馬子を中心として半円形に居並ぶ。座にはすでに酒肴を載せた膳が置かれ、遊び女《め》たちが待機している。

「竹田王子様、武功第一」

皆が褒めそやし囃《はや》し立てた。竹田はご満悦である。隣の泊瀬部が、

「これで恩賞も思うままですな。あやかりたいものです」

鼻孔を動かす。

「いやいや、泊瀬部王子殿はじめ、皆のおかげです」

心にも無いことを返す。竹田王子武功第一は大后炊屋に奏上されることになっている。

宴が始まったが厩戸の席だけがまだ空いている。皆はさして気にしていないようだが馬子は不愉快だった。杯を重ねても酔いが楽しめない。

(酒がまずい)

王子とはいえ勝手な振る舞いは看過《かんか》できない。

「竹田王子様の戦ぶり、感嘆しました」

「さよう、さよう。王子が参軍なされておらなかったら勝利は無かったでしょう」

酒の勢いなのか声を高めて世辞を言う。周りは大勝に騒《ざめ》いていた。命のやりとりから解放された喜びでもあった。日がようよう沈み、所々に灯りが点される。遊び女の下手な踊りに合わせ、口鼓を打つ御仁もいる。しなだれる遊び女といちゃつく者もいる。戦場で負った脾腹《ひばら》の傷を誰彼無しに見せて、己の武勇伝を延々と語る者もいる。すっかり豊《とよ》の明《あか》り（酒を飲んで顔が赤らむ）に出来上がっていた。さんざめくなか馬子は重い腰を上げると、談笑もせず一人隅でちびちび飲んでいる久麻呂大夫に寄り添い、腰を屈め耳打ちをする。久麻呂は上気した顔に眉根を寄せるとわずかに頷いた。

厩戸は幄舎《あくしゃ》の中で床几《しょうぎ》に腰をおろし、篝火を一基も焚かず物思いに沈んでいる。今夜の月は冷えとしていた。竹筒の水を飲む。温《ぬる》くなっていた。

「厩戸様、額田部久麻呂大夫がお見えです」

幕外から河勝の声がする。

「お通ししろ」

両目のふちを朱に染めた久麻呂が顔を見せる。酒を飲んでいたのかむーんと香が漂う。

「これはこれは王子、このような暗い所で何をしておられる。戦勝の宴が始まっています。皆がお待ちですよ。さあ早う参りましょう」

ほろ酔い気分でのたまった。厩戸が床几に座るよう勧める。向き合った。

「これだけ多くの死者が出たというに、とても祝う気になどなれぬ。酒に浮かれて騒ぐ方がおかしいのではないか。不謹慎だ」

「これは奇なことを言われる。厩戸王子の申されようとは思えません」

「はて……」

「皆が戦に勝って嬉しくて、楽しゅうて酒を飲み、騒いでおると思うておるのですか」

「そうだ」

「豪族の一人が申しておったがもしや、戦勝の武功第一が竹田王子様に決まり、それで拗《す》ねておられるのか、不服なのか」

「馬鹿らしい。そのような僻事《ひがごと》、思ったこともない」

力まずに淡々と返す。こと厩戸に関してはそのような嫉視は皆無である。つまらぬことを問うたと思ったのか、すぐに話を戻し、

「考えてもみなされ。敵とはいえ、人が死んで嬉しい者などいるはずがなかろう。誰もが平常心ではいられぬ」

と言ってから思い直したのか、

「まあ、一人や二人はいるかもしれぬ」

補足し続ける。

「酒を飲んで弔いをしておられるのだ。酒肴を堪能しているのではない。それが分からないのです

か」

「……」

「このたびの戦で敵味方、多くの死傷者が出た。酒でも飲まねばやり切れないではないか。騒ぎ、踊り、歌い、うさを晴らしたいのだ。物部一族とて存分に戦われた。勝敗は時の運、悔いはないであろう」

そう言われても、戦を止められなかった無念さは片時も頭を離れない。

「要するに勝利の美酒ではなく弔い酒よ。王子もご存知でしょう。殯宮《あらきのみや》では死者の棺の前で音曲が奏でられ、弔問客には酒が振る舞われる。それと同じこと」

沈痛な面持ちで厩戸はじっと聞いている。

「王子は思い上がっておられるのか。王子だけが心を痛め、王子だけが悲しんでおると勘違いしている。ご自分は違う人間だと思っておられる」

さも胸中を読み取ったように存外なことを言って続ける。

「そうではあるまい。皆悲しいのです。わたしも飲めぬ酒を相伴しております」

「いける口で毎日晩酌していると人伝《ひとづて》に聞いておりますが」

「ち、違うぞそれは。だ、誰だ、そのような嘘を耳に入れた不届き者は」

虚を突かれ、のっぺりした顔に動揺が生じる。束の間うろたえたが立ち直り、

「まあ良い。それはそうと、王子の戦《いくさ》ぶり、わたしは感服しております。味方を勝利に導くばかり

か、竹田王子様のお命をもお救いした。大后様もさぞやお喜びであろう」

武勇を激賞する。

「そこでじゃ。王子が望むなら領地加増、大后様に奏上してもよい。どうです」

「お断りします」

「はてさて、王子は無欲ですね」

「……一つ望みがあります」

「何でしょう」

してやったと思ったのかすぐに返した。

「大后炊屋姫様の下《もと》、天の下が穏やかに治まるよう、二度と戦のない世をつくっていただきとう存じます」

低頭し顔を上げると、久麻呂の訝しげな目と合ったがすぐに笑みを見せ、

「王子の存念は分かった。必ず奏上致しましょう」

声高らかに言った。忘れるところであった、と続ける。

「祝宴はどうされますか」

「大夫の申されるように、酒を嗜《たしな》んで死者を弔う方もおられましょう。されどわたしは静かに亡くなった方たちの冥福を祈りとうございます」

「……さようか、それもよかろう」

言うだけ言うと立ち去った。厩戸の胸中に釈然としないものが残った。

翌日も胸の痞《つか》えが消えぬまま厩戸は騎馬で河勝、従僕らと共に強い日差しの戦禍を巡る。大和川沿いの道を川を遡《さかのぼ》るように上流を目指す。

「あれは……」

旗だと思われる赤い大きな布が流れてくる。朱の衣をまとった兵も流されてきた。死んでいるようだ。沈痛な面持ちで見やる。

（引き上げてやらねば）

遺体が沈み見えなくなった。下流の方でぷかりと浮かぶ。

「すまぬが」

厩戸が言い終わらぬうちに従僕は川下へ馬を走らせた。埋葬を終えて再び上流を目指す。前方に焼け落ちた舎屋《やかす》があちこちに見える。集落だったようだ。所々燻《くすぶ》って煙を出している。

（？）

窪みの下から土の塊が間《ま》を置いてたびたび飛び出る。厩戸は馬から降りた。内部を覗き込む。河勝も真似る。五十年輩の汗止めの鉢巻きをした僧が鍬《くわ》で穴を掘っている。掘った土を笊《ざる》に入れ、溜まると外へ投げ出していた。自ら剃《そ》ったのか頭のあちこちに血の滲んだ傷痕が見える。

「何をされているのですか」

「見て分からぬのか、穴を掘っておる」

見上げながら無愛想に答えた。

「何のためにこのようなことを」

「勘の鈍《にぶ》い御仁じゃのう」

冗談めかして言ったであろうに、額面通りに受け取ったのか、

「無礼を申すな、この方は」

と河勝が名を明かそうとするも厩戸が、

「じゃまをした、許されよ。もしや亡くなった方を、と思いまして」

そう告げて立ち去ろうとする後ろ姿に、

「おい、お若いの、手伝え」

「坊主、その口の利《き》き方は何だ」

と河勝。

「何を手伝えば良いのです。わたしにできることであれば」

「できる、できるとも。穴掘りじゃ、穴掘り。推察通りここに焼け死んだ方々を埋める」

と言って梯子を使い穴を出た。短い梯子が立て掛けてあった。厩戸は飛び降りる。

「ここにいる連中を借りるぞ」

上から声が掛かる。

「どうぞ」

と厩戸。河勝、従僕らが意表を突かれたように顔を見合わせる。あちこちの遺体をここに運ぶよう命じられた。いかにも押しつけがましい。

何者かの一団がこの集落を襲い、金目の物と食べ物を強奪した後、人々を舎屋に閉じこめて燃やしたという。人の道に悖《もと》る残虐極まりない犯行だった。物部氏の嫡流が滅び、物部一族が衰微してから旧支配地の治安が急激に悪化している。現実に民の逃亡が増えていた。

(早く鎮撫の手を打たねば)

厩戸は従僕を馬子の元に走らせる。治安が安定するまで各集落に二人、警護の兵がつくことになった。穴への埋葬が終えた頃、夕日が沈もうとしていた。鉢巻きを解いた僧は斉海《さいかい》と名乗った。巻いていた額のところが際立って白い。

「泊まっていきなされ」

つるりとした坊主頭を撫でながら陽気に言った。この夜、厩戸らの一行は山麓の僧の庵に泊めてもらった。

夕餉に山芋と白湯を馳走《ちそう》になった後、皓々と照らす青白い月明かりの下で車座になって四方山《よもやま》話に花が咲く。子麻呂がいないので従僕たちも遠慮なく寛いで同席する。厩戸は身分の上下を気にしない。坊主なのにいささか脱線し、人の好い笑顔で艶笑譚《たん》を話す。従僕らの爆笑が起こる。厩戸は聞き流してさらりと話題を変える。

「よくぞ物部領でありながら物部兵に見つかりませなんだな」

廄戸が感心したように言う。

「この辺りは可智根様が治めておられ、お目溢《めこぼ》しに預かったというか、保護されておりました」

「さようですか。まさか物部の支配地に僧侶がいようとは誰もが思い至りません」

「可智根様はご無事ですか」

「難波津に向かわれたものと」

「それはよかった」

「いつかお会いする日もきましょう」

「それを楽しみに……」

斉海の目が瞬《しばた》いた。

「近くの小池にハチス（蓮《はす》の古名）の群生があり、花を咲かせております」

中でも一つの茎から二つの花が咲く双頭のハチスが一本あり、この花が咲く時、

（ぽん）

と音がするらしい。

「白い八重の大輪が、背中合わせに蕾《つぼみ》をつけて、桃色がかった縁から、ほんわか咲いてゆくさまはこの世のものとは思われぬ美しさですぞ」

手放しの誉めようである。今が酣《たけなわ》という。争いごとばかりが続き、花をめでるということすら忘

れていた。

「皆さんの中に聞かれた方はおられますか」

　誰もいない。

「しかもその後、肝を冷やす事がまれにあるとのことじゃ、何だと思う」

「さあ……」

　厩戸が首を傾げる。

「焦《じ》らさずに申してください」

　と河勝。

「では申す。皆さんよろしいか」

　まだ焦らしていた。従僕より、よろしいよろしい、との声が上がる。

「何を隠そう、仏様の声が聞こえるらしい」

「まさか」

「いくら何でも」

　全員が耳を疑う。厩戸はこの話に強く心を惹かれる。有り得ないことなのに妙に現実感が伴った。

「斉海法師は聞かれたことがあるのですか」

「残念ながら、両方ともまだじゃ」

　ハチスの花は夜明け頃に咲き始め日が高くなる頃には閉じる。

「どうじゃ、拙僧と一緒に聴きに行かぬか」

「ぜひお供を」

厩戸の胸が弾む。他の者は横を向いたり下を向いたりして厩戸と斉海に目を合わせぬようにしている。夜明け前から起きたくないようだ。少し失望したが目をつぶる。翌日より厩戸は、夜明け頃からハチスを観察し、その後、戦禍を巡る河勝らに合流することになった。

霧のような雨だった。薄暗い中を厩戸と斉海は気にもせず爪先上がりの細い曲がり道を登って小池に向かう。空が濃紺から青みがかった縹《はなだ》色に変わっていく。黎明《れいめい》が近い。二百歩（約三百メートル）ほどで着いた。

「あれじゃ」

指先にハチスの群生が広がっている。目を凝らす。双頭のハチスが見える。蕾の上の水滴がするりと零れた。岸にしゃがんで二人は開花を待った。待っていると、辺りはすっかり明るくなった。双頭の外側の花びらが緩み出す。ほんのわずかずつ口を開けてゆく。ほのかな香りが漂った。ぽん、と音はしない。期待外れだった。斉海は溜め息を洩らし帰ったが厩戸は残ってハチスを見続ける。花をこんなにもじっくり見るのは初めてである。

（花とはこんなにも麗《うるわ》しかったのか……）

眼福をさせてもらったと思えた。今まで心にゆとりというか、弛緩《しかん》することが無かった気がする。弓の弦を引き絞り、緩めることがなかったような。なぜか浮き浮きとする。しかしたちまち戦禍で見た多くの遺体が去来する。

（戦を防ぐつもりが）

逆に大きくしてしまったのではないかと胸が痛む。

（悔やんでも詮《せん》無いことなのだが）

忘れようとするほど頭から離れない。日が高くなる頃には花が閉じ始める。いつしか霧雨が止み薄い日の光が差していた。

開花二日目は、一日目より花が咲き始めるのはもっと早く、夜中だと斉海に教えられた。厩戸は皆を起こさぬように朝まだきから起きて月明かりの細道を小池に急ぐ。斉海は、

「今年は諦めた。起こすでない」

と言って眠りこけている。

斉海の言った通り夜中に咲き始める。今か今かと息を詰めて待ち構えていたが、花の咲く音は無かった。日が昇りきった頃、双頭の花がお碗型になった。甘い香りが強くなり色も鮮やかになる。

（今が盛りか）

花びらが閉じ始める。当然のように仏の声も聞こえることは無かった。葉にのっかかっていたのか雨蛙が水面《みなも》に飛び込んだ。

開花三日目。

（三度目の正直ということもある）

期待が膨らむ。昨夜と同じ月明かりの細道を急ぐ。昨日と同じ頃にお碗型に開いた。やがて皿《さら》型になる。最大に開いたが花びらの色は褪《あ》せていた。一ひら、二ひら、と散った。花びらは半分しか閉じなかった。この日も当たり前の如く、花の咲く音、仏の声も聞こえなかった。

開花四日目。

厩戸は座して板壁に背を凭《もた》せかけたまま微睡《まどろ》みうとうとしている。夢を見ていた。

仏像の前で守屋が目を剥《む》いた無念の形相で仰向けに倒れている。周囲には朱の衣をまとった無数の兵の遺体が転がっていた。骸《むくろ》にはあまたの矢が刺さっている。

仏像の目から涙が溢れ頬を伝う。

（仏の涙……）

厩戸は思わず唾を飲み込む。ぐっ、と鳴る。その音で目が覚めた。夢と分かりほっとしたが、身にこたえるほどに動揺していた。

「しまった」

寝過ごした。寝惚け眼《まなこ》で小池へと走る。月明かりに照らされた双頭のハチスはまだ開いていなかった。

（やれやれ）

眠い目を擦《こす》りながら安堵する。地べたに座り込む。額に汗が浮いていた。花が咲き始めると目がきりっとした。

（ぽん）

耳に入った気がする。顔が綻《ほころ》びる。喉仏を上下させ、ごくりと唾を落とし込んだ。待ちに待った音だった。次は仏のお声である。なかなか声が掛からない。

雨が降ってきた。しだいに雨足が激しくなってくる。音を立てて叩きつけるような大粒の雨が沛《はい》然《ぜん》と降り注ぐ。全身の汗が一気に洗い落とされた。池の水面が高く跳ねる。稲妻が暗い空を走り抜ける。日中のように照らし出された景色が幻のように浮かんで消えた。雷鳴が轟《とどろ》く。幾度か繰り返した。

（死者たちが怒っている）

とつおいつ（あれこれ思う）の萎《な》えた心で座した厩戸が姿勢を正してハチスの群生に手を合わせる。衣はびっしょりと濡れ、全身にぴったりとくっついた。体が冷え、身震いする。寒さを吹っ切るように双頭のハチスに語り掛ける。己の進むべき道を探しあぐねていた。

「南無仏……お教え下さい。わたしは精いっぱい、戦を避けるよう努力して参りました。それがどうでしょう。軽率に戦に加わり多くの人々を死なせてしまいました。何の役にも立ちませんでした。この責めはいかに償えばよろしいのです」

仏からの答えは当然ながら無い。やるせなさが募り悔悟《かいご》の念が膨らむばかりである。心の中で颶《ぐ》風《ふう》が吹き荒れた。厩戸は声を絞り出す。

「民が安心して暮らせる世の中であらねばなりません。この世から争いが無くなる、そんな世は来るのでしょうか。どうか我が問いにお答え下さい」

仏は沈黙を守っている。雨の飛沫で地べたは白っぽい。

「わたしはこれよりいかに生きれば良いのでしょう。いっそ出家して民の安寧を祈るべきでありましょうか」

先立っての稲妻が暗い天を切り裂き、耳をつんざく雷鳴がどよもす。静まるとそこはかとなく良き香りが立ち込める。突如、

「甘ったれた言葉を吐くでない」

全身に重く響き、ずしりと伸《の》し掛かる。仏の厳しく叱る声だった。

「もっと苦しめ、苦しまねばならぬ。おまえは重い荷を背負うたのじゃ。降ろすことは許されぬ。逃げることも許されぬ。それが死者への償いである」

雹《ひょう》のような大粒の雨が肩を打つ。なのに痛くない。

「おまえが問うた答えはおまえの心の内にある」

稲光に眩惑されたのかと思ったがその考えはすぐに消えた。

「己を信じ、己の思うままに生きよ。それがおまえのこれからのありようである。忘れてはならぬ、おまえは仏弟子ぞ」

「ははっ」

深く頭を下げた。再び声のした方角を見上げる。降りしきる雨が目に入る。瞬いた。

この問答は不思議な光景であった。厩戸が自問自答しているのである。自ら縋《すが》るような目で問い、答えは仏に成り切って力強い目で重い声を発す、一人二役である。まさに神懸かりであった。雷鳴が遠退《の》いていく。斉海との邂逅は思わぬ展開となった。


厩戸は馬子を介して大后の海石榴市宮に招かれる。上段の胡床に炊屋、隅に尾佐呼が控える。下段に馬子と厩戸が座した。

「こたびは大儀であった」

「恐れ入ります」

厩戸が頭を下げる。

「大臣が申しておったが、恩賞は望まぬとのことだが」

馬子が首を縦に振る。厩戸にある思いが閃《ひらめ》き顔を上げる。豁然《かつぜん》と、

「御恐《おおそ》れながら一つ出てまいりました」

「ふふふ、それは良きことです。よろしい、叶えて遣わす、申すが良い」

「阿都の物部守屋殿の居館跡、難波《なにわ》玉造の守屋殿別業跡、そこに寺を建立しとうございます」

怖《お》めず臆せず言上する。炊屋の目が一瞬光った。

「王子様、控えなされよ、それは政なるぞ。立場を心得、図に乗るでない」

声を押し出して馬子が注意する。

「良いではないか大臣」

柔和な顔容《かんばせ》で馬子を見る。

「しかしながら、守屋は謀反人《むほんにん》。弓を引きし」

炊屋に睨まれ途中で黙った。

「なぜ守屋の居館跡でなければならぬ」

「寡聞《かぶん》の身ではございますが、このたびの戦は憎しみ合っての戦ではないと推察致します。神と仏、立場が異なり不幸にも敵味方に別れましたが、この国を良くしたいとの一念、志は立場が違えども同じであったと思われます。ならばせめて打ち拉《ひし》がれた敗者に情けを掛け、恨みを消すのでございます。残された物部一族、従臣らはさぞや無念、断腸の思いでありましょう。手厚く弔ってこそ残された者の心が救われ、怒りの心も癒《い》やされる。ために寺を建て、亡くなられた方々の魂を鎮めるのです」

何の衒《てら》いもなく心の底より願う言葉に不思議な力があった。

「死者への尊厳を怠らず、冥福《めいふく》を祈るのです。物部氏縁《ゆかり》の人に守屋殿の霊を祭っていただきましょう。跡地に敗者のための寺を建てるのと、勝者のための居館を構えるのとでは雲泥の相違がございます」

訊かれた問いにひとしきり語ったが馬子が口を出す。

「解せぬ。豪族らは反対するであろう。わしも反対である」

難色を示し厩戸に刺々《とげとげ》しい目を向けた。尾佐呼は黙って聞いている。厩戸は大后の言葉を待った。

「厩戸王子、続けよ」

炊屋が促した。これだけは言わねばならぬとばかりに、

「戦は時の運。勝者がいれば敗者もいる。負けた者を打ち捨てては大后様の御威光に傷がつきます。敵だった方々の寺を建立することで、大后炊屋姫様の広大無辺なるお心、天の下にお示しなされませ。残された守屋一族のみならず、群臣、豪族、民までが大后様のお優しさに触れ、御威徳の表れとこれからも忠節を誓い合うことでしょう。僭越ながら、それが国のため、大王家のため、民のためと心得ます」

思いの丈《たけ》を述べる。言われてみればそうだ。この透徹した明言に炊屋は会心の笑みを浮かべ、

「ふふふふ、大仰な申しようじゃのう」

炊屋は浩然と厩戸の主張を肯《がえ》んじる。厩戸の眉宇《びう》に曇《くも》りが無いのを見ていた。仏とやらの慈悲が伝わってくるのを感じたようだ。馬子のしかめ面も元に戻り落ち着いている。尾佐呼も頷いた。

「大臣、これでよろしいな」

「仰せのままに」

胸中はどうあれここに至ればそう答えるしかない。不承不承ながら忠臣面して馬子は恭しく低頭し、応《いら》えた。

厩戸は守屋の居館の跡地に寺を建立すべく支度にかかる。玉造の寺はのちの四天王寺の前身となった。馬子も飛鳥の真神原《まかみのはら》の地に法興寺（飛鳥寺）建立のための準備に入った。馬子は衆目を驚かす大寺院にすると決め、己の権力を誇示するとの思惑は隠している。戦乱の余燼がようやく収まろうとしていた。

朝夕に涼しさを感じ始めた秋七月三十日――。

炊屋はまだ殯宮《あらきのみや》に籠もっている。時折出張るとはいえ、訳語田大王が崩御したのが一昨年（五八五）の八月十五日であるから二年近い。

その気になれば殯をやめ、政に専念できるものを、わざと殯の期間を長くすることで大后の権威を守り、誇示していると見る向きもある。事実、大后としての権力は衰えるどころかますます強大になり、今や大王を凌ぐのではないか、とも言われている。

この頃、橘豊日の大后穴穂部間人王女によからぬ風聞があった。橘豊日と嬪石寸名《ひんいしきな》との間で儲けた田目王子と浅からぬ関係があるという。穴穂部間人王女にとっては義理の息子である。

「聞いたことがない」

批難する者もいるが、同母の兄妹の婚姻が禁忌されているだけで、それ以外は別に禁示されているわけではない。王女は人の目を気にすることもなく堂々と田目の宮に泊まったりしている。

「母が息子の宮に泊まって何が悪い」

というのが王女の言い分である。

恙《つつが》無く拵《こしら》えが向かう大王即位儀の前日の夕暮れ、泊瀬部王子は庭の池の畔《ほとり》に立ち、物思いに耽っていた。脇で従臣が控えている。

二上山の山上が血のように赤く染まっていくのが目《ま》の辺りに見える。従臣が言いづらそうに、

「不吉です。明日の儀式は先送りされてはいかがでしょうか」

進言した。

「つまらぬことを申すな、縁起でもない。赤は邪気を払う色、吉兆の印《しるし》だ」

「そうでございました」

平身低頭する。夕日が池の水面を赤く染め上げていた。

（これで良かったのか）

兄の穴穂部を殺したであろう馬子の口車に乗せられ、物部守屋追討軍に参軍した。餌《えさ》は、

「大王にする」

であった。

（兄は泉下でむくれているのではないか……）

骨肉相食《は》む争いとなったことに後悔が無いと言えば嘘になる。

（御霊をお慰めしよう）

騎馬で穴穂部の陵に急いだ。

稲が実りへと向かう秋八月二日――。

泊瀬部王子が即位して泊瀬部大王（第三十二代崇峻《すしゅん》天皇）となる。倉梯《くらはし》（現在の奈良県桜井市）に宮城が造られた。倉梯柴垣宮《くらはしのしばがきのみや》である。飛鳥から少々遠い。馬子の本貫地飛鳥から離れ、大王中心とする政を行うつもりだ。

（飛鳥では）

馬子の影響力が強過ぎると判断した。大王の威光は揺るぎなきものでなくてはならない。

大臣馬子の元に面倒な訴えがあった。伊予（現在の愛媛県）での領地争いである。二人の長《おさ》が古《いにしえ》の大王より賜った領地だと言い張ってきかない。これまでにも国境を巡って武力での小競り合いが絶えなかった。伊予別氏と伊予来目部である。伊予別氏の「別」は大王家から別れた家を指し、大王家に繋がる名家であることを誇りにしている。一方来目部は古より大王家に仕えた軍事的部民であり、その戦《いくさ》ぶりは久米舞に伝えられている。久米舞の名手来目王子が大后炊屋の御前で舞ったことは伊予にも伝わっていた。

厄介なことに前者は阿倍氏、後者は大伴氏が後ろ盾となっていた。馬子にはすでに双方より献上品が届いていている。

（どうするか）

下手をすれば伊予の対立が飛鳥に飛び火しかねない。それ以上に、こんな地方の争いに巻き込まれ、失政にでも繋がれば大臣の地位を危うくすると危惧している。

(良い策はないか……)

馬子は石蛾の居館に使いを出した。

石蛾は鯉に餌を与えるため庭の池に向かった。餌を与えるのは水温が上がり始める頃と夕方の前である。鯉の健康のため、与え過ぎないように腹八分目を守っている。居館にいる時は自ら与えるが不在の時は水仕女《みずしめ》にやらせている。

「出て鯉、鯉々、出て鯉々」

歌うようにさまざまな音声で呼び掛ける。濁った太い馬子の声であったり、穏やかな厩戸の声であったり、可憐な女人の声であったり、澄んだ鳥の鳴き声であったりする。声帯模写である。声色《こわいろ》を使うのが得意であるがこのことは誰にも伏せていた。

石蛾が手を叩かずとも池の縁に立つだけでたくさんの鯉が寄ってくる。慣れているのか手から餌を食べる。はたから見るといかにも楽しい触れ合いの一時《ひととき》である。石蛾は日に一度、一匹の鯉の頭を撫でてやる。その鯉を水仕女は網《あみ》で抄《すく》い上げて厨《くりや》に運ぶ。鯉のあらいに舌鼓を打つのではない。鯉の生き血を吸うのである。

「体が温《ぬく》うなる」

と、低い翳《かげ》りのある声で呟く。石蛾の健康法であった。鉢に入れられた生き血が運ばれてくる。生き血を飲みながら、遥か彼方の西空に、じわりと目を据える。妖気が漂っていた。

(任那……)

故郷で育った田園風景が今でも忘れることはない。忘れるどころか記憶の中を弄《まさぐ》るたびにありありと鮮明な映像となって逞《たくま》しくなる。失ってしまったものへの憧れが何もかも美しくしていた。

「任那ほど美しい国はない」

自らに言い聞かし飲み干した。望郷の念が湧き上がる。海峡を渡ってきたのか父の声が囁《ささや》く。

「任那を再興せよ。父母の仇を討て」

震えを帯びた重い声だ。父母が新羅の軍丁《いくさよぼろ》に虐殺された光景が今更ながら脳裏を駆け巡る。

「父上……母上……」

いまだ再興成らず集燥感をもっている。それへの憤悶《ふんもん》が今日までの石蛾を支えていた。

「鬼神になれ、手段を選ぶな」

再び父の声がささめいた。心が任那に飛ぶ。鳥の大群が海を渡る。任那再興、それは水泡《みあわ》のような儚い夢といえる。小刀を抜いて切っ先を口の中に入れ、舌で受け止める。温かい血の味が口中で広がった。刃の冷たさが心地良い。酔った気分になる。任那の匂いに包まれた。

「ご主人様。大臣蘇我馬子様より使いの方が見えられました」

従僕が告げる。この従僕も石蛾同様、任那からの亡命者である。いつしか流暢な倭語が話せるようになっていた。石蛾は厨で口を濯《すす》ぐ。生き血を吸った後は息が生臭く、歯が赤く染まっているからである。

馬子にひとかたならず目を掛けられている石蛾は急ぎ使者の先導で馬を走らせた。

待ち構えていた馬子に、石蛾は大王泊瀬部に丸投げするよう勧める。判然とせぬ揉め事に関わらぬが得策である。

「大王にとって大きな初仕事。喜んで乗り出しましょう。泊瀬部大王の器量を確かめることにも繋がります」

「大王の才を試すのか、心苦しいのう」

「そうではございません」

と石蛾。困惑を隠しきれぬ馬子が懐疑的な目を向けた。

「豪族たちが大王を必要としたのは何ゆえか。大王は豪族らを統《す》べる立場にございます。それを求め、許したのは豪族たち」

多くの豪族は戦で決着する世に疲弊し、一定の秩序を望んでいた。

「つまり豪族間に一旦緩急《いったんかんきゅう》あれば、公正な裁きをする者が必要だったからに外《ほか》ありません。それをやるのが大王の務め。公正な裁可ができねば大王としての資質が疑われて当然、何らお心使いは必要ございません。大王は尊貴なお血筋と祭り上げただけのこと、いつでも冠の如く取り換えることができます」

「……そのような見方があるのか。おまえ、任那の出のくせに倭国のことをさも知ったように申すのう」

「どこの国も似たようなものにございます」

したり顔を見せた。


泊瀬部は宮城の正殿で側近の弓削多須真《ゆげのたすま》とこれからの政の方針を練っていた。泊瀬部は手酌で酒を飲んでいる。

「豪族ふぜいの思いのままにさせせん。大王中心の新しき世をつくらねばならん。それがあるべき本来の姿である」

「そう申されますが、豪族らの力、侮れません」

「手加減するから付け上がるのよ。己らの損得しか考えぬ。豪族らは大王家に奉仕するのが務め、大王家あっての豪族である。仕えるだけでも名誉であるにもかかわらず、それを忘れ、大王の許しもなく荒地を勝手に開墾しては己の領地を肥大化しておる。けしからん所業だ。野放しとなっている開墾も考え直さねばならぬ」

「けれど豪族の支えがなくては政は前に進みません」

「そこだ。いっそ馬子を誅殺し、見せしめにするか」

「ざ、戯言であれ大臣の耳に入りましては」

「戯言ではない。本気である」

「なお悪うございます。めったなことを申されてはなりません」

「大王がなぜ馬子如きに気を使わねばならん」

酒壺の酒を空にした。弓削が手を叩くと酒壺を宮人が運んでくる。泊瀬部の鉢になみなみと注ぐと去った。顔色を窺いながら、

「さようですが、豪族らとは仲ようせねば」

おそるおそる自粛するように進言する。鉢の酒を呷《あお》った。ふうっ、と酒臭い息を吐くや、

「黙れ！　豪族の世を終わらせる。神の国に戻さねばならん。しかと心得よ」

このような独善的なことを言えば、豪族らの不安と離反を招くだけだとの思いに至らないようだ。しぶしぶ頭を下げた。卑屈な笑みをつくって顔を上げると、

「畏《かしこま》っている場合ではない。豪族らの力を削ぐ手立てを考えよ。たまには良い知恵を出せ」

嵩高《かさだか》で刺のある言い草を浴びせられる。

「恐れ入ります」

内心の不快感を気振《けぶ》りにも見せず座り直して頭を垂れる。まだ言い足りないのか、

「豪族らは支配地で好き勝手に政を行っておる。このため租税も違えば定め、掟も異なる。国の仕組みがばらばらだ。どうにかせねばならん」

結局、凡庸《ぼんよう》な弓削多須真は泊瀬部の意に沿う案が出せず、無能ぶりを俎板に載せられ、政から外

されて泊瀬部の世話係の一人にされた。

伊予別氏と伊予来目部が伊予から上京し、大王泊瀬部の御前で自らの主張を述べた数日後、二氏に勅使があった。伊予別氏は阿倍氏の居館、伊予来目部は大伴氏の居館に宿泊していた。

「諍《いさか》いの地を召し上げ大王家の屯倉《みやけ》（直轄地）とする」

取り澄ました顔で冷然と言い放つ。

「な、何と申された」

とてもとても納得できるものではない。信じられぬ口上に悪意を感じる。抗議するも、

「いましらの意見を聞きにきたのにあらず。畏《かしこ》くも大王《おおきみ》様のご叡慮《えいりょ》である。否の選択肢はない。これでくだらぬ争いの根は無くなった。喜ばしき限り、謹んでお受けするように」

「今、今一度大王様に会わせて下さい」

切々と訴える。このままおめおめと引き下がれない。

「私闘ゆえ本来ならば、追放のご沙汰があってしかるべきであるが、古よりの功に免じ、慈悲をお示しになった。大王様のお優しきお心、ありがたいと思わねば」

言うだけ言って去った。このような理不尽な裁定はとうてい受け入れられない。むくむくと猛反発がもたげてくる。

「あやつめ、勝手なことをぬかしおって」

立ち上がり剣を抜いて勅使を追う。数人の従臣が必死になって止める。

「離せ、離さぬか」

同じようなことが同時に起こっていた。

（のこのこと大和くんだりまで出向いたのが愚かであった）

しきりと悔いた。

この衝撃的な一件は飛鳥中を駆け巡る。翌日には河内、数日後には畿内一円に知れ渡る。豪族らの動揺が広がっていた。厩戸も子麻呂から知らされる。

（もっと良い手段は無かったのか……）

短絡で偏狭な裁決に思えた。わずかな土地であれ豪族らにとっては先祖代々命を賭して守ってきた土地である。互いに自分の領地だと主張するのは当然のことだが、言い伝えでは、どちらの言い分が正しいのかは分からない。

（伝承だけでは典拠がない……）

この時、厩戸は直観する。

「文字」

思わず口に出る。文字で残しておけば良いのだ。文字で互いに言ったことを確認し残しておく。これなら後で揉《も》めることはない。真実がはっきりとする。

（そうではあるが）

事実でない古事《ふることを》記される場合も有るかもしれない。

（どのように見破る）

厩戸は初めて記録というものに関心を持った。考えてみれば仏典もそうである。口伝だけではより正確な経は伝わらなかっただろう。文字で記す重要性を感じたが、

（そうとも一概《いちがい》に言い切れまい）

どちらも正しいかどうか、実を踏まえた検証が大事、と考え直す。この日より厩戸は空いた時間に語り部たちから古よりの伝承を聞き取り、古老を訪ねては昔話に聞き入った。書物を半島からも取り寄せ、加えて書物を写す作業も始める。子麻呂、河勝にも協力するよう要請する。

「厩戸様がそうせよとおっしゃるなら……」

二人共に気乗りしないようだった。他の従臣も、

「荷が重すぎます」

体《てい》よく断られる。

厩戸は大王家の歴史にはそう関心が無かったが、史料を集め、聞き取りを進めるうちに、大王家の成り立ちからこれまでの過去のいきさつに至るまで興味を持ち始めた。

「万世一系《ばんせいいっけい》」

神の血脈の連続性こそが神聖な大王家の正統性である。侵《おか》すべからず、との主張があった。大王家を中心とした秩序の安定が倭国に安寧をもたらすという。それが理《ことわり》であると言って、大王家が常《とこ》

しなえに続くことを望む声が多い。

「そうではない」

力のある者、徳のある者が大王として君臨すべき。王朝交替は過去に何度かあった、との意見も聞いた。

通りいっぺんの美辞に仕上げたくない厩戸はいちいち相槌《あいづち》を打ちながら熱心に耳を欹《そばだ》てる。神代の頃より続く尊い大王家の由来をいつの日か記す予感があった。


大王泊瀬部は大臣馬子を召し出した。

「大臣、稀に見る裁きであろう」

嬉々《きき》としている。馬子は白《しら》けた。現世《うつしよ》離れした変人を見る面持ちで、

「見事どころか最悪の裁きでございます。伊予の豪族のみならず大和の豪族までが反発しております」

「豪族らに不満があれば大臣、そなたが抑えよ。そなたは大王を補佐し支えるのが役目。できぬなら大臣を辞するのが筋である」

馬子は二《に》の句《く》が継げない。お構いなしに、

「争いが起こるのは私有地を認めているからだ。悪しき慣習が続いてきたと言える」

（？）

「我が国は神の国。神がこの国をおつくりになり天孫が降臨された。元々神の子孫である大王家がこの国の何処《どこ》も彼処《かしこ》も統《す》べていたのである」

胸を張ってなおも加える。

「よって豪族らの土地、領民残らず大王家に返してもらうのが当然である。大后炊屋姫様の私部《きさいちべ》の領地領民も例外ではない。返上いただくつもりだ」

「何を申されます、そのような」

「そこでだ大臣、率先してそなたからしてくれぬか」

「な、な、何をせよと」

嫌な予感がする。

「訳無いことである。蘇我一族が支配する土地、領民ことごとく大王家に献上せい」

「む、無茶な」

「さすれば他の豪族らも穏便に従う。むろん心配することはない。一旦大王家のものとするがすぐに支配していた土地、領民を貸し与える。何ら今までと変わりがない。揉め事を無くす良い潮時であろう」

かねてよりの主張を小鼻を膨らまして得意げに語った。これからの倭国のありようらしい。馬子は唖然となる。口を動かしているのだが言葉が出てこない。

「すぐにというのも何だ。だといって待つのにも限界がある。速《すみ》やかにせよ、と申しておく」

調子よく捲《まく》し立てて去った。

(どうにかせねば倭国が滅茶苦茶にされる……)

馬子は身震いせずにおられない。疑懼《ぎく》が植え付けられた。

この一件は時を移さず大后炊屋の耳にも入る。団扇をいじりながら、

「ふふふ、面白うなってきたのう。今頃大臣殿、泡を食っておろう」

「これからどうなることやら。高見の見物、にございますか」

と恵比寿顔を見せる尾佐呼。

「いずれ戦でけりをつけることになろう」

「また戦が起こるのですか」

「その前にどちらかが先に仕掛けよう」

炊屋が目を細めた。

「申し上げます」

宮人の声がする。

「大臣蘇我馬子殿、大后様にお目通りを願うております。いかが取り計らいましょう」

「通せ」

尾佐呼が小声で、

「噂をすれば、ですな」

目で笑い炊屋に語り掛ける。二人の目は揉め事を楽しんでいる。

「失礼します」

馬子が入ってくる。一礼して下座に座るや泊瀬部の横暴を訴えた。

「大王に一つ、意見してやって下さいませ」

「我《わ》にそのような力は無い」

「ご謙遜あそばしますな。放置すれば大后様の私部の領地まで召し上げられます」

すかさず尾佐呼が、

「大臣殿、大后様に対し無礼であろう」

馬子を戒める。

「わしはただ、藁《わら》にも縋《すが》りたい心境なのだ」

「大后様を藁と言いやるのか」

「そ、それは、つまり、つい口にでた言葉のあやというもの。いちいち挙げ足を取られるな」

うろたえたが立ち直った。

「言い訳無用」

尾佐呼が声を荒らげ切り返す。

「思慮が足りぬ。本質を見極めよ」

と炊屋。

「申し訳ありません」

二人揃って頭を下げた。

「大臣殿、近《ちこ》う」

緊張しながら馬子が近寄る。

「策を授ける」

炊屋が団扇で口元を隠して声を落とす。馬子が目を見開いた。

他方、大伴氏は一族の娘を大王泊瀬部の妃とし、外戚として権力を握ろうと画策していた。宿敵蘇我氏を追い落とす絶好の機会と捉えている。


石蛾は馬子の居館に呼ばれた。馬子から大后との密談を聞かされる。

「いっそ」

石蛾が首に手刀を当てる。

「ならぬ」

「では、お指図《さしず》通りに」

「蘇我とは分からぬようにな」

「心得ております」

石蛾は閑職になった泊瀬部の世話係弓削多須真の買収に動く。政から外されて、さぞや泊瀬部を

恨んでおろうと当たりをつけた。惜しげも無く絹布十束を与える。渋っていたが、

「死ぬことは無い。不豫《ふよ》（天皇の病）の症候がでるだけよ」

と醒めた目の石蛾。加えて十束を積む。すばしっこく目を動かす。数えたようだ。弓削がにたりとする。弓削の役目は泊瀬部の食する物に腹痛の起こる薬を混入することである。この薬は石蛾が半島より調達したものだ。次に大王家に出入りする薬師の買収にかかる。

「断る。これごときで籠絡するとでも思うておるのか。ふざけるのもたいがいにせい」

絹布二十束でも頑として拒否する。ぞっとするほどの冷笑を浮かべ、石蛾はためらいなく剣の柄に手を掛ける。誰であれ離反させるためには手段は選ばない。

「わ、分かった」

顔を引き攣《ひ つ》らせ承諾した。石蛾は何事もなかったように親しみの目を向けると、手で酒を飲む真似をして誘う。酒好きなことは事前に調べていた。薬師の役目は腹痛を治すのではなく腹痛を持続させる投薬であった。

「六日ほど、寝込ませれば良い」

これが馬子の指示である。それで万端相調うらしい。石蛾は大役を果たす。ますます馬子に気に入られた。

六日後、泊瀬部は快癒《かいゆ》する。が、今までと雰囲気ががらりと違う気がする。裁可を伺う者が誰も来ないことに思い至るのに時はかからなかった。

「いかがしたことだ」

乖離《かいり》が著しい。世話係の弓削を呼んで問う。

「大王様がご不豫だからといって、政を停滞させるわけにもいかず、仕方無く大臣殿が中心となって大夫、有力豪族らの合議制にて政を進めておられます。合議制は珍しいことではなく古より折に触れて行われているのはご承知の通り」

従臣はあらかた、馬子の支配地島ノ庄に転居して官衙《かんが》ができつつあるという。大王家の存亡に関わる窮地である。泊瀬部は目角を立てる。

「その、そのようなこと許可しておらん」

「大臣殿は大王様のご裁可をいただいたと申されました」

「ぬかった」

手玉に取られ声が怒りで震えている。信じられぬ成り行きに慨然《がいぜん》となって目が眩《くら》む。こともあろうに知らぬ間に大王の権力を奪われていた。豪族らにとって土地を没収されるなどあってはならぬことである。泊瀬部は豪族らの気持ちをまるで理解していなかった。

(なぜそれほど土地に固執するのか)

むしろ不可解である。大王家一族として何不自由なく育ったせいかもしれない。

翌々日の夕方、泊瀬部の舎人の大殿で泊瀬部に仕える五人余りが酒を飲んでいた。そこを捕吏に踏み込まれ捕縛される。大臣蘇我馬子を亡き者にすべく謀議《ぼうぎ》したとの容疑であった。全然身に覚えの無いことであったが密告者がいた。

「悪い奴《やつ》らや」

と供述する。舎人の奴《やっこ》であった。何者かに買収されて嘘の供述をしたとも考えられるが一概にそうとも言い切れない。酔った勢いで過激なことを捲《まく》し立てたのは事実である。話の内容が内容だけに、冗談でした、では済まされない。捕らえられたとの報は泊瀬部の耳にも入っている。

(難儀なことになった)

泊瀬部の預かり知らぬことであれ舎人を見捨てるわけにもいかない。これまで馬子への反発をあらわにしてきただけに彼らを煽《あお》ったともいえる。

(どこぞにいないか、知恵袋。馬子の力を削がねば……)

頭の切れる側近の必要性を感じていた。形骸化された権威を元に戻さねばならない。そこへ世話係の弓削が顔を見せる。

「何だ、呼んではおらぬぞ」

「恐れながら、妙案がございます」

「……申してみよ」

「ここはひとつ、大臣殿に詫びを入れられてはいかがでしょうか」

「何を詫びよと言うか。なぜ大王が豪族ふぜいに謝らねばならん」

声にむかつきが含んでいる。

「大臣殿の御機嫌を取るという意味で、済まなかったとでも一言申されればこの一件は落着するのではないかと。大王様は他の何者でもない大王様にございますれば」

つかえながら意味不明なことを述べる。泊瀬部は何を言うかというふうに、

「おまえはいつから馬子の従臣になった。馬子づれに仕えたくばいつでも暇を取らせる」

脂の浮いた鼻筋に皺を寄せた。弓削の定見のなさに苛つく。立ち上がり弓削に近寄る。びくりとしたように見上げた。その頭の布冠を握り潰す。

「とんでもない。大王様のことを気遣ってのことにございますれば、お許しを」

深く頭を下げた。心中は裏切ったことに後ろめたさを感じていない。泊瀬部は泊瀬部で、弓削の作りめいた温順さにうんざりしていた。その後、色気をだした弓削は石蛾の仲介で馬子に仕えることが決まった。しかし化けの皮が剥がれたのか、手厚く礼遇されるとの思惑は打ち壊され、重用されずに己の保身に汲々とするだけの日々だった。二年後惜しまれることもなく病でこの世を去ることになる。

馬子の命を受けた捕吏は翌日には捕縛した舎人らを知行地没収のうえ佐渡島へと流した。泊瀬部には何の相談もなかった。大王を無視した馬子の独断専行である。

泊瀬部は賀茂角南基《かものすみなみき》に側近として仕えるよう召喚する。二度断られたが三度目の要請に対し重い腰を上げた。三十半ばの働き盛りである。角張った顎《あご》一面に髭を蓄えていた。その髭を指先で撫でる癖《くせ》がある。

角南基は馬子の居館を訪ねた。会ったところでどうなるものでもないが、一度馬子と直《じか》に会って腹の内を探りたかった。

「そなたも苦労なことじゃのう」

同情の言葉を掛ける。そのわりに顎をあげ冷然と見据えている。底光りする油断のならぬ双眸に、権力欲を秘めた臭いを嗅いだ。

「ありがたきお言葉」

機嫌を損《そこ》ねぬよう頭を下げる。顔を上げると馬子の冷厳な目があった。

「大王様をどうなさるおつもりなのです」

「どうなさるとは？」

「政から遠ざけられ、大王様の出番がございません。このままでは大王様のご威光が衰えるばかり。大王様は何もおっしゃいませんが、われら従臣一同、これからの大王家の行く末を案じております」

磊落《らいらく》に笑い飛ばし、さも心寄せるかのように、

「さすが角南基殿、見上げたお心掛け、馬子感じ入っております。しかしそうまで申されるなら、大王様が勅命をお出しになり、豪族らに従うよう命ぜられたらよかろう」

「そこまでやりたくないのでしょう」

出したところで打ち消されるのがおちである。それこそ一気に大王の権威が地に落ちることは泊

瀬部にも角南基にも分かっている。馬子も知っていながら言っているのだろう。老獪《ろうかい》であった。

「大王家は大臣蘇我馬子様あっての大王家。大臣様がお支え下さらねば大王家は立ちいかなくなります」

「それは買い被りというもの。わしにそのような器量は無い」

「謙遜召されるな」

「……正直に申そう。豪族たちは泊瀬部大王に、大王としての務めが果たせるよう、もっと学問、人格に磨きをかけてもらいたいと申しておる。それゆえ大王におかれては当分、政に関わることなく伸び伸びと勉学いただきたいと思っておる」

一本調子に余裕綽々《しゃくしゃく》として偉そうに話す。予想だにしない不遜な言い分だった。言外に無能だとあしざまに決めつけている。無礼極まりない態度だ。

「豪族らは一日でも早く大王に政を任せたいと願っている。わしも同様である」

胸を反《そら》し豪語する。白々しいが黙って次の言葉を待つ。

「存じておろう、伊予の土地争いの裁き。それればかりか豪族らの領地、領民の召し上げ発議。これら芳しからざる言動、とうてい納得できることではない。そなたは豪族賀茂一族、同感であろう」

「しかしながら……」

「わしが恐れるのは豪族らの暴走だ。中には気の短い乱暴者もいる。良からぬことを考え、大王の弑逆《しいぎゃく》を謀る者が出るやもしれぬ。大夫、豪族らによる合議制はそれを防ぐための手段であると心得よ」

「そう申されましても」

「政はわれら忠臣にお任せください。大王様は頑固者。日々ご気随になされておればよろしい。本気で政を手にしたいのであれば、為政者としての器になってもらわねばのう。われらはいつでも政権をお渡しする。そこのところをじっくりと諭《さと》して下さい」

息継ぐことなく倣然と捲し立てた。角南基は権力を握った者の驕りを黙って聞きながら、

(豪族の分際で大王を侮《あなど》るか。ふざけるな)

あからさまに指弾する馬子をとっちめたかったが堪える。喧嘩に来たのではない。

「大臣殿、さすがご立派、伝聞通りであります。お会いして良かった。これからも大王様へのお心使い、よろしく」

なすすべもなく裏腹なことを言って深々と頭を下げた。随分と見縊《みくび》られ歯痒いことだった。馬子に卑屈になっている己に自嘲する。

宮に戻った角南基は泊瀬部に進言した。

「強大な武力を持たねば驕慢な馬子に対抗できません。大王家に仇なす不忠者は退治すべし」

「案があるのか」

「大伴氏を味方につけましょう。馬子に対峙できるは軍事氏族の大伴一族しかありません。かつては大連《おおむらじ》を務めた家柄が、しかるに今では馬子の風下に追いやられ冷や飯を食っております」

「手立ては」

「大伴糠手連《おおとものあらてのむらじ》に年頃の良い娘がおります。この娘を妃となされませ。大伴一族もそう望んでいるらしく、謹んで受けましょう」

「みょ、妙案である。話をまとめよ」

声が上擦っている。喜びに興奮しているようだ。これで馬子に勝てると思っているのであれば楽観視しすぎだ。

（つらつら思うに何ら策も無く、事を急ぎ過ぎたのだ。いわば己で己の首を締めた）

剣を研ぎながら角南基は泊瀬部を冷めた目で評価する。伊予領土争い裁可の失敗。あまつさえ調子に乗ったのかどうか「豪族らの領地を召し上げる」などと口に出した。愚昧《ぐまい》とまでは言わないが、馬鹿正直にもほどがある。もっと権力の地盤をがっちりと固めてからやるべきことで、まるで能が無い。手の内は最後まで隠しておくべきだ。

（いかんせん泊瀬部大王の人望では）

蜘蛛糸に絡《から》みつかれたような、この劣勢を挽回できぬ、と悲観的な見方が脳裏を駆ける。どう欲目に見ても一廉の人物とは思いがたい。しかし大王に仕えたからには支えるしかない。氏族一同、宮城で重きを成したいと願っている。一族の思いが角南基の双肩に掛かっていた。

角南基は大伴糠手連に会って婚姻の話を打診する。思った通り謹んで受けた。

「ときに、泊瀬部王子様が大王様になれたのは、大后炊屋姫様のご意向だったとか」

世間話で糠手が洩らした。角南基の知らないことだった。糠手には泊瀬部が炊屋を避けているように見えるという。人当たりの良い笑みを浮かべ、

「恩に感じよ、とは申しませんが、大后様には礼を尽くした方がよろしいでしょう」

ありがたい示唆であり忠告だった。連の姓《むらじ》《かばね》だけに宮城の様子は詳しいようだ。姓は地位を表し、臣《おみ》の次に高い地位である。

「ご存念がお聞きできて来たかいがありました。さっそく大王様のお耳に入れます」

顎の髭を撫でつけた。

角南基は宮に戻るや泊瀬部に、大后に礼を尽くすよう勧める。

「あの女は苦手じゃ」

聞こうともしない。

「それほど言うならそなたに任す。良いと思うように按配せよ」

突き放した。

まごまごしてはならじと角南基は大后に拝謁を願ったが殯の間なので外部との繋がりを断っているという。尾佐呼に「お目もじは叶いません」と言われた。

(馬子と守屋の戦では殯宮を抜けていたではないか)

とは言えない。諦め切れずに粘っていると、代わりに額田部久麻呂大夫が会ってくれることになった。

海石榴市宮《つばいちのみや》を訪ねる。宮人の案内で内裏に通される。下段に座した。額田部が現れ上段に座る。扈従《こしょう》した尾佐呼が上段の隅に座った。

頭を下げて儀礼的に型通りの挨拶を述べる。いつもの髭を撫でる癖がでぬよう注意を払う。

「苦しゅうない。面《おもて》を上げよ」

「恐れ入り奉ります」

顔を上げると額田部が笑みを見せる。尾佐呼が献上品の目録を読み上げる。荷車一台分あった。

「ほほう。大儀である」

再び深々と低頭する。顔を上げた。

「そなたが大王様のおそばにおれば、泊瀬部大王様も心強いであろう。くれぐれもよしなに」

「勿体ないお言葉、身に余る光栄にございます。大王様のおんため、粉骨砕身務める所存にございます。今後ともよろしくお導き下さい」

額田部は目だけで頷く。臈長《ろうた》けた威を感じながら頭を下げた。

(摑みどころの無いお方だ)

額田部のことではない。まだ見ぬ大后炊屋への感想であったが、そうであれ、大后をおざなりにできないことは確かだ。

角南基はその後、物部一族の長老と密談する。凋落《ちょうらく》したとはいえ各地にいる物部氏の武力は侮れない。どうしても味方につけたかった。おもむろに用件を切り出す。

「いざという時、力を貸していただきたい。その時は大連はもちろん大臣も兼務いただく」

厚く遇されることに異存のあろうはずはない。長老はためらわずに痰を含んだ嗄《しわが》れ声で同意した。健脚である角南基の奔走が続く。着々とこなしている。古風《いにしえぶり》の大王家を取り戻さんと懸命であった。今度は厩戸を訪れた。子麻呂の案内で主屋に通されて下段に座る。まもなく厩戸が現れる。

「わざわざお越しいただき申し訳ありません。さあ、こんな所に座らず上座にお座り下さい」

近寄り上座を勧める。はいそうですか、と座れるわけがない。断るが、大王様の側近のお立場、といって厩戸はきかない。結局、角南基は上座に座ることになった。

日頃より厩戸の人柄を聞いていたので包み隠さず正直に話す。

「大王様は政から外されてご不満のご様子。この先、予期せぬことが起こらぬかと懸念しております」

厩戸の表情を見ながら顎の髭を撫でる。

「そこでお願いがございます。わたしと共に大王様を支えていただけませんか。十分な手当ては致します」

「ありがたいお誘いですが、わたしはまだまだ未熟者。そのような大任は務まりません」

「いやいや、王子様の英邁さは存じております。どうかお力をお貸し下さい」

「僭越ながら今が辛抱すべき、あせりは禁物です。ただ堪忍のみ」

角南基は押し黙って耳を傾ける。

「私利私欲の政は必ずぼろが出ます。その時こそ心ある豪族たちが大王家のお味方になりましょう」

熱く語った。

「それまで待てと」

「さようにございます。わたしは人を殺す戦を好みません。折り合いをつけるべきはつけ、協調する。政とは己の主張だけを通すのではなく和の調和、とわたしは思っております」

「……」

「時節を待たれ、くれぐれも短気を起こされぬよう、角南基殿がしっかりと舵を取って下さい。戦にならぬようお頼み申します」

厩戸が頭を下げる。あくまで要請を固辞した。


泊瀬部四年（五九一）春正月三日――。

大后炊屋の海石榴市宮《つばいちのみや》の大庭に設えられた射場で正月行事の御弓始祭があった。

天の下の安寧と五穀豊穣を祈り、射手らによって矢が放たれることになっている。夜明け前にわずかな雪が降ったのだが、掃き清められて庭の隅に追いやられている。その雪間から土を持ち上げて淡い緑色の芽がのぞいていた。

初めに邪気を払う「蟇目《ひきめ》の儀」で、厩戸が矢を番《つが》える。弓は大人の背丈以上の長弓である。十三歩（約二十メートル）先の藁を束ねた的に命中させ、妖魔を降伏させた。歓声が起こる。続いて鉦を合図に射手らが続々と矢を放つ。高座に大后炊屋、竹田王子、難波王子、春日王子、来目王子、馬子、大夫らが着座し観覧している。大王泊瀬部の姿はなかった。参列していた半島からの百済使、高麗使も自国の弓矢で参加する。新羅は倭国の冷えた空気を感じているのか使者が来ていない。

この弓矢による神事は、朝廷に対する豪族らの服属奉仕、外《と》つ国《くに》の倭国への従属という意味合いもあった。

月は三輪山の外れにあった。石蛾が角南基の居館を密かに訪ねる。

「馬子を討てる策があるそうだな」

灯火が揺れている。

「さよう、大王天国排開広庭《あめくにおしはらきひろにわ》（欽明）の遺勅、任那再興。半島へ出兵するのです。占領した土地を与えると言えば豪族らは喜んで馳せ参じるでしょう」

「それがどう、結びつくのだ」

角南基が問いながら髭を撫でる。

「豪族らは大伴を除き、馬子の息の掛かった氏族がほとんど。大伴を飛鳥に残し豪族らを出兵させれば飛鳥はがら空き。その間隙《かんげき》をぬって、兵力が手薄になった馬子を討つ」

「大伴だけを飛鳥に残せば皆が怪しむのではないのか」

「では大伴も出兵させ、後詰《あとづめ》として筑紫に残留させればよろしいかと。豪族らが渡海した後、温存した大伴の軍勢と協力して馬子を誅殺する」

「……石蛾殿は蘇我氏に出入りしていると聞いているが」

懐疑的な目を向ける。得体の知れぬ男だ、とでも思っているようだ。

「さようですが」

「ならばなぜ、蘇我を裏切るようなことを申される」

「わたしは任那から渡来した亡命者。任那再興が悲願、それだけにございます。任那再建に表だって反対する豪族はおりません。再興ならば泊瀬部大王様の名声が、たちまち高まることは疑い無し。まさに一石二鳥、大王様もさぞやお喜びになりましょう」

石蛾が目尻を下げる。肚《はら》に秘めた一物は見せない。

「加えて申せば新羅を滅ぼした後、半島の征服も夢ではございません。泊瀬部大王様なら成し遂げられましょう。むろん角南基殿のお支え、ご善導あってのことですが」

持ち上げた。耳が快《こころよ》いのか角南基が四角張った顔を崩す。

「大陸を統一した隋国の脅威はいずれ強まることになります。半島は倭国の防衛にとっておろそかにできぬ土地。このこと感づいているのはわたしと角南基殿ぐらい」

「そ、そうだ、その通り」

思い及んでいたように返す。見栄を張ったようだ。

「倭国のためにも出兵は大事。歴代の大王様も定めしお喜びになりましょう。これは天命なのです」

あれやこれやと吹き込んで角南基の尻を叩く。仮構で味つけし、さももっともらしく諭すのが石蛾の真骨頂である。角南基に近寄り、

「角南基殿」

力強く呼び掛ける。

「な、何でしょう」

「先手を取りなされ。大王家、倭国を救った従臣として、賀茂角南基殿のお名は、長く語り継がれましょう」

「石蛾殿」

と言って手を取った。石蛾も握り返す。見つめ合い互いに頷く。

（うまくいった）

石蛾は満足げに微笑《ほほえ》む。角南基は自分への好意と受け取ったようだ。まんまとおもうつぼに嵌《は》める。角南基に会って出兵を勧めることは馬子には話していない。石蛾の独断だった。

お蚕《かいこ》様が桑畑で一日中音を立てて葉《は》を食む夏四月十三日――。

訳語田大王が河内磯長《しなが》中尾陵（現在の大阪府南河内郡太子町）に葬られ大后炊屋の殯《あらき》が終わる。実に五年八カ月もの長期に及ぶ殯であった。代々の大王に比べても異常に長い。専念しなかった

分、埋め合わせをしたと捉《とら》える者もいた。炊屋は海石榴市宮に入った。

梅雨明けが心待ちにされる頃、炊屋の使者として尾佐呼が厩戸の宮を訪れる。言わなくとも上座に座った。大后炊屋の息女菟道貝鮹王女《うじのかいたこのひめみこ》をもったいなくも厩戸の正妃に遣《つか》わすという。大后の意向らしい。

「ありがたきお言葉ですが、通い婚（妻問婚《つまどいこん》）とはいえ、見ての通り質素な暮らし。贅沢《ぜいたく》に慣れたやんごとなき姫様が、わたしの資質を好まれましょうか」

姫君の気持ちを推し量る。婚姻は男女が一緒に住むのではなく、男が女の元に通うのが習いであった。

「そうですね……」

尾佐呼が中を見回す。

「大殿といえばそれなりに豪華な造りにするもの。聞いてはいたがこれほどむさいとは思わなんだ。一事《いちじ》が万事《ばんじ》というからのう」

出された白湯をじろっと見て、土器《かわらけ》の湯呑みを握り持つと、

「蜂蜜湯も無いのか」

「申し訳ございません」

軽く頭を下げる。まずそうに飲むと湯呑みを膝元に置く。

「そうじゃ、一度姫様と会ってみませんか。大后様にご了承いただく。大后様も可愛《かわい》い娘に幸せに

なってもらいたいであろう。政略婚がはやっておるが相性も大切」

「……」

「そういえばそなたの母、穴穂部間人王女は義理の息子田目王子と懇《ねんご》ろ、ではなく婚姻関係にあるそうな。進んでおられますね」

さあらぬ（何げない）顔で、

「そなたは母と田目王子の婚姻に反対し、母と一悶着《ひともんちゃく》起こしたと聞いた。それは真《まこと》か」

憐憫《れんびん》を混えて口にする。話が横にずれてきた。

「尾佐呼殿」

軽く睨む。

「ほほほ」

口元を手で隠して上品に笑う。

「言はれぬ（余計な）ことに立ち入りました。許されよ」

「姫様のご都合の良い日に参ります。決まりますればお命じ下さい」

話を元に戻す。

同じ頃、菟道貝鮹王女は母炊屋に会っていた。大《おお》どかさ（のんびりさ）を漂わせているが問《と》いは手厳しい。

「私は道具なのですか？」

黒目がちな双眸を真っ直ぐに向けて言った。

「道具とな。菟道は人ではないのか。意味がとんと不明です」

澄まし顔で答えた。空惚《とぼ》けていると分かっていたが聞き流す。

「政に利用されたのかと……」

「利用？」

婉曲な物言いにまたも恍けた。はっきり言わねば事が進まないと思い、

「厩戸王子に私を下賜なされるのかと」

炊屋の目を注視する。

「その通り。それがどうかしたのですか」

「……厩戸殿が私の夫に相応しいかどうか、見極めてもよろしいでしょうか」

「当然です。思う存分やるが良い」

「ありがとうございます」

「言っておくが、子の幸せを願わぬ親はどこにもおらぬぞ。子の幸せは親の幸せなのだ」

炊屋の目が微笑している。王女もつられて笑みを返した。

三日後、再び尾佐呼が厩戸を訪ねた。

「えらいことになった」

（？）

「姫様が病に罹《かか》られた。悪いことに疱瘡のようじゃ。お痛わしい」

父橘豊日が疱瘡で亡くなった日のことが脳裏をよぎる。

「これより姫様のお見舞いに参る。さぞやお心細いであろう」

気迷うことなく立ち上がる。尾佐呼も慌てて立ち上がった。

「ま、待ちや。うつる病ぞ。うつれば死ぬかもしれぬ」

「構いません。知ったからには放っておけない。わたしに看護させて下さい。見捨てれば仏の道に外れます」

「ひ、姫様の顔には醜い赤い斑点が幾つもできておる。あばたが残り、もう元には戻らぬと薬師が。それに姫様は誰にも会いとうないと申されておる」

「わたしは人の値打ちを顔形《かおかたち》で判断しません」

尾佐呼が厩戸の腕を摑む。

「離されよ」

腕を振り払い、庭への階を一段飛ばしで駆け下り、馬屋に向かう。

尾佐呼が足先までも隠れる裳裾《もすそ》をぐっと握るやたくし上げ、必死の形相で厩戸を追う。厩戸の足を目掛け飛び込んだ。片足をむんずと摑まれ厩戸が前のめりに倒れる。ふいを突かれ大声を上げる。子麻呂、河勝はじめ従僕らが駆けつける。厩戸と尾佐呼を抱きかかえ立ち上がらせた。尾佐呼が厩戸の前に立ち、

「う、嘘です。姫様は病ではない。もう、申し訳ありません」

その場に座ると頭を下げた。厩戸が痛みが走る腕を片方の手で撫でながら、大きく息を吐く。皆が呆気《あっけ》に取られていた。尾佐呼が言うには、姫様と二人で厩戸様の話をしているうちに悪戯《いたずら》心が芽生え、王子様の仏心とやらを確かめようと、どちらからともなく思いついたという。悪気があったのでは無いと強調した。

「二度と御免です」

それ以上は責めなかった。厩戸は翌月、菟道貝鮹王女を立てて正妃とする。これより上宮王家の厩戸王とも呼ばれることになった。


馬子は海石榴市宮の大后炊屋を秘かに訪ねた。正確には大后ではなく元大后であるがいまだに大后様と皆より畏《おそ》れられ敬われている。上段に炊屋、端近に尾佐呼が着座する。いつも通りである。

「泊瀬部大王の評判が上がって参りました」

「そのようですね。任那再興を内々に言い出してからか」

「ご明察、恐れ入ります。豪族らはさすが泊瀬部大王様じゃと囃《はや》し立てております」

「ではいずれ大臣が突き上げを食らうであろう」

いつもながら男のような言葉を放つ。馬子を見据え、

「その前に……」

「と、おっしゃいますと」

「分からぬか。豪族らとの合議制を解散し、政を大王に返上するのです。そうすれば皆から大臣蘇我馬子は大した男だと称賛されるであろう」

「しかし、わたしは泊瀬部大王様に憎まれております。権力を握った大王泊瀬部はわたしを誅殺するやもしれませぬ」

「弱音を吐くでない。十二分に備えをすれば済む。あるいは先手を打っても良し」

「……先手、とは？」

「自ら考えよ」

突き放す。炊屋は馬子には言わなかったが泊瀬部の嫡子蜂子王子を気に掛けている。大伴氏から妃となった小手子《こてこ》との間に生まれた子で三歳の可愛い盛りである。泊瀬部は蜂子王子を次の大王にしたいと舎人に洩らしたらしい。いち早く炊屋の耳に入っていた。

「大后様は半島への出兵、賛同なさるのですか」

「どちらに転んでも同じ。好きにやらせれば良い」

「急に任那再興などと言い出して、何か魂胆があるやもしれませぬ」

「そうであろう」

「それが何なのかお教え下さい」

「我《わ》は泊瀬部ではない。分かるはずがなかろう」

まごついているのか馬子が未練がましい目を向ける。炊屋は横を向いた。馬子の目が尾佐呼に流れる。尾佐呼も横を向いた。

霖雨《りんう》が続く秋八月一日――。

大王泊瀬部は倉梯柴垣宮《くらはししばがきのみや》に馬子、大夫、群臣、豪族らを召集した。

「朕《ちん》は新羅に滅ぼされた任那を再興したい。皆はどう思う」

決然と尋ねる。すかさず馬子が、

「大王様のお声は神のお声。われらに否《いな》やはございませぬ」

さよう、その通り、出兵すべし等々の勇ましい声が飛び交う。泊瀬部は欣々然《きんきんぜん》とした。

大王暗殺と悲恋

暑さを避けたのか日が傾いた頃、賀茂角南基が上宮王家を訪ねてきた。相対し座す。

「新羅出兵の勅命が下りました」

「聞きました。今から宮に出向き拝謁を願うつもりです」

知ってから気が気でない。

「では厩戸様も出兵下さるのですか」

嬉しそうに反応した。

「心を痛めております。海を渡って他国を攻めるなど許されぬ所業。今からでも遅くない。出兵を取りやめるよう一緒に大王様をお諫めしましょう」

角南基の糠《ぬか》喜びだった。

「今更勅命を撤回するなどできるわけがない。大王様の大御言《おおみこと》ですぞ」

語気が強い。

「戦になれば、民は働き手を兵に取られ難渋します。民を苦しめるのは正しいご政道とは申せません」

「無理を承知でお願い申し上げます。新羅出兵の大将軍として指揮を取って下さい。恩賞は望みのままと大王は申されました、この通り」

ときた。頭を下げられても気軽に乗れる話ではない。乗るつもりもない。

「頭をお上げ下さい」

上げた顔に必死な思いが出ている。

「ではお受け下さるのか」

「とんでもない。戦に反対と申したはず」

「しかし四年前の物部守屋との戦では獅子奮迅のお働きをされ、お味方衆を大勝利に導かれたではないか」

「あの時、戦をなぜ阻止できなかったのか、今でも悔いております。敵味方、多くの人々が無惨にも死んだ。その死を思うと死者たちはきっと、戦はこれで最後にしてくれと叫んでいるに違いない」

おのずと述懐の熱き言葉がほとばしる。

「二度と戦など起こしてはなりません。あの不幸を終わりにせねば、そう思われませんか」

「兵たちは己の運命、己の志に従って命を捧げた。死んだとしても本望だったのではないでしょうか」

「民はどうなのです。無理やり兵にされ、果ては死。残された者には悲しみと憎しみしかないでしょう。あの時のわたしと今のわたしとは戦への姿勢が大きく違う。どうかこの気持ち、お分かりいただき、出兵をやめるよう取り計らいいただきたい。この通りです」

つとめて控えめに言って今度は厩戸が頭を下げる。

「厩戸様のお考え、分かりました。そのお気持ち、泊瀬部大王様に奏上なさった方が説得力が増しましょう。お目通りの段取りをつけます」

納得してくれた。

翌日拝謁が許された。玉座に泊瀬部、傍らに角南基が陪席している。

「久しいなあ」

と、莞爾《かんじ》たる笑みを見せる。

「大王様になられて初の御意を得ます」

「そう畏まらんでよい。叔父と甥の間柄だ。共に由緒正しき大王家の血筋。豪族ごとき卑しい出とは違う。努々《ゆめゆめ》忘れてはならぬぞ」

己にも豪族の血が混ざっているのに、である。返事をしかね、黙ったまま見返す。

「守屋との戦、見事な戦いぶり、痛快であった」

「悔いております。多くの人が死に、何で避けられなかったのかと」

「仕方がない。志が違えば戦で決着をつけるしかない。あれしきのこと、気にするは愚か」

「そうは思えませんが……」

「まあよい、それはそうと、任那再興のため、出兵を計画している。再興は天国排開広庭大王の遺勅。豪族らは喜んで参戦すると申しておる。そこでだ、もそっと近くに」

後の台詞に凄みがあった。厩戸が近づく。泊瀬部が声を落とし、

「筑紫に向かう前に、この兵で馬子を討つ。厩戸が大将軍となり兵の指揮を取れ」

「何と、申されました」

禍事《まがごと》が突然飛び出した。意表をつかれ耳を疑う。

「馬子誅殺の勅命を発す」

気楽に言った。妙に才走っている。

「しかし、勅命とはいえ豪族らが従うでしょうか。大伴氏を除き、馬子殿の息の掛かった豪族がほとんどと耳に入っておりますが」

「そなたなら豪族共をまとめ、馬子を討つことができるだろう」

「めっそうもない、わたし如きはそのような器ではございません。仏の教え、不殺生を何より大事と心得ている者。漫《まん》言は困ります」

泊瀬部は険しい目を見せたが、気を取り直したのか口元を和らげ、

「謙遜するではない」

「大伴殿に相談なされましたか」

「大伴では荷が重い。野心は持っているが、いざという時、優柔不断なところがある。『今はその時期ではない』と申しおった。臆病な男よ」

堅実な意見が気に入らぬのか語尾を上げて強弁する。厩戸は動ぜず、

「わたしも大伴殿と同じ意見」

「本心か」

困惑したのか念を押すように言ったが、

「馬子殿はしたたかなお人。手ぐすね引いて待ち構えているやもしれませぬ」

惑うことなく明言する。言わずにいられない。泊瀬部の両手が袴の膝頭をわし摑みにしている。

「出兵を中止してくださいい。大王様とてこの世の中、思いのままにならぬこともございます。あまりお急ぎにならず、時には辛抱も重要にございます」

あえて不躾《ぶしつけ》に道理を言上した。飛びついてくるとでも思っていたのか、心外な答えを聞いたというふうに眉をひそめ、

「そなたまでこのままだらだらと座し、待てと言うのか。それはたんなる先送りだ。動かなければ、行動せねば道が開けぬではないか」

「この局面、待つことを選択すべきだと心得ます。性急に動けば皆がついてゆけず、不測の事態が生じましょう」

夢中で説いたが泊瀬部は厩戸の案ずる気持ちを理解しようとしない。好戦的な質のようだ。闊達さは毛頭見られない。

「厩戸には失望した。話にもならん。下がって良い」

泊瀬部の腹づもりが砕け散る。角南基は一言も発せずただ顎髭を撫でていた。

馬子は臥所で眠っていた。その深夜、

(どさっ)

上から何かが落ちたような音だ。馬子は目を覚ます。動くような気配がする。ゆっくりと上半身を起こし枕元の剣を握る。柄に手を掛けた。冷や汗が出る。恐怖が襲ってきた。

(確かめねば)

剣を静かに抜き、鞘を入り口に投げつける。ぶつかる音がする。

「ご主人様!」

不寝番の従臣が板戸を開け放つ。月明かりが床を照らす。くねった蛇《くちなわ》が一匹いた。不気味に動く一縷《いちる》の舌が月の光を打ち返す。

(蝮《まむし》か……)

頭が三角の形に近い。従臣が剣の鞘尻で床を打って高い音を立てる。従臣に鎌首をもたげ尻尾の先を振った。威嚇しているようだ。牙を剥《む》き出し飛んだ。刃が月明かりで光る。蛇の首と胴が離れ床に落ちる。それでも動いていた。

「でかした」

従臣が黙って頭を下げる。

「蝮は精がつくという。おまえに与える。蝮酒として飲むも良し、丸焼きで食うも良し。おまえの血となり肉となり、さぞや蝮も満足だろう」

助かった安堵からかいつになく饒舌だった。従臣が血で汚れた床を衣を裂いた布で拭き取り、蛇を持ち去ると、馬子は硬い表情を見せる。屋根裏に棲んでいたのがたまさか落ちたとは思えない。疑心というよりは確信であった。同時に脅威を肌身に感じる。

（誰が画した）

泊瀬部の顔が真っ先に浮かぶ。胸に黒い塊が広がった。

「許せぬ」

舌を鳴らし床を踏みつけ剣を板壁に投げつける。刺さらず落ちて床に刺さった。再び褥《しとね》に入ったが血が騒ぎ、目が冴え、敵愾心が燃えて眠れない。

「起きるぞ」

叫ぶ。返事がするとややあって従臣が水の入った洗顔桶を運んできた。

常世《とこよ》の国（不老不死の仙境）から持ち帰ったと伝わる橘の実が色付いた冬十一月四日――。大将軍らに率いられた二万余の大軍団が筑紫に向かう。二人を新羅と旧任那に遣わし国情を探らせた。

倉梯柴垣宮の厨《くりや》では大王泊瀬部の夕餉の支度がなされていた。大王にお出しする前に毒味役が大王の食する品々を検分する慣行になっている。万一、毒に当たり死んだとしても遺族が厚く遇される。安心してお役目が果たせる仕組みである。

「おれが死ねば、大王様をお救いしたことになる。毒味役の誉れだ」

と言って一品ずつ咀嚼《そしゃく》する。この日も何事もなく過ぎようとしていた。上がりに小鉢に入れられた貝の汁の蓋《ふた》を取る。ほかほかと白い湯気が立ち、いい匂いが食欲を刺激する。務めを忘れて味わうように口に運ぶ。静寂が立ち込めた。膳夫《かしわで》、采女《うねめ》らが無事を祈るが如く微動だにせず見つめる。固唾《かたず》を呑《の》んで見守る視線を感じた。

(今日も無事お役目を終えた)

笑みを見せ立ち上がる。突然、胸の辺りが苦しくなる。顔が歪むのが自分でも分かる。よろめいた。喉の奥から突き上げるものがあった。激しく吐く。赤く染まった食べ物が床で飛び跳ね広がる。悲鳴が起こり騒然となる。その場で仰向けに倒れ、どんと鈍い音がする。頭を打ったようだ。そのまま動かなくなった。ただちに膳夫の長《おさ》より泊瀬部に知らされる。興醒めた顔で、

「毒を盛られた？　真か」

「毒味役殿、お見事なご最期でした」

「何者が……」

言った後で馬子の厭《いと》わしい顔が脳裏を駆ける。

「今調べております」

「朕の夕餉はどうなる」

「新たに作らせています」

「腹が減った」

「急がせます」

「そうだ、年魚《あゆ》の塩焼きがいい。吹き出た塩加減がたまらぬ」

「旬が過ぎているゆえ、入手できますかどうか……」

「何か言ったか」

目を据《す》えられて頭を下げる。足早に去った。怫然として角南基を呼ぶ。

「馬子が命じたに違いない。いい手はないか」

「馬子殿を召しましょう」

「呼んでどうする」

「大王家を安泰たらしめんがため、誅殺します」

「必ず仕留める策があるのか」

「お任せ下さい」

顎髭を撫でながら危機感を募らせていた。馬子は病といって出頭しない。

「信用できぬ。作病《つくりやまい》に相違《そうい》ない」

「いかがなされます」

「いっそ討って出るか」

「公に殺《や》るには大義名分が必要。裏向きには不要でございます」

穏やかならぬことを進言し冷ややかに笑う。泊瀬部も憎しみの満ちた目で応じた。

互いの疑心暗鬼がますます抜き差しならぬ方へと引っ張っていく。馬子は倉梯柴垣宮に参内《さんだい》する時は、百人余の武装した兵を従わせた。極度に警戒している。石蛾の勧めで馬子に似た身代わり者も用意する。あくまで用心深い男だった。事態は悪化の一途を辿る。


厩戸は久しぶりに善徳を騎射に誘う。蒼穹《そうきゅう》の良い日よりだった。上宮王家の裏の馬場である。馬に乗って走りながら矢を的に射る。のちの流鏑馬《やぶさめ》である。

厩戸が駆ける馬上で矢を番《つが》え弓弦を引き絞る。十歩（約十五メートル）離れた的を狙う。弓矢が腕の中で静止した。矢を放つ。爽《さわ》やかな音を残して丸い的に命中する。

「さすが」

善徳が称えるが心なしかいつもの明るさが見えない。善徳の番である。馬上で腰を浮かせ矢を番える。弓矢が微かに動いている。無意識に心の迷いが現れているようだ。矢が空気を切って的に向かうが大きく外れる。三たび繰り返すも当たらなかった。

汗で濡れ光る馬を馬場近くの小川の岸で休ませ水を飲ませる。厩戸と善徳は堤に腰を下ろして川の流れを見ていた。川面が日の光を反射している。日は二上山の遙か高みにあった。いつになく様子の違う善徳に、

「いかが、なされました」

ゆっくりと微笑み声を掛ける。善徳が嘆息し頭を掻いた。

「……父は仏教に現世利益を求めるばかり……仏教の深い教えを理解しようとはしません。仏の慈悲や不殺生など一切関心が無い。が、親に従うのが子の務めであるならば、子としてどうすれば……」

「善徳殿も知っての通り、今飛鳥では馬子殿が我が国初の本格的な大寺院、法興寺（飛鳥寺）を建立されておられます」

「それが、どうかしたのですか」

「その法興寺の寺司におなりなされ」

「この、この善徳がですか」

「そうです、善徳殿あなたです。善徳殿以上の適任者はいない。善徳殿は仏教への造詣が深いからです。我が国ではまだまだ真の仏教は知られていません。寺司となり真の仏教を広めてください。父上馬子殿に願えばだめとは申されないでしょう」

「実は……父は武を好む蝦夷を気に入りわたしを疎ましく思っている。要はわたしは蘇我氏の鼻つまみ者です。居館を出て寺司になることは賛成するでしょう」

うがったことを言って淋しいような、嬉しいような、複雑な表情を見せた。

「それは良かったではありませんか。前向きに捉えましょう」

慰藉《いしゃ》となるよう懇《ねんご》ろに励ます。胸の内をぶちまけた善徳がこっくりとする。

「わたしもいつかは法興寺に劣らぬ大寺を建立したい。共にこの国に真の仏教を知らしめましょう」

声に活気を込めて熱き双眸を向ける。

「厩戸様」

元気の無かった善徳の顔が俄然活き活きとしだす。先ほどまでの思い詰めた顔が嘘のようだった。

「ただ、蘇我氏の氏の上は弟の蝦夷殿が継がれることになりましょう」

「構いません。善徳は仏の教えを執《と》ります。これで雑念を棄《す》てられる。何やら身も心も軽くなった心地です」

蟠《わだかま》りが解けたのか満面に笑みを見せる。厩戸も笑みを返した。

「遠乗りをしませんか」

厩戸が黒駒に乗りながら声を掛ける。互いに心が軽くなっていた。

「はっ！」

手綱を緩め黒駒の腹を軽く踵《かかと》で打った。黒駒が走り出す。ぐんぐん加速した。厩戸は馬首にぴたりと体をつけて駆走する。善徳も鞍にまたがり後を追う。大和川に架かる木橋を渡り西に折れる。富雄川の橋を軽やかな音を立てて渡り切ると大草原が広がっていた。

「ど、どっ……」

手綱を絞り馬の速度を緩める。振り返ると遠く離れて善徳が向かってくる。追いつくまでこの辺りを馳駆《ちく》することにする。草原の草々が風と戯れていた。目の前を一群《ひとむれ》の野鳥が横切ってちんまりとした雑木林に飛び込んだ。怒るような野鳥の鳴き声が耳に入る。イカルだった。

(斑鳩《いかるが》まで来たのか)

この辺りの地を踏むのは初めてである。近くを大和川が流れ、難波津にも通じている。道も竜田越えで河内に近い。交通の要衝地《ようしょうち》であることを実感する。しかも土地も広々としている。飛鳥からは(約二十粁《キロメートル》)そう遠くでもない。

ようやく善徳が追いついた。二人は馬の歩みをゆっくりと進ませ馬体の熱を冷ましてやった。頭上が翳《かげ》る。群れたイカルが飛び去った。

この頃、上宮王家の従僕がたまたま門前にいた野犬に餌を与えた。そのせいかどうか出入りするようになった。雪のように白い毛並みだった。いつしか、「雪丸」と名付けられる。

馬子は輿《こし》に乗り込んだ。今日は父、稲目の命日である。墓は島ノ庄からそう離れてはいない。不穏な動きがあるだけに二十人近い兵が警護している。坂道に差し掛かる。道の左右は雑木林であった。突如異変が起こる。

「いまだ!」

声と同時に左右から唸りを立てたあまたの矢が一行を襲う。待ち伏せだ。続けざまに髡されてゆく。奮闘する一人の兵がいる。飛び来る矢を剣で打ち落としていたが疲れたのか動きが鈍った。肩に矢が突き刺さる。矢を抜き取った。腹部が焼けるように熱い。見下ろすと矢尻が腹から突き出ている。背から矢が刺さり腹に突き抜けたのだった。日中なのに暗闇になった。そのまま意識を失い仰向けに斃れた。輿の簾《すだれ》を突き抜け幾多の矢が内を襲う。駕輿丁《かよちょう》（輿担ぎ）にも容赦なく矢が突き刺さる。輿が傾き地べたに落ち、馬子が転がり出た。たちまち数本の矢が馬子目掛けて襲来する。その矢を剣で打ち落とした兵が両手を広げ馬子を庇う。だが切れ目なく飛来する矢を防ぎ切れずついに斃された。無数の矢が馬子の全身に命中して息絶えた。矢を逃れた一人が必死に逃げる。背に矢が突き刺さり胸を貫くや前につんのめる。全員落命した。

「くたばりおったか」

小刀でとどめを刺そうとする。

「こ、この男は」

呆気に取られ驚きの声を上げた。襲った仲間らが寄ってくる。

「馬子ではない」

「身代わり者」

「馬子づれが、謀ったな」

男らが無念の声を上げげた。

雑木林の中から無数の足音が迫ってくる。近くでぴたりと止まる。静かになったと思った矢先、弓弦の引き絞る音が不気味に重なる。

「逃げろ」

「放て――」

敵味方の声が同時だった。今度は逆に矢の雨に晒される。三十人近い刺客の男らが応戦もできず斃されてゆく。十も数えぬうちに全滅した。雑木林から坂道に一人の男が出てきた。石蛾だ。勝ち誇ったように屍《しかばね》を見下げながら、

(これで懲りたであろう)

遺体を蹴り上げる。冷ややかな目が底光った。

一方で馬子は暗躍の証拠を握られて表沙汰になるのを恐れていた。下手をすれば逆賊として誅殺される。それだけは何としても避けたい。

「ならば馬子殿の娘御を忠節の証しとして泊瀬部大王に献上なさいませ」

石蛾が進言する。娘の名は河上娘《かわかみのいらつめ》。

「そうであった、その手を忘れていた」

馬子の目が奥の方で光った。

河上娘には誰にも打ち明けていない心の秘密がある。居館を警護している東漢直駒《やまとのあやのあたいこま》のことだった。河上娘は外出の折、自分を警護してくれる、肌が日に焼けた駒の逞しさと礼節が気に入り、言葉を交わすうち優しさにも引かれ親しくなった。逢瀬を重ね今では妹背《いもせ》(愛し合う男女)の間柄で

ある。侍女が気づいていることは知らない。すでに馬子は侍女から報告を受けていた。そうかといって身分の低い駒に娘を与えるつもりは無い。娘はあくまで政の道具である。

地位を表す姓《かばね》は、臣《おみ》、連《むらじ》、君《きみ》、直《あたい》、造《みやつこ》、首《おびと》の順になっており、駒の姓、直は高いとはいえない。

二人の思い出の井戸端で河上娘と駒は声を抑え立ち話をしていた。河上娘の肩に掛けた肩布《ひれ》は呪力があり魔除けになると信じられていた。

「わたしは嫌でございます。わたしを連れて逃げてください」

憂愁げな河上娘が息が掛かるまでに近寄り熱く訴える。頬に血の気が立ちのぼっている。化粧の香に包まれた。

「身分が違い過ぎます。主《あるじ》の姫様をわたしの妻《め》とすることはできません。どうかお許しください」

「嫌です嫌です」

「姫様、どうかお聞き分けください」

長いまつげを伏せた河上娘の目に涙が溜まっている。駒が思いも掛けないことを言った。

「姫様、その肩布をわたしにお与えくださいませんか」

目を上げて駒をきちっと見た。乙女《おとめ》色の肩布が風に揺れている。

「これを？」

細長い肩布を手にする。

「姫様と思って大切にしとう存じます」

「駒……」

河上娘の胸が高まった。あの日のことが河上娘の脳裏をよぎる。強い日差しが降り注ぐ庭を、頭の上で髪を角《つの》のように二つに結い上げた河上娘は一人散策していた。この日は蘇我氏一族にめでたい事があり皆が祝いの準備に追われていた。厨の裏手に井戸を見つける。ここに来るのは初めてのことである。何やら冷たい空気が流れてくる。井戸に歩み寄って中を覗き込む。冷涼たる風が井戸の底から上がっていた。釣瓶《つるべ》でぎこちなく水を汲《く》もうとする。水を飲もうとしたのではない。初めての体験をしたかった。ゆっくりと慎重に下ろす。釣瓶が水面に着いた。力を入れ前のめりになって手繰って汲み上げる。意外に重たい。もう少しで手が釣瓶に届こうかという時、重みに引き摺られて頭から井戸に嵌《は》まりそうになる。すでに上半身は井戸の中である。

「あああ――」

悲鳴を上げる。釣瓶を離せばいいものを持ったままである。

「姫様」

男の大きな声がした。と思ったら上半身を後ろから抱き締められている。男に体を触れられるのは初めてである。しかも憎からず思っている男。駒の日に焼けた生身の大きな両手が胸に触れている。むろん故意にしたのではなくとっさに助けようとしたのだ。あの折、両の乳房を駒の手が触ったが不快ではなかった。むしろ……。

(……はしたない)

赤面しはにかみながら打ち消すが忘れられぬ出来事となった。今では懐かしく白昼夢のようだ。駒との少ない思い出を胸に、河上娘は心ならずも大王泊瀬部の嬪《ひん》になることを決心した。ぼんやりすることが多くなる。

数日後、河上娘が献上される。

大王の妻《め》には大后、妃、夫人、嬪の身分差があり、嬪は最下位であった。

厩戸は日が三輪山の頂上に昇った頃、覚哿《かくか》の三輪山近くの草庵を訪ねる。庵というよりもあばら家《や》に近い。孟子《もうし》の中で解釈が複数取れる箇所があり教えを乞いに来た。

黒駒から降りて表戸の前に立つと鼾《いびき》のような音が規則正しく聞こえる。耳を欹《そばだ》てる。やはり鼾だ。

「酒もほどほどになされませ」

幾度も意見したが聞き流されている。

声を掛けて戸を開ける。いつものように軋《きし》んだ音がする。庵が傾いているせいだった。中は薄暗い。もう一度声を掛けたが返事がない。それもそのはず奥の隅で黒い影が俯《うつぶ》せで倒れている。鼾はそこからだった。

「覚哿先生」

呼びながら駆け寄って冷たい板敷の上に片膝をつける。手に酒壺を握っていた。中の酒が床に零れ濡れている。そう時が経っていないようだ。体を揺すろうと手を伸ばしたがとっさにやめる。酔いつぶれて眠っているとは思えなかった。渡来人の薬師から聞いたことを思い出す。

(酒を飲み過ぎると死に至る)

その場で体を仰向けに寝かせて顔を横向けた。

(早く薬師を)

黒駒に飛び乗った。山辺の道を疾駆して薬師を連れてくる。

薬師は一通り診察すると、

「運が良ければ助かるじゃろう」

首を横に振る。溜め息をついて、

「安静にするように」

為《な》すすべも無く立ち上がった。今でいう脳卒中であるがこの病名も無ければ治療法も無い。

二日経ったが覚哿は半開きの口から鼾をかいているだけである。一度も目を開けなかった。顔も妙に赤っぽい。額に汗が浮かんでいる。手拭いで拭いてやる。沸《わ》かした湯で手拭いを湿《しめ》らせ、体を拭いて着換えさせた。一瞬心地よさそうに微笑した、気がする。それが最後の触れ合いとなった。

夜半、覚哿は帰らぬ人となる。心配していたことが現実となる。厩戸は遺体に縋り泣き続けた。

(もっと強く禁酒を勧めるべきであった)

後悔に苛《さいな》まれる。骨身に応《こた》えた。どこぞでフクロウの啼き声がした。

泊瀬部五年（五九二）冬十月四日――。

すっかり冬の佇まいであった。末枯れたススキの群れがあちこちで見られた。色褪《いろあ》せた落ち葉が冷えた風に流されて時折、宮中に降ってくる。風がやんだ頃、獰猛《どうもう》な猪が献上される。さっそく庭に杭《くい》が打たれ、片肢《あし》を縄で縛られた猪が繋《つな》がれる。肢先で庭の土を掘り返す。踏み固められて硬過ぎるのかやめた。

息を荒らげていた。舎人が歩み寄る。歯をカチカチ鳴らし鼻から一気に息を吐き出す。弾けたように跳ねるといきなり飛び掛かってきた。縄がじゃまをしてつんのめる。狂ったように転がり回る。面白がって猪をからかう舎人が増えた。

玉座の上から泊瀬部が顎をしゃくる。合図だったのか一人の舎人が進み出、猪に近づいた。大刀を抜き上段に構える。気合いもろとも、

「いえいっ！」

刃が光った瞬間猪の首が飛んだ。舎人が返り血を顔に浴びる。

「おおっ」

周りが活気づいてどよめきが起こる。鮮やかな大刀捌《さば》きだ。大刀の先から血が滴った。

「いずれの日にか、あの男の首を、斬らねばならん。この猪のように……」

泊瀬部は息を乱し高言するや、唇の端を歪めてせせら笑った。頭上の重石が無くなれば清々する。

紅色をぼかしたような日が沈もうとしていた。宮の庭で猪肉を肴に酒宴が催される。庭のあちこ

ちに篝火が焚かれ、松の爆《は》ぜる威勢の良い音がしている。炎に照らされて各人の面容が浮き立った。

二股に掛けられた丸太の中心に、前と後ろ二股ずつ鎖で縛られ肢から吊るされている。奴婢によって皮を剝《は》がされ、血抜きされ、内臓が取り出された。下に積まれた薪に油が撒《ま》かれ、火が点される。残酷な光景であるが泊瀬部にとっては壮快そのものである。脂が薪に垂れて煙が立ち昇る。

階の上の玉座に泊瀬部、離れて角南基、下の庭で舎人ら二十人余りが地べたに折敷き焼き上がるのを待っていた。小手子《こてこ》が離れた柱の影で、悔《くや》しげに唇を噛んで泊瀬部の横顔を見ていた。河上娘が嬪となってから泊瀬部は河上娘に熱を入れている。その分、小手子はなおざりにされてお渡りも無い。妃としての誇りが許さない。

（こけになさいましたな）

篝火の火花が飛び散る。細めた小手子の目が赤く光った。小手子は与えられた宮を抜け出してここに来ていた。

肉の焼ける香ばしい匂いが一面を覆う。鼻孔を膨らませる者、舌舐《な》めずりする者、涎を垂らさんばかりの者、喉を鳴らす者等々十人十色である。

戸板が運ばれ、その上に焼き上がった猪が下ろされた。奴婢が手際よく小刀で切り裂いてゆく。脂の滴る肉を次々と串に差す。采女によって酒と共に各人に配膳された。

「皆の者、前祝いだ、存分に楽しめ。酒もたっぷり用意させた。今夜は楽しめ」

はしゃいだ泊瀬部が気さくな言葉を投げた。

「ありがたい」

一同打ち揃って辞儀をした。泊瀬部が強靱な奥歯で腿《もも》の肉を食いちぎる。口元にべとついた肉汁を舐める。

（前祝い）

小手子が口の中で反芻《はんすう》する。泊瀬部の言動に過剰に反応した。

（馬子殿を誅殺するつもりだ）

小手子は宴の半《なか》ばで宮に戻ると侍女の耳元に口を近づけた。

肉を頬張り宴は盛り上がっていた。車座の中心に遊び女《め》たち、奏者らが加わる。嬌声と鳴り物の音が響く。妖しげな仕草で舞う遊び女が舎人たちを誘う。どんちゃん騒ぎの様相であった。皆がしたたかに飲み酩酊している。泊瀬部も遊び女を侍《はべ》らせ上機嫌である。酒が過ぎたのか目が座っていた。角南基だけが醒《さ》めた目で周囲を眺めている。泊瀬部が、

「煮ても焼いても食えぬ男よ」

と嘲《あざけ》り肉にかぶりつくや顔をしかめる。酔ったせいか心の乱れか骨を噛んでいた。がむしゃらに食い、骨だけをきれいに残す。ようやく腹が満たされた。

翌日、朝餉の後に、餌を仕掛けた起伏のある原っぱで猪狩りが挙行される。勢子《せこ》らの鉦、太鼓の音が野に広がる。数匹の犬が猪を追っている。白馬の背に焼き栗を食う泊瀬部の姿があった。濃紫の布冠、紫朱の狩衣、紫の括り袴。紫で統一していた。手には弓矢が握られている。前方を猪が横

切った。

「こっちへ追え」

泊瀬部ががなる。追われていた猪が向きを変え突進してきた。さっと警護の舎人が泊瀬部を庇おうと前に出る。剣を抜いた刹那《せつな》、猪の牙で突き飛ばされる。頭を地べたに打ちつけ悶絶した。あっという間だった。怒り狂って肢を速め突っ込んでくる。泊瀬部が弓弦を引き絞る。猪の顔が面憎い馬子に見えた。冷眼で見据え、

「姦物めが」

と吐き棄て矢を放つ。眉間に突き刺さりよろめいた。それでも前に進もうとする。泊瀬部の数歩前で倒れた。舎人らが駆けつける。泊瀬部は鞭をへし折って投げ捨てると馬から飛び降り、小刀で息の根を止める。

「どうだ、見よ、あやつの末路よ」

道破し、横たわる猪の腹を蹴り上げた。血の高ぶりを見せた歓声が起こる。

角南基は宮で留守を守っていた。

「勝てるのか……。そのような弱気でどうする。勝たねばならん」

自らを叱咤する。馬子との決戦が近いのを肌に感じている。この日も調達した弓矢、剣、甲冑などが武器庫に運ばれていた。

他方、馬子は居館の池（泉水）の縁に立ち、風で小刻みに震える水面《みなも》を見ていた。傍らに石蛾が

控える。先ほど小手子の使者が帰ったところである。

「猪の首を斬り、『あの男もこのようにせねばならん』」

と言ったという。あの男とはもちろん自分のことだと察する。

（わしが疎《うと》ましいのであろう）

小手子には十分すぎる宝石類を献上し、使者の侍女にも心付けを忘れない。意趣返しに過分に報いた。

「物見の報告では、今日も宮に武器が運び込まれたそうです」

石蛾が申し述べる。石蛾は敵味方区別することなく主な所に耳目となる内応者を飼っている。いつしか小雪が舞っている。初雪だった。いつもの年より早過ぎる。水面に触れて消えてゆく。吐く息が白い。

「お体に障るといけません。主屋にお戻りなされては」

「難儀じゃのう」

馬子が言った意味が摑み兼ねたが、倦《あぐ》ねている泊瀬部のことだと忖度し、

「泊瀬部の存在そのものが蘇我氏を危うくしています。害し奉る、ご決心を。このままではいずれ殺されましょう。殺《や》られる前に相手を殺る」

「相手は大王だぞ。大王を弑逆《しいぎゃく》したとあっては豪族らの支持は得られまい。まして反逆者として名を残すことになる」

そう口に出したが心中では決戦の時が近いと思った。以前より予感していたというよりも望んでいたような気もする。二人は寒さを忘れて話を継ぐ。

「もはやそのようなお心遣いは無用です。大王と正面切って戦うのではなく、ご主人様の手が汚れぬ策がございます」

馬子が石蛾の目をまじまじと見た。徒《ただ》ならぬ妖しい光が宿っている。

「なあに、大したことではございませぬ。刺客を放ち、闇討ちにします」

事も無げに言った。

「その、そのようなことができるのか」

石蛾の術策の冴えに舌を巻いたかのように馬子の声が上擦る。雪が二人の肩にうっすらと積もる。共に気にならないようだ。

「刺客に適任の男がおります。役目を果たした後には口封じのため始末します。わたしにお任せください。それに泊瀬部の政に不満をもつ豪族は多くいます。くたばれば喜ばれましょう」

然《さ》したる疚《やま》しさも見せず淡々と述べる。

「石蛾」

改まって名を呼ばれ、何事かと凝視する。満悦げな馬子の顔があった。

「これより蘇我石蛾《そがのせきが》と名乗るがよい。おまえは蘇我氏の一族じゃ」

「ありがたき幸せにございます」

犀利《さいり》な知恵が評価された。狡猾な笑みを浮かべる馬子に深々と頭を下げる。加えて島の庄の内に住むことが許されて処遇が客分扱いから一気に上がった。まがりなりにも蘇我氏につらなる破格の待遇である。

馬子が去った後、庭に誰もいないのを確認した石蛾は駒を呼び出し命じる。今も居館の警護をしていた。

「大王泊瀬部を片付け、河上娘を奪え」

「な、何とおっしゃいました？」

思わず生唾を飲み込む。それには答えず、

「二人して身を隠せ。ほとぼりが醒めた頃、呼び戻す」

「唐突にそのようなことを申されても……」

駒の顔に当惑の色が広がる。

「身分も弁えず、大臣蘇我馬子様の姫君に、思いを寄せるなど斬首されても文句は言えぬ身だが、大臣様は不問に付すと申された」

眉一つ動かさず好餌で釣った。甘言に駒の目が見開く。迂闊《うかつ》にも石蛾の詭計に気づいていない。

「二人が一緒になることも大臣様は了承された」

「真でございますか」

「嘘をついてどうする。念には及ばぬ。この御恩、忘れるでないぞ」

「……事はあまりにも重大、少し考えてよろしいか」

猶予を願ったがすぐさま、声を低めて底光りした目で、

「あからさまにここまで秘事を洩らしたのだ。命あっての物種ぞ」

苦々しげに地に唾を吐くと、薄い唇を歪めて腰の剣に手を掛ける。有無を言わせぬ圧迫感があった。駒の喉がぐっと鳴る。

「分かりました。お受けします」

石蛾が剣から手を離す。冷然とした石蛾の目があった。

とてつもない指図をされた駒は、石蛾が去ると懐から河上娘にもらった乙女色の肩布《ひれ》を取り出した。顔に持ってゆく。大きく息を吸う。

(姫様)

なよやかな河上娘の微笑む顔が生々しく立ち現れる。異様な昂ぶりがあった。大きく息を吐いた。いかにも大事そうに肩布を懐に戻す。やおら抜刀する。おのが迷いを振っ切るように、舞う雪を斬った。白刃が一閃する。庭は真綿のように化粧していた。

宮城の堂舎で泊瀬部と角南基が密談をしている。

「筑紫の大伴殿よりいまだ知らせがございません。もしや裏切ったのでは」

筑紫では、買収されて新羅と通ずる豪族が複数いるとの流言飛語で、誰もが疑心のるつぼに嵌《は》ま

り渡海どころではなかった。

「朕の妃小手子は大伴一族の娘だぞ。馬子に成り代わり、大臣の位も約束した。豪族らの工作に手間を要しているのであろう」

「この際、大伴氏の武力を当てにせず新たな策を練られた方が上策かと」

「そなたのように猜疑心《さいぎしん》が強くては信頼関係が成り立たん。大伴は信じるに足る一族。そのような心配性だから白髪が増えるのだ」

そういえば近頃めっきり増え、顎髭も半ば白くなっている。その白髭を撫でた。

「大伴殿はさておき、馬子殿をお召しになってはいかがです」

「前に命じたが病と申して参内しなかったではないか。勝手に来た時は多くの兵を従えていた」

無念さを滲ませて言った。

「勅命の使者を出せば断りはしないでしょう」

「警護の兵をもっと多く連れてくるぞ」

「玉座の前までは兵も来れません。奥に兵を潜ませ手早く討ちます。馬子さえ殺せば後はどうにでもなります」

「そうか。よしなに謀らえ」

騎馬の勅使が数人の騎兵を従え宮城を発った。馬子の居館を目指す。ところが飛鳥に通じる山田道の途中、山賊に襲われ皆殺しに遭った。角南基から泊瀬部に告げられる。

「なぜ山賊だと決めつける。馬子の配下ではないのか」

落ち着きのない目で疑問を投げる。この辺りは山賊が跋扈していたが近頃は治安がいいと聞いていた。

「畑仕事をしていた部民《べのたみ》が目撃し、けむくじゃらの顔や衣のなりから山賊に間違いないと申します」

「変装していたのではないのか」

角南基に猜疑心が強いと戒めながら悪いことが続くせいか自らも疑い深くなっていた。

「さあ、そこまでは」

「山狩りをして不逞の輩を捕らえよ。そうすればはっきりする」

七日にわたり山狩りをするも山賊の姿は影も形も無かった。大伴の加勢も望めず、勅使も殺され泊瀬部の周辺には動揺が広がる。馬子を見下し誤算が生じた。

「皆が浮き足立っている。鎮めよ」

「一度、神のお声を聴きましょう。皆が安心します」

「良いお告げばかりとは限らんぞ」

泊瀬部は不安な気持ちを吐露した。

「その時はその時でございます」

泊瀬部の苦慮を払拭するかのように、角南基は自信たっぷりに言った。

深夜、泊瀬部は宮城の奥の神殿に巫女と和琴の奏者を召した。内陣の下手で泊瀬部、角南基、従臣らが見守る。神殿の灯りは小さく薄暗い。伶人《れいじん》が和琴を奏でる。優しく柔らかく神殿に広がった。

巫女が座して恭しく祭壇の天照大御神に祈りを捧げる。垂髪に真折《まさき》の鬘《かつら》をつけ、三角文様の幅広の襷《たすき》を掛けている。手には御幣を握っていた。

「かけまくもかしこき　いざなぎのおほかみ　つくしのひむかのたちばなの……」

低く重くなった和琴の音《ね》が体に響いたが、いつしか軽やかな弾む音になった。霊妙な調べが再び低く重い音になる。やがて籠もりがちな音になり重苦しくなった。巫女の全身が小刻みに震えている。呻くような声が発せられていた。

「はらへたまひきよめたまへと　もうすことを　きこしめせと　かしこみかしこみもうす」

震えが大きくなった。巫女が神掛かってくる。祭壇から威厳のある声が響く。

「吾《わ》は天照大御神である。皆の者、大儀」

泊瀬部らが打ち揃って低頭する。

「浅ましや」

泊瀬部らが顔を上げた。

意味が不明のようだ。御幣を揮《ふる》う。風が起こった。

「このままでは大王家が滅びよう。疾く手を打て」

御神慮が下った。泊瀬部は馬子のことだと理解する。重臣の中には、大王泊瀬部を除けとのお告げだと解釈する者もいた。いつか巫女の震えは止まっていた。


東国より調《みつき》が奉られることになった。八日後に宮城に到着するという。繊維の品々を中心とした貢納で服属儀礼の一環でもあった。泊瀬部は馬子誅殺の絶好の機会と捉えていた。

「反逆者め。恣《ほしいまま》にしおって」

大事な儀式を無事終えた直後、無防備な馬子を討ち果たす算段である。

一方、馬子は儀式が始まる前に泊瀬部暗殺を企《たくら》んでいた。重き儀式に事寄せ双方で非情な謀殺計画が水面下で練られている。

東国の使者が飛鳥に着く前日、宮城の周辺で地べたを穿《うが》たんばかりの激しい雨が降った。昼だというのに薄暗い。時折、稲妻が走り雷鳴が轟く。泊瀬部は一人軒下で空を眺めていた。軒端から雨が庭に滴り落ちている。雷が近づいているのか雷鳴が大きくなる。稲光が暗い空を引き裂く。耳を劈《つんざ》く雷鳴が鳴り響く。庭の苔むした大樹に落雷した。大樹が滂沱《ぼうだ》の雨をものともせず火柱となって燃え上がる。焦臭《きなくさ》く感じてきた空気を吸って咳き込む。大樹がゆっくりと傾く。庭に溜まった泥水を跳ね飛ばして倒れた。もう少しで堂舎を直撃するところだった。

「大王様――」

ぬかるみだらけの庭をものともせず数人の舎人が駆けつけた。

「大事ない。持ち場に戻れ」

はっ、と短く答え、燃えている大樹を片付けようとする。

「待て、しばし見ていたい」

雨垂れの音を聞きながら天地の饗宴を楽しんだ。


冬十一月三日——。

天の下を震撼させる事件が起きる長い一日が倉梯柴垣宮で始まろうとしていた。昨日からの激しい雨は小降りになったが、小雨まじりの冷たい風が吹き荒れる。山々は靄《もや》って輪郭が定かではない。それでも儀式が始まる前には雨もやみ風も穏やかになった。

東国の使者、馬子、大夫、群臣らがすでに庭で待機しているとの知らせが舎人より泊瀬部に届く。角南基と警護の舎人が庭の隅で剣を帯びて控えている。儀式が終わりしだい馬子を誅殺する段取りである。まさか泊瀬部が命を狙われていようとは想像だにしていない。

（あまり待たせても何だな）

泊瀬部は舎人と宮人を従わせ玉座に続く回廊を渡った。庭が見えてきた。どこにいたのか男がゆっくりと歩んでくる。にこやかな表情である。庭と回廊とを繋ぐ階の前でいきなり走り向かってきた。階を飛び越え剣を抜いた。虚《きょ》を衝《つ》かれたが舎人もとっさに抜刀し、前に出て泊瀬部を庇う。

「何者だ、控えよ」

警告を発したが駒の剣が一閃《いっせん》するや舎人は胸を刺されていた。口から血を吐き空足を踏んで庭に転《まろ》ぶ。悲鳴が起こった。泊瀬部が逃げようと反転するや背中に剣刃が入る。骨に当たったのか動きが止まったが駒が力を入れて押し込むと胸に出た。血が吹き出る。群臣らの眼前でべからざる惨劇《さんげき》が生じ驚愕《きょうがく》の声が上がった。

「謀反《むほん》じゃ」

「反逆だ」

「駒が乱心した」

怱卒《そうそつ》な変事に即応できずに群臣らが右往左往し、怒号と悲鳴で騒然となる。息を呑み凍りついた者もいた。

「静まれ――」

角南基が叱責するも混乱は収まらない。馬子だけがつぶさに見ながら冷淡と突っ立ち腕を拱《こまね》いている。遺漏なき計略が成った。心の内で快哉を叫んでいた。

駒が泊瀬部の体を貫いた剣を引き抜く。血飛沫《ちしぶき》を上げた泊瀬部がよろめいて欄《らん》越しに落ちる。駒が血に染まった剣を駆けつけた角南基、舎人らに投げつけた。角南基が打ち落とし駒に舎人らが殺到する。一散に逃げた。

「追え、追え」

「逃がすな」

舎人が追う。駒は猿《ましら》の如く大樹によじ登り、柵を飛び越えた。

各地に騎馬の伝令が駆ける。畿内の関の戸が封鎖され、人の往来が禁止される。

馬子の配下は泊瀬部の嫡子、蜂子《はちのこ》王子と息女錦代《にしきて》王女の行方を探索していた。四歳と三歳の幼児である。泊瀬部の舎人に守られ、どこかに隠れていると思われた。

「必ず捜し出せ」

馬子の意を汲《く》んだ石蛾が配下に命じる。なんとなれば錦代王女はさておき、蜂子王子が成長し、父の死の真相を知れば復讐に掻き立てられるのは目に見えている。

(火種は消さねばならない)

子には罪が無いが致し方ない。強固たる姿勢で臨んだ。

石蛾の慈悲は一貫していた。

(父の元に送ってやるのが情け)

身も凍るような泊瀬部のあっけない横死はあっと言う間に宮城の内外に伝播する。厩戸の耳にも入った。息が一瞬止まり、足がぐらつく。滅法《めっぽう》な報に、

「間違いではないのか」

そうあってほしいとの願いでもあった。言わぬことではない、とは思わない。

厩戸は疾駆し宮城に向かう。騎馬の河勝が追走する。更に遅れて従臣らもひと鞭入れた。

宮門に着いた時には雨が降っていた。夕暮れには間がある。存外にも誰もいなく静まり返ってい

る。黒駒から降りると南門を叩き、

「厩戸です。ご開門、ご開門」

連呼するも応《いら》えが無い。河勝が到着し下馬した。厩戸の横に並び門を叩く。

「開門せよ、厩戸王様なるぞ」

ことりとも音がしない。幾つもの蹄の音が近づく。従臣たちだ。河勝が従臣らに目で合図する。人梯子を作り一人が門内に侵入する。門が開いた。厩戸らが足を踏み入れるが誰もいない。静寂に包まれている。前方の大殿への大門も閉まっていた。大門に歩み寄り、

「開門、開門」

一段と声を高め堅牢な板戸を強く叩く。今度は門が開いた。十五人近い武装した兵が正面に立っている。長と思われる兵が、

「厩戸様、よりによってこんな所へ何用ですかな」

見知っているような口ぶりで問う。雨が強くなってきた。

「泊瀬部大王様にお会いしたい」

長が反《そ》った顎をしゃくって指し示す。大殿へ上がる階《きざはし》の下の白砂に人が倒れている。厩戸が走り寄る。すでに息はない。紛《まぎ》れもなく大王泊瀬部の遺骸《いがい》だった。触れることを忌み嫌ったのかそのまま放置されている。顔にこびり付いた血を雨が溶かしていた。片膝をつけ、

（お労《いたわ》しい）

絶句した厩戸は泊瀬部に両手を差し伸べて抱きかかえる。冷たい重さが身に染みたが、力強い足どりで階を登り、大殿の中に運び込んで御寝所に寝かす。かっと見開いた目に指を当て閉じさせた。固まりかけた両手の指を丁寧に伸ばし、胸の辺りで結ばせる。

「大王様」

物言わぬ泊瀬部に呼び掛ける。志半ばで斃れた悲運を心の奥で感じた。

「ご立派でございました。大王家のため、国のため、己の信念を貫き通し、志を天の下に示されました。いつの世か泊瀬部大王様の見果てぬ夢は、形を変えて実現致しましょう」

目が涙で潤《うる》む。涙が溢れ止まらなくなった。

「厩戸様」

後ろから声がする。土師《はじ》氏が数人の奴婢を従え控えている。土師氏は大王家の葬儀を仕切る氏族である。父橘豊日の崩御の際も世話になっている。

「これより大王様の弔いの儀式に入らねばなりません」

慇懃《いんぎん》に口上を述べた。

厩戸が去った後、泊瀬部の遺体が宮から運び出される。殯も無く、その夜のうちに葬られた。横死は早く埋葬するのが通例でもあった。副葬品の冠は潰され、大刀は折られ、鏡は割られる。生き返らぬようにとの呪《まじな》いである。これを知った厩戸は、

「度が過ぎる。堪忍できぬ」

憤りをあらわにする。河勝が同調するも子麻呂は、

「馬子様と事を構えては上宮王家のためになりません」

意見する。子麻呂が去ると河勝は厩戸に耳打ちした。

一日置いて奇っ怪な噂が真《まこと》しやかに流布される。飛鳥のあちこちで夜な夜な泊瀬部の亡霊が出没するという。不慮の死ゆえに信憑性があった。たちまちこの話題で持ち切りになる。

「黄泉《よみ》の国に行けず、さ迷っておられるのだろう」

「おかわいそうに。ようも大それたことをしやる」

多分に同情を寄せた口ぶりである。

「命じたのは誰なのだ。一人で勝手に殺《や》ったとは思えんわな」

「おそらく」

言い掛けて口を噤《つぐ》む。間を取って言い直した。

「口には出せません」

「それでは分からんがな」

「そんなことより大王様の魂魄《こんぱく》をお鎮めしてさしあげねばのう」

「できるのかおまえに」

「できるわけがないやろ」

巷では寄ると触ると無責任な取り沙汰がやたらに広がっていた。徒《いたず》らに騒ぎ立てる者もいる。善

徳の耳にも入る。父馬子のとかくの悪評を憂《うれ》いた善徳が馬子に進言する。白湯を飲んでいたところだった。向き合って腰を下ろす。

「良からぬ流説が出るのは、取りも直さず大王様への同情が多く寄せられているとの証しにございます。無視すればかえって父上への風当たりが強くなりましょう。大王様を改葬し、墓守も置き、魂を安んじ奉《たてまつ》りなされませ。死者を手厚く葬り、許しを乞《こ》われれば……父上のおためでもあります」

「何をほざく、わしは関わってはおらん。いいかげんなことを申すな。親不孝者めが」

こめかみに青筋を立てていきり立つ。白湯の入った小鉢を善徳の前に投げつけた。慌てず騒がず、

「積善は必ずや父上に余慶がもたらされることでしょう」

そういって去った。

その夜、馬子は浅い眠りの中で夢魔《むま》を見た。

寝ていると、

「馬子、馬子」

恨《うら》めしそうに呼び掛ける声がする。水中からの声のようだ。

「誰だ。呼び捨てにしおって、無礼者」

枕元の剣を握り上半身を起こす。青白い鬼火が幾つか浮遊している。仰天した。

「馬子、朕の声を忘れたか、耄碌《もうろく》したのう」

「は、泊瀬部大王」

「思い出したか」

声は庭からだった。立ち上がり剣を鞘から抜こうとするも手が震えてままならない。

「馬子、震えておるのか」

「わ、わしではない。わしは止めたのだ。悪いのは石蛾だ。あやつが何もかも仕組んだのだ」

「血迷うたか馬子。他人になすりつけるのか」

「……許してくれ」

床に座し頭を垂れる。

「ご主人様、いかがなされました」

不寝番の従臣の声で目が覚めて現《うつつ》に戻る。声は縁からだった。呼吸を整え、

「何でもない、下がれ」

(……嫌な夢だった)

罪悪感が刺激され、全身にぐっしょり汗をかいている。泊瀬部の声が耳に残っていた。気もそぞろな馬子は一睡もできず夜明けを迎え、早々に善徳を呼ぶ。

「死者への哀れみは皆の望むところであろう」

泊瀬部大王改葬の指揮を執るよう命じた。

亡霊の巷説は河勝が流したものだった。

海石榴市宮の内裏で大后炊屋と馬子が密談していた。尾佐呼が端近に控える。

「次の大王を誰にするか」

候補は押坂彦人大兄王子、竹田王子、厩戸の三人である。押坂彦人大兄王子は大王家の嫡流であり、炊屋の娘小墾田《おはりた》王女が異母兄である押坂彦人大兄王子の妃となっているがいまだ子が生まれていない。厩戸も炊屋の娘をもらっているが同様に子は授かっていない。

筋からいえば押坂彦人大兄王子が次の大王になってもおかしくないのだが病弱であった。馬子は押坂彦人大兄王子の擁立《ようりつ》に反対である。押坂彦人大兄王子が大王になれば自身の立ち位置が無くなることは明白である。この日は次期大王は決まらなかった。

この日の夕方、駒は河上娘の宮に逃げ込もうとしたところ、石蛾の配下に待ち伏せを食らう。必死に逃げた。

「捕らえよ」

「逃がすでない」

執拗に追ってくる。転んだがすぐに立ち上がり近くの山中に逃げ込んだ。

「包囲せよ」

山狩りが始まった。中腹のあちこちに横穴式の渡来人の古塚（古墳）がある。追手はそこへ逃げ込んだと思い込んでいるようだが山すそ近くの樹上に潜んでいた。きつい勾配を登攀する追手を気にしながら、胸の動悸の音が聞こえぬかと手で胸を押さえる。

「出てこい」

「神妙にしろ。そうすればお慈悲もあろう」

日が沈み闇が訪れる。空を仰いだが、曇っているのか月影も星も無く漆黒《しっこく》の天空だった。おれの心と同じだと思った。何者かが指揮官に近づくと耳元でこっそり話す。

「引き上げよ。この暗さでは動けまい」

指揮官が告げる。兵たちが去った。折からの寒風に首を竦《すく》めながら駒は樹上で様子を見下ろし、ほっとしていた。松明《たいまつ》に導かれた輿がこちらに向かってくる。駕輿丁《かよちょう》の四人に担がれ、数人の供が従っている。簾が下げられ内部は暗くて分からない。輿が止まる。中から、

「駒、兵は囲みを解きました。出てきておくれ。駒なしでは生きていけません。わたしを連れて逃げてください」

紛れもなく河上娘の優しい声だ。思いも掛けないことである。

(それほどまでに……)

駒は樹から滑り下りる。用心のため辺りを窺う。冷気が斜面から流れ落ちていた。

「供の者はわたしに仕える者、懸念は入りません」

「姫様」

駒は輿に走り寄る。簾が静かに内から上げられる。

「たば、謀《たばか》ったな」

松明に浮かぶ石蛾のぞっとする冷笑した顔があった。

「愚か者めが」

囮《おとり》の河上娘の声色《こわいろ》にしてやられる。駒を嬲《なぶ》っていた。駒の首に四方から剣刃が向けられる。ひやりとした剣の一振《ひとふり》が駒の首に当たり一筋の血が流れた。

駒は未曾有の大それた事件の罪人ではなく、河上娘をかどわかした罪で弁解も許されず首を斬られる。死人に口無しである。

駒の死は河上娘には知らされなかった。

(知れば辛《つら》い思いをするだろう)

馬子のせめてもの親心だった。

(いずれ耳に入るだろうが)

できる限り先送りにしたい。河上娘の周りを馬子の息の掛かった宮人で固めた。冷酷無比だと恐れられるこの男にも、人並みの子への情《じょう》はある。

寝付かれぬ夜であった。なぜか胸騒ぎがする。厩戸は起き上がり臥所を出た。縁に立つ。冷えた夜風が火照《ほて》った体に気持ち良い。下弦の月で辺りがやけに明るい。空が澄んでいるのか鮮やかな光を放っていた。

砂利を踏む足音が近づく。河勝だった。庭に砂利を敷き詰めているのは人が歩けば音がするからである。用心のためと言って河勝が提案した。三日に一度は河勝も夜間の警護をしている。配下の従僕たちに一心同体であることを形で顕示した。

「お目覚《めざ》めですか」

同時に、

(どんどん、どんどん)

表門が叩かれているのを耳が捉える。厩戸と河勝が門の方角を見た。耳に神経を集中させたが言葉のやりとりまでは聴き取れない。

「見て参ります」

河勝が走り去る。子麻呂が息急《せ》き切らせて庭を駆けてくる。片膝をつけ、

「一大事にございます。泊瀬部大王様の忘れ形見、蜂子王子様と錦代王女様ならびに乳母二人を連れた賀茂角南基殿が助けを求めております」

子麻呂は高ぶった面持ちの顔を引き締めた。角南基の説明によると、山小屋に潜んでいたが山狩りに遭い、危うくなって上宮王家を頼って逃れてきたという。脱出途中に九人の警護の舎人全員が討たれ切羽詰まっているようだ。

「それで、王子と王女は」

「門前では人目につきますので大殿にお通ししました」

「それで良い。着換えてすぐに会う」

見上げながら子麻呂が、

「お会いにならぬ方がよろしいかと。あとはお任せ下さい。厄介なことに巻き込まれ、悶着を起こしては上宮王家のためになりません」

「大王家のお子を匿《かくま》うのに誰に憚ることがある。寄る辺なき身だから抛りどころとされた。思い余ってのことだろう。守れる命は守ってやらなければ」

「血眼になって捜し回っているに相違ありません。いずれ突き止められ、馬子様の兵が王子を引き渡せと押し寄せてきましょう。その前に王子を捕らえたと馬子様に知らせれば、覚えめでたきことに」

「わたしに大臣の機嫌を取れと？」

「上宮王家に累が及ばぬためですが、そうまでしたくないとお思いなら、角南基殿を諭《さと》してお引き取り願えばよろしいかと。厩戸様は情けが過ぎるのです」

「子麻呂殿」

声がしたので振り返ると河勝がそばに立っている。

「厩戸様を天の下の笑い者にするおつもりか。厩戸様を頼って救いを求めに来られたのだぞ。手厚く庇護してやらねばならん。道理に悖《もと》ることを口にされるな」

と河勝。子麻呂も立ち上がり激怒して言い返す。

「下手《へた》に関わり上宮王家を潰すつもりか。浅はかな新参者が」

「厩戸様のお心持ちを第一義と考えるのが肝心要《かなめ》」

「最悪のことも考え、お務めするのがおそばに仕える者の心得。軽はずみな行いを諫言《かんげん》してどこが悪い」

迷いのない厩戸はいつまでも付き合っておられぬとばかりに二人を余所目《よそめ》に大殿に向かった。途中従僕にあれこれ命じる。二人は口論を続けていた。

「そもそも子麻呂殿は馬子殿に気を使い過ぎている。何かもらっておられるのか」

「河勝、馬子様を分かっておらぬな。奸知に長《た》けたお方だぞ。用心の上に用心をせねばならん。厩戸様は並外れたお方ではあるが、お若いからまだまだ世事に暗く狡《ずる》さもお持ちでない。これが最大の悪目《あくめ》と思うておる。それゆえ、馬子様の毒牙からお守りするのがわれらの務めだぞ」

真顔で語る子麻呂の口元を見ながら河勝はちょっと見直した。

下座に蜂子王子と錦代王女が健気にもちょこんと座し、横に角南基が陪席、後ろに二人の乳母が控えていた。すでに火桶が置かれて暖かい。厩戸が入るや一同打ち揃って低頭する。角南基が開口一番、

「申し訳ございません。まんまとやられました」

無念さを隠さぬ顔を見せ、やつれた声でかいつまんで語り頭を垂れる。やるせなげに皆が倣った。全員の衣が血と汗と泥で汚れている。逃避行の過酷さが窺われる。苦衷を察した。

「何を申される。よくぞ満身でお守りくだされた。大儀でした」

誉める。生き残ったのがせめてもの救いである。角南基がいっそう深く頭を下げる。

「顔をお上げ下さい」

厩戸が王子、王女に近寄り二人の手を取り立ち上がらせる。

「さあ、こちらへ」

上座へ導く。

「そなたたちもこちらへ」

「めっそうもございません」

「遠慮するには及びません。大王様のお子とおそば近くに仕える者、当然のことです」

「恐れ入り奉ります」

「空腹でしょう、食膳の用意をしています。先に着換えればさっぱりするでしょう。しばしお待ち下さい」

「忝《かたじ》けのうございます」

情けに感じやすくなっていたのか角南基と乳母の寂寥をおびた目が潤《うる》む。

「厩戸様」

縁で河勝の声がする。河勝が歩み寄りそっと耳元で語る。

角南基らの憂色ありげな目が厩戸を見ている。

「そなたらには指一本触れさせません。安堵してわたしに任せなさい」

覇気ある声で確然と結んだ。角南基らが満面に笑みを湛《たた》える。

宮門に三十人近くの馬子の兵が押し寄せていた。従僕らが必死で押し返す。一触即発の状況だ。

厩戸、河勝、子麻呂が駆けつける。

「上宮王家の宮と知っての騒ぎか」

河勝が憤然と発す。どこにいたのか石蛾が前に進み出て、

「これはこれは厩戸王様。厩戸王様の宮とは存ぜず失礼しました」

真面目な顔で恍《とぼ》けたことを言う。

「大王の嫡子蜂子王子様がこの宮に入られたとの注進がございました。王子はわれらがお守り致します。しらを切らずお渡し願いたい。これは大臣蘇我馬子様のご差配《さはい》とお心得下さい」

「はて、奇妙な。そのような尊いお方がこのようなむさい宮に来られるわけがない。見間違いでしょう。仮におまえの言う通りであったとしても、誰であれ頼って来られたからにはお守りするのがわたしの流儀。いかなることがあろうともお渡しすることはできない。はっきり申しておく」

「どうあっても」

「大臣殿に伝えよ。上宮王家には蜂子王子様はおられなかったと」

石蛾は冷徹な目を向けたが軽く頭を下げると兵たちを引き連れて去った。子麻呂が、

「うまくいきましたな」

厩戸に語り掛けたが、河勝が、

「そうであるわけがない。まずいことになった。明日にも大軍を引き連れこの宮を囲みましょう」

厳しい見方をする。厩戸もそう思う。

（もしかして）

河勝は見張りを残しているやもしれぬと宮の周辺を従僕に調べさせたが、その気遣いは無用だった。馬子側に驕り、油断があった。

（今夜のうちに手を打たねば）

厩戸、河勝、子麻呂、角南基らが額を寄せ合い、蜂子王子と錦代王女を逃がすための策を練った。

立てた計画は夜陰にまぎれ、舟で難波津まで出て、そこから船で瀬戸内回りで出羽（現在の山形県）を目指すというものだった。出羽には秦氏の領地がある。

「ここなら十分に王子らを守れる」

河勝が太鼓判を押した。

遠回りになるが陸路を行くより安全だと思われた。河内と大和の境に亀の瀬という舟の難所がある。川の中に巨石がいくつも露出しており舟が通ることができない。ここで一旦人は舟を降り、数人掛かりで舟を担いで通り抜け、下流で再び舟に乗り込まねばならない。このため舟を担ぐ担い手として奴婢が十二人先発することになった。

薄い雲隠れの月だった。灯りもいらず追手からも見つかりにくい。

初瀬川の舟着き場に平底の細長い舟が二艘繋《そうつな》がれている。前の舟に警護の従僕五人、後の舟に王子らの一行が乗る。緊張からか皆の顔が強張っていた。船頭が杭《くい》から纜《ともづな》を解き、竿を土手に突いて舟を出す。流れに乗った。厩戸、河勝、子麻呂らが見送る。角南基、乳母らが振り返り頭を下げる。厩戸らも応じた。竿を巧みに操り中州を避けて深みに乗せ、赤黄色に立ち枯れた葦の間を進みゆく。

（大したものだ）

厩戸は安心する。川は斑鳩の辺りで合流し大和川となって西に流れる。

（どうかご無事で）

心の中で祈った。こうして九死に一生を得た一行は旅立つ。

のちに蜂子王子は荒行をし、苦行を積んだ末に悟りを得、羽黒山、月山、湯殿山の出羽三山を開いた能除《のうじょ》太子として伝説の人となる。二度と大和の土を踏むことはなかった。

女帝の深謀

尾佐呼が大后炊屋の名代として上宮王家を訪れた。大王に即位してくれと打診する。正直迷惑だ。

「わたしはそのような器ではございません。もっと大王に相応《ふさわ》しいお方がおられるではありませんか」

「だ、誰です？」

「言うまでもないこと。竹田王子殿にございます」

「わたくしも竹田王子様をお勧めしたが、大后様は『若過ぎる。そのような先例はない』とおっしゃった」

そう言いながら竹田より若い厩戸に大王になれと勧めている。

「何事も最初というものがございます。先例がなければ先例をつくればよろしい。年が若かろうが、老いていようが、要は国のため、民のための政を行えば良いのでございます。年のことを気にやむことは無用かと」

「なるほどのう」

厩戸はゆっくりと首を縦に振る。

「しかし大后様が『ぜひ厩戸王を大王に』と所望され、『竹田では心許無《こころもとな》い』とも申された」

「ならば大后様が補佐なされればよろしいではありませんか。大后様は経験豊かなお方。これまでも国のため、民のため秀《ひい》でた政をなされてこられた。竹田王子殿にとっては良きお手本。ご成長にも繋がります」

尾佐呼が不審ありげな目を向け、

「厩戸様、本心ですか」

探るようにじろりと厩戸の顔を見つめる。少々、大后を誉め過ぎたと思ったが、

「もちろん真意。言葉は言霊《ことだま》、本意であろうとなかろうと、一旦言挙《ことあ》げすればその内容が真になります」

霊《くし》びなる言葉には霊力があると多くの人に信じられていた。厩戸は信じ込んでいるわけではないが、

(言って良いことと悪いことがある)

言葉遣いには注意を払わねばならぬ年齢であると自覚している。

「押坂彦人大兄王子様はいかがであろう」

「大臣馬子殿が反対なさるでしょう。無理に擁立するのはお控えなされた方が……」

「さようですか……」

感心したように力強く頷き、

「大王位をそれほど固辞なさるなら、大王様の補佐役として政に参画して下さいませんか」

「大王様が決まったのですか」

「それは、まだですが、大后様は厩戸様に政の一翼《いちよく》を担《にな》ってもらいたいと願っておられる」

「それならば大后様が大王に即位され、竹田王子殿を補佐役とすればよろしい。この間に竹田王子殿は大王としての心得を修得され、将来の大王に適《かな》ったお方に成長なされることでしょう。何より間近で大后様の政を学べることは大きい。それに……」

「……」

「大王様が大夫、群臣、豪族らの前で次の大王を指名するのが重要。大王位をめぐっての争いが絶えないのは、大王が生前に大王位継承者を決めておかぬからにございます。あるいは大王位は世襲制と定めるのも一考。さすれば大王家は人力を超越した存在となり、太平の世が訪れます」

慣行を否定する。尾佐呼が目を丸くして、

「しかし厩戸様は日頃より和は尊いと申しておられるそうな。このような大事、大王様の一存で決めて良いのか」

「大王のお言葉は天の声、神の声にございますから正しい道と申せましょう」

「大王様といえど間違うこともあるのではないか」

「その時は民の怒りを買いましょう」

「……」

「大后様と竹田王子殿の政、楽しみにしております。国のため、民のため、よろしくお願い奉ります。どうかわたしのことはご放念ください」

頭を下げる。尾佐呼もさるもの、

「権力を握れば栄耀栄華思いのまま。このような貧弱な宮に住まずとも、何倍もの広い宮城に住めます。旨い物を食し、贅沢三昧《ぜいたくざんまい》の暮らしをしましょう。諾《うべな》えばつましい生活ともおさらばです」

諦めず未練げに説得を重ねる。奢侈《しゃし》な暮らしを好まぬ厩戸は顔を上げなかった。黙《だん》まりを決め込むのが答えである。尾佐呼の言葉で覚哿が日頃言っていたことが思い出された。

「疏食を飯《そし》らい、水を飲み、肱《ひじ》を曲げて之《これ》を枕とす。楽しみ亦《また》其の中に在り」

粗食で飲みものは水、肱を枕とし寝るも、質素な生活の中にこそ楽しみがある。

覚哿が好んだ論語の一節である。そう言いながら酒だけは存分に飲んだ。つましい生活の中での唯一のぜいたくだった。

(酒をほどほどにしておれば……)

厩戸の脳裏に酒焼けした赤っぽい顔が浮かぶ。尾佐呼がいることを失念していた。

お手上げの尾佐呼は宮に戻るや大后炊屋に奉告する。詰まるところ尾佐呼の常套手段は通ぜず御意に添う結果とならなかった。

「そのようなことを……」

「てっきり大王を引き受けるものと思うておりましたが……あのような欲のない手合いは、失礼、厩戸様はやっかいにございます」

下座から上目遣いで見る。

「己の欲得で動かぬか。言いおるのう。やはり、思った通りだ。大儀であった、下がって休むがよい」

炊屋は一人になると尾佐呼が言った厩戸の言葉を口の中で反芻《はんすう》する。

(真に良い考えだが)

炊屋は思案した。断られて落胆するどころかますます気に入った。

それから四日のち、思いも掛けぬ事態が発生する。押坂彦人大兄王子が突然死したのである。病弱ではあったが最近はそのような様子は微塵も無かった。大王位継承者の一人と目《もく》されていただけに、

「毒を盛られたのではないか」

との流言が立つが真相は不明である。この頃、押坂彦人大兄王子の妃糠手《ぬかて》姫王女が懐妊していた。翌年男子《おのこ》を出産する。のちの田村《たむら》大王(第三十四代舒明《じょめい》天皇)である。

翌日、更に事態は急転する。竹田王子が苦しみながら薨去《こうきょ》する。大王に一番近いとされていた王子がいなくなった。飛鳥に衝撃が走る。死因ははっきりしていた。半月前に落馬し、その時の外傷が化膿したのだった。

(竹田の成長だけを楽しみにしてきたが)

実らぬ夢となった。炊屋は人前で一切涙を見せなかった。

「気丈なお方だ」

「なぜあれほど冷静でいられるのだ」

「王子が夭折したというのに涙一つ零さぬ」

取り沙汰をいつものように尾佐呼が告げる。

「言わせておけ。我《わ》の悲しみを知るのは尾佐呼、そなただけです」

「身に余るお言葉」

頭を下げる。尾佐呼は改めて炊屋に仕える幸せを感じていた。

炊屋は自分が死ねば竹田王子の陵に合葬するよう命じる。それほど竹田を慈しんでいた。

同じ頃、上宮王家でも異変が生じる。

大臣蘇我馬子の使者で蘇我鮪麻呂《そがのしびまろ》と名乗る者が、

「半島の旅苞《たびづと》(土産《みやげ》)です」

と言って珍しい菓子を届ける。厩戸に食してもらおうと従僕が庭から大殿に向かう途中で、犬の鳴き声が響く。庭の雪丸だった。厩戸が縁に現れる。誰にというよりは菓子に向かって吠えているようだ。河勝、子麻呂が駆けつける。

「この菓子が欲しいのでしょうか」

従僕が厩戸に笑みを見せる。厩戸が白い歯を見せて頷いた。従僕が皿に盛った菓子を一つ摘み、優しく渡すように投げる。だが雪丸は菓子を食べようともせず吠え続ける。明らかに菓子に吠えている。

「どうしたのでしょう」

従僕が眉を曇らせ雪丸を見た。河勝が雪丸の首を撫でる。静かになった。静寂の中にも張り詰めた空気が漂う。どこからか野鳥が飛来して菓子を啄《つい》ばんだ。突如、羽をばたつかせ舞い上がるも地面に落ち、動かなくなった。戦慄《せんりつ》が走る。

すぐさま河勝が皿ごと菓子を受け取り鼻で嗅《か》ぐ。

「毒が盛られたようです」

警戒した動作で厩戸を見る。思い起こせばついぞ聞いたことのない名前である。無用心だった。応対に出た従僕が卑《いや》しからぬ男だったので疑うことはなかったという。

「使者は馬子殿の名を名乗りました。真かどうか馬子殿に確かめます」

河勝は島ノ庄に疾駆する。馬子は、

「勝手に名を使うとはけしからん。蘇我には鮪麻呂などおらぬ」

冠を曲げる。

河勝の懸命の探索にもかかわらず犯人は分からず迷宮入りした。

大王弑逆事件の衝撃も薄まり、穏やかな日常が戻りつつあったその日、大后炊屋は大臣馬子、大夫、群臣らに大王位を継ぐよう要請を受けた。二度辞退したが三度目には上奏文を奉ってなおも勧めるので承諾する。二度断るのは習わしともいえた。

気運が高まった即位式の前日、当日に着る礼服《らいふく》が織部司より届けられる。お蚕様《かいこ》の繭《まゆ》で仕立てられた白い練り衣の帛衣《はくきぬ》である。帛衣は大王だけに許された装束で、両肩には大王の象徴である「日」「月」の形が縒《よ》り糸で刺繍《ししゅう》されている。さっそく炊屋は試着する。

「ようお似合いにございます」

尾佐呼が誉める。

「ほんに、ほんに、お美しい」

座した宮人たちが目を細め、いかにも眩しそうに見上げて詠嘆する。炊屋が満足げに微笑した。宮人が鏡を持ってくる。三角縁神獣鏡で、古より大切にされてきた鏡の一つである。炊屋のお気に入りでもある。宮人が鏡の角度を変えて炊屋の姿を映し出す。

「そのままに」

気に入った姿が見えたようだ。顎を引き、鏡の中のおのが顔に微笑《ほほえ》んだ。明日の準備に余念がない。

炊屋を認めようとしない風潮が少なからずあった。炊屋がそのことに触れると馬子は、

「炊屋姫様が即位なさるは、まことに倭国の慶事。反対する者はこの馬子が処罰します」

肩を怒らせた。

この日、蘇我蝦夷が除目《じもく》を受けて大夫に就任した。親の七光である。馬子四十二歳、蝦夷二十一歳であった。

寒くとも日輪の光が日に日に増してゆく冬十二月八日——。

晴れた良き日であった。豊浦宮《とゆらのみや》（現在の奈良県明日香村）で即位の礼が挙行される。炊屋は正殿に入り、玉座（高御座《たかみくら》）に泰然と着座した。御帳は閉じられ炊屋の姿は見えない。その見えない炊屋の顔の辺りに宮人たちが翳《さしば》（大団扇）を差し掛ける。粛然《しゅくぜん》とした雰囲気に包まれていた。

大王の出御を伝える鼓が高らかに打たれる。大夫、群臣らが一斉に庭に参入し整然と列立した。鉦が叩かれ宮人たちによって御帳が左右に開いた。伽羅《きゃら》の香が広がる。翳も下ろされる。大王のかそけし笑みの尊容が初めて披露される。宝石を散りばめた煌《きら》びやかな礼冠を被り、帛衣の礼服に身を包んでいる。皆の目がはっと見開く。遠目から拝しても神々しくさえあった。

倭国初の女性大王（女帝）、

「炊屋大王《おおきみ》（第三十三代推古《すいこ》天皇）」

の誕生である。御年《おんとし》三十九歳。

大王位承継の儀が始まり、大王の御印《みしるし》である鏡と剣が文官より奉られる。次に宣命大夫と称される大夫が進み出、玉座の壇下の所定の位置に着いた。よく透る声で宣命を奉読する。

「朕《わ》は畝傍《うねび》橿原宮《かしわらのみや》において天の下を統べた神日本磐余彦《かむやまといわれびこ》大王（初代神武天皇）の定めし法《のり》に従い、薄徳の身ながら、天日継高御座《あめひつぎたかみくら》のわざ（大王の務め）を継承することになった。皆の忠実な補佐を得て、瑕疵《かし》なき善政を行いたい」

奉読が終わるや参列の全員が打ち揃って炊屋大王に恭しく拝礼した。

鉦が叩かれ儀式の締めが知らされる。玉座に再び翳が差し掛けられ、御帳が閉じられる。厳《おごそ》かな中にも女帝らしい華やかさが演出された即位の礼が完了した。

炊屋はその夜、心身を清めると巫女を従わせて神殿に向かった。凍えるような夜気である。それがかえって心身を凛とさせる。神殿の奥の中央に天照大御神の御霊代として御神鏡が祭られている。即位したことを奉告するためである。薄灯りの神前で拝礼した。御灯明《みあかし》が辺りの闇をなおさら深めている。巫女が玲瓏《れいろう》たる御鈴を鳴らす。御鈴の音《ね》にはご神霊を鎮め、ご神威を高める力などがあるとされる。

「かけまくもかしこきあまてらすおおみかみさま　おほまへに　かしこみかしこみもうしあげます　ほんじつおおきみにそくいいたしました　くにのためたみのため　いのちをとしてつとめるしょぞんにございます　おおみかみさまのみたまのふゆによりて　このくにがますますたちさかえ　へいあんでありますようにと　みけみきくさぐさのものを　たてまつりておねがいのいのりをいたしまする　よるとなくひるとなく　まもりめぐみさいわいならしめたまえと　かしこみかしこみもうしあげます」

清《さや》かな御鈴の音が耳に沁みる。啓白《けいびゃく》した炊屋は心を洗われ、自身の魂が奮い起こされた気になった。

明けて炊屋元年（五九三）春正月一日――。

厩戸は二十歳になる。

臣下が大王を拝する儀式「元日朝賀の儀」が正殿で挙行された。庭にずらりと並んだ大夫、群臣らが一同、

「あけましておめでとうございます」

玉座の炊屋に拝礼する。勾玉《まがたま》の冷たい首珠の感触がきりりとさせた。次に奏賀者が、

「年頭に当たりわれら全員、炊屋大王様に奉仕する決意、新たに誓います」

賀詞を奏上する。続いて奏瑞者が、

「曙《あけぼの》に、宮の上に慶雲が現れました。それに白鳩が信濃国より献上されました」

宮人が鳥籠に入れた数羽の白い鳩を運んでくる。

「大王様の善政の印《しるし》。真にめでとうございます」

奏瑞者が祥瑞《しょうずい》を奏上した。

儀式を終えると炊屋は内裏に尾佐呼を召した。互いに蜂蜜湯を飲みながら密談を続ける。所々に火桶が置かれ室は暖かい。

「馬子を心良く思わぬ者は少なくない。泊瀬部大王を殺《あや》めること、命じたは馬子ではないかとの風聞も絶えぬ。朕《わ》まで馬子の一味だと思っている者もおろう」

「決してそのようなことは」

「気休めを申すでない」

「恐れ入ります」

「やはり政権には厩戸にも加わってもらおう」

「前に断られましたが」

「馬子は朕を侮っているふしがある。思えば、大后の時より利用されてきたやもしれぬ。『大后様大后様』と持ち上げおって」

「わたくしめは大后様、いえ大王様が馬子殿を利用されてきたものと」

「ふふふ……人のことは言えぬか」

「さようにございます。あっ、もとい、失言を取り消します」

「面従腹背《めんじゅうふくはい》が露骨になった。さも朕に従っておるように見せておるが、裏では大夫らを手懐け、己の主張に賛同するよう根回ししておるそうな。異才ある厩戸王なら馬子の傀儡《かいらい》にならずに防ぐ手立てを考えるであろう。馬子を牽制《けんせい》する狙いもある」

「馬子殿を除けばよいではありませんか」

「そのような動きを見せれば、泊瀬部と同じ。馬子なら容赦すまい」

勘の鋭い炊屋の心に一抹の不安があった。

「もう一つ厩戸王を必要とする理由がある。馬子は武が強過ぎる。武を抑えるのは徳でしかない。厩戸王はひときわ高い徳を持っている。それに生得のものであろうが風格というか、威も備えておる。また適当に世辞も言い相手を和《なご》ませる」

嘉《よみ》した。尾佐呼は黙って聞いている。

「周りを暗く彩る馬子と対抗できるのは厩戸王をおいて他にいない」

歯切れ良い口調で断じる。穎脱《えいだつ》を将来性をも含めて買っていた。

「すまぬが尾佐呼、今一度、政に加わるよう説得してくれ」

炊屋はそう言ったが、

（朕が直談《じか》判することになるやもしれぬ）

そのような予感が兆《きざ》していた。

尾佐呼は厩戸に三度要請するも断られた。

（さもあろう。さて、どう話を持っていけば良いか……いかに説き伏せるか）

炊屋は熟慮する。差し込みの痼疾《こしつ》が悪化して病気養生中の久麻呂大夫の意見も聞いた。

厩戸が豊浦宮に召されたのは二日後のことである。待つほどもなく拝謁できた。

「久しいのう」

「ご無沙汰しております」

「厩戸王も忙しかろうゆえはっきりと申す。朕と共に仏の国を創らぬか」

「仏の国、ですか？」

遠大な目標が提示されて厩戸の目に強い光が宿す。心が魅せられる。

「さよう、倭国を慈悲の満ちた仏国とし、戦を無くす。民をこれ以上苦しませてはならぬ。豪族のための世から民のための世に変えようではないか」

「しかし大王家は神の子孫、仏は相入れぬと申す者もおりますが」

「そのような懸念は無用。倭国の御神はお心が広い。そうは思わぬか」

予想外の言葉に炊屋の目を凝視する。炊屋が重々しく頷いた。

「仏教にうんちくある厩戸王の力を政に生かしたい。聞けば汝《な》は守屋討伐のみぎり、物部氏を滅ぼしたことに加担したといまだ己を責めておるそうな。責めは朕にある。許してたもれ、この通りです」

炊屋が頭を下げる。

「大王様、頭をお上げ下さい」

顔を上げた炊屋の目が潤《うる》んでいる。それかあらぬか、とっさにこう言った。

「許すも何も、大王様は当然のことをなされたまで。何ら落ち度はありません」

「政に加わり、厩戸王の不殺生への思い、慈悲の心を国中に広めよ。民のため戦を無くせ。それが戦で死んでいった者たちへの供養であり、償いでもある。よもや、権力を悪く解釈しておらぬか」

「……」

「権力を握らねば己の主義主張は実現できぬぞ。守屋にしろ、馬子にしろ、権力を握り己の野望を満たそうとした。たまさか守屋が敗れた。敗れ去った者にも慈しみの目を向けるのが仏の教え、それを厩戸王は守屋の居館跡に寺を建てることで実現した。権力を握っていた朕が反発する豪族を押し切り、許したからこそ建立できたのです。自慢しているのではないぞ」

「承知しております」

「すべて権力のなせるわざ、権力のあらたかさである。諄《くど》いようだが執政として政に携わらねばいくら良い考えを持っておっても民を救うことはできぬ。朕も厩戸王も大王家の者として生を受けた。国のため、民のために生きるのが定め。その絆《ほだ》しより逃れることは許されぬ。朕の考えは間違っていますか」

「正しい道かと」

「共に仏国を創ろうぞ。厩戸王ならば、民のよすが、人々の道標《みちしるべ》となろう」

「身に余るお言葉……分かりました。及ばずながら、お役に立てるよう務めます」

「よくぞ申された。民草も喜んでおろう」

能《あた》う限り正直に答えたことが厩戸にとって思いも掛けぬ展開となった。知らず知らず大王炊屋の至言に心を奪われている。ゆくりなくも、政に参画することを決心する。のちの世に摂政《せっしょう》、太子であったと記された。倭国の行く末が決まった会談でもあった。

お蚕様たちが元気に卵から孵《かえ》り始めた夏四月十日——。

厩戸王が、政《まつりごと》に参与することが公にされた。馬子は反対したがすでに遅かった。地団駄踏んでも後の祭りである。御しにくい厩戸を敬遠していた。

厩戸は美豆良《みずら》をやめ、髪を頭の上で結って布冠を被る。新たなる挑戦が始まると同時に苦難への道のりでもあった。

厩戸は、次期大王位を保障された身分ではなく、大王候補の一人にすぎない。

五月の初旬、早々に容易ならぬ難題が持ち上がる。泊瀬部大王に取り上げられた領地を、

「御恐《おおそ》れながら返却賜りたい」

との訴えが伊予別氏と伊予来目部から宮城にあった。どうやら風向きが変わったと見て取ったようだ。互いに有利になるよう大夫、豪族らに働き掛けていた。進物を忘れない。

そんな折も折、厩戸の宮に来目が訪ねてくる。しばらく見ぬうちに一回りも二回りも大きくなっている。二人は対座する。

「元気そうだな」

「兄上もお変わりなく」

「腹は空《す》いておらぬか」

「お構いなく」

「どうしたのだ?」

「争いの領地はもともと伊予来目部の土地。どうか正しい裁きを願います」

頼まれたようだ。

「しかし、伊予別氏も同じようなことを言っておるそうではないか」

「兄上は血の繋がるわたしの言葉と赤の他人の伊予別氏の申すこと、どちらをお信じなさるのです」

「そうは言うが、互いに確証が無いではないか」

「ですから兄上にお願いしているのです」

「気持ちは分からぬではないが、政に私情は禁物、手心は許されない」

熱くなっているのか来目の口先が尖《とが》る。空気を変えようと反問する。

「そんなことより母上はお達者か」

母は田目王子とすでに一緒に暮らしていた。通い婚が当たり前のこの時代、珍しい。しかし一年前に田目に病死されてから来目が引き取っている。

「そんなこととは何ですか。土地は豪族らにとって命より大事なもの。先祖代々守ってきた土地です」

開き直った来目が挑むような目で食ってかかる。

「了知している。許せ」

「兄上はもっと一族を大切になされませ。心ばせが皆無に等しいですぞ」

と、憐れむように言ったが、そう言われても心が付和しない。厩戸は毅然と、

「立場というものがある。私情を挟めば正しい政は行えぬ。分かってくれ」

頭を下げる。

「どうやら分別くさい兄上の道とわたしの道とは違うようだ」

と言うや勢いよく立ち上がった。峻厳であらねばならぬ厩戸の立ち位置が理解できないようだ。

踵《きびす》を返した背に、

「母上のこと、頼んだぞ」

言い忘れずに声を投げたが振り返ることはなかった。

その後、兄を見限ったのか来目は、宮廷儀式などで顔を合わせても親しみを見せることはなかった。


炊屋は厩戸と大臣馬子を召した。

「当否を論じなさい」

伊予の領地争いの一件である。馬子が待っていたとばかりに、

「今更返してくれとは片腹痛い。返すに及ばず。大王が代替わりしたとゆうてやすやすと覆《くつがえ》しては大王家の名折れですぞ」

朗々と述べた。

「厩戸はどう考える」

「返すべきだと思います」

「何を言う」

馬子が横槍を入れる。

「大臣、厩戸の話を聞こうではないか」

馬子がわずかに顔をしかめた。厩戸は馬子を相手にせず、

「恐れながら、ここは大王様の大いなるお心を天の下にお示しなされませ。それが大王のご威光というもの。大王様のご裁可に皆が感嘆することでしょう」

「揉《も》めている土地をどう返すのです」

「取り上げた土地を等しく二つに分けて返すのでございます。これなら文句は言えますまい」

炊屋が顔を和《なご》ませる。そつが無く効果覿面《てきめん》の策と思われた。馬子は不満なのか横を向く。

「妙案である。大王家への痼《しこ》りも解けよう。そうせよ」

「恐れながらその儀は、大王様御《おん》自ら両氏に申し渡された方がよろしいかと」

(?)

「地方の豪族にとって、飛鳥に坐《ま》します炊屋大王様に、お目通りが果たせる機会は、一生に一度あるか無いかの吉事。聞きしに勝《まさ》る艶《あで》やかな大王様に拝謁できれば両氏共に良い語り種《ぐさ》にもなりましょう」

「……そうじゃのう」

あながち世辞とも思えなかったのか、炊屋がそれと分からぬほどに微笑していらえた(返事し

た）。炊屋は厩戸の器量を試問したのであったがそのことは気振りにも出さない。だが艶やかな大王様と持ち上げられて心地悪かろうはずがない。機知に富む厩戸は頼もしい存在になりつつあった。炊屋朝の萌芽が生じていた。

モズの高鳴きを聞いた九月には橘豊日大王の磐余池上陵《いわれのいけのえのみささぎ》が河内磯長陵《こうちのしながのみささぎ》（現在の大阪府南河内郡太子町）に改葬された。

それに合わせたわけではないが、厩戸は玉造の寺を難波の荒陵《あらはか》に移す。四天王寺として深く信仰された。この時節は雄鹿が雌鹿を求めて行動する。ここ四天王寺でも響きある甲高い啼き声が遠く近く耳に入った。

炊屋は公に述べた通り仏教の興隆を図る。大夫、群臣、豪族らに仏舎（寺）を造ることを勧める。多くの者が大王や親の恩に報いんと競って着手した。のみならず仏教の神髄を学ぶため、高麗《こま》から慧慈《えじ》、百済《くだら》から慧聡《えそう》の学徳兼備の高僧を招聘することを決めた。

一方、筑紫にはいまだ二万余の軍が駐屯している。すでに出兵して二年近くになる。厩戸としては早く帰してやりたいが、

「新羅に睨みを利《き》かす必要あり。かの地は半島を扼《やく》せる要ぞ」

「半島は政情不安定。不測の事態に備え待機させせよ」

「隋国が攻めてくるやもしれぬ」

馬子をはじめ群臣らは駐屯を主張する。厩戸はあえて反論しなかったが、

（隋国とも外交が必要だ）

隋国の文化は半島を通じてしか伝わらない現状である。直接の交渉が欠かせないと感じていた。

（新羅とも仲ようせねば）

全方位外交に舵《かじ》を取るべきだとの認識に至っていた。兵らが戻るのはこれより二年後のことで、四年近くも筑紫に駐屯したことになる。防人《さきもり》の先駆けとなった。


寒鰤が献上され始めた十二月初め、朝議を終えると、厩戸は馬子に呼び止められた。朝堂の端で馬子が声を低め、

「わしの娘刀自古郎女《とじこのいらつめ》を、厩戸様の妃にしてもらえまいか」

「わたしの妃に？」

寝耳に水の話で聞き返す。

「本人は水仕女《みずしめ》でも良いと申しておるのだが」

厩戸は馬子を凝視し、

「わたしには大王様の御息女が正妃としております」

むげに否《いな》むわけにもいかず遠回しに断ったつもりだが、

「存じている」

と、馬子は歯牙にも掛けない。

「大王様はお気を悪くなされるやもしれませぬ」

「懸念は無用。炊屋大王様の許しは得た。『朕《わ》に遠慮することはない』と申された」

貴人は複数の妻《め》を持つことは普通のことであった。

「刀自古殿のお気持ちもございましょう」

「だからこそこうして申しておる」

「……」

「娘のたっての望みなのだ。厩戸様の巷談を聞き、遠くから見たことがあると言う。要するに厩戸様に懸想しておるのよ」

馬子には似ず、飛鳥随一の佳人との評判がある。

「親として娘の願いを成就してやりたい。親としては当然のことだ。そう思われませぬか」

「まあ、そうですが、困りましたな」

「何を困ることがある。わしの娘では不服なのか」

「そうではございませんが、お分かりの通り、わたしは政務に忙しい身。そう通ってやれぬやもしれませぬ」

「おおいに結構。そうでのうてはいかん、ははは」

大きく口を開け作り笑いを見せた。

「大臣殿。申し訳ないがお断りしたい」

「何を言う。一途な娘心を踏み躙《にじ》るおつもりか」

「そのようなたいそうな」

「恋は女の命。娘にとっては命懸けじゃ。うら若き乙女を不幸にして恥ずかしくないのですか」

言い掛かりをつけた。

「それとこれとは」

「別ではない。か弱き乙女を不幸せのどん底に落としやって責任を感じませぬのか。常々仏の慈悲
慈悲と申すのは口先だけのことですか」

「……どうか猶予を」

「そうじゃのう、今すぐ快諾せよというのも何じゃ、三日待ちます」

うやむやにさせまいと期限をつけた。

「それではあまりにも」

手で制し、

「必ず色良い返事を下さいませ」

「はあ」

厩戸が上宮王家に帰ると浮かぬ顔でもしていたのか子麻呂と河勝が咳払いをして寄ってくる。

「いかがなされました？」

馬子から申し出のあったことを力なく話す。さも痛快そうに笑みを見せた子麻呂が、

「良い縁組ではございませんか、お受けなされませ。蘇我氏ともいっそう絆が深まり、上宮王家にとっても万々歳にございます」

子麻呂は終始笑顔を絶やさない。この縁談が気に入ったと見える。子麻呂が言い終えると河勝が、

「やつがれは反対です。ご辞退して下さい。馬子殿は大変に評判が悪い。駒を唆《そそのか》して泊瀬部大王様を弑逆させた張本人は、馬子だと言う者もいます。馬子殿の娘を妃にするなどとんでもない。厩戸王様も馬子殿と同類だと世間は見ます。厩戸王様の評判が下がり、上宮王家のお為にもなりません」

「河勝」

子麻呂がじろりと見、

「その物言いは馬子様に非礼であろう」

「本当のことではないか」

二人共むきになる。

「馬子様が首謀者という証拠でもあるのか」

「無いがそうに違いない」

「当て推量で申すな。そんなことより河勝、大事なことを忘れているぞ」

「そうは思えぬが」

「上宮王家のお世継ぎだ。正妃菟道貝鮹王女様におかれてはいまだご懐妊の兆しが無い」

「従臣がいらざることを申すな」

「従臣だからこそ言っておる」

厩戸そっち退《の》けで口論が続いた。

三日経った。厩戸は馬子の娘を妃とすることを決めた。長い黒髪を上に梳《と》き上げ、天辺で翻《ひるがえ》るように束ね、高貴な雰囲気を醸していた。取り分け襟足の白さは浮き立ち、無双の容姿には一点の瑕《か》瑾《きん》もない。妍《けん》を誇っている、刺のある色香だ、と悪く言う者もいる。

刀自古は誰にも言わなかったが、厩戸が次の大王になると思い込んでいた。そうなれば正妃を押し退けてでも自身は大后になるつもりだ。子《こ》を生んで大王にする。

(豪族のしがない娘のままでは……)

胸に秘めた夢は膨らんでいた。そのための学びも抜かりない。

この年、厩戸は四天王寺に道場としての敬田院《きょうでんいん》。病人を収容し看護治療する療病院《りょうびょういん》。貧しき民、身寄りの無い人を住まわせる悲田院《ひでんいん》。薬草を栽培、調剤し病人に与える施薬院《せやくいん》。それらを建てた。

人々は四箇院《しかいん》と呼び、

「ありがたいことだ」

深く感謝される。仏法はわずかずつであったが広まりつつあった。

炊屋四年（五九六）秋八月——。

この頃、瀬戸内海では海盗（海賊）が出没していた。都の知らぬ所で海の覇者《はしゃ》を目指して幾つかの集団が戦っている。しだいに淘汰《とうた》され今では二大勢力になった。その一方の一団を物部可智根が率いている。もう一つの集団の頭が奴婢上がりの江鮫《えさめ》だった。口の回りと頤《おとがい》にふさふさとした髭を蓄えている。鬩《せめ》ぎ合う二大勢力は拮抗していた。

可智根は物部氏と蘇我氏のあの戦いのみぎり、難波津から船で瀬戸内海を逃亡中、嵐に遭い難破した。たまたま筑紫国の北の岬のはずれ、新羅人の集落に漂着して助けられる。耕す田畑も無い新羅人らの生活は貧しく苦しい。可智根は新羅人、海人、食い詰めた山人らを束ね、海峡を渡る船から通行料として積み荷の一部を取り上げるのを始める。次第に先鋭化させて海盗となった。

「海の王となる」

海の支配をもくろんでいる。

「その前に」

敵将を討つことだった。だが先手を打たれ夜明け前に本拠の能鬼島《のうきしま》を奇襲される。苦戦を余儀なくされた。苦戦を余儀なくされた。甚だしい火矢が陸に上がった兵と海上の船から放たれて居館が炎上する。危機に陥り配下の衆が慌てふためく。

「落ち着け——」

可智根が大音声で一喝する。静まったが海鳥の鳴き声がうるさい。

「火矢で応戦せよ」

薄暗い中、矢の激しい応酬が始まった。敵味方火だるまとなる兵が続出する。

「小平《こひら》はおるか」

可智根の側近である。鎌髭の小平が進み出る。

「兵を率い、陸に上がった敵の背後を突け」

はっ、と力強く言って走り去る。

「山荘田《やまそうだ》はどこだ」

ここに、と大声で顔を見せる。

「船団を率い、海上の船を襲え」

いつかしら辺りはすっかり明るくなっていた。崖の上で応戦していた兵が敵船から射殺され海に落下する。絶叫が響き激しい水柱が上がった。海からの風で矢が遠くまで伸びている。兵が立て続けに射殺される。海岸では小平の兵と敵兵との白兵戦が始まっていた。そうこうする間にも船上から矢を射られ、劣勢となっていく。

(このままでは)

高台から見下ろしながら可智根は不安に掻《か》き立てられる。無意識に親指の爪を噛んでいた。

(まだか、早くせよ)

海上に視線を注ぐ。敵船が二十艘《そう》余り浮かんでいる。憎々しげに眼《がん》を飛ばす。横手からあまたの火矢が敵船に飛ぶのが見える。山荘田の船団からだった。船戦《ふないくさ》の火蓋が切られる。

（間に合った）

可智根の顔が陶然としていた。次々と敵船のあちこちに火矢が突き刺さる。火を消そうとする兵、水夫《かこ》が唸りを立てた火矢に襲われ海に転落した。ふいを突かれ反撃もままならぬようだ。全員が海中で踠《もが》いている。したたかに海水を飲んだ者もいるようだ。高波が襲う。全員の姿が見えなくなった。

黒煙を上げて炎上する敵船が増える。一番大きな敵船には江鮫《えさめ》が乗っていると思われる。

「漕《こ》げ、漕げ」

山荘田の連呼が風に乗って聞こえてきた。船の速度が一気に早くなる。

「横っ腹に突っ込め」

船首から激突する。凄まじい音を響かせ敵船が大きく揺れて真っ二つに割れる。三十人ほどの兵が飛ぶように海に投げ出された。兵の中に江鮫もいる。海上に飛び散った板片にしがみついて波間に揺れていたが、立波に攫《さら》われ見えなくなる。

炎上を免れた敵船に漕ぎ寄せ、掛け釘を先端につけた縄を投げつけ舷側《げんそく》を捉える。小型船は熊手で手繰り寄せた。抜刀して乗り込む。敵兵は戦意が失せたのか船を放棄し海に飛び込んだ。泳いで逃げる。たちまち矢の雨で海面が赤く染まった。拿捕《だほ》した船は自軍の船団に組み入れる。

一艘が逃げてゆく。

「追え、逃がすでないぞ」

声を嗄《か》らして山荘田が怒鳴る。すぐさま三艘が追尾する。たやすく距離が縮まらない。逃げられるおそれがあった。できれば船を奪いたいが諦める。

「やれ——」

多数の火矢が飛ぶ。切れ目無く船に突き刺さり炎上した。火花が乱れ散る。海上に落ちては消え、落ちては消えた。灼熱の空気が山荘田に押し寄せる。可智根のいる高台にまで火の粉の混ざる風が吹きつける。この世のものとは思われぬ美しさだった。戦を忘れさせた。敵兵が悲痛な叫び声を上げて海に身を躍らせるのが見えた。同時に潮風が巻き上げた砂が口に入る。唾に絡めて地べたに吐き捨てた。現《うつつ》に戻される。船が燃え切り無くなった。可智根の大勝利だった。


朝廷への貢《みつ》ぎ船が伊予国の沖で海盗に襲われる事件が発生した。炊屋らの知るところとなる。前《ぜん》代未聞《だいみもん》の大事件である。人心の動揺を避けるため箝口令《かんこうれい》が敷かれた。

玉座に大王炊屋、下座に厩戸と大臣馬子が座す。

「由々しき事態です」

炊屋の眉間に微かに皺《しわ》が寄る。

「海盗を束ねているのが物部可智根と判明しました」

馬子が得意げに述べた。

「大臣、真のことですか」

不意打ちを食らい、厩戸が念を押す。正直驚いた。あの戦の折、逃げおおせたかどうか心配していたが、まさか海盗の首領に納まっているとは信じられない。所在が分かったことは朗報だった。

「大王様の御前で戯言など申さん」

冷然と言い返し、厩戸をぎょろりと見て、

「物見の報告によると、あの戦の際、可智根は厩戸王様の馬に乗って戦場を脱出したと聞いたが確かな事でございますか」

言葉に詰まったが、

「真のことです」

正しく答える。すると馬子が、

「大王様、お聞きの通りです」

迂遠《うえん》なことを告げる。炊屋にも厩戸にも馬子が何を言いたいのか分からない。

「大臣、忌憚《きたん》なく申せ」

炊屋が促す。

「では遠慮なく……厩戸王様が敵兵逃がしたることの罪は軽からず。軍規に抵触するこの責めは取ってもらわねばなりません」

今頃になって持ち出した。相手の弱みを握っておいて効果的な場面に出す陰険な手口である。しかし事実である以上言い逃れをせず受け止める。

「どうせよと」

炊屋が問う。

「この海盗騒動、厩戸王様に収めてもらうのが筋です」

「できるわけが」

炊屋が言おうとするも厩戸が腹を据《す》え、

「大王様。わたしが収めます」

それを言うのを待ち構えていたように馬子が、

「もしもの話だが、できなかったら、すみませんでした、では済みませんぞ」

楔《くさび》を打ち込んだ。

「はい」

厩戸が応じる。

「大王様、お聞きの通りです。ここは厩戸王様に始末をつけていただきましょう」

「厩戸王、これで良いのか。前言を撤回しても構いませんよ」

炊屋が情けを掛ける。厩戸は笑みを見せ、

「わたしにお任せください。海盗の跳梁《ちょうりょう》、沈静化させてごらんに入れます」

堂々と言上することで自らの退路を断った。そうは言ってみたものの厩戸に手段があるわけでは

ない。若さゆえの向こう見ずが大胆ともいえる言動に走らせた。退いた後、

（どうすれば……）

あれこれ思量する。この頃、厩戸は昨年五月に渡来した、濃い眉毛と澄明な目が特徴の高麗《こま》の高僧慧慈《えじ》を仏教の師としていた。慧慈の意見を聞く。

「人は皆、美しき心を持って生まれる」

流暢な倭語で恬淡《てんたん》に言った後、

「捨身《しゃしん》」

身を捨てよ、との思い掛けない助言であった。言外の意味に思い当たるや、

（可智根に会う）

決心した。会うことは自身を危険に晒すことでもある。厩戸の知っている当時の可智根ではないかもしれない。

（だとしても）

河勝に命じ可智根の動向を探らせた。


冬鳥が続々と飛来してくる秋九月中旬――。

炊屋大王に伊予来目部、伊予別氏の使者が献上の伊予の橘（蜜柑）を持参して拝謁を願いでた。

大王炊屋は機嫌良く叡聞《えいぶん》した。

「伊予の神湯（道後）で保養なされませんか」

という上奏である。先月疲れが出て、しばし寝込んだのが耳に入ったらしい。尾佐呼の話によると使者は退下後、大王様が御嘉納くだされた、と感激して帰国したという。

朝議の後、厩戸が召された。

「厩戸王、朕《わ》に代わり伊予の温湯に行ってくれぬか。せっかくの伊予からのお誘いです。誰も行かぬでは先方も気を悪くしよう。厩戸王を行かせると使者に告げると喜んでおった。領地が返されたのは、厩戸王の進言があったおかげと感謝していたのであろう。伊予の能鬼島に海盗の根城があるそうな…」

何もかもお見通しだった。

快諾した厩戸は慧慈から仏の教えを受けた後に、

「伊予に行くためしばらくのお別れです」

と告げた。

「拙僧もご同行したい」

法興寺が完成すれば、昨年渡来した百済の僧慧聡と共に住職になることが決まっている。そうなればたやすく遠出はできないし、霊験あらたかなる神湯で英気を養いたくもあるようだ。

慧慈も同伴することになった。来目にも声を掛ける。一族の住む伊予を一度見たいだろうと思ってのことだがあっさりと断られた。

幾許《ここだ》の柿の実が熟れた冬十月の晴れ渡った早朝、厩戸は慧慈、河勝、警護長の葛城臣らと共に難波津を船出した。

厩戸は瀬戸内の海に出るのは初めてである。波がいたって穏やかで船の揺れもそう感じない。快適だった。海にぽつんぽつんと浮かぶ島々は殊《こと》の外《ほか》美しい。潮の匂いの空気をいっぱいに吸った。何度か繰り返す。知らぬ間に海猫が数羽、船縁に止まっていた。近づくとひと声鳴いて飛び去った。解放感が溢れる。波は最初のうちは穏やかであったが進むにつれ、潮の流れが速く方角も一定していないことを知る。全身赤銅色に日焼けした船頭の話によると、東西から瀬戸内に流れ込んだ海水が島々にぶつかり、速度を上げ、流れの方角もまちまちになる所が多々あるという。慣れぬ舵《かじ》取りは翻弄《ほんろう》されるらしい。この潮の流れを知り尽くしているのが海盗である。

厩戸の乗る船は全長五丈（約十五㍍）、幅一丈三尺余り（約四㍍）で、麻布の帆が一本張られている。推進は帆走が主であるが両縁《べり》に六人、計十二人の漕ぎ手がいる。

「えいほう、えいほう」

規則正しく威勢の良い掛け声をあげて櫓《ろ》を漕いだ。日が暮れ始めると近くの津に寄港するよう命じている。航海の安全のためでもあるが水夫《かこ》たちに過大な負担を掛けぬようにとの配慮でもあった。航海中、厩戸は慧慈から存分に仏教の神髄を学ぶことができた。河勝と葛城臣も神妙に聞いていた。

「さて、どこまで理解してくれたかのう」

慧慈が白い歯を見せる。厩戸も含まれているようだ。水夫たちの錆《さ》びた舟唄が聞こえる。

逆風のための風待ちもあったので、伊予の熟田津《にきたつ》に着いたのは難波津を出航してから七日目の夕暮れ前である。幸い船酔いする者はいなかった。

伊予来目部と伊予別氏が出迎えてくれる。ここで全員降りて近くの堂舎で一服する。大歓迎を受けた。

厩戸一人がここに泊まり、全員が神湯に行くことになっている。海盗の塒《ねぐら》に一人で乗り込むことに河勝らが猛反対したが、厩戸は、

「一人で行かねば相手が警戒する」

と言ってきかなかった。仕方無しに河勝らは諦めて神湯に向かう。

日が昇り始めると、はち巻きを締《し》めた船頭が厩戸を迎えに来る。

「世話になります」

と厩戸。か黒く潮焼けした船頭が頷く。この男は今は海盗の根城となっている能鬼島に住んでいた海人である。この辺りの潮の流れに詳しく瀬戸内の地理にも明るい。伊予別氏が適任の案内人を探し出してくれた。男には十分過ぎる絹布の束が渡されている。

丸腰の厩戸が男の用意した漁舟に乗り込む。男は櫓を巧みに操り潮の流れに乗せていく。滑るように進んだ。幾つかの島を通り過ぎると大島が眼前に迫る。

「あの島の裏で」

初めて口をきいた。潮風に晒された塩辛声だ。舟が左から大きく回り込む。小さくはない島が前方にあった。

「あれが能鬼島で」

指で指した。流れに乗って進んでいくと切り立った垂直な崖が海に落ち込んでいる。海鳥が乱舞していた。崖の上で黒い影が動く。どうやら見張られているようだ。気にせず回り込むと、海面上に突き出た岩が多く並んでいるのが見える。

「洞窟《どうくつ》があるで」

舟を慎重に崖に寄せていく。暗い穴が見える。近づいた。舟が十二分に出入りできる空洞である。入り口で舟が止まる。櫓を受け取った。

ここまで案内するという約束だった。海盗などに関わりたくないというのが男の本音だろう。厩戸も巻き込みたくはない。男は波音を立てず静かに海に飛び込んだ。釣舟を近くに隠してあるという。男の泳ぎ去るのを眺めていたが、

「行くぞ」

両頬を叩き己を奮い起《た》たせる。櫓を漕いで洞窟に入る。潮の立ち込めた香りに包まれる。櫓の扱いはこの日のために鍛練していた。進むにつれて薄暗くなってゆく。湿った苔と黴《かび》のにおいが押し寄せる。目を細めていたが暗さにも慣れてきた。天井がやけに高い。舟着き場が見え、石段があっ

た。端には赤錆びた錨《いかり》が無造作に置かれている。そこで止まる。ふいに人影があちこちに現れる。

「王子、ではなく厩戸王と呼ばれているらしいが、はるばる何の用ですか」

忘れもしない可智根の声だが荒《すさ》んでいる。幾つもの松明が点され、ぱっと周辺が明るくなった。いきなり二十人ほどの武具を持った荒くれ者が岩場に照らし出される。半裸姿の男も多い。カニの甲羅で酒を飲んでいる者もいる。その中に可智根がいた。厩戸に気後れはない。

「頼みがあって来た」

「わざわざ苦労なことだ。よっぽど暇とみえる」

「よくぞここまで辿《たど》り着きましたなあ」

感心したように荒くれ男が野太い声で話し掛ける。

「悪運の強い男なのだ」

可智根が返す。哄笑《こうしょう》された。もはや往時の親しみは無いようだ。

迷い込んだ海鳥が一羽飛来する。出口が分からないのか幾度も岩壁にぶつかり白い羽根が飛んだ。慣れてきたのか天井で羽ばたいて旋回している。厩戸は石段に足を掛けるが、

「ならん。その前に勝負しろ。おまえが勝てば話を聞こう。聞かずとも分かっておるが」

配下に目で合図した。弓矢が厩戸に投げられる。船上で使っているのか弓の長さが短めである。

可智根が片手を出すと配下が弓矢を手渡した。

「あの鳥を先に射た方を勝ちとする」

天井辺りで海鳥が岩壁すれすれに飛んでいる。見上げた可智根が弓弦をきりきりと引き絞る。厩戸も矢を番える。脳裏にあの時の光景が鮮やかに浮かぶ。鹿を狙った蝦夷の矢を射落とせなかった一件である。今度は違うぞ、と心で呟いた一瞬、空気を切った可智根の矢が海鳥に向かう。

（南無仏）

命中する寸前、厩戸の矢が可智根の矢を襲っていた。二本の矢が鳥からそれ、岩壁にぶつかり跳ね返される。海面に落下した。飛んでいる矢が射落とされ、荒くれ者らが唖然としている。ついにやってのけた。鳥がすっと下降し低空飛行する。明るい出口を見つけたようだ。一直線に飛び去った。

「さすが厩戸様、随分と腕を上げられた」

心中唸ったように可智根が浅黒い顔を綻ばす。言い方も海盗らしからぬ落ち着いた口調になっている。態度が一変していた。先ほどとは別人の観がある。

「神仏のおかげです」

笑みを返す。石段を駆け上がり可智根の前に立つ。

「権力を握り、前の厩戸様でないと思っていたが違っていない。昔のままだ、安心した。あの折の礼を言います」

明るく言った。戦で危うく死ぬところ、厩戸の黒駒に助けられ、戦場から脱出できたことをいっている。

「何の、可智根殿こそ変わっておら、いな、大いに変貌された。海盗団の頭目とは」

互いに顔を見合わせ口元を緩める。

「ここでは何だ。居館で酒でも飲みましょう」

「そうだな。酒は仏の教えで禁止されておるが再会の祝いだ。仏もお許し下さるだろう」

「酒を飲んで人に迷惑を掛けるからだめとおっしゃったのです。少々の酒は倭国では大目に見られる」

都合のいいように解釈して居館に向かう。思ったより質素な造りで漁師の小舎を大きくしたような居館である。うらうらとした夕日はゆったりと静寂の海に沈もうとしていた。上空を数百羽の鳥が絶妙な編隊で北に向かっている。山々の頂が朧げな輪郭をとどめるだけになる。やがて島々が夜の闇に溶け込んだ。

灯りを点けた可智根は厩戸の杯に酒を満たすと自身の杯にも手酌でついだ。肴は魚の干し物である。

「海盗をやめないか」

「それはできない。配下の者は豪族共に土地を奪われ海でしか生きられない者たちばかり、死ねと言うようなものだ」

「ならば土地があれば良いのか」

「田畑に適した土地など豪族らがせしめている。残っているのは荒れ地ばかり」

反骨心を見せた可智根が苛立たしげに酒壺を呷《あお》る。可智根の心情は理解できた。厩戸の説諭が続く。

「伊予には上宮王家の領地がある。可智根殿に譲る」

「しょ、正気ですか」

信じられぬというふうに厩戸を見る。すでに練っていた腹案である。厩戸が肯《うけが》って話を継ぐ。

「海の近くの肥沃《ひよく》な土地だ。米を作れば数百人は養える。配下を定住させて稲の育つ楽しみ、汗水垂らして働く喜び、それらを教えてやってくれないか」

「厩戸様……」

嬉しさが込み上げるのか相好を崩した。

「一つ頼みがあります」

「おれにできることであれば力になる。先《さき》に助けてもらった恩義もある」

「いずれ隋国に使いをやらねばと考えている。だが倭国ではまだまだ遠洋への航海技術、造船技術が足りない。しかも関心が低い。海盗団は半島にまで出向き、奪った品々で交易をしていると聞いた」

「……」

「そこでだ。その時が来たら力を貸してもらいたい」

「そんなことか、分かりました」

談合はまとまった。物分かりがいいのがこの男の良さである。厩戸は安堵の息をつく。土器《かわらけ》の酒を一口飲んで喉を湿らせる。可智根は魚の干し物をさも旨そうにかじりながら豪快に飲んだ。かれこれ九年ぶりの再会に酒も進み、話も弾む。ほど好い酔いが、真旅《またび》の疲れを癒やす。潮騒の音に揺られながら夜更けまで酌み交わした。

再会を約束して別れた厩戸は、熟田津まで船で可智根の配下に送られ、そこから神湯に向かった。望月に近い夜だった。厩戸と慧慈は蒸し風呂の床に並んで寝そべる。じっくりと体を蒸しあげた。温湯特有の良き香りに抱かれ、

「いい気持ちですな」

と厩戸。体がほかほかし、疲れがほぐれる思いがする。慧慈の頭が茹《ゆ》で卵のようだ。澱んだ蒸気が微風に揺れる。

「極楽、極楽。……そろそろ出ましょうか」

小屋から外に出ると湯溜まりに丸い月が浮かんでいる。月明かりを全身に受けた慧慈がその月を子供のように摑もうと両手を伸ばす。小波と共に砕け散る。夜空を見上げた。

「倭国でこのような雅《みやび》な月を見られるとはのう」

自身の腕を摘み痛そうな顔を見せる。夢でないと確かめたようだ。顔に似合わず茶目っ気があった。

「日月は天上にあって地上をあまねく照らし、わたくしすることはない。貧しき者へも富める者へ

も、身分高き者へも卑しき者へも、別け隔てなく、等しく光りを投げ掛ける」

「はい」

「温湯もまた然り。地下から湧き出て恩恵を与え、誰をも拒むことはない」

坊主頭を撫でながら、

「国を永久《とわ》に栄えさせる道に通じておる」

「真に」

と厩戸が快活に返す。

「厩戸王は日月のような政を目指していると聞いたが」

「日月の輝きを我が心とし、洩れなく万民に光を届けたいと願いながら道は遠く、まだまだ至らぬことばかりです」

「何百年と続いてきた世の仕組みを一朝に回天させるのは至難のわざ。厩戸王の存命中に達成することはなかろう。じゃが厩戸王の熱き志は滅びることなく未来永劫受け継がれていくことであろう」

「法師のお言葉、肝に銘じます」

「いやいや、ははは」

闊達《かったつ》な笑いが辺りに谺《こだま》した。

この時のやりとりを伝え聞いた伊予別氏と伊予来目部は感銘を受ける。二人の会話の内容を記した石碑をこの地に建立したいと願い出た。この碑は現存しないが彫られた文は『伊予国風土記』逸文として載せられている。

「惟《おも》ふに、夫《そ》れ、日月《ひつき》は上《かみ》に照《て》りて私せず。神の井は下に出でて給《あた》へずといふことなし。萬機《まつりごと》はこの所以《ゆえ》に妙《たへ》に應《あた》り、百姓《おほみたから》はこの所以《ゆえ》に潜《ひそ》かに扇《とびら》す。……」


厩戸への与望《よぼう》が大きくなりつつあった冬十一月――。

法興寺（飛鳥寺）が落成する。

伽藍の中心にある塔から等距離の位置に中金堂、東金堂、西金堂が整然と並び、南には中門が配置され、回りを回廊が囲む。倭国初の一塔三金堂の本格的大寺院である。この時代の寺は本尊よりも仏舎利（釈迦の遺骨）を埋めた塔が重要視されていた。

馬子の嫡子善徳が寺司に任じられ、慧慈、慧聡が住することになる。

厩戸は仏教の慈悲の心が広まることを願っている。それに適《かな》う三人であったが、この頃の仏教は、仏教の精神の神髄を学ぶというものではなく、外《と》つ国《くに》の学問、建築、美術、工芸などの大陸文化そのものであった。他方で現世利益を求める呪術的な仏教も広まっていた。

厩戸はそれらも大切だが、仏教の慈悲の心、和の心を広め、戦のない世をつくることを第一義と考えている。仏教の底に流れている無常感については、

（よく理解されていない段階では、誤解が生じる）

ことさらに強調する必要はないと考えていた。

上宮王家に善徳が寺司就任の挨拶に来た。蘇我氏の柵《しがらみ》を捨てて悔いはないようだ。

「あの節はお世話になりました」

以前、法興寺の寺司になれと勧めたことがある。

「御仏のお導きでしょう。仏国、楽しみにしております」

笑みを見せて励ます。小さくはない土地を寄進した。


一年後、刀自古郎女が男子を出産する。山背大兄《やましろのおおえ》と名付けられる。待望の跡継ぎが誕生した。

刀自古は乳母《ちおも》の実家に乗り込み自ら山背大兄を育てた。厩戸には相談せず既成事実を作り上げる。身分ある家では異例のことである。刀自古の思い、望みが山背大兄に重く伸《の》し掛かってゆく。

山背大兄王子の生誕後、刀自古に近づく一人の豪族がいた。大臣馬子の弟、境部臣摩理勢《さかいべのおみまりせ》である。刀自古と境部は叔父と姪の関係であるが、刀自古は大王家に連なる厩戸の妃なので遥かに身分が高い。馬子の長子となった蝦夷と水面下で馬子の後継を巡って争っていた。境部は頻繁《ひんぱん》に刀自古の宮に通う。宮は河内国石川郡山代にあった。手土産は忘れない。抱いてあやす刀自古に、

「姫様によう似ておられます。利発そうなそのお目、姫様にそっくりでございます」

満更でもなさそうに刀自古が笑みを見せる。

「いずれ大王になられましょう」

「そう思いますか」

「むろんにございます。及ばずながら山背大兄王子様をお支え致します」

「おお、頼もしい後ろ盾じゃ。よしなに」

刀自古は思わせぶりな科《しな》を作った。


炊屋六年（五九八）夏四月――。

厩戸は子麻呂に命じ良馬を求めた。黒駒が老いて勢いが衰えている。無理をさせたくない。人間でいえば七十歳を過ぎていた。

（よくぞここまで）

厩戸は感謝するばかりである。

諸国から名馬が献上される。宮の馬場で検分するも、なかなか気に入った駿馬とは遭遇しない。それらの馬は礼品と共に返した。ある日、甲斐国から秘蔵の名馬との触れ込みで毛並みのいい一頭の黒駒が献じられる。脚の下の方が白い。黒駒と同じだ。一目で気に入った。世話をするのは子麻呂の役目である。

度外れた嘶《いなな》きが響く。板を強烈に打つ音がする。厩戸は気になって馬屋に出向く。馬屋を覗くと黒駒が後ろ脚で羽目板を蹴っていた。子麻呂が賺《す》かそうと近づくや噛みつこうとする。手に負えない状態だ。今度は飼い葉入れの桶を口に食わえ乱暴に振り回す。子麻呂に投げつけた。危うく避ける。環境が急変して苛立っているのか、もともと気性の激しい悍馬《かんば》なのかは分からない。黒駒の馬体は大きく脚は細めで長い。しかも毛並みに光沢があった。厩戸は黒駒の前に進み出る。気品がある。目が合った。

（神馬……）

黒駒がおとなしくなる、が一瞬のことだった。再び後ろ脚で羽目板を蹴った。板が破れた。

（もしや）

甲斐での調教が厳し過ぎたのではないかと思った。日頃から鞭が入り、人間不信に陥っているのかもしれない。これより厩戸は黒駒の世話をするために足しげく馬屋に通う。飼い葉を与え、体を洗い、敷き藁《わら》の日光干し、馬房の掃除など子麻呂の指導を受けて黒駒と付き合った。

少しずつではあったが、その繰り返しの中で信頼が深まっていくような気がする。

（黒駒と共に成長できれば）

と願う。

冷える夜は、黒駒の体に厚い布を巻いて体温が下がるのを防ぐ。馬は脂肪が少ないので体が冷えやすい。黒駒はされるがままにしている。気に入ってくれたようだ。それに、言うことを聞けばしっかりと誉め、首の辺りを撫でてやる。触れ合いも大切にした。

一月《ひとつき》が経つ。黒駒はすっかり上宮王家に馴染む。黒駒（初代）は安心したかのように永遠の眠りについた。厩戸は黒駒をそのまま黒駒と名付ける。二代目黒駒の誕生である。

黒駒を葬ったその夜、厩戸は夢を見た。

黒駒に跨り草原を疾走していたが、知らぬ間に空を駆けている。子麻呂が黒駒（二代目）に乗って後に続く。いつもは瞬く間に差がつくのだが黒駒（二代目）は黒駒に引けを取らない。

前方に白い雲が見える。駆け上がり雲を抜ける。東に向かっていた。冠雪の富士の山が迫る。初めて見る雄大な光景である。

「何と美しいお山でしょう」

子麻呂が声を掛ける。厩戸が見惚れながら頷いた。頂上付近を輪乗りしてから信濃まで飛んだ。その上、越前、越中、越後の三越をぐるりと回って帰ってきた。黒駒（二代目）の嘶きで目が覚める。夜が明けていた。

（黒駒……）

厩戸の目に涙が溢れる。目を瞬《まばた》かせた。再び嘶きが耳に入る。

（呼んでいる）

いつまでも悲しんでいては黒駒（初代）に叱られる。黒駒は黒駒（初代）の生まれ変わりなのだ、そう思うことにする。起き上がり馬屋に急いだ。

「はっ！」

厩戸は黒駒に乗り疾駆する。奔馬《ほんば》であったが駈けるにつれて優雅に走るようになった。河勝が後を追う。斑鳩に向かった。久しぶりにあの大草原を駆け抜けてみたい。滔々《とうとう》と流れる大和川の木橋

に差し掛かる。渡り切った時、

「たれか、たれか助けて――」

娘の絶叫が聞こえる。旋回し橋の袂に戻った。下流の土手で娘が一人、助けを求めている。川の中ほどで娘が流されていた。手で水を切っているのだが泳ぎになっていない。厩戸は下流に疾駆する。

力尽きたのか藻《も》のように長い髪を浮かべた娘が沈んだり浮いたりしている。見る見るうちに遠ざかる。

(早く助けなくては)

厩戸は黒駒から飛び降りると、土手を下りながら上衣を脱ぎ捨てて果断に川に飛び込む。急な流れの中、必死に水を切って追った。ついに追いつき娘の腕を摑んで引き寄せる。抱きかかえ、片手泳ぎで川岸に向かう。

「姉様――」

助けを求めていた娘が手を伸ばす。河勝も駆けつけた。川岸に着くや河勝が娘を引っ張り上げる。娘の衣装はしとどに濡れ、肌にべたりと張りついている。意識が朦朧《もうろう》としていた。水をしこたま飲んだようだ。

「姉様、しっかりして」

首を横に振り覗き込む。妹だった。

河勝が草叢に寝かせ、手で頬《ほほ》を幾度か叩く。娘が苦しげに、ごぼごぼ、と水を吐く。意識が戻った。

「姉様」

妹が上から姉を抱きしめ泣き出した。嬉《うれ》しさのあまり感極まったようだ。厩戸と河勝が白い歯を見せる。姉妹にとって忘れがたい日となった。

姉妹は薬草採りに来ていた。川際の薬草を採ろうとした折、足を滑らせ川に落ちた。斑鳩を支配地とする膳臣傾子《かしわでのおみかたぶこ》の娘たちで、姉の名は菩岐々美郎女《ほききみのいらつめ》、妹の名は比里古美郎女《ひろこみのいらつめ》という。二人共に美し女《くわしめ》である。助けられて甚《いた》く感激した菩岐々美は父に、

「厩戸王様の妃になりとうございます」

うっとりとした目で恥じらいながら乞う。傾子は娘の気持ちを汲み、厩戸に申し入れた。ちなみに膳氏は物部守屋との戦のみぎり、一手に任された兵糧の調達といった兵站《へいたん》部門で勝利に貢献し、この地を与えられた。

この年、姉の菩岐々美郎女は厩戸の妃に、妹の比里古美郎女は来目王子の妃となる。ゆくりなく(思いがけなく)も二組を結びつけたのである。

境部臣摩理勢は刀自古郎女の宮を訪れた。刀自古は育む幸せを味わいながら山背大兄をあやしていた。

「抱いてやって下さい」

境部の手に渡す。緊張しながらもしっかりと受けて抱きしめる。程好い重みがあった。むずかりもせず、嬉しそうに手足をばたつかせる。

「乳母《ちおも》に任せず、乳を含ませ、むつきを替え、こうしてこの手で育ててみると可愛くて堪《たま》りませんレ」

「さようでしょうな……。おっ、笑って下された」

境部は柔らかな嬰児《えいじ》の頬をそっと指で突くともっと笑った。

「賢いお子です。まさか姫様のお子をこの手に抱けるとは、ありがたいことにございます」

刀自古が喜色を浮かべる。

「山背大兄王子様、わしをおそばにお仕えさせて下さい」

「山背よかったのう。天の下第一の武人、境部臣摩理勢殿が従臣になって下さるのですよ」

刀自古は境部を立てることを忘れなかった。


炊屋七年（五九九）夏四月二十七日――。

朝議は日中に終わった。厩戸と馬子が朝堂を出ると、庭から、

「申し上げます。庭で地下より水が湧き出ております」

隼人が腰を折り注進する。馬子が、

「溺れるモグラをどうするかとでも問うのか。いちいち下らぬことを報告するな」

叱りつける。はっ、と言って立ち去ろうとする。

「待ちなさい」

厩戸が止める。馬子は厩戸を一瞥《いちべつ》するとさっさと去った。暇な奴だとでも言いたそうな顔だった。

「そこへ案内してくれ」

庭の隅に一歩ほどの亀裂が走り、間断無く水が湧いていた。

「少し前ですが、床の下からネズミの群れが逃げるのを見ました」

かつて古老が、

「なゐ《い》（地震の古名）の前兆《ぜんちょう》じゃ」

と告げたのを思い出す。年寄りの言葉をよく覚えていた。控える隼人に、

「地震の前ぶれやもしれない。皆に用心するように伝えよ」

隼人は目に不安な色を見せたが、畏《かしこ》まりました、と言うや勢いよく去った。

厩戸は今夜、宮城の内裏に泊まることにする。昨日より炊屋の孫娘が久々に遊びに来ていた。この娘がのちに厩戸の妃の一人となる橘大郎女《たちばなのおおいらつめ》である。橘の五弁花の髪飾りが似合っていた。

（思いすごしであればいいのだが）

そう願った。けれども直感が当たる。

深夜、厩戸は臥所《ふしど》でうつらうつらしていた。突然、地鳴りと共に激しい揺れに見舞われる。身を

起こして立ち上がるも、ぐらりと体が傾き倒れそうになった。浮かした腰を元に戻すが足元が定まらない。近くで物が落ちたり倒れたりする音が響く。宮人たちの重なった悲鳴が耳を劈《つんざ》く。

「なゐだ」

隼人の喚く声がする。ざわめきが押し寄せる。揺れが止まらない。厩戸はふらつきながらも臥所を飛び出す。庭は月明かりが差して見渡せた。斜めに横切って御寝所へ駆ける。

「大王様――」

「助けてたもれ――」

絶叫が聞こえる。御寝所に駆けつけるも板戸がたわんだのか開かない。

板戸にぶち当たるがびくともしない。揺れが収まった。

「大王様あー」

尾佐呼、宮人らが手に松明を持って駆けつける。何度もぶち当たりようやく開いた。尾佐呼が灯りで内部を照らした。御寝所の一角で炊屋が孫娘を抱いて庇っている。その時だ。柱が不気味な音を軋《きし》ませて傾くや上から梁《りょう》が崩れ落ちる。

「危ない」

厩戸が飛び込み炊屋と孫娘の上に被《かぶ》さった。梁が厩戸の尻を直撃し床に転がる。顔をしかめて痛みを堪える。

「厩戸、しかとせよ」

炊屋が頬を叩く。炊屋の顔が真下にあった。我知らず大王を抱きしめている。尾佐呼の目が捉えた。尾佐呼が許せないかのように必死に厩戸の足を引っ張って離そうとする。ようやく離れた。幸い、炊屋、孫娘、厩戸に大した怪我は無かった。

多くの堂舎が倒壊し死者も少なくない。山崩れが発生して麓の舎屋《やかす》が土砂に流され埋まった所もある。大和を中心に甚大な被害が出ていた。豊浦宮も例外ではなく一部堂舎に損壊が生じている。上宮王家の大殿は半壊した。炊屋の側近の一人額田部久麻呂大夫は病で臥《ふ》せっていたが屋根が崩壊し、倒れてきた柱で圧死した。

「天地が震え、政が譴責《けんせき》されている」

「大王に徳が無いからこのような大災害が起こるのよ」

怨嗟《えんさ》の声が厩戸の耳に入る。

(早く手を打たねば)

厩戸は炊屋に朝議を開くよう奏上する。大王炊屋列席のもと急遽《きゅうきょ》、地震対策の朝議が開かれる。最初に、諸国に命じ地震の神を祭ることが決められる。次に具体策に入った。

「急ぎ各地を回り、酷い所にはお救い小屋を建てましょう」

と厩戸。反対が無いので言葉を継いだ。

「飢える者も出ましょう。その前に朝廷の米を放出し炊《た》き出しも必要。出し渋ってはなりません。当然上宮王家の食物も提供します。しかしこれだけでは足りますまい。豪族の皆様にも協力を願わねばならないでしょう」

「厩戸王様のお言葉ですが、そうまでやらずとも民草は強き者。何でも食って生き延びましょう。いらぬおせっかいでございます」

大夫の一人が口を突き出して露骨に述べた。馬子が同調し、氷のような目を向けて、

「奇特《きどく》なことよ。そんなにやりたくば上宮王家が勝手に放出なされば良い。役得でたんまり蔵に貯えておられましょう。わしも浴したいものじゃ」

鼻の穴を膨らまして事実でないことを諷した。

「大臣様。いくら大臣とはいえ、高潔な厩戸王様に対し、当て擦りは不謹慎であります。自制なされよ」

群臣の一人が発言し、厩戸の肩を持つ。

「何だと、下っ端の分際で大臣のわしに意見するのか」

馬子が息巻く。

「やめなさい」

炊屋がやんわり窘《たしな》め、

「厩戸王の主張を執る」

明快に言ってのけた。議題が次に移る。

「民草には税の負担を軽減してはいかがなものかと」

厩戸が奏上する。

「たしかに」

後押しの意見がでたが馬子が目を剝《む》き、

「何を申す。今でさえ財がのうて四苦八苦しているというに、減らすことに雷同するとは、気は確かか」

厩戸に言い返されるのを避けたのか、同調者に今にも摑み掛からんばかりの剣幕である。恫喝ともいえる。今度は馬子に味方する者がでた。

「大臣の申される通り」

「そうだ、余裕が無くなれば政に支障が生じる」

「今は火急の事態、税を増やすべき」

次々と馬子に賛同する声があがる。厩戸はここで引いてはならないとばかりに、

「民の暮らしに余裕があることが財です。民足らば、君たれとともにか足らざらん。民足らずば、君たれとともにか足らん」

つい声を高め覚哿に学んだ論語の一節を理路整然と披露した。こうした配慮が政には欠かせない。だが、

「屁理屈を捏《こね》るな」

馬子がこめかみに血管を浮き上げ臍《へそ》を曲げる。自若として聞いていた炊屋が、

「大臣、そなたの大王家を思う志、ありがたく思う」

「ははっ」

馬子が深々と頭を下げる。

「大臣をこれからも頼りにするであろう」

馬子を煽《おだ》て顔を立てた。馬子の主張が執られるものとばかり思ったその矢先、

「のう、大臣」

顔を上げた馬子に諭《さと》すように言った。

「今は危急存亡のとき。民があっての倭国、民があっての朝廷。朕《わ》は万民の幸せ、万民の安寧を第一義に考えねばならない立場。彼《か》の大王様が世に坐《ま》しますれば何と思し召しであろうか。ここは、廐戸王の理に沿った意見を是としたい」

思慮深く言って笑みを馬子に投げる。

「恐れ入り奉ります。仰せのままに」

再び深々と低頭する。易々と納得させた。

次に山崩れの対策が話し合われる。

崩れ落ちた土砂が川に流れ込み川底が浅くなった、との奉告がなされる。

「廐戸王の意見は？」

炊屋が問う。

「大雨が降ればたちまち氾濫しましょう。田畑が水に浸れば一大事。すぐに土砂を取り除かねばなりません」

「分かった。手配せよ」

「山崩れが起きた辺りは伐採されて樹が少なくなっていたとの知らせがありました」

群臣の一人が奏上する。

「植林を急げ」

炊屋がてきぱきと指示を出す。厩戸が奏上する。

「急斜面の麓に住む者には移住するよう勧めてはいかがかと」

「ただし無理強いはなりません。あくまで命の尊さを説き納得してもらうのだ。このようなことは厩戸王、得意であろう」

「恐れ入ります」

炊屋は手際よく的確な判断を下していた。

「不時の地震によりこの宮城も少なからず痛手を被《こうむ》りました。それに宮人も増え手狭にもなっております。この際、宮城を新たな地に建築するご決心をされてはいかがでしょうか」

と厩戸。馬子が色を作《な》し、

「唐突に何を申す。厩戸王のせいで税を減らすことに決まったではないか。そのような富がどこにある」

「先を見据えたことにございます」

「新たな地とは？」

炊屋が下問する。

「斑鳩の地にございます。水陸共に交通の要害。しかも土地は豊かで広々としております。かっこうの宮城の地かと存じます」

「これはまた、奇異なことを申される。遷都《せんと》などわしは反対じゃ。飛鳥の地を捨てるなどとんでもない」

猛然と馬子が反論した。

「大臣の意見、もっともである」

炊屋が迷いなく即断を下す。異を差し挟むことは控えねばならない。厩戸は黙って辞儀をした。早めの地震対策が功を奏したのか炊屋を批判する声は無くなった。


寒蜆《しじみ》のおいしくなった十二月の初め、兄弟が仕えたいと志願してきた。河勝が面談する。兄の名は伊《い》瑳《さ》武《ぶ》、弟は伊《い》瑳《さ》知《ち》と名乗る。兄弟共に精悍な顔つきである。歳は二十七歳と二十四歳。任那からの亡命者の子で倭国生まれである。父母はさきの地震で亡くなったという。仕えていた西文氏《かわちのふみうじ》一族の居館も地震で倒壊し、主人が死んで散逸になったらしい。伊瑳武が兄として格好をつけたふうに、

「武術の心得があり、かなり遣えます。めったなことでは遅れを取りません」

「さようにございます」

兄弟は自信ありげに明るく売り込んだ。河勝は木剣で立ち合う。言葉に違《たが》わぬ遣い手だった。それに半島の言葉にも通暁していた。上宮王家には渡来人の客も多い。訳語《おさ》としても役に立ちそうだ。好感を得た河勝は厩戸に推挙する。

兄弟対決・厩戸対来目

炊屋八年（六〇〇）春二月――。

滅ぼされた任那の遺臣、遺児、残党らが蜂起して新羅を攻めた。多勢に無勢。たちまち鎮圧される。この二月《ふたつき》前には遺臣から軍事援助の要請が再三あった。捨ておけぬ由々しき事態である。だがいまだ倭国の意見はまとまらない。厩戸と半数近くの群臣が反対しているからである。

今日も朝議で大夫、群臣らが思い思いに主張する。炊屋、厩戸、馬子は出席していない。上に気兼ねなく自由に述べてもらうためである。

「出兵すべき」

「任那再興の絶好の機会」

「半島の揉め事より、今は内政に力を入れるべき」

「侵攻すべきではない」

「新羅の軍事力を侮ってはならん。今や大国だぞ」

「倭国が負けるとでも言うのか」

語気を強め言い掛かりをつけた。

「そうは言っておらん」

「同じことだ。任那再興は大王様の遺勅。徒《あだ》や疎《おろそ》かにしてはならぬ」

「出兵すれば新羅の罪のない民をあまた殺すことになる。土地も荒廃しよう」

「おのれは、新羅の回し者か」

「ようも言《ゆ》うたな」

ささくれ立った空気が漂う。

「まあまあ、やめなされ」

「その方たち、大事なことを忘れておらぬか」

出兵派の大夫が胸を張って声高に言う。一同の目が大夫に向かう。

「隋国のことよ。今は高麗と国境付近で争っておるが、いずれ半島をわが国にするであろう。その次の矛先は、言わずとも分かろう」

「……分かりません」

「勘の鈍い男じゃのう。その次は……」

もったいぶったように間を置いて、仮面のように整った面貌で見渡し語を継ぐ。

「倭国が攻められる」

「何と」

歯切れ良く決めつけた思わぬ発言に、驚きの声が広がる。この断言が流れを変えた。

「それは、真か」

「だからこそ出兵するのよ。任那再興を成し遂げ、次に半島を支配する。半島は倭国の盾となる。

つまり有事に備えるということよ」

法螺《ほら》話とは思えぬ緊迫感があった。

「さすが大夫殿、先の先まで読んでおられる。まさにご炯眼《けいがん》」

出兵に反対していた臣が数人、蕩《とろ》けたように変説して賛成に回った。

「国を守るというのは、その方らの族を守ることである。妻《め》や娘が異人の慰み者になっていいのか、子が奴隷にされて悲しくないのか」

得々とした主張に反論は無くなり座が静かになる。怜悧な出兵派の主張に気圧《けお》された形になった。日をおいて、炊屋の御前で厩戸と馬子の論争があった。大夫、群臣らは息を詰めて見守る。どちらが論破するか興味津々であった。対座した厩戸が冒頭、

「戦わぬ道を探るべきです。一族の働き手を兵に取られては民は苦しむばかり。武力ほど愚かな行為はございません」

集中する視線をゆったりと受け止め口火を切った。馬子が威嚇の目を向け、

「ならば尋ねる。厩戸王様は任那再興を馬鹿げたことだと申されるのか」

「その通り」

声にならぬざわめきが起こる。またもや目がこぞって厩戸に注がれる。言葉足らずだったと思い至り、

「武力での再興に反対している」

と落ち着き払って補足し、論駁《ろんばく》を続ける。

「民は意気消沈し、疲弊しています。昨年の大地震、続いた干魃、のみならず長期にわたる筑紫での駐屯。これ以上、民の負担を高めては政とはいえない。国の体力が弱まるばかり。政の第一義は民の幸せにございます」

「代々の大王様は任那を再興させよと遺勅を残された。それに背くは謀反ですぞ」

染みの浮き出た額に脂汗を滲ませ馬子は憤然と反論した。わずかに首を横に振り、

「わたしは命のやりとりで再興するのが良くないと言っておるのです。誼を通じ、話し合い外交で解決すべきだと申しております」

「調略すると言うならまだしも、それこそ話にならん」

「なぜそう言い切れるのです」

「一旦手に入れた領土を交渉で返すわけがなかろう。新羅とてすんなり奪えたのではない。戦いで数千人の兵の命を失ったことであろう。その血の見返りの土地じゃ。武力で結着する以外道は無い」

「出兵すれば遠い異国の地に屍《しかばね》を晒《さら》す兵が多く出る。無益な戦で民を悲しみに追いやってはなりませぬ」

「国のために戦って死ねるは本望。厩戸王様は仏教にかぶれ過ぎなのじゃ、ほどほどにしておかれよ。それとも臆病風に吹かれたのかな」

「わたしは戦わずして勝つ道を選びます。たとえ小心者との謗《そし》りを受けようが出兵には反対。武力で他国の領土を奪っても民の幸せには繋がりません」

「先手を取らねば半島は隋国のものとなろう。併呑《へいどん》されてからでは遅い。民の幸せを守るための出兵です」

「……ご相談しようと思っていたのですが、隋国とは戦を避けるため、隋に使者を派遣して友好関係を結びたいと考えております」

「貢ぎ物をするのであろう。正気の沙汰とは思えぬ」

「贈り物です」

「どうあれ属国に成り下がることではないか。朝廷を貶《おとし》めることになる」

「対等の立場として折衝します」

「厩戸王様はそう思っていてもだ、向こうはそうとは取らん。人とは己の都合の良いように解釈するのが常である。わしは反対する。どうしてもやりたくば朝廷とは関係なく己の責任でやりなされ」

きっぱりと言い切って炊屋の顔色を伺う。

「大王様、これ以上石頭の厩戸王様と議論を重ねても無駄にございますれば、どうぞ思《おぼ》し召《め》しを」

強い言葉で馬子が言上する。熟慮が生じたのか、炊屋は膝上で片手を小刻みに動かしていたが、

「厩戸王の意見を執る、ただし隋への使いは見送る」

出兵は無しとなった。表立っては言えないが、出兵すべき、との主張が燻《くすぶ》っていた。

上宮王家に帰った厩戸は伊予の可智根に使いを送り、私的に遣隋使の役目を依頼した。


来目王子は日々武術の鍛練を怠らなかった。軍事の名門来目氏に適った武人として凛凛《りり》しい中にも勇ましい青年に育っている。久米舞の主人公そのものだ、と自慢げに言う者もいた。

来目は馬を走らせ吉野山中の滝を目指す。迷いにけじめをつけたかった。途中で馬を降り、山道を登る。立ち止まり、耳を澄ますも滝音は聞こえない。岨道《そばみち》を流れる瀬音だけが耳に入った。更に進む。やがて滝の音が聞こえ激しくなった。水煙を上げる瀑布が見える。澄んだ青い水を湛える滝壺の畔に立って滝上の岩場を見上げた。落差が三丈（約九《メー》トル）はあろう滝が飛沫を上げて轟然《ごうぜん》と落ちる。


「出兵せよ」

自分の声なのに何者かが囁《ささや》いているように耳朶《じだ》を打つ。ひたすら心身の統一を図り、白装束に身を包み、滝壺に入った。叩きつける滝の下で瞑目《めいもく》して合掌する。痛いほどに頭と肩を打つ。顔にも絶え間なく水が掛かり息ができないほどだ。

「かけまくもかしこき　いざなぎのおほかみ　つくしのひむかのたちばなの　をどのあはぎがはらに　みそぎはらへたまひしときに……」

祓詞《はらえことば》を奏上する。一心に唱えた。

目を開けると頻《しき》りに瞬《まじろ》ぐ。時が経つにつれ体が冷えてくる。心の臓がやけに高鳴った。口の中でカチンカチンと歯の当たる音がしているようだ。唇は紫色に染まっていた。全身が痺《しび》れる。

「新羅討伐の大将軍に」

己の心を見極めた。

反響する滝音に抱かれながら来目は恍惚感に酔っている。瀑布のそばにいつしか虹が懸かっている。意識が朦朧《もうろう》としてきた。

この年も押し迫った十二月、可智根が上宮王家を訪れる。無事、遣隋使の大役を果たしての帰国である。

厩戸が労《ねぎら》った後、子麻呂、河勝も同席して報告を聞く。

「科挙《かきょ》、ですか」

と厩戸。詳しくは知らない。子麻呂と河勝は初めて聞いた。

「隋国で実施されている役人登用の学科試験。これに受からないと大王様に仕える役人の『官人』にはなれないのです」

厩戸が身を乗り出し、

「実力で官人に……」

感心したように言った。可智根が、

「倭国では氏、素性がはびこり、宮城の中はその手の者ばかり。先祖の威光のおかげで須《すべか》らく位にありついている。やる気ある、実力ある者が隋のような官人にならねば硬直したこの国の先行きは暗うございます」

子麻呂が疑念の目で、

「それでは秩序が乱れるのではないか。能力の秀《ひい》でた者が徳にも秀でているとは限らない。知識を持っておるのと実行することとは別物。万一野心あるものが登りつめたら、この国をあらぬ方向に持っていく」

思いなしていることを早口で喋《しゃべ》る。河勝が、

「かの国では武力で伸《の》し上がった者が、天子と名乗り天の下を支配していると聞く。力が衰えれば新たな勢力が武力でもって時の政権を滅ぼし、己が新たな天子となる。かの国はそれの繰り返し。隋国も例外ではない。武力で奪い取った政権はいずれ武力で滅ぼされる」

子麻呂と河勝は厩戸との長い主従関係で感化を受けているのか、厩戸のような口調で言った。

徳のある者が、徳の無くなった君主を追いやって新たな王朝を開く。

「易性《えきせい》革命」

である。徳と言えば聞こえがいいが、実体は武力対武力の覇権争いである。

子麻呂と河勝は報告を中断させたと思ったのか、後は黙って可智根の話に耳を傾けた。

雨が降りだした日没後、帰国祝いの宴会に入った。従僕たちが酒肴を運んでくる。可智根は飲み

ながら隋国の政、制度、国情、文化、知り合った人々、歩いた道、見た風景等々楽しげに語る。隋は大国だった。いかに進んだ国であるか思い知らされる。他方で民を酷使しているのも事実だった。可智根は実によく学んできていた。

(政は民の幸せのためにある)

厩戸は批判も忘れてはならないと自らに言い聞かした。

宴が盛り上がった頃、可智根は失敗談を洩らす。酒で赤く染まった頬を見せ、

「倭王について問われましたが詳しくは分からず、姓《せい》は阿毎《あめ》、字《あざな》は多利思比孤《たりしひこ》、号は大王《おおきみ》、天を兄、日を弟としております。天がまだ明けぬうちに政を聴き、日が昇ると政をやめ、弟に委《ゆだ》ねます、と申しました」

ふう、と酒臭い息を吐いて、

「ところが文帝は『道理に欠けておる。改めよ』と申されて、きつく叱られました。もちろん訳語《おさ》を通じてですが」

屈託無げに語った。

厩戸は沈思する。可智根、子麻呂、河勝は笑いこけている。宴は盛り上がっていた。

三輪山の稜線が明るんだ頃、昨夜《こぞ》からの雨がやんだ。初瀬川にかぶる朝霧が薄らぎ、ゆったりとした流れの川面《かわも》が姿を見せる。宴で酔いつぶれ、皆は熟睡している。起こすのは忍びない。

厩戸は遠乗りで一人、初瀬川が大和川に合流する地点に来ていた。風も無く日差しもあり冬とは思えぬ暖かい日和《ひより》だった。

土手に座り遅い朝餉をとる。竹皮に包んだ赤米の干飯三つである。口に入れた。後ろの方で人の気配がする。振り向くと五、六歳と見える童女が一人ぽつんと立ってこちらを見ている。着つくした粗末なものをまとっていたが、洗いがいき届いている。母親の心意気が感じられる。視点は干飯だった。厩戸は一つ摘《つま》み、

「一緒に食べましょう」

笑みを見せて手を差し出す。童女は髪の飾り緒の朱房を揺らしていやいやをし、

「今食べたところ」

と言って腹を、ぽんぽん、と叩く。ひもじいだろうに遠慮しているようだ。

「若いんだからたくさん食べなきゃいけないよ、さあ……塩味が利いて美味しいよ」

「そう。そんなに言うなら食べてやってもいい」

喜びを隠さずに強がりを言う。童女に干飯を渡した時、どこにいたのか一人の女が歩み寄り、

「奈売《なめ》、お返ししなさい」

母親のようだ。手に持った籠に草々が入っている。食べられる草を摘んでいたようだ。童女は返すのをためらっている。食べたいのは容易にさっしがついた。母親は地べたに座し籠を傍らに置いた。厩戸は立ち上がり母親と向き合う。

「お見受けしたところ、ご身分高きお方と推察します。ご無礼覚悟で申し上げます。童に憐みを掛けてご満足なのでしょうか」

思わぬことを言った。

「わたしは食べ切れないので食してもらおうとしたまで。それに一人で食すより二人の方が旨い。三人ならばなお楽しい。あと一つ残っております。一緒に食しませんか」

「今を生かされたところで明日はどうなるのです。明日もあさってもあなた様は食べ物を与えることができるのですか。この子はこの先、たつき（生計）を繋ぎ何十年と生きてゆかねばならぬ身。人に恵んでもらおう、人に助けてもらおうという弱い心は絶たねば生きてゆけません」

世の辛酸を嘗めてきたようだ。

「われら母娘《おやこ》だけではございません。世の中には飢えた人々があまたおります。その人々をいかがなさるおつもりなのです」

反論せず母親に存分に言わせる。

「皆が腹いっぱい、食べられる世の中をつくる。それがあなた様に課せられたお務めのはず。その場限りの施しよりも、誰もがいつでもどこでも食べる物に困らない、そんな政をお示し下さいませ」

耳が痛いとはこのことだ。横で童女が無心に食べている。無くなった。厩戸が残りの干飯を渡す。母親が戸惑ったような顔を見せた。童女が頬張る。

「ゆっくりいただきなさい。よく噛んでね」

諦めたようだ。童女の口元に幾つかの米粒がついている。

「お行儀の悪い」

と言いながらも声は弾んでいる。口元の米粒を摘み童女の口の中に入れる。童女が笑みを見せる。ほのぼのとした空気が漂う。母娘は強い絆で結ばれているようだ。

「では」

と言って母親は頭を下げて立ち上がる。辛辣《しんらつ》な言葉を受けたが顔かたち、立ち振る舞いより母親の育ちの良さを感じていた。憐憫では無く厩戸に別れがたい感情が押し寄せる。

「これからどちらへ」

「帰ります」

指で前方を指し示す。土手下の川柳のそばに掘っ立て小屋が見える。夫を昨年の地震で亡くし、寡婦《かふ》になった自分と娘とで暮らしているという。住まいの舎屋は倒壊して何もかも失ってしまったらしい。あの折、地震対策は十分にしたつもりであったがまだまだ至らなかったことに気づく。

「わたしの宮で働きませんか」

「情けを掛けるとおっしゃるのですか」

「そうではない。人手が足りないのです。その代わりしっかり働いてもらいます」

その何げない言葉が気持ちを一変させたのか、女の目が喜色を帯びた。

「申し遅れました。わたしは厩戸と申します」

「うま、厩戸王様」

ゆっくりと首を縦に振る。

「ご無礼を」

急ぎ座して頭を下げる。

「よして下さい」

両腕を摑み立ち上がらせた。


刀自古郎女は顔つくり（化粧）に余念がない。侍女に鏡を持たせ、指につけた紅を唇にのせる。そばで山背大兄ともう一人の侍女がコマを回して遊んでいる。山背は今年四歳になった。

「姫様、境部臣摩理勢様がお見えにございます」

仕切り布の外から声が掛かる。

「すぐに参ります」

刀自古は山背の手を引いた。内裏に入ると境部が頭を下げる。控えていた侍女が隅に積まれた品々に目をやり、

「境部様よりの贈り物にございます。玩具もたんといただきました」

「境部殿、頭を上げられよ」

悩ましい噎《む》せるような化粧の香が漂う。髪に飾られた釵子《さいし》が煌《きら》めく。

「恐れ入ります」

日に焼けた厳つい顔を見せる。山背が近づく。ちっこい手で境部の袴を握ると揺すりながら、

「じい、お馬に乗りたい」

舌足らずな無邪気な声でねだる。幾度も顔を合わせるうちにすっかり懐いたようだ。せがまれるままに境部は四つん這《ば》いになる。侍女が山背大兄を抱きかかえ、境部の背に乗せる。境部は内裏の中を這《は》い回る。

山背大兄は嬉々《きき》とした顔でしがみついている。腕白ぶりを発揮していた。

「ぱっか、ぱっか、ぱかぱか」

境部が口遊《くちずさ》みながら進む。そばで楽しげに刀自古らが見守っている。刀自古は満ち足りた笑みを浮かべた。

刀自古は内裏の奥に境部を誘う。向き合って座すと、

「そなただけです、こうしていつも山背大兄の相手をしてくれる。摩理勢殿に一番馴染《なじ》んでおる」

「恐れ入ります」

「厩戸様のお渡りは月に一度あるかないかです」

「政にお忙しいのでしょう」

「馬子殿の後を継ぎ、蘇我一族の氏の上に早うなって下さい」

「そのつもりでございますが、兄馬子がなかなか隠退しません」

「摩理勢殿が大臣になれば、山背大兄の大王位の道も開ける。楽しみなことです」

「必ずやご立派な大王となられましょう」

刀自古は摩理勢に艶《なま》めかしく寄り添う。誘うような艶冶な目が赤みがかっている。濃厚な息が掛かるほどになった。耳元に熱い息を吹きかける。妙な生温かさが漂う。婉然と笑みを浮かべた刀自古は細く白い両手を差し出し、日に焼けた摩理勢の手を包み自身の胸に当てた。くらくらと目眩《めまい》が起きそうなほどだった。


炊屋九年（六〇一）春二月——。

厩戸は炊屋の聴許を得て斑鳩の地に宮の建築を始めた。難波津にも近いこの地で外交にも力を入れたかった。以前、炊屋にこの地に遷都するよう勧めたが、

「飛鳥は離れません」

きっぱりと言われた。上宮王家は先の大地震で半壊し、修繕しながら暮らしてきたが、倒壊のおそれがあった。これを機に移ることを決心する。炊屋に申し入れると快く許した。斑鳩の地は膳氏が支配しているが、必要な土地を気前よく提供してくれた。

この頃、またもや旧任那の遺臣から新羅討伐の軍事支援の要請があった。同時に百済からも援軍の依頼がくる。

「任那を再興し、滅ぼした新羅の領地を半分倭国に割譲《かつじょう》する」

倭国にとって悪い話ではなかった。

三月五日、半島の情況を探るため高麗に大伴連、百済に坂本臣が遣わされる。

「新羅は三方から高麗、百済、倭国に攻められ滅びるであろう」

倭国の進むべき道を判断する必要欠くべからざる半島の情勢であるにもかかわらず、実態を深めず楽観的な分析を持ち帰った。

九月八日、新羅の間諜が対馬で捕らえられる。氷雨の降るその日、朝廷は上野国《こうずけのくに》に流した。この日、河勝は大王に目通りが許される群臣の一人に加えられた。厩戸はもっと早く群臣に推挙したかったのだが、身贔屓《みびいき》と批判が出ぬよう先送りしていた。

石蛾は今度こそ何としても任那の再興を完遂したい。馬子もいつも出しゃばる偽善家の厩戸に一泡吹かせたいと思っている。

「近々、大王より諮問《しもん》がありましょう」

「今度も厩戸にしてやられそうだ」

「そうならないために」

手をこまねいているわけにはいかない。石蛾が冷笑を浮かべる。

「手があるのか」

「その席に来目王子を招き、出兵することがいかに倭国のためになるかを奏上させてはいかがかと」

「つつくのは構わぬが、来目にそのような器量があるのか」

「探らせましたところ、剛毅で逞《たくま》しい武人に育っております」

「年は？」

「確か厩戸より二つ下なので、二十六かと」

「かえって災いとはならぬか」

「ご懸念は無用。弁説爽《さわ》やかで、炊屋大王の亡き子息竹田王子に似ており、大王も来目の申すことなら耳を傾けましょう」

「……」

「わたくしが来目王子にわたりをつけて懐柔します。奏上は大王を感激させる周到な内容に仕上げねばなりません。これが功を奏せば厩戸は失脚し、上宮王家は来目が継ぐことになりましょう。まさに濡れ手で粟」

石蛾の目が笑う。

「内訌《ないこう》（内輪もめ）か……おまえはいつも頼りになる」

「身に余る仰せ」

石蛾は丁寧に辞儀をした。

葛城颪《おろし》が吹き荒《すさ》ぶ冬ざれの十一月五日――。

炊屋は厩戸、馬子、大夫、群臣らを残らず召集し、新羅討伐の是非を問う最後の朝儀を開いた。ほどよく置かれた炉には火が入っている。いつものように賛成、反対が半々となる。来目王子が呼ばれた。下段に座り折り目正しく低頭する。馬子が来目に、

「上奏したき儀があると聞いた。大王様のお許しが出た、忌憚なく申すが良い」

「恐れ入り奉ります」

来目は顔を上げ玉座の炊屋を見上げる。来目の頬が紅潮している。緊張しているようだ。

「そう硬くならずとも良い。遠慮なく申せ」

炊屋が優しく声を掛ける。

「恐れ入ります」

姿勢を正し、熱い眼差しを向け、小揺るぎもせずに私見を述べる。

「畏《かしこ》くも、天国排開広庭《あめくにおしはらきひろにわ》大王様が崩御なされてはや三十年。この間、渟中倉太珠敷《ぬなくらのふとたましき》様、橘豊日《たちばなのとよひ》様、泊瀬部様、炊屋様の四代の畏き大王様が即位なされるも、いまだ任那再興の悲願が成ってはおりません。崩御なされた大王様はさぞや嘆いておられましょう。御霊をお鎮めできず、皆断腸の思い、無念にございます」

大王家四代にわたる見果てぬ夢を語る滔々《とうとう》たる弁舌に座が静まる。

（正論には違いないが……）

　厩戸はいま一つしっくりとしない。来目が雄弁に続ける。

「見知らぬ異国で屍《しかばね》となった幾多の兵も痛恨の極みでございましょう。野ざらしにしておくのではなく、せめて倭国の地に葬り、いまだ墳墓を求めてさ迷い続けておられる魂魄《こんぱく》をお鎮めしとうございます。いわば宿願のようなもの」

「それは政を批判しておるのか」

　大夫が大声で問う。言下に馬子が、

「御前であるぞ。黙って最後まで聞かれよ」

　馬子の大喝に大夫は目を伏せる。来目が熱に浮かれたかのように先を続ける。

「倭国だけが安寧であれば、任那はどうでもいいというものではありますまい。古から浅からぬ繋がりのある国にございます。任那を再興するのは倭国の務め、倭国と任那は一体にございます」

　演技なのかどうか、悲愴感に満ちた面容で悪びれもせず奏上し、言葉を切った。そして目に力を込め、

「どうか大王様のご慈悲をもって任那をお救い下さいませ。どうか代々の大王様の遺勅を実現なされて下さい。それが倭国のためになると信じるがゆえにございます。お命じ下されればこの来目、身命を賭してご期待にお応えする覚悟はできております」

　己の言葉に酔っているかのような主張であったが言葉の端々に気迫があった。

「生前、竹田王子様はわたしにこう申された」

来目は高ぶった気持ちを抑える。間が空いた。炊屋が目で促す。

「『一度任那の地を見たい。もともと倭国と深い繋がりがあったのに』と悔しそうに申されました」

「竹田がのう」

炊屋が感情を殺した声を発す。

「恐れながら竹田王子様に成り代わり、大願成就しとう存じます」

炊屋は来目に親しげな目を向けていたが、徐々に鋭い目となった。

「朕《わ》は政に、私情は入れぬ」

凜とした声が響く。確固たる指針を示した。座に息づまるような空気が流れる。

「承知しております。わたくしはただ、真実を申し上げたままで。お耳を汚したのであればお許し下さい」

毅然と言ってのけ大仰に頭を下げる。求めて一線を越えた領域に立ち入り、大王の心を揺さぶった思惑までは皆は読み取れていない。

(果敢に取り繕ったが、作り話ではないのか)

一瞬、厩戸は疑ったが、

(いや、来目は嘘をつかない)

思い直す。

（真実を告げた）

同じことを言っても時と場所で思わぬ効果が出る。

（勘定ずくであったとすれば……）

頼もしくなったと言うべきか、それとも恐ろしき知略を兼ね備えたと言うべきか絶妙な口上であった。厩戸は片鱗を見せた来目を凝視する。

（炊屋大王の心を摑んだに違いない）

以前炊屋は尾佐呼に、朕《わ》が死んだら竹田の陵に合葬してほしい、と頼んだことがあるらしい。

馬子が得意そうに、

「よくぞ申された。来目王子様は倭国の救いの神、いや、救いの仏じゃ。わっはっは」

高笑いをした。

「来目に問いたいのですが」

厩戸が炊屋の許しを得て質《ただ》す。群臣らが身を乗りだした。

「戦は人として幸せな生き方なのか」

物静かに問うたが、来目は逆に勢いに任せて言い返す。

「戦で手柄を立てるは武人の名誉。一族も栄える。人として、武人としてこれにすぐる喜びは無い」

「どこかで戦の根を絶たねばいつまで経っても争いが続く。民が苦しむではないか」

「民、民とよう申されるが、民があっての国ではございません。国があっての民です。国を守るため、民も戦に加わるのがなぜ悪いのですか」

「人が死ぬではないか」

深憂を込めて言ったが、

「それは仕方がない。大戦で人が死ぬのはごく当たり前のこと」

来目が顎を上げて嘲笑う。穏やかならざる空気が濃くなってゆく。

「仕方がないでは済まされない」

法論のような舌戦が繰り返される。互いの心があまりにも掛け離れている。厩戸は口をきわめて説得するも堂々巡りだった。今更ながら対照的な考えが浮き彫りにされた。

「大王様、ご裁可を」

馬子が催促する。やおら口を開き、

「考えます」

心がたゆたって決しかねるのか、抑えた声で話を打ち切った。倭国の命運を左右する重大事案である。軽々しく即決することはできないに違いない。御帳が閉じられる。退出する炊屋の影が映った。

厩戸が朝集殿への庇の下を歩いていると、

「厩戸王様、穴穂部間人王女様がお待ちです」

（急用か）

内裏に急ぐ。中に入ると睨みつけられる。空気が暖かい。宮人に命じて炉に火を入れさせていた。

「厩戸、来目のめでたい門出に反対しておるそうですね」

「門出？とは」

「恍《とぼ》けるではない、出兵のことです」

「そのことですか。反対です」

「相変わらず捻《ひね》くれていますね。なぜ素直に来目の征途《せいと》を祝ってやれないのです、兄であろう」

「お小言は甘んじてお受けしますが、それとこれとは別物。政に私情は禁物にございます」

「融通がまるで無い。そんなことだから人に嫌われる、反省しなさい」

「何と言われようと国の行く末、民の幸せが掛かっております。出兵に賛成するわけには参りません」

「幾つになっても可愛げの無い子」

憎々しげに発す。厩戸は黙って頭を下げた。

炊屋十年（六〇二）春二月一日――。

熟慮を重ね、ついに大王炊屋が出兵を決した。来目王子が新羅討伐の大将軍に任命される。指揮官の多くが神職、国造《くにのみやつこ》、伴造《とものみやつこ》らの朝廷関係者で、豪族らはその下に置かれた。来目は豪族らの力を抑えるため、大王家を中心とする軍を編成する。兵の数は二万五千人、多くが血気に逸る気持ちを持て余していた。

「話が違うではないか」

馬子が傍に控える石蛾にぼやく。馬子の眉間に皺《しわ》が寄っている。

「指揮官は戦に慣れない者ばかり。戦には勝てますまい。いずれ豪族らの反発を食らい、大王に泣きを入れましょう」

「そうかのう」

「その時がご主人様、大臣馬子様の出番。大臣の存在価値が増すというもの、いっそう評価も高まります。かえって良かったのではございませんか」

断言されて機嫌が直ったのか馬子の眉間の皺が消えていた。

かくして二《ふた》月後の若葉も瑞々しい四月一日、見るからに気負い立った来目王子は軍団を率いて筑紫に赴いた。石蛾も従軍している。嶋郡（現在の福岡県糸島市）に駐屯し、船舶を集め、兵糧を調達する。なにせ二万五千人もの大軍である。集めた船だけではとても足りない。大船が幾艘も必要である。急ぎ建造が始まった。槌音、掛け声が景気よく響く。

二カ月が経った蝉時雨の六月三日のことである。気忙しい中にあっても来目は兵たちの軍事訓練を怠らない。日がな一日行った。

汗を流した後で飲む酒は格別に旨い。来目がつまみのスルメを噛んでいると、胸がむかつき酸っぱい物が込み上げて戻しそうになる。幄舎の外に走り出る。草叢に吐いた。血なのか赤く染まっている。吐瀉物の饐《す》えた臭いが広がった。胃の腑と腹に痛みが走る。あまつさえ口中がひりつく。得体の知れぬ不吉なものに見舞われていた。

（もしや、毒が……）

「王子様」

追ってきた従臣が心配げに声を掛ける。薬師が呼ばれる。見立ては腹の病。

「食べ物は柔らかい物を食されよ。粥《かゆ》が良い」

従臣らは温湯で保養してもらうことに決める。来目は渋々承知した。来目が軍中にいなくなり箍《たが》が緩む。

任那からの亡命者、その子らも従軍している。千人近くいた。

「新羅への恨み、骨髄に徹する」

その長《おさ》に石蛾が、

「新羅人の集落を血祭りに上げようではないか」

唆《そそのか》す。北の方角の海岸寄りにあった。

群青色の明け方近くに集落が襲撃され、数百人が惨殺される。この大虐殺は伏せられたが数人が脱出し可智根の知るところとなった。この惨事が予想だにしない事態を誘発してゆく。

「おのれ、来目」

可智根は当然ながら洞察できず来目の命令であると思い込んでいる。来目への復讐を誓った。船が難破して海岸に打ち上げられた折、新羅の人々に命を助けられた大恩をいまだ忘れていない。

筋肉質だった来目の体が見る見る痩《や》せてきた。目だけが大きくなる。鄙《ひな》びた温湯の堂舎で療養を続けているが、回復には程遠い。信じられないくらいの体の急激な変化だった。

(長くはないかもしれない)

夜も更《ふ》け臥所に入った。耳鳴りにも悩まされていた。何か責められるように聴こえる。

「申し上げます」

外から声がする。緩慢に上半身を起こし、

「入れ」

板戸を開き従臣が入る。静かに閉めた。

「お休みのところ真に恐れ入ります。大変な事態が起こりました」

そう言うわりには落ち着き払った静かな物言いである。来目が療養中なので気を使っているようだ。

従軍していた任那の亡命者らが新羅人の集落を襲って殺戮したことを詳細に述べる。全身がさっと冷える。同時に己の不用意を悔いた。

「襲った者共をいかが致しましょう」

「そうだなあ……」

「軍規を破った以上、厳罰に処するが妥当かと」

「おまえの言い分はもっともであるが、とはいえ、襲撃した全員を処罰するわけにもいくまい」

「では長だけを死罪にし、残りは叱りおくということでよろしいのでは。何らかの処断をしないと軍が紊乱《ぶんらん》します」

「そうだな。ただ死罪では重過ぎる。殺した相手は新羅人だ。これから新羅を攻めるというのに、重く罰しては指揮にかかわる。長を三十日の謹慎処分とせよ」

寝つかれず外にでる。遠く月下に雲の群れが揺曳《ようえい》している。狼の遠吠えが谺した。

大王炊屋は厩戸、馬子、大夫、群臣らに諮《はか》り、雷丘東側に新しい宮城を建てることを決めた。小《お》墾田宮《はりだのみや》である。さっそく工事が始まった。


炊屋十一年（六〇三）春二月四日――。

この日、来目は体調がいいのか頗《すこぶ》る機嫌が良かった。警護の兵数人に守られ、暮れなずむ温湯付近を散策する。欠伸がでた。どこからか梅の花の芳香が微風に乗って流れてくる。来目は思いっ切り香を吸った。その匂いに誘われるようにゆっくりと大地を踏みしめて歩む。路傍の山菜の新芽に目がいった。毟り取って口にする。蘞《えぐ》い味がした。突如、疾風の音がするや飛矢が来目の胸に突き刺さり弓勢《ゆんぜい》でふらつく。虚空を摑み、地べたに沈んだ。

「誰だ！」

「王子様」

色めき立った一人の兵が来目を抱きかかえる。後ろで薬師を呼べとの声がした。

「王子様、お気を確かに」

「……死にとうない。宮へ、飛鳥へ、帰りたい」

「気弱なことを申されますな、王子様らしくございません。傷は浅うございます」

薬師が駆けつけ矢を抜き血止めをする。

「兄上とはいつも擦れ違いであった。折り合いをつけられなんだ。どうしてわれら兄弟は……」

焦点の定まらぬ泳がせた視線が止まる。あっけなくそのまま事切れる。願いもむなしく終焉の地となる。来目の夢はついえた。

矢は離れた大樹の上からだった。兵らが逃すまいと矢を放つ。次第に間隔が縮まる。幹や灌木に身を隠し、飛来する矢を躱す。加勢の兵が駆けつけて矢の一斉攻撃が始まった。次々と矢が刺客に突き刺さり全身が栗の毬《いが》のようになる。よろめいて落下したが途中、横枝に引っ掛かった。あまたの矢が襲う。枝が折れて真っ逆さまに落下する。地べたに叩きつけられた。可智根だった。

「誰だ」

誰も可智根の顔は知らない。近くに川がある。川は海に流れ込んでいる。

「魚の餌になるがよい」

正体不明のまま冷然と投げ捨てる。流れを掠めてチドリが数羽、河口に飛び去った。

事がことである。来目王子の死は口を封じ病死と発表された。享年二十八歳。あまりにも散り急いだ来目と可智根。共に有為転変の生涯だった。


厩戸は夜中に目が覚める。誰かが呼んだ気がする。

「兄上、兄上」

来目の苦しそうな声だった。

「来目」

起き上がり臥所を出る。幻聴であったことに思い及ぶ。来目は筑紫にいるのにここまで聞こえるはずがない。軒下の縁に立つ。ときに雲間に隠れるおぼめいた弓張り月だったが奇妙に赤みを帯びていた。

（あれは？）

庭に点滅する黄色い光が見える。夜霧に濡《そぼ》つ草の葉末に止まる季節はずれの蛍だった。光が消える。

（幻想か……）

蛍のことで幼い日のことが思い出される。

厩戸が乳母と共に母の宮を訪ねた。来目も乳母と共に来ていた。一緒に蛍狩りに行くことになった。空が曇り風が弱くじめじめした夜だった。湿った夜気に花の匂いが籠もっている。侍女たちがはしゃぎながら蛍を捕り虫籠に入れる。その時である。来目が、児戯に等しい催しなのに、大人びた口調で、

「蛍はいとも短い命と聞いている。籠に入れるのは不憫、放してやりなさい」

と微笑む。柔らかな光が弧を描いて飛んでゆく。

「見るのを楽しみましょう」

優しく言い添えた。蛍の明かりでほんのり浮き上がった面影がしきりに去来する。懐かしさに居た堪れず涙ぐんだ。

（あの頃はあんなに小さな命にも情けを掛けていたのに）

懐旧の情に浸っていると庭で足音が近づく。今夜の不寝番の河勝だった。

「いかがなされました」

一陣の風が庭を走り抜けた。

「わたしは政にかまけ、来目の力になってやれなんだ。さぞや恨んでいたであろう。わたしはどこかで取り返しのつかぬ大きな過ちを犯したやもしれぬ」

「ご案じなされますな。そのようなことはございません。来目王子様は心の奥底では厩戸王様のお立場を理解されていたはず。来目王子様は賢いお方、そう思われるのは、恐れながら、厩戸王様の思い上がりやもしれませせぬ」

そう言われても不吉な思いが押し寄せる。

「これからも信じる道をお歩み下さい。やつがれはついて参ります」

厩戸は後ろ手に組んで遠い西空を見続ける。胸騒ぎが収まらない。

（もしや、来目の身に……）

得体の知れないものが脳裏をよぎる。

（よからぬことが起こらねばよいが）

空耳であるはずの来目の呼び声が耳に残っていた。

大王炊屋は来目王子の死を筑紫よりの急使で知らされ大きに驚いた。厩戸と馬子が召され来目の訃《ふ》が知らされる。

「悲しいこと。よもやこのようなことになろうとはのう。返す返すも残念でならぬ」

炊屋が嘆く。厩戸の恐れていたことが現実となった。

周防国《すおう》（現在の山口県東部）の佐波（現在の防府市）に殯宮が設けられる。土師連猪手《いて》を遣わして殯の儀式を司《つかさど》らせた。のちに河内の埴生山《はにゅう》（現在の大阪府羽曳野市）の岡の上に葬った。

来目王子の急逝を知った夕方、上宮王家に母穴穂部間人王女が乗り込んできた。逆縁の悲しみからか、端《はな》から憤慨していた。来目の死を受け入れがたいのだろう。

「そなたが来目を殺したのであろう。毒殺か、それとも刺客を放ったのか、どちらじゃ」

酒臭い息が掛かる。最愛の来目が亡くなり酒《ささ》でも飲まずにいられなかったのだろう。

「おかしなことを申される。来目は病死と聞いております」

「信用できません。朝廷は都合の悪いことを隠す。特にあの女は酷い、あてになるものか」

当たっているところもあると思ったがその通りですとも言えない。

「よろしければ上宮王家に来られませんか。歓迎します」

その言葉に一瞬心《しん》から嬉しげな顔をしたのだが厩戸は気づいていない。母の屈折した本心を知るのはのちのちのことである。

来目の宮（現在の奈良県橿原市）に住んでいるが、主人の来目が亡くなった以上、住みづらかろうと気に掛けた。それに老いてきた母の面倒を見てやりたい。そう思ったからこそであったが、

「そなたの世話には死んでもならぬ」

「万一、気がお変わりになったらお知らせ下さい。すぐに迎えの者を行かせます」

「そなたが自ら足を運ばぬのか」

「では、そうさせていただきます」

「気が変わるはずがなかろう」

母の水臭い言葉を聞きながら、母の来目への深い愛情と悲しみを思い知らされた。

この日より二日後の夜、雨の只中、大和川に来目王子の妃比里古美郎女が身を投げた。これを知った姉の菩岐々美郎女は悲しみのあまり心が罅《ひび》割れて寝込んでしまう。どうにか立ち直るのに年月を必要とした。

若葉の色が深みを増していく夏四月一日――。

失意のうちに薨去した来目王子に代わり、来目の異母兄当摩《たぎま》王子が新羅追討の将軍となる。三月《み》後の七月三日、難波津から妻《め》の舎人姫王を伴って船出した。

遠征に妻を連れていくことは珍しくない。ところが舎人姫王が寄港した赤石《あかし》で客死する。原因は分からなかった。

（舎人姫……）

心に重いものが覆い被さる当摩王子は世の無情を感じ、すっかりやる気を無くす。おまけに船中で酷い痒《かゆ》みに罹《かか》る。爪を立てて腕、腋下、内股等々引っ切り無しに掻くようになった。痒くて我慢できないが薬師は治せない。そこへ輪を掛けるようにそぼ降る雨の深夜、当摩の宿舎を襲う一団があった。警護の兵がどうにか追い払ったが、味方に六人の死傷者が出た。雨に湿った臭いが鼻につく。

「やっておられぬ」

命を狙われ、怖じけづく。もろもろの不運で厭世気分になった当摩は舎人姫王を赤石の檜笠岡《ひかさのおか》に葬った後、いともあっさり難波津に引き返す。もくろみが崩れて新羅征討は頓挫する。思いも掛けぬ急転回である。

状況の一変を筑紫の駐屯地で知った石蛾は総身をわななかせ、瞋恚《しんに》の炎《ほむら》に燃える。剣を抜くや奇声を発して幄舎《あくしゃ》の柱にむやみやたらと斬りつける。一本の柱が斬り倒され幄舎が傾いた。

「倭国は頼りにならん」

とっさに口に出たのは任那語であった。荒ぶって体が震えている。無性に任那の山河が懐かしくなった。ここで思い切った行動に踏み込む。

（自ら新羅を討つ）

任那からの亡命者を熱く口説く。倭国からも百人近い賛同者が出た。武具も兵糧も十二分に揃っている。三日後、千人余りが百済に渡海した。まず百済に助力を求めるつもりである。石蛾は気の休まることがなかった。

冠位十二階への反発

冬十月四日――。

雷丘の麓に咲き遅れた薄紫のアサガオ（桔梗の古名）が数輪、遠慮がちに咲いたこの日。

小墾田宮が完成し、大王《おおきみ》炊屋は豊浦宮から移った。

南門を入ると朝庭（広場）の東西に庁が建ち、正面奥の大門を潜ると玉砂利を敷いた大庭（広場）、正面奥が玉座（高御座《たかみくら》）のある大殿で、大王の住まう内裏を兼ねる。建屋は甍《いらか》ではなく、茅葺き屋根だった。

朝廷の現状に飽き足りぬものを感じている厩戸は、冠位十二階を導入すべく河勝と朝集殿で案を詰めている。冠位は位の高い順に大徳、小徳、大仁、小仁、大礼、小礼、大信、小信、大義、小義、大智、小智の十二階であるが、位が一目で分かるよう冠の色で区別した。階級順に濃紫、淡紫、濃青、淡青、濃赤、淡赤、濃黄、淡黄、濃白、淡白、濃黒、淡黒の十二色である。布で袋形に作り縁取りした冠である。元旦、特別日には金銀の髻花《うず》（髪飾り）を挿す。のちに服の色も冠の色に合わされた。

世襲制の偏向と既得権益を排し、朝廷への貢献度、功績によって個人に冠位を授けたいと厩戸は考え、大きに勤めることを期待している。色とりどりの冠を被った官人が朝堂、朝庭を行き来する華やかな光景が目に浮かぶ。

「身分低き者へも平等に機会が与えられる」

と厩戸。そうでなければやる意義がないと確信している。

「家柄を誇っていた者共も、うかうかとしてはおられません」

と河勝。

「朝廷の秩序が正《ただ》せる」

「大臣の位は蘇我氏の世襲制のようになっておりますが、これもやめられるのですか」

「当然だろう」

「馬子殿は黙ってはおられますまい。大反対されるでしょう。それでもあえて強行すれば、泊瀬部大王様が屠《ほふ》られた例もございます。炊屋大王様が裁可されても大豪族蘇我氏にとっては存亡の危機、馬子殿は引き下がることはないでしょう」

儒教の仁、礼、信、義、智の五常の上に徳を置いた。徳を第一義とする厩戸らしい考えであるが、馬子に徳を求めるのは難題である。

「必ずや、厩戸王様の暗殺を企むに違いありません。国のための、民のための政が始まったばかり、ここで厩戸王様を失っては再び元のさまに返ります。無に帰すどころか、下手《へた》をすれば内乱が起こりましょう」

「冠位十二階を導入するために大臣殿と妥協せよと言うのか」

「その通りにございます。大臣位は冠位の秩序の外にあらねばなりません。日頃、厩戸様がおっしゃっている和の心というものです」

古い政治体制を刷新しようと意気込んでいたが冷水を浴びせられた。が考え直し、

(何事も一気に進めてはいけない)

泊瀬部大王に進言したことを思い出した。

このままでは現状がいささかも進捗しないのを憂いた厩戸はその夜、尾佐呼を通じ秘かに大王炊屋に拝謁を願い出た。衆前では言えない内容である。

翌日、大王の御前で厩戸は馬子に冠位十二階への理解を得ようとする。案に違《たが》わず馬子が反対した。異存が山のようにあるらしいのは耳に入っている。

「それでは秩序が乱れる。古より何代にもわたって大王家に仕えてきたわれら累代《るいだい》の豪族を蔑《ないがし》ろにするもの。身分卑しき新参者がたまさかの手柄で位を授けられ、われらの上に立つことができるとは呆れ果てた制度。まだある。子が親の地位を継げないではないか。そもそも物事には順序というものがある」

目に敵意が満ちている。口にはださないが、この制度を敷けばたちまち権力の中枢から弾き飛ばされかねないと不信感を抱《いだ》いているようだ。ゆえに変革を望まないのだろう。

「しかも色のついた冠を被らせ差別するという」

「差別ではございません、区別です」

無視し、

「これでは位の低い者は恥ずかしくて参内しにくいではないか。厩戸様は日頃『人は平等である』と申されておるそうだが、言っておることと、やっておることがちぐはぐではないか」

論点をずらしてきた。

「競争を煽ることになる。多くの者は失敗を恐れるだろう。妬みが朝堂に渦巻く。まったくもって、いいことがまるで無い。過《あやま》ちては則《すなわ》ち改むるに憚《はばか》ること勿《なか》れ。今すぐ撤回されよ。そうすれば今回のことは無かったことにします」

いやに位の上下が目立つとんでもない悪制度と決めつけた。

「官人が十二分に実力が出せるよう心を配ります。前向きな失敗は許し、やる気と才《かど》ある者を引き上げることは当然のこと。その者が上位につけば下の者は教化を受け、いっそう勤めに励むことでしょう。正しい競争は善、であります」

厩戸が丁寧に返した。炊屋が頃合いと見たのか、

「大臣、懸念には及びません。今の立場の者にはそれと同等の冠位が与えられる」

のちの世の蔭《おんい》位の制につながる特別待遇である。

馬子が疑念の目で下段から炊屋を見上げる。

「大臣に授けたい品がある。これへ」

宮人が現れて三宝に載せた品をしずしずと馬子の前に置いた。朱色の布が掛けられている。炊屋が目で促す。馬子がそっと布を取る。

「これは」

馬子の視線が吸い込まれたかのように釘付けになる。何と、深紫色の冠であった。しかも縁《ふち》が金糸で刺繍《ししゅう》されている。金糸が眩《まばゆ》いばかりに光り輝く。大徳の濃紫色の冠より遥かに華やかな冠で、紫草の根による染めが繰り返された絶品である。

「大臣に相応《ふさわ》しい冠であろう。『禁色《きんじき》にしては』という進言もあった」

馬子が顔を傾ける。まだ事態が呑《の》み込めていないようだ。

「言うまでもないが、大臣位は冠位十二階の外にある」

瞬く間に馬子の強張っていた顔が綻《ほころ》ぶ。

そうなら話は別である。

(もっと早く言え)

胸の底で面罵したが、真面目くさった顔で押し戴いた。

「これからも忠勤の心、頼もしく思うぞ」

炊屋が大らかに告げる。雰囲気が温かになった。

「ははっ、恐れ入り奉ります」

馬子は深く頭を下げた。ついさっきまで反対していたことをけろりと忘れていた。

十二月五日、満を持した念願の冠位十二階が施行される。倭国にとって初めての冠位制の導入であった。頑として微動だにしなかった巌《いわお》が動き始める。

この年、河勝は山城国太秦《うずまさ》（現在の京都市右京区太秦）に蜂岡寺（広隆寺）を建立した。

明けて炊屋十二年（六〇四）春正月一日——。

飛鳥がすっかり雪化粧したこの日、冠位が諸臣に授けられて各人位《くらい》づけされる。

「人を活かす」

とかくの批判も収まり厩戸の思いが遂げられた。大きな節目を乗り越える。

厩戸は小墾田宮での新年の儀式が終わった後、風花の舞う法興寺を訪ね、善徳、慧慈、慧聡らと新しい年を祝う。今年の厩戸の目印は、

「深く経典を学ぶ」

それと、

「官人が心得るべき憲法の明文化」

である。

官人が自ら守るべき事柄なので官人らに意見を求めることにした。

(同じことでも上から押しつけられたのであれば面白くないだろう)

官人らの怠慢が少々厩戸の耳にも入っている。官人としてのありようの規範、指標が必要と感じていた。

「官人は国と民のため、どうあるべきか、いかに務めるべきか、自覚を促したい」

あるべき姿、心構えを自由に議論し、まとめるよう命じる。一同の前で言いにくいことがあれば、直接厩戸に申し出るよう述べた。

これを待っていたように官人でもない瀬戸内の漁民より訴えがあった。地方に赴任した正義感の強い官人が見かねて力を貸したのかもしれない。木簡にびっしり窮状が記されている。二重に税が徴収されて生活が立ちゆかぬという。漁獲した大半を納めているらしい。ゆるがせにできぬ案件だった。非違を糺さねばならない。

「調べてくれ」

厩戸は河勝を通じて役人に剔抉《てっけつ》するよう指示する。己らのためだけの税を取っていたのは難波の迎賓館に務める官人であることが判明する。さっそく河勝に報告された。

役人が問い質《ただ》すと、その弁明が振るっていたという。

「われらは恐れ多くも炊屋大王様に成り代わり、外《と》つ国《くに》からの使者を接待するお役目。いわば倭国の代表である。小さな舎屋に住み、粗末な物を食しておっては外つ国に侮《あなど》られる。そのため日頃より旨い物を食い、大きな堂舎に住めばおのずと自信が生まれる。まあ優越感と言ってもいい。使者と応対する場合この気分が大事だ」

どら声を張り上げうそぶいた。遁辞《とんじ》でしかない。役人が横を向く。すぐに、顔を戻すと、

「おい、聞いておるのか」

「今の安い禄《ろく》では豪華な生活はできぬ。それゆえ税を取っていた。これも倭国の体面を保つためである。われらのしていることは誉められるべきことだ。勘違いするでない」

詰問に開き直るというか、ぬけぬけと御託を並べ改悛するどころか逆に説教した。とてもじゃないが虚心に聞くことはできない。

「異国に卑屈にならず対等に付き合う。われらはその魁《さきがけ》。大王様がお聞きになれば、さぞやお喜び下さるであろう」

「ではなぜ事前に朝廷の許可を取らなんだ。後ろめたいから、黙っていたのであろう」

「これは珍なることを言われる。禄が少ないとは言えぬではないか。それにこんなことで糾弾されようとは思いも寄らなんだ、心外だ」

「慚愧《ざんき》の欠けらも無しか」

「何で反省せねばならぬ。そんなことより腹が減った。活きのええ魚が届いている。瀬戸内の海は穏やかに見えても海中ではなかなかに激流だ。それゆえ身も引き締まり旨い。そなたも一緒に食せぬか、いい酒もある」

手を叩き、

「酒肴を持て」

当然ながら膳を共にしなかったが、のらりくらりとはぐらかして悦に入っていたという。

河勝は厩戸に聞いたままを報告する。都合六名が職権を逸脱していた。

「炊屋大王様のお名まで持ち出し、勝手な屁理屈を捏《こ》ねています。不始末を仕出かしたからには罷免して牢にぶち込みましょう。瀆職《とくしょく》（汚職）を許してはなりません」

厩戸は箴言《しんげん》として大切にしている。

「孔子が弟子から『仁とはどういうものか』と問われた時『人を愛することだ』と答えられた」

「次に『知とはどういうものか』と尋ねると『人を見抜くことだ』と答える。弟子は『それだけで知と言えるのでしょうか』と再び問うと『正しき人を要職に抜擢すれば、下の者はその薫陶を受け、不正を働かなくなるものだ』と答えられたという」

河勝が頷く。

「迎賓館の長《おさ》に潔癖で厳格な人物を就けよう。適任者を推挙してくれ」

日ならずして、登用された正しい人が迎賓館の長に就任する。改革が断行されて不正を働く者がいなくなる。稔りが生まれた。厩戸は鉄槌を下すべきとの意見を採らず、これまでの罪を不問に附した。厩戸ならではの寛大な処置だった。

冠位十二階が軌道に乗る一方で、大臣馬子を特別扱いしたことに反発する有力豪族らも少なからずいる。

「このままではいずれ蘇我氏が大王家に取って代わる。馬子殿を除くべし」

尾佐呼を通じ大王家に忠心を示す者も出る。炊屋はこれを聞くや、その者を大徳に任じる。馬子への批判を隠さない姿勢を考課した。

「汝《な》の忠節、心強く思います。これからも朕《わ》の力になって下さい」

「大王家の御為《おんため》、命を賭して務めます」

目が喜悦していた。大徳は大夫位である。大臣に次いでの重職であり政の枢機にも参画する。馬子が増長しないよう重石をつけた。適時に手を打つ炊屋らしいやり方だった。

「馬子殿を除かれないのですか」

尾佐呼が小語《しょうご》する。

「容易《たやす》いことではない」

「罪をつくり、失脚させれば……」

「馬子を軽く見てはなりません。除くより利用するが肝心。馬子など煽《おだ》てて使えば良い」

「……実は、畏れ多い有らぬ噂が耳に入りましてございます」

「ほう」

「……失礼、品のない風聞ゆえ、お耳汚れかと……やめておきます」

「ええい、早く申せ。一旦口に出したからには途中でやめるとは無礼であろう」

苛立った声を上げた。

「で、では申し上げます。馬子殿は大王様に懸想されているそうにございます」

炊屋は尾佐呼を食い入るように見ていたが、

「ふふふふ、それは感興。ならばなお利用しやすいではないか」

予想外の答えが返ってきた。

山桜の白い花びらが散った頃、思わぬ不敬事件が発生する。

三人の官人が庇の下で驚くべき噂話に興じていた。不遜にも、口に出してはならぬことをはっきりと口にする。

「聞いたか？」

「ああ、聞いたとも」

「本当だろうか」

「大王様は女人だ。気丈に見えても寂しい夜もあろう」

「そうよのう、ひひひ」

卑猥な笑いをした。あられもない女主人公に祭り上げられ、次には馬子が肴《さかな》にされる。

「ああ見えても大臣様はかなりの使い手というぞ」

「そうなのか、それは羨《うらや》ましい限り。さすが大臣馬子様だけのことはある」

「誉めておるのか」

「当然のこと。われらは臣下だぞ、物言いには気配りせねばならん」

三人は顔を見合わせ忍び笑いをする。臣下と言いながら炊屋と馬子を揶揄《やゆ》していた。これを宮人が盗み聞き、尾佐呼に垂れ込む。炊屋の知るところとなった。身を震わせ顔を朱に染め眉を逆立て激怒する。

「首を刎《は》ねよ」

「畏《かしこ》まりました」

尾佐呼は辞儀をして立ち去ろうとする。

「待て、今のは取り消す」

怒りの色が消えて唇の端で冷笑さえしていた。

「大臣に連中が述べたことを伝えよ。ついでに馬子の悪口をもっと付け加えるが良い」

炊屋は自らの手を汚さず馬子に丸投げした。

翌日馬子の逆鱗に触れた三人は不敬の廉《かど》で身分を剥奪され首を刎ねられる。濡れ衣だと言って逃れようとしたが通らなかった。おまけに三人の属する長も監督不行き届きで更迭される。うかと口にしたことがさまざまに波及する。馬子は大臣としての矜持を示した。爾後《じご》、炊屋と馬子の噂をする不埒者がいなくなった。厳罰に処したのが効いたようだ。

「馬子様は恐ろしいお方だ」

「それに比べ大王様はお優しい」

炊屋の思惑通りとなった。

「憲法の作成を急げ」

炊屋は厩戸を召してはっぱを掛ける。

「ところで、厩戸王……」

言うのをためらっているようにも見える。

お気持ちのままにご下問を、と目で伝える。

「……朕《わ》と大臣との流言、耳に入ったことはありますか」

「ありませぬが、何か風聞でも出ているのですか」

「別に、何でもない」

厩戸は河勝から艶聞は聞かされていたが知らぬことにした。素知らぬ顔で答え、炊屋には過多な気を使わず政に専念してもらいたかった。


二上山の端に夕日がかかり、麓が暮色に染まり始めた時分、上宮王家に一人の官人がこっそり訪ねてきた。厩戸が文机に向かい憲法の条文をあれこれ推敲していた時だ。生一本そうな若者である。

「憲法の条に加えていただきたいのですが」

数人の官人が贈物をもらい便宜を謀っているという。密告をしたことが知られると除《の》け者にされるので宮を避けてこうして訪ねてきたらしい。厩戸は不法が罷り通っていることに驚いたが、受け取っているのは誰か、とは聞かなかった。

「出さぬ者は訴えても後回しにされたり、邪険に扱われたり、散々な目に遭っております」

富のある者が得をし、無い者は損をするという構図である。これでは民草は何を頼りにして良いか分からなくなってしまう。たび重なると朝廷に対し不信感を持つだろう。そればかりか烈火の如

くとなるやもしれぬ。厩戸は聞かされるまで知らず、己の不明を恥じた。あらかた聞くと、

「よくぞ申して下された。訴訟を公正に裁くは官人の当たり前の務め。かりそめにもあってはならぬこと。それが贈物で手加減を加えられるとは由々しき事態。必ず条文に加えます」

「あのう……」

言いさし落ち着きの無い目を向けた。後難を恐れているようだ。慮《おもんばか》り、

「分かっております。このことは内密です」

努めてさりげなく告げる。万事心得ていることに安堵したのか笑みを見せる。時宜《じぎ》にかなった進言に、厩戸は最後まで感謝の気持ちを込めて丁寧に応じる。身分の低い者へは特に言葉使いに配慮した。

それから三日目、この官人は謹厳実直な仕事ぶりを評価され一番下の小智から三段上の大義に抜擢された。出で立ちなさったと朋輩たちが羨むと同時に奮起する。いい方向に向かった。

厩戸は庭を見ながら憲法の第一条を何にするか見いだしかねて迷っていた。いまだまとめられたものが提出されていない。あまり乗り気ではないのかもしれない。息が詰まると言って条文作りに反対する者もいるという。

（一度、官人たちから直接意見を聞くのも悪くない……）

下地作りにも繋がると思い定めた。憲法は遺漏なく網羅した実りある中身の濃いものにしたい。ましてや官人の心頼みとなれば望外の喜びである。といっても煩瑣し過ぎないようにするつもりだ。

二日後、朝堂で始まった。

「すでに申しておるように、務めに当たっての心得を条文にしたい。忌憚の無い意見を述べてほしい。わたしに要望があれば遠慮なく申してくれ。何を発言しても咎めません」

一石を投ずる。厩戸の前に対座した百人近くが納得したように頷いた。

「人にはそれぞれ向き不向きというものがございます。各人の能力、資質に合った仕事を与えるべきかと。さもないと円滑に仕事が進みません」

「そなた、仕事を変わりたいと遠回しに申しておるのか」

後ろの方から野次が飛ぶ。振り返り、

「おまえのことを言ったまでよ」

押し返す。

「何だと、生意気な」

「言い掛かりをつけたのはおまえではないか」

互いに吠えた。嫌な空気が流れる。

「これこれ大人げない。やめなさい」

厩戸が注意する。静かになった。その沈黙を破るように、

「適材適所、まさしく良い意見です。条文にしたいが皆さん、よろしいか」

誉めちぎった厩戸が皆を見渡す。

「異議なし」

一人が答える。次から次へと同ずる声が上がった。

「官人は日が昇る前に登庁し、日が沈むまで務めるべきであると思います」

媚びるな、という小さな声が聞こえる。冷やかしには目もくれないで厩戸が話を引き取る。

「良い意見です。条文にしたいと思う。皆さん、よろしいか」

話をさばいたが前よりも賛同の声が少なかった。沈黙が続いたので厩戸が、

「戦を避けるにはいかがすれば良いと思われる」

問う。

「縦《よ》し信じられなくともまず、お互い話し合うことだと思います」

「双方主張が違えば見方も違い、資質、性格も異なる。理屈通りにはいかん、無駄なことだ」

反論が出た。

「話し合いで解決するならこの世の中、苦労は無い。考えが生《なま》っちょろい」

その上、手厳しい反駁がぶつけられる。これの抗論が出ず静まり返った。厩戸が間合いをみて、

「おっしゃる通りかもしれません。しかし話し合いが無駄だというのなら、戦を無くすことはできません。たとえ思いや主張が違おうとも互いに相手を敬い、言い分を聞き、共に生きる道を探る。これが道草だとしても、なおざりにしてはならぬことではないでしょうか。談合がまとまらずとも諦《あきら》めず、何度でも相談し合う。真心をもって語ればいずれ相手に通じ心が触れ合う、わたしはそう

信じたいのです」

切なる思いを諭すように懇切に述べる。厩戸自身の反省も込められていた。過去に穴穂部王子、物部守屋と話し合ったが結果として二人を死に追いやった苦い経験がある。己一人が出向き、解決しようとした思い上がりが今でも悔やまれる。

「厩戸王様、分かりました」

「条に入れましょう」

さばさばと同意する声が上がる。厩戸は相槌を打った。

「厩戸王様、お尋ねしたい儀があります」

「どうぞ何なりと」

「厩戸王様はなぜ仏の教えにこだわっておられるのでしょうか。倭国にはもともと仏教などありません。倭国は神の国でございます。神の子孫が大王家と承知しております。なのになぜわざわざ外《と》つ国《くに》の仏教を取り入れる必要があるのです」

「仏教の第一義の教えは不殺生、殺してはならぬ、です。わたしは往年、物部守屋殿率いる軍と戦い多くの人を死に至らしめたばかりか、遺族に塗炭《とたん》の苦しみを負わせました。断ち切ろうとて断ち切れぬ、いまだに消えぬ悔恨と忸怩《じくじ》。二度と戦は御免です。仏教は慈悲の心を大切にします。生きとし生けるものを慈しみ、哀れむ心、情けと言ってても良いでしょう。そのような心をわたしは持って、満遍無く広めたいのです。ある方が申された。『倭国の御神はお心が広い』と」

「おおっ」

ざわめきが起こる。

「ならば条文に三宝を敬え、と記されては」

「三宝とは何ですか」

そんな倭語は聞いたことがないと言わんばかりの質問が出る。誰かが答えるのを期待したが兆しがない。まだまだ仏教を知る者は少ないようだ。厩戸がゆっくりと一同を見回しながら、

「三つの宝とは、真理を会得した仏、仏の説いた法《のり》、法に従う僧、を言います。これらの三宝を拠りどころとすれば、正しい道を歩むことができましょう」

と味わうように答える。

「条文に入れましょう」

「そうだ、そうだ」

異口同音に同調者が出た。

「物部守屋殿の討伐は不可避の戦だった。そもそも詔《みことのり》を拒絶した守屋殿に責めがあります、詔を受けた際は必ず命令に従うよう条文に記すべきだと具申します」

遠慮がちに呼吸し、

「大王様は神の子であり天のような存在。臣とは地のようなもの。天が上にあり、地が下で支えることで世の中が秩序正しく動いている。だからこそ詔には絶対従わねばならぬのです」

「教えられました。忘れず条文に入れます」

発言者の熱意を肌で感じながら厩戸は感心したように言う。他の者も負けておれぬとばかりに、

「人を信じることも大事。上の者が下の者を信じ、下の者が上の者を信じるもまた然り。互いに信じ合うことで信頼関係が生まれ良い務めができる。逆に疑いの目で見ておれば、相手も疑いの目で見る。そうなれば心が閉ざされ協力して務めをしようという気にはならない。それゆえ人を信じて務めることが重要。もちろん信頼されるべく、精進を重ねることをお誓いします」

最後は自身を売り込んでいた。厩戸はほんのりと愉快な気分になった。

「その通り、信はこれ義の本《もと》なり。条文に盛り込みましょう」

全員の諾意を感じた厩戸は発言者を称えた。次におずおずと偏頗《へんぱ》を嘆く者がいる。

「恐れながら申し上げます。言いにくいのですが、功績の無い邪《よこしま》な者が高い冠位を得ています」

「冠位は大夫、豪族らの推薦によって与えることも多いので、今後はわたしも注意し、推挙してくる者には依怙贔屓《えこひいき》が無いよう指導します。良い意見ですので条文に入れましょう」

「さすが……」

どよめきが起こる。皆が厩戸の心の広さに感服したようだ。ざわつきが引くと新たな発言がでる。

「厩戸王様は常々、和が大切と申されています。倭国を和国にすることにこだわりがあるとのこと、真ですか？」

と言って懐から取り出した木簡を見せる。達筆で『倭国加良《から》和国江《へ》』と記されている。一同の目

が木簡に向かう。それに応じて木簡の角度を変えた。

「そうです」

「では和を大切にすべき、と条文に記すべきです。先ほど言い争いが起こりそうになりました。話し合おうとする心をもっておれば喧嘩は生じないと思い知らされました。ぜひ第一条に和の大切さを訴えて下さい」

厩戸の琴線に触れた。木簡に分かりやすく記してまで発言してくれたことが取り分け嬉しい。思いが縄を綯《な》うように一つに集約される。

「以和為貴、無忤為宗。で、どうでしょう」

和をもって貴《たつと》しとなし、さからうこと無きを宗となせ。

「名文です」

「それで良い」

感嘆の声が上がる。いつ来たのか蝦夷が一番後ろに座っている。感嘆の輪にも加わらず好奇の目で厩戸を見据えている。目が合った。目礼して立ち去った。

辺りに夕闇が満ちる。予定の日没になっても終わらず、夕餉を挟み寸分も弛《だ》れることなく夜遅くまで続いた。朝堂の窓からわずかに欠けた月明かりが差し込んでいる。

(時勢は変わる。新しい法治国家が生まれる)

出席者が全身でそう感じているのか呟《しわぶ》き一つなく白熱する朝堂。

「国の基《もとい》である憲法を守れば、憲法に守られることになるでしょう」

廐戸は最後に諭すように言う。確かな手応えを覚えていた。

遠山から日が昇ろうとしていた。

憲法十七条

清々しい風が渡る夏四月三日——。
官人としての心得、ありようが憲法十七条で示される。
一にいう。
和をもって貴しとなし、さからうこと無きを宗となせ。……。
二にいう。
篤く三宝を敬え。三宝とは仏法僧なり。……。
三にいう。
詔《みことのり》を承《うけたまわ》りては必ず謹《つつ》しめ。君《きみ》は即《すなわ》ち天にして臣《しん》は則ち地なり。……。
四にいう。
群卿百寮は礼法をものごとの基本とせよ。民を治める根本は、この礼法にある。……。
五にいう。
むさぼりの心を絶ち、欲望を捨て、正しき訴訟を行え。……。
六にいう。
悪を懲《こら》し善を勧むるは、古《いにしえ》よりの良き典《のり》なり。……。
七にいう。

人おのおの任あり。適した仕事を与え、相応しくない仕事につけるべきでない。……。

八にいう。

官人は早く登庁し、遅くまで務めよ。公事いとまなし。……。

九にいう。

信はこれ正義の基本である。事ごとに信あるべし。……。

十にいう。

心の怒りを絶ち、顔に怒りを出さず、人が自分と違うからといって怒るべからず。……。

十一にいう。

功績と過失をはっきりと見定め、それぞれに合った賞罰を与えよ。……。

十二にいう。

国司、国造はその土地の民から自分たちのための税を徴収してはならぬ。……。

十三にいう。

自身の仕事だけをしておれば良いのではなく、他の仕事も熟知せよ。……。

十四にいう。

すべての官吏は他人をうらやんではならない。うらやめば相手もこちらをうらやむ。……。

十五にいう。

私心は二の次にし、まず国のためにすることが臣としての正しい道である。……。

十六にいう。

民に労働力を提供させる場合、慎重に時期を選ぶのが、古《いにしえ》よりの良き伝統である。……。

十七にいう。

物事を決める場合、一人で断ずべからず。必ず皆と相談せよ。……。


典範ともいうべき憲法十七条はそれぞれの条文が成り立つように厩戸が一言半句もなおざりにせずにまとめ上げた。官人らの主張がおおむね取り入れられ好評である。豪族らも出来栄《ば》えに感心し畏敬の念をもって受け止めた。綱紀粛正が格段に向上した。厩戸は胸を撫で下ろす。

厩戸が第一条に和を据《す》えた第一の理由は物部守屋征討の際、多くの人々を死なせたからである。武力に訴えず話し合いをもっと持っていたら避けられたやもしれぬと今でも心が痛む。

(説得に失敗した)

二度と戦を繰り返さぬことが厩戸の贖罪《しょくざい》であった。

冠位十二階と憲法十七条の誕生は、炊屋（推古）朝の基軸となって倭国に秩序と法《のり》をもたらすことになる。朝廷のありようを様変わりさせた。

暇を見つけてはというよりも、これが務めであるかのように、境部臣摩理勢は刀自古郎女の宮を度々訪れ何くれとなく世話をやいた。

今日は庭で山背大兄と木刀で稽古をすることになっている。山背は八歳になっていた。刀自古が縁に座し笑みを浮かべて見守っている。そばに侍女が控えている。山背が大刀に見立てた木刀を上から打ち下ろす。

「えい」

勇ましい気合を発す。境部が躱した。木刀が横から迫ってくる。境部が木刀で払い後ろに飛んだ。山背がじりじりと間を詰める。境部が突きを入れる。払われ、境部の木刀が庭に転がる。

「参りました」

境部は地べたに片膝をつけて辞儀をする。

「山背、腕を上げましたね」

刀自古が誉めた。山背が照れ笑いをする。

「さすが山背大兄王子様、先が楽しみでございます」

と境部。

「真、八歳とは思えぬ刀の捌《さば》き。それにお頭《つむり》もご明晰。まさに大王様に相応しい器量をお持ちにございます」

侍女が山背を称賛する。刀自古は誇らしげに頷き返すと、

「山背、境部殿より献上された渡来の菓子がある。いただこう」

山背は満面に喜色を見せた。刀自古は境部を艶然《えんぜん》と見つめ、

「境部殿も参られよ」

「ありがたき幸せ」

山背以外誰もが境部がわざと負けたことは分かっている。刀自古は「手加減無用。山背のためにならぬ」とは口に出さなかった。山背に怪我でもされては大変と思っていたのだろう。しかしこれでは山背が慢心に成りかねない。刀自古は山背を過保護に育て過ぎたきらいがあった。

「母上、美味《おい》しゅうございます」

「王子様、わたくしめの菓子も召し上がり下さいませ。ささっ、どうぞ」

境部が上体を乗り出して木皿ごと山背の前に滑らした。山背が稚気を見せて母の顔を見上げる。刀自古がこくりとする。山背の手が伸びる。はたから見ていると団居《まどい》（団欒）のひと時を過ごす父母と子のようであった。山背が石蹴り遊びをしたいと言いだした。


この年、炊屋の孫娘橘大郎女《たちばなのおおいらつめ》が厩戸の妃となった。地震の折助け出した娘は童女の面影が消えて成熟した色香を醸《かも》していた。あの時は目立たなかったが、若やかで明るく、笑うと両頬にえくぼのできる愛らしい女性《にょしょう》だった。華奢な体に若草色の袍《ほう》（長い上衣）、朱と緑の縦縞裳《も》（下衣）、裳裾には白の襞《ひだ》飾りが付けられ匂わんばかりの出で立ちである。

厩戸薨去《こうきょ》のみぎり、死を悼んで天寿国繡帳《てんじゅこくしゅうちょう》を作らせたその人である。刺繡が好きで自らも縫ったという。かすかに上気したえも言われぬ真顔にあえかな笑みを見せ、仏の法《のり》を教えてくださいとせ

がむと、

「この意は分かりますか？」

そう言って、

「世間虚仮《せけんこけ》　唯物是真《ゆいぶつぜしん》」

と告げた。この世は虚しく、仏のみが真実である。そう解釈し、

（もしや厩戸様は現身《うつせみ》に失望されているのか）

と思ったが、もっと深い意味が込められていた。楚々《そそ》とした橘大郎女の目をじっと見て、

「だからこそ人々に仏の教えを広め、戦を無くし、皆が幸せと感じられる温かい血潮の通った世の中を固めねばならないのです」

熱く諄々と述べた。夢の中のように耳を澄ましていた橘大郎女はまれに見る安寧の世に思い当たる。

（そういえば、厩戸様が大王様の補佐をされてから一度も戦の無い泰平な世が続いている。民を苦しめることもなさらなかった。実践されていたのだ）

つくづくそう思うと心が和んだ。厩戸が続ける。

「俗世は修行の場でもある。俗塵《ぞくじん》にまみれることを厭《いと》わない。それも出家せぬ理由の一つです」

橘大郎女は厩戸の深い心に触れたと思うと心底嬉しい。くすりと笑い、

（厩戸様の妃になってよかった）

頬をほのかに紅潮させて心の中でしみじみと呟いた。

炊屋十三年（六〇五）冬十月――。

斑鳩宮が完成し、上宮王家は移った。日を置かず斑鳩寺（法隆寺）の若草伽藍の建立が始まる。

厩戸の父橘豊日大王が自らの病気平癒を願って寺を建てたいと誓願したが、実現を見ぬまま崩御した。その遺願を継ぎたいと炊屋、厩戸は長年望んでいたがようやく実現の運びとなった。それともう一つ、厩戸はやりたいことがあった。通い婚をやめ、妃らとは一緒に暮らしたいと望んでいた。

そのため斑鳩宮の近辺に妃らが住む堂舎の建築に取り掛かる。のちに刀自古郎女の堂舎が岡本宮、菩岐々美郎女の堂舎が飽波宮《あくなみ》、橘大郎女の堂舎が中宮と呼ばれた。

二日程して、輿《こし》に乗った刀自古が境部に警護されて訪ねてきた。

「わざわざ何の用かな？」

「しばらくお渡りが無いので参りました」

山背の成長に心が満たされてはいたが沈殿していた欲望が擡《もた》げている。

「山背は九歳です」

「よう息災に育ってくれた、感謝している。政にかまけて遊んでもやれず申し訳なく思う」

「親としてそろそろ、山背のこれからのことを考えてやらねばなりません」

「まだ早いのではないのか」

「もう遅いくらいです」

「あなたはどう考えているのだ」

「山背を日嗣《ひつぎ》の王子にしてやって下さい」

太平楽な言い草に唖然とした厩戸は答えに困《こう》ずる。一呼吸置き、

「わたしの代わりを務めさせたいという意味なのか」

「まさか、いくら山背が英明とはいえ、九歳の男子《おのこ》に政はできません。今日明日にと申しているのではありません」

「わたしが隠退し、その後を山背にということか」

「そうではありませぬ。厩戸様は大王におなり下さい。そして次の大王を山背にお決めいただきたいのです」

「わたしは大王になる気はない」

「山背のため、大王に即位いただき制度をおつくりになればいい。漏れ聞くところによると厩戸様は、戦をなくすためにはその制度が必要だと主張されたとか……」

「その制度は公《おおやけ》、山背のことは私事。次元が違う」

「……」

「何も好き好《この》んで政に関わることはない。権謀術数の渦巻く汚れた面も多い。山背にはもっと美しい世界に生きてもらいたい」

「美しい世界、とは？」

真意を摑みかねたのか細い眉根を寄せて不審げな目を向ける。

「仏の世界、僧侶だ」

「とんでもない。山背が大王、わたしが大王の母、これが望みです」

「おこ（愚か）なことを……本意なのか」

「戯れに聞こえますか」

「大王の母になりたいなどとは口幅《くちはば》ったい。天がお決めになることである。法外な望み、わたしは反対だ」

「山背の将来をお考えください」

「あなたこそ山背のことを考えよ。強いて重い荷を担がせてはいけない」

「ではせめて山背に冠位を」

くどくどと言い立てる。

「まだ子供ではないか」

「冠位は山背の励みになります」

「朝廷に何ら貢献もしておらぬ者に冠位を与えることはありえない」

「厩戸様の子供ですぞ」

「ならばこそ自らに厳しくあらねばならない」

「これほど頼んでいるのにですか」

恨めしげな目を向ける。厩戸の立場を考えず、唯々山背を大王にする道筋をつけたい一念である。

「諦めろ。諦めるとは、事を明らかにすることだ」

「もう頼みません」

必死に懇願したのに足を抄われた気分だった。刀自古はむくれて帰る。輿《こし》の中から騎馬の境部に、頬を膨らませて愚痴を零す。贅沢な不満、驕りだとは思ってもいない。境部は輿の横にぴったりと馬身を寄せ、

「自分の子が可愛くないのかのう……。何にも勝る宝でしょうに」

「子を大事と思わない親などおりませぬ。及ばずながら摩理勢がついております。必ずや山背大兄王子様が大王位に就かれるよう尽力致します」

確固たる態度を示す。

「摩理勢殿、頼りにしています」

猫撫で声で返した。だが捗々《はかばか》しい答えをせぬ厩戸への不満が埋火《うずみび》のように燻《くすぶ》り続ける。

そんなある日、刀自古が山背と共に朝餉を食していると、内裏の庭に駆けてくる音が近づく。

「申し上げたいことが」

侍女の於里売《おりめ》だ。

「騒々しい、何事ですか」

「菟道貝鮹王女様、ご懐妊とのことにございます」

とっさに舌を噛んだ。

「母上、どうされました」

山背が何事かと声を掛ける。

「何でもない。母は用ができました。いい子だから一人で食べなさい」

端に控える侍女に世話を頼み階に出た。母の目から女のきつい目になっている。面白かろうはずがない。庭で控える於里売に、手で口元を隠し、

「子ができれば山背はどうなる?」

知りたいのはそのことである。他人の幸福を素直に喜べない。向こうを張る相手ならばなおさらであった。

「恐れながら、上宮王家の後継ぎは正妃の子に決まるやもしれませぬ」

ずばりと無表情に答えた。下唇を噛んだ刀自古の目が冷たく光る。頗《すこぶ》る複雑な感情が湧いたであろう心の内を推し量り、

「腹の子を始末する他はございません」

「できるのか、そのようなことが」

「子が流れるよう呪詛します」

目を伏せ淡々と言ってのける。見掛けのしおらしさとは懸け離れていた。この一言《ひと》が刀自古の心

を決めさせる。

「そなたに任せる」

刺すような目で見合う。於里売に押しつけた。この下知で於里売は魔物になった。

その夜、情念に搦《から》め捕られた刀自古は寝られず、庭の小池の縁に立ち、水面に映る欠けた月を見ていた。ここ数日寒さも柔らぎ暖かい日が続いている。

(?)

足元にゆっくりと蠢《うごめ》くものがいる。虫だった。この温《ぬく》さで出てきたのかもしれない。ふいに菟道貝鮹が幸せそうに腹を摩《さす》っている華やいだ情景が浮かぶ。

「動きました」

「どれどれ」

王女の膝枕で横になっていた厩戸が起き上がり王女の孕《はら》んだ腹に手を当てる。いかにも仲睦まじげであった。王女が勝ち誇ったような笑みを見せる。妄想なのに口惜しい。忌ま忌ましさが募り、嫉視の炎《ほむら》が燃え立った。目を吊り上げこめかみに太い青筋を立てる。血管が浮き上がるのは父馬子譲りだった。

「今に……」

指先でこめかみを揉《も》みながら沓《くつ》に力を込め、足元の虫を踏みつける。情に怖い一面があった。

真夜中、鎮守の森は生温《ぬる》い空気が宿っていた。樹々の隙間から月明かりが差している。蒼《あお》白く浮かび上がった細い道が奥に続いていた。奥には古い井戸がある。井筒が見えた。白装束の於里売の頭、肩に病葉《わくらば》が打ちつける。井戸の近くに樹齢千年近いといわれる楠の大樹が聳《そび》えている。於里売はその前に立って幹に結んである注連縄を外した。懐から腹に釘を刺した木製の人形《ひとがた》を取り出す。呪文を唱えた。終えると古井戸に投げ入れる。

これを一部始終目撃していた者がいた。この森を塒《ねぐら》としている乞食《こつじき》である。

「最初は獣《けもの》かと思ったのやが」

褒美にありつこうと思ったのか、それとも許せぬ行為と思ったのか朝廷に密告した。役人が女を見つけ出したが刀自古郎女の侍女と分かる。厩戸に報告された。

「遠慮は無用、事実を解明せよ」

炊屋の耳にも入り、真相を糺明するよう馬子にも協力を命じた。

於里売は知らぬ存ぜぬで通したが、

「真偽を盟神探湯《くかたち》で判断せよ」

馬子が役人に促され申し渡す。熱湯に手を入れ、手がそのままであれば女の証言は正しく、手が爛《ただ》れれば偽りであると判断する。真偽を問うというよりは威嚇効果で自白させるのが狙いである。

於里売は盟神探湯が行われる直前、隠し持った小刀で胸を刺して自裁する。小刀をいつの間に入手したのかは不明のままだった。誰を呪詛したのかも分からずじまいだ。

「なぜ腹が釘で打たれたのであろう」

「さあな……」

「暗くて胸と腹を間違ったのではないのか」

役人たちが不思議がった。

数日後、菟道貝鮹王女は流産した。その後、王女は体調を崩し寝込みがちになる。

半月後、王女は病で身罷《みまか》った。病のことは厩戸に知らせていない。

「厩戸様に気遣いを掛けては政の差し支《つか》えとなる」

と王女は言って侍女たちに口止めをした。後でそのことを知った厩戸は悔やんでも悔やみ切れない。見舞うこともできず、死に目にも会えなかった。在りし日のことが脳裏を駆け巡る。

（わたしの妃になったばかりに……）

自ら経を唱え、王女の冥福を祈った。涙で前が霞んでぼやけるのだが、厩戸に見せたはにかみの笑みだけが鮮明に現れた。


炊屋十四年（六〇六）夏四月八日――。

釈伽の生誕日である。今年より始まる灌仏会《かんぶつえ》の日でもあった。厩戸は法興寺に参拝する。この日は完成した丈六のあらたかなる仏像が金堂に納められることになっている。

修羅（運搬用そり）に載せられた仏像が多くの工人《たくみ》、寺奴婢《じぬひ》たちによって運ばれてきた。しかし仏像が金堂の扉よりも高くて堂に入れることができない。突然起こった椿事《ちんじ》をやや離れた所から厩戸、善徳、慧慈、慧聡が見守っていた。工人らは顔を寄せ合いどうすべきか相談している。

（仏像を倒して入れれば良い）

仏像にはまだ魂が入れられていない。経を唱え、入魂の儀式が済まねば仏の形をしたただの像である。そのことを告げようとしたが厩戸はためらう。

（そのうち思い至るだろう）

様子を見ることにする。善徳、慧慈、慧聡も同じ思いなのか黙って見ている。

「堂の入り口を壊せ」

一人が思い切ったことを言った。

（いかん）

厩戸がそう思った時、恰幅のいい男が工人らに歩み寄るのが見える。鞍作鳥《くらつくりのとり》だった。見知っており厩戸は仏師の鳥に敬意を払っている。工人らが堂の入り口を壊そうとする。

「待ちなさい」

ぎょっ、としたように工人らが振り返る。

「仏像にはまだ魂が入っていない。開眼《かいげん》の儀はご鎮座いただいてからです。なのでお楽《らく》にお入りいただければ良い」

「そ、そうなんで」

「はい、傾けても仏罰は当たりません。安心しなさい」

工人らは納得したのか仏像を寝かして堂に入れた。

後日、鳥は大仁の位を授かる。近江国坂田郡の水田二十町も賜った。鳥はこの田を財源に大王炊屋のために金剛寺を造る。

鳥の祖父は司馬達等《しめたつと》、その娘・嶋女《しまめ》は倭国で最初に出家した女人（善信尼）、父は鞍作多須奈《たすな》である。炊屋は飛鳥仏教を支え続ける一族を高く評価していた。


本年から始まった盂蘭盆会《うらぼんえ》も終わり、わずかな涼しさがほっとさせる秋七月——。

厩戸は炊屋に招かれ勝鬘経《しょうまんきょう》を講じた。場所は大王代々の別宮、橘宮である。宮城内で対座した炊屋の後ろには尾佐呼、宮人ら二十人余りが控えている。さながら教えを受ける弟子たちだ。

「勝鬘というのは幸福の花飾りという意味で、この世の人々が七つの宝でその肉体を美しく飾るものであります。この経の主人公である勝鬘夫人はまさしくその名に釣り合った王妃でありましたが、釈尊に出会ってからは、真理を身体とする法身の姿を現し、あらゆる善行によって法身の自己を飾る者となられました。それゆえに、夫人を呼んで勝鬘と申します……」

かくして講義が始まった。炊屋はいちいち合点したようにこっくりとする。謹聴して後ろに座す尾佐呼らも炊屋に合わせ首を縦に振る。

「経というのは真理の教え、法《のり》であり、常住不変のものという意味です。すなわち聖者の教えは時代や人々がどんなに移り変わろうと、教えの是兆を論じて改変することができません。それゆえに、経は常住不変のものと言われるのです」

炊屋が静かに頷く、皆も倣った。

「勝鬘夫人が説かれる時、仏は空から花を雨と降らせ、また妙《たえ》なる天の声を発せしめ、夫人の言葉が真実であることを証明されました。花が咲けば実がなる道理なので、まず花を示すことによって、夫人の行いには必ず悟りの果実が生ずると証しを立てられたのです」

勝鬘経は三日間かかって説き終えられた。加えて後日、場所を岡本宮に変え、法華経が講じられる。炊屋は大変喜んで、播磨国の水田百町を厩戸に下賜した。

厩戸はこれを建設途中の斑鳩寺に納める。斑鳩寺は普請が進み一年後の落成が見込まれていた。


集《すだ》き始めた虫の音に耳を傾ける季節となる。

厩戸は遣隋使の派遣を考えていた。前回は朝廷が認めず私的に可智根を送ったが、

「国として学ぶべきことが多過ぎる。今の倭国では隋国と対等に外交はできない」

可智根は国の制度が整っていないことを指摘した。そのため冠位十二階の導入、憲法十七条の発布、機能を充実させた小墾田宮の建設など国としての制度を整えた。

(元気にしているであろうか)

可智根の日に焼け過ぎた厳つい顔が浮かぶ。可智根が弟の来目王子を射殺し、その折に殺されたことを知らない。厩戸は河勝に、

「大使《おおつかい》に適任な人物はいないか」

「うーん、それぞれ一長一短で目に適うお人は見当たりません」

この頃の船舶、航海技術は未熟で隋国まで往復するとなるとかなりの危険が伴う。嫌がる者もいるのが実態である。

「いっそ、厩戸王様が遣隋使の大使を求めておられると噂を流してはいかがでしょうか。やりたい者は必ず現れましょう」

「分かった。それでいこう。何といっても本人のやる気が第一」

厩戸は同意する。炊屋の許しを得たが、馬子は関心を示さない。失敗すると思い込んでいるようで、その折は厩戸一人に責めを負わせるつもりのようだ。

数日後、五人ばかりが志願してきたが厩戸の目に適う者はいなかった。諦め掛けたその日、一人の男が小墾田宮を訪ねてくる。小野妹子《おののいもこ》と名乗った。朝堂で厩戸と河勝が面談する。妹子は両手を袖の中に入れ、腕を合わせて辞儀をした。隋国の挨拶である。

「どうして大使を志願された」

河勝が問う。厩戸は二人のやりとりを黙って聞いている。

「わたしは隋の言葉が話せます。それと近江（現在の滋賀県）出身なので、鳰《にお》の海（琵琶湖）で幼き頃より船には慣れ親しんでいます。それらを活かし隋国を一度見てみたい。学ぶべきことが多々あるでしょう。それになにより厩戸様の歩まれる道を共に歩き、厩戸様のお役に立ちたいのです」

「なぜそう思うのか」

「身分を問わぬ画期的な冠位十二階の制度、のみならず憲法十七条の布告等々、いずれも厩戸様無くしては成せなかった事柄でございます」

「取り入ろうと世辞を申しておるのではないのか」

茶化す。

「めっそうもない。心の内を正直に申せば厩戸様にお仕えし、出世をしたいがため」

「なぜ出世を望む」

「このままではわたしは、野に埋もれたまま。宝の持ち腐れでございます」

「それを世間では自惚れと言う」

「厩戸様なら働きを公正に見て下さりましょう。厩戸様に懸けとうございます」

「野心を持つ者を厩戸様に近づけても……」

「野心のどこがいけないのでしょう。河勝殿とて野心を持って厩戸様にお仕えなされたのでは」

「……」

河勝は図星を突かれ言い返す言葉に迷う。否定するのもわざとらしい。妹子が、

「言い過ぎましたことお詫びします」

頭を下げる。すぐに顔を上げ、

「わたしの考える野心とは、野望を持った卑しい心根とは違います。男の見果てぬ夢にございま

す。野心があればこそ、全身全霊でお仕えすることができる。わたしを大使にせねば倭国の大いなる損失であります」

気概を込めて言った。

「その過剰なる自信、慢心と言うべきか。何とかならないのか」

河勝が渋顔を作る。

「わたしは無名で身分卑しき身。己を必死に売り込まねばなりません。この機会を失えば二度とこのような好機は訪れますまい」

一方《ひとかた》ならぬ意気込みであった。ここで観念するか、はたまた食い下がるかの正念場である。

「ご無礼の段は平にご容赦願います。わたしは必死なのです。厩戸様のおかげをもって戦のない世となり、武功を上げて立身することはもはや不可能。今の世は己の特技を売り込まねば出世はできませぬ。当然結果が求められることは心得ております」

「そういうが……」

河勝の言葉が澱む。

「もうよいだろう」

厩戸が初めて声を出した。妹子は雄飛できる場を渇望しているとみる。

「一つ問いたい」

「何なりと」

妹子が切実な目で受け止めた。

「わたしが間違ったことを命じても、はいと言って従ってくれるか」

「そのようなこと、命じられると思われませんが、万一あれば、言うべきことは言わねばなりません。厩戸様であれ、迎合してまで出世するつもりはありませぬ」

「付け上がるな」

河勝が叱る。

（得難い人物だ）

厩戸は河勝とは逆に、妹子の追従《ついしょう》せぬ均衡ある考えを良しとする。

「小野妹子、そなたを遣隋使の大使とする」

妹子の顔が喜色に染まる。これより妹子は厩戸に仕えることになった。

飛鳥川の上流で氷の橋ができた十二月、雪丸が天寿をまっとうする。人間でいえば八十歳近くであった。


炊屋十五年（六〇七）春二月一日――。

壬生部《みぶべ》が設置された。王子、王女に対し貢納、奉仕を行う服属集団である。これにより上宮王家の経済基盤が強まった。厩戸は辞退したのだが、大王炊屋のたっての望みでもあった。

「私財をなげうって、仕えてくれたこれまでの労に報いたい」

と言ってきかない。

（せっかくの恩寵を、これ以上お断りしては）

厩戸はありがたく授与に預かった。

厩戸は社の神職より苦情を受ける。大臣の馬子に陳情したが撥ねつけられたらしい。

「参拝者が年々とみに減っていく。憲法十七条のせいだ」

不満をあからさまにする。憲法十七条に神祇の条は無く、篤く三宝を敬え、とあるのを槍玉に挙げた。

「これでは神祇が蔑《ないがし》ろにされる」

どうにかしてくれ、というのが神職の主張である。官人の心構えを説くために仏法を役立てたのだが、神祇に触れなかったことで神職の不評を招いた。倭国は神の国であり、大王はその末裔《まつえい》である。当然皆が分かっているものとして触れなかった。まさか参拝者が減るとは思いも寄らぬことである。

（手を打たねば）

仏教派と神道派の争いが起こるやもしれぬ。物部守屋との戦いの悪夢が甦る。厩戸は急ぎ炊屋に拝謁を願い出た。


土の中の虫たちが温もりを感じる春二月九日――。

炊屋は厩戸、大臣馬子、大夫、群臣ら全員を召集した。大殿の庭が百官で塡《う》められた。玉座の炊屋が一同を見渡し宣言する。

「古来大王家の祖は、常に厚く神祇を敬い、山川の神々を祀り、神々の心を天地に通わせられた。このため陰陽相和し、神々のみわざも順調に行われた」

声を強め、きっぱりと、

「神祇を怠ることがあってはならない。皆は心を尽くして神祇を礼拝するように」

炊屋が訓示を与えた六日後、厩戸は百官を率いて神祇を祀り礼拝する。神主から御幣で祓いを受け、倭国安寧の祝詞が奏上される。馬子は病と称して欠席した。神職らは厩戸の素早い対応にたいそう喜び深謝した。修祓《しゅうふつ》を願う人々の社への参詣が増え、拝殿の前の軒下に吊るされた鰐口の鈴音が頻繁に鳴りだしたのは言うまでもない。


五月から六月にかけて雨が降らず日照りが続いた。飛鳥川も涸れ涸れである。このままでは穀物が不作となる。一大事であった。各地で降雨祈願、雨乞いが行われる。社には黒馬が献上された。それでも雨は一向に降る気配さえない。僧侶は終日《ひねもす》経を唱え護摩を焚《た》いて降雨発願する。必死の願いも虚しく雨は一粒も降らない。

「こうなれば大王様に祈っていただくしかない」

こう考えるのがこの時代の多数である。人々は痺《しび》れを切らしていた。さまざまな感情が相まって良からぬ方向に進むことも有り得る。

「困ったことだ」

大王が祈ったところで手妻《てづま》のように雨が降るわけがない。厩戸も河勝もそこまで迷信深くない。だが多くの人々は大王には霊力があり、祈れば雨が降ると信じて当てにしている。

（祈ることも大事だが……）

厩戸は干魃《かんばつ》の対策として溜め池の必要性を感じた。

「溜め池造りを奨励しよう」

時を移さず各地で溜め池が次々と掘られるようになった。これで日照りを必要以上に心配することが無くなる。人々は善政を喜んだことは言《げん》を俟《ま》たない。

数日後、量感のある雨雲が空一面に広がり下の方で黒いちぎれ雲が飛んだ。吹く風に水の匂いを感じた時だ。大粒の雨が降り出す。じわりと強雨になる。

「わあーっ」

人々の歓声が起こる。四日続いた慈雨で溜め池に随分と溜まる。人々のひたむきな祈りに神仏がお答えになったのか、天からの贈り物がやっと届く。天祐といえた。

妹子は大王炊屋に召される。能力が問われるいわば試金石であった。厩戸、大臣馬子、大夫、群臣らが参列している。常日頃、心《しん》の臓《ぞう》の強い妹子であったが緊張で身が竦《すく》み手に脂汗が滲む。大王の御前は初めてである。間近に接し、最初から位負けしていた。

「肩の力を抜きなさい」

形のいい口元に微笑を浮かべて炊屋が親しげに告げる。存外に情味ある声音《こわね》である。たじろいで畏縮した心身がゆるゆると解《ほぐ》れ始めた。そうであっても恭謙な態度は忘れずに、

「ありがたきお言葉、恐れ入り奉ります」

下げていた頭をいっそう低くする。

「倭国はまだまだ航海術が未熟、しかも船舶の出来も今一つと聞いた」

やや額を上げ、上目使いに正面の炊屋を見る。これまで遠目のお姿も、これほど咫尺《しせき》するお姿も見たことがない。澄んだ黒い双眸が凝然と見据えている。近寄りがたい威厳があった。

「命を惜しうはないのか」

「何事においても最初から完成されたものなど無きものと心得ます。幾度も失敗を繰り返し、改良に改良を重ね、出来上がってゆくものと思っております。その先駆者となるのでございます。このような喜び、他にありましょうか。しかも国の発展に直結しております。このお役目身に余る栄誉。誇らしゅうございます」

気圧《けお》されながらも胆に力を入れて心意気をはっきり披瀝した。

「見上げた物言い、頼もしい。嬉しく思います」

大王から直々に嘉《よみ》せられて感極まる。しばし言葉がでなかった。

「ははっ」

「隋国で位負けせぬよう、大礼の冠位を授ける」

身が引き締まった。

「全身全霊務めます」

声がうわずり胸に熱いものが込み上げる。威儀を正し、ひたすら頭を下げた。

この冠位の授受を奏上したのは他ならぬ厩戸であった。

遣隋使と持衰《じさい》

上宮王家では小野妹子を中心に遣隋使への十全な準備が着々と進んでいる。しきりに可智根のことが気に掛かる。

(可智根はどうしたのだろうか)

助言をもらおうとするもいまだ連絡が取れない。床に広げられた絵図の周りに厩戸、子麻呂、河勝、妹子が座す。妹子が指を布に描かれた絵図に当て、

「海路《うなじ》は安全な北路を採ります」

那津《なのつ》(現在の福岡市博多区)から対馬、百済の西海岸から海岸沿いに北上、転じて黄海を横断、そして指が山東半島に進む。

「ここ登州に上陸し、陸路《くがじ》を進みます。ここが隋の都です」

粗略なくつまびらかに指で示す。

「大変な道のりだ。幾日ほど掛かるのか」

河勝が不安げに問う。

「風向きにもよりますが二《ふた》月余りを見込んでおります」

「そんなにもか」

「風向きの良い七月に出航しようかと」

「船酔いは辛《つら》いぞ。嵐におうて難破するやもしれぬ。辞めるなら今のうちだ」

子麻呂がからかう。

「ここに至って何を言われる」

妹子がむきになる。

「まあまあ」

河勝が止める。

「国書の件だが」

厩戸が話題を変えた。

「それが大事。もう決まりましたか」

妹子が尋ねる。

「わたしの私案だが」

一斉に厩戸を見る。

「日出づる処の天子、書を日没する処の天子に致す。恙無《つつがな》きや……。出だしとしていかがであろう」

「心憎いばかりにございます。されど隋国王は逆上しましょうな」

妹子は愉快そうに言った。

「なぜ立腹するのだ」

と子麻呂。

「天子と名乗れるのは隋の国王だけだとの自負を持っております。倭国の王が天子と名乗るなど無礼の極みと受け止めましょう」

妹子が答えた。子麻呂が隣の厩戸に、

「今の天子（煬帝《ようだい》）は父（文帝）を弑逆《しいぎゃく》した残忍な性格と聞いております。天子を使えば怒りの矛先が妹子に向くやも……」

「その気遣いは無用。隋国は高麗と国境付近で小競り合いを繰り返している。いずれ大きな戦になろう。そのことを思えば、倭国と事を構えるのは得策でないと考えよう。大事なことは相手が大国だからといって卑屈にならず、国として対等に外交を行うということ。国書には隋王の徳を誉める文言も入れる。仏教を学ぶための沙門（僧侶）も同行させるつもりだ」

子麻呂が納得したように大きく頷く。

「国王への口上ですが、相手を喜ばせるために何か気の利いた言い草はございませんか」

妹子が相談を掛ける。河勝が、

「菩薩のような立派な天子様を慕い、はるばる遠き地の果てより参りました。天子様の教えを乞うべく沙門も引き連れましてございます、でどうだ」

河勝が胸を張る。

「それでは皮肉に取られ、かえって不評を買うのではないか」

子麻呂がケチをつける。

「まだ日がありますゆえ、じっくり考えることに致します。……それはそうと、持衰《じさい》が決まったそうにございます」

妹子が報告した。

人身御供を求める海神《わたつみ》が、これはと思う若者の住む舎屋の屋根に白羽の矢を立てたという。真に神が矢を放ったのか、何者かが成算を持ってやらかしたのか、それともいい加減に矢を射ったのかは不明である。

「まだそのような迷信が罷《まか》り通っているのか。神仏は人を犠牲にすることは望んでおられない。むしろ悲しんでおられるであろう。いな、お怒りになっておられるに違いない。やめさせろ」

と厩戸。とてもとても意義が見い出せない。

「お言葉ですができかねます。持衰を廃止すれば船に乗る者がいなくなります」

妹子が即反応した。

持衰とは、大海を渡る船に乗り、海神の怒りを鎮める役をいう。一人の男を髪を梳《くしけず》らせず、シラミを退《しりぞ》けさせず、衣服は垢で汚れるままに、肉を食べさせず、婦人を近づけず、喪に服したように務めさせた。無事に目的地に着けば生口《せいこう》（奴隷）や財物を与え、逆に病や暴風の災いに遭えば殺した。殺す理由は持衰が慎まなかったためだとされた。

厩戸は納得できず、

「持衰を無くす、良い手立てを考えてくれ」

課題を与えた。

八日月の深夜、斑鳩宮の門を激しく叩く者がいた。静まり返った一帯に響き渡る。

「誰だ」

不寝番の従僕らが駆けつける。

「お助け下さい、かくもうて下さい。門をお開き下さい」

涙声が厩戸の臥所までにも聞こえ起き上がる。庭から、

「申し上げます。持衰の駆け込みです。いかが取り計らいましょう」

従僕が告げた。

「庭に通せ」

庭を駆ける足音が迫る。子麻呂だった。素早く着換え縁に立つ。

「あのような者にお会いなされればお目汚しになります。物好きにもほどがあり。おやめ下さい」

「構わん。身柄を確保する。わたしを信じよ」

早口で告げた。子麻呂がそのまま庭で控える。持衰が従僕に連れられてくる。

喘《あえ》ぎながらへたり込んだがかろうじて身を正し、めくれ上がった唇を震わせながら、おずおずと涙ながらに訴える。ぼさぼさの髪が無造作に垂れ下がり、ぼろをまとった身体から異臭が発散され

ていた。

「厩戸王様ならお助け下さると信じ、逃げて参りました。後生です、どうか、どうかお慈悲をもってお救い下さいませ」

涙に詰まりながら哀願する。

断ったにもかかわらず強引に持衰にされ、出航の日まで山中の洞窟に閉じ込められるという思いも掛けぬ人生の転変であった。入り口の柵を破り、大和川沿いに下って逃げてきたらしい。

「分かった。腹は空《す》いていないか」

「ぺこぺこです」

「子麻呂、この者に食べ物を。すぐに河勝、妹子を呼べ」

大殿の奥で厩戸、子麻呂、河勝、妹子らの談合が持たれる。

「良い案がございます」

妹子が言う。

「聞こう」

厩戸が即座に返す。

「持衰は悪習とはいえ長きにわたる習わし。すぐに辞めろと言ってみたところで混乱が生じ航海の不安を煽るばかり。持衰無しでは遣隋使船は出航できません。無理強いしては朝廷への不信、不満が高まります」

「前置きはいいから疾《と》く申せ」

河勝が促す。

「死罪に決まった囚人を持衰にすればよろしいかと。航海を無事終えれば死一等を減じ命を取らぬと約束する。死ぬことを思えば持衰であれ、喜んで引き受けましょう。助かりたい一心で務めに励みます」

「良い案だ。いずれその経験が心の糧《かて》ともなろう」

感心したように厩戸が言った。河勝、子麻呂も賛同する。このことはすぐに広まった。

翌日、厩戸は炊屋に召される。黒駒で駆けつけた。すでに馬子が御前に着座している。厩戸は辞儀をして座した。馬子がぎょろりとした目を向ける。

「厩戸王様、逃げ出した持衰を匿《かくま》ったそうですな」

遣隋使に関心を示さなかったのに急に口出しする。大王の前で制裁しようとしているような馬子の意図を察した。

「匿ったというよりも訴えを聞いたまでのこと」

「わしの耳に入ったこととは違いますが」

「持衰のお役をやりたくないと言いました」

「名誉ある務めというのに何たる言い草、変わった男だ」

ならば馬子殿が持衰に志願なされよと言いたかったが堪える。それまで黙って聞いていた炊屋が、

「それで逃げ出したのか」

「さようにございます」

厩戸が畏《かしこ》まって答えた。

「一旦決まったことを、後になって覆すことを認めては信用を失うではないか」

厩戸に目を据えて馬子が一段と声を高める。

「そう大仰に捉えなくともよろしいのでは」

厩戸が返す。

「まだある。死罪の決まった囚人を持衰の身代わりにするとか」

「その通り」

「罪人を持衰にするなどもってのほか。匿《かく》している持衰を返されよ」

「長年大臣を務めてこられた馬子殿のお言葉とは思えませぬ」

「何ですと」

馬子が不快そうに言う。

「忌避する者を無理やりえせ持衰に仕立て上げたところで、航海の安全は叶いますまい。やる気の無い者が形ばかりに祈れば逆に海神の怒りに触れましょう」

「……」

「それよりもこの世の最後に、人々の役に立ちたいと願う者を持衰にすることこそが航海の安全に繋がります。なぜならば、真の心をもって海神に無事な航海を祈るからです。必ずや海神は願いを聞き届けて下さいましょう」

厩戸は四人を少々立派に言った。これも方便であると自身納得している。

「やる気の無い者を強引に持衰にするのと、人々の役に立ちたいと願う者を持衰にするのと、どちらを選ぶかは明敏な大臣殿なら言わずともお分かりのはず。人を活かす政は、大王炊屋様の意に添うております」

ちょっと炊屋を賛美する。馬子は返す言葉が見つからないのか言い渋る。

馬子は炊屋の意向を求める。

「大王様、ご裁可を」

「厩戸王の主張を執る」

厩戸は黙って礼をする。このようなことにまで大王を煩《わずら》わす必要はないと考えている。

(慣習法には限界が……)

律令制度の遅れを改めて感じていた。

(炊屋大王は優れたお方だからいいが、万一徳のない者が大王位に就けば)

懸念が広がる。律令制度の整備は大王の権力を狭《せば》めていくことでもあった。

日差しが弱くなったと感じる秋七月三日——。

大礼小野臣妹子、訳語《おさ》鞍作福利ら一行百人余は遣隋使として難波津を出航した。船の大きさは長さ十丈（約三十メートル）、幅二丈半（約七メートル半）。風のある時は帆走するが、凪《なぎ》の時は船体の外に張り出した艪棚《ろだな》に水夫《かこ》が立ち艪《ろ》を漕《こ》いだ。左右に各十人いた。

多くの見送り人の中に厩戸、子麻呂、河勝らもいた。船が波を切って沖へと向かう。太鼓の音に合わせ水夫たちが水飛沫を上げて艪を漕いでいる。船の上で太鼓が打ち鳴らされていた。

船上から妹子らは手を振った。厩戸らも手を振り返す。何か言ったようだが聞き取れなかった。やがて豆粒になる。太鼓の音も聞こえなくなった。

「無事に任務を果たしてくれるだろうか」

河勝が心細げに言う。命懸けの航海だと誰もが認識している。

「祈るしかあるまい」

と子麻呂。汀に高波が押し寄せた。

「案ずることはない。妹子なら必ず成し遂げてくれよう」

厩戸が自信たっぷりに言う。自身にも言い聞かせていた。

大陸の王朝に対し、どの国も臣下の礼を取り朝貢するのが常識とされていた。軍事力にものをいわせ周辺国に強請する。南北朝を統一した隋も例外ではない。しかし厩戸は隋国と対等な外交をするよう妹子に命じた。そのために国書の内容を練りに練った。

「日出処天子致書日没処天子無恙……」

厩戸は一語一語噛みしめ誰に言うともなく呟く。聞こえたのか河勝が、

「隋王の短気を起こした顔が見えるようです」

と応じる。続けて、

「遣隋使の派遣は、倭国が優位に立とうとしている証拠だ、と警戒しましょう」

指摘した。半島の三国を指している。

「わたしはどの国とも対等に、仲よく付き合いたいと願っておるのだが……」

厩戸らは船が見えなくなっても、さも見えているかのようにいつまでも見送っていた。

まだ日が高い五日、新羅人が手土産を持って斑鳩宮を訪れた。厩戸に面談を申し入れる。知らない名前だった。訳語《おさ》に伊瑳武と伊瑳知の兄弟が呼ばれる。

「やはり思った通りだ。やつがれが代わりに会います」

と河勝。探りを入れにきたと苦い顔を見せる。厩戸は同意せず、

「わざわざ見えられたのだ。わたしが会わねば非礼であろう」

男は遣隋使を誉め称え、さりげなく目的を聞いてきた。

「わたしはどの国とも親交を深めたいと願っております」

正直に答えたのだが相手はどう解釈したかは分からない。万一にも倭国が隋国と軍事同盟でもすれば半島にとって大変な脅威となる。それは無いのだが気にしていた。

翌日には百済人、日を置いて高麗人が訪ねてくる。同じようなことを聞いて帰る。もちろん厩戸

は分け隔てなく遠来の客をもてなし誠実に対応した。兄弟は訳語の務めを完璧に果たした。

厩戸は晴れ渡った早朝、滔々《とうとう》と流れる大和川の斑鳩の舟着き場から舟に乗り込んだ。難波津では津（港）の拡張工事が行われており、進み具合を視察するためである。供は河勝、警護の兄弟伊瑳武と伊瑳知、それに船頭である。いつもの船頭は風気を患《わずら》って起き上がれず代わりに来たという。目の前を大きな荷を乗せた筏《いかだ》が通り過ぎる。船頭が竿を舟着き場の杭に当て舟を押し出し川の深みに導いた。流れに乗った舟は筏の後を離れて進む。

（もしや）

厩戸の耳が弓弦の引き絞る音を捉える。後ろの方からだ。厩戸が振り返る。河勝、兄弟らも振り向く。知らぬ間に一艘《そう》の舟がついている。数人が舟の上でこちらに向かい弓矢を構えていた。矢が放たれる。

「伏せろ」

厩戸が声を上げる。揃って伏せた。葭の繁みからなだれを打って野鳥の群れが飛び立つ。空気を切った数本の矢が頭上を掠《かす》める。前を行く筏の荷に突き刺さる。合図でもあったかのように荷が割れ、中から弓矢を持った数人の兵が飛び出した。やにわに矢を番《つが》え放った。前後から矢の襲来を受ける。急ぎ伊瑳武と伊瑳知が舟首と舟尾に盾を立てる。凄《すさ》まじい勢いで矢が盾を襲う。のっぴきならぬ危機が迫っていた。逃げ場の無い、殺害にはもってこいの究竟《くっきょう》の場面に立たされる。

「筏にぶつけよ」

厩戸が腰を屈《かが》めたまま命じる。が何も反応が無い。皆が同時に振り返る。船頭が突っ立ったまま冷笑を浮かべている。

「よくも！」

河勝が船頭に飛び掛かる。縺《もつ》れ合って川に落ちる。飛沫が高く飛び散った。沈んだまま上がってこない。水面が泡立ち白波が起こる。水中で格闘しているようだ。伊瑳武が川に落ちた竿を拾い船頭の代わりを務める。ぐんぐんと追う。筏だけに速度が遅い。縮まり筏を目掛けぶち当たる。筏がぐらりと傾き敵兵がまとまって川に落ちる。川岸まで泳ぎ切ると土手を駆け上がり姿を晦《くら》ました。伊瑳武は竿を舟底に置いた。盾の横手からすきを見て矢を放つ。矢が飛来するも何なく避ける。何度も繰り返すうちに躱《かわ》し切れず伊瑳武の胸に突き刺さる。よろめいて川に落ちた。水面が見る間に真紅に染まる。浮かんでこない。

「兄上」

「助けよ」

厩戸が叫ぶ。伊瑳知が川に飛び込んだ。厩戸は弓矢を取ると敵の腕を狙い矢継ぎ早に矢を放つ。すべてが腕に命中し矢が飛んでこなくなる。敵は諦めたのか舟を岸に着ける。舟から飛び降りると土手を駆け上がり遁走《とんそう》した。

下流で河勝が剣を口に咥《くわ》え岸に向かって泳いでいる。偽《にせ》船頭を縄で括《くく》りつけて引いていた。

伊瑳武の遺体は岸に上げられた。遺体のそばに伊瑳知、厩戸、河勝が寄り添うように座る。眠っているかのような安らかな顔である。厩戸がおもむろに合掌し経を唱えた。伊瑳武の死は厩戸の胸に激しい痛みとなって突き刺さる。

「すまぬ。わたしのせいで死なせてしまった。わたしに仕えたばかりに」

厩戸が涙声で語り掛ける。頬に一筋、涙が零れた。

「もう二度とこのような悲劇があってはならない。わたしは政《まつりごと》から身を引く」

「な、何を言われる」

河勝が頓狂《とんきょう》な声を発す。伊瑳知も愕然《がくぜん》と厩戸を見る。厩戸の顔は憔悴《しょうすい》して様変わりしている。衝撃の深さを物語っていた。

「隠退する。さもなくば、皆の命を危険に晒す」

「無責任です」

伊瑳知が声を荒らげる。膝を前へにじらせ、

「そのような軽いお気持ちで今まで政をやってこられたのですか、それでは兄伊瑳武は浮かばれません。これまで何のために厩戸様をお守りしてきたのかと悲しみましょう。国にとり、民にとって掛け替え無きお方と信じたればこそ、命を懸けて務めを果たしてまいったのでございます」

気迫が伝わる熱い話しぶりだった。

「兄は己の身に代えて厩戸王様をお守りしたのです。これ以上の果報者がおりましょうか。兄に悔

いはございませぬ。それがお役目なのです。誰に命じられたのでもない、自ら仕えたいと志願したのでございます。兄だけではない。わたしめもそうです。他の者も全員いつ死んでも構わぬと覚悟はできております」

「伊瑳知……」

「殺し合うことの無い世をつくっていただきたいと、命を張ってお仕えしています。どうか兄の死を無駄にすることなくお務めを果たして下さい。それが厩戸様の生まれついた定めなのでございます。伏してお願い申し上げ奉ります」

伊瑳知は深く頭を下げた。

「伊瑳知」

暗然たる面持ちで河勝が呼び掛ける。顔を上げ河勝を見る。悲しみと怒りが入り混ざった感情が河勝の心を掻き乱す。

(已《や》んぬる哉《かな》……)

「伊瑳武を殺した賊の一人を捕まえた。兄の仇を討て」

あにはからんや厩戸は河勝の言葉に反対しなかった。河勝が伊瑳知の前に腰に吊るしていた自身の剣を鞘《さや》ごと差し出す。

「お断りします」

剣を受け取らない。これもまた意外であった。

「遠慮するな、構わぬ。さあ」

剣を伊瑳知に握らせようとするが、

「そうではないのです。今ここでその者を討つは訳無きこと。しかし殺せば私刑《りんち》。兄は喜ばないでしょう」

（？）

「何より厩戸王様がこれからなさろうとする政に反することになるからです。悪例を作れば厩戸様の政の障りとなりましょう。咎人《とがにん》は公の法によって裁かれねばなりません。法は国を統《す》べる根幹にございます。私情は許されません」

「おまえという奴は……」

言葉がなかった。あまりの律儀《りちぎ》さに心の奥を打たれたのか河勝の目が潤んでいる。伊瑳知の思いを斟酌《しんしゃく》したつもりだったが嬉しい誤算だった。

「申し訳ありません。下賤の分際で生意気なことを申しました。お許し下さい」

頭を下げる。厩戸は黙って二人のやりとりを聴いていた。

（これほどに国のこと、民のことを思ってくれているとは）

今まで思い至らなかったのを恥じた。伊瑳知は倭国に溶け込み、倭人に成り切ろうとしている。同じ祖国（任那）でありながら石蛾とは違い過ぎる人生を歩んでいた。

ともあれ河勝は捕まえた偽船頭を責め上げて、指図をした人物の正体を暴こうとしたが、白状しない。朝ぼらけに、宮城の牢内で口から血を吐いて死んでいるのが見つかる。毒を飲んだようなのだが、なぜ毒が入手できたのかなど知りたいことは何もかも分からずじまいだった。

この年、斑鳩寺（法隆寺）が落成した。

炊屋十六年（六〇八）夏四月――。

小野妹子は帰国の途の船中で幾度も幾度も国書を読み返す。こんな国書を見せれば馬子は厩戸の責任を追求し、辞任を迫るだろう。

（復命、いかにすべきか……）

煬帝《ようだい》から下された国書は厳しい内容だった。

「蛮夷の書、礼に欠ける。よって宣撫使《せんぶし》を遣《つか》わす。指導を受け改心せよ。……」

とある。極東の野蛮人に政のなんたるかを教え諭すつもりだ。勃然《ぼつぜん》たる憤りが渦巻いた。

煬帝から官職を与えると言われたが、妹子は厩戸にきつく命じられた通り断った。たちどころに煬帝は、露骨に嫌な顔を見せた。対等に伍するためであったがそれが一因かもしれない。

妹子は狭い船中を歩き回る。風が出てきたのか船の揺れが激しくなった。気分が悪くなり吐きそうになる。急ぎ甲板《かんぱん》に出る。たゆたう船。暗い夜空に月と星が煌めいていた。見上げながら冷えた潮風に当たっていると吐き気は治まった。良い考えが浮かぶ。

（国書を宣撫使の裴世清《はいせいせい》に返そう。炊屋大王様の前で裴世清自身が読めば良い）

だが文面通り奏上すれば場は物騒になることは目に見えている。不測の事態が発生するやもしれぬ。武闘派の豪族もいる。後先《あとさき》考えず何を仕出かすか分かったものでない。

（この窮地から脱するには……あれこれ考えず）

まず国書を返しそれからだと判断した。この決断が倭国の立場を好転させる。敢然《かんぜん》と裴世清に隋語で直談判する。懐から国書を取り出し、

「お返しする」

差し出すが受け取らず、

「今頃何を言うか」

予想通り反発した。視線が痛いが目を逸しては負けになる。両者の目が縺《もつ》れ合う。きっと見るや、

「これを読め」

国書を突き出す。

「読んでおるわ」

妹子は国書を握った手をそのままに、気魄ある目で、

「倭国には血の気の多い豪族が多い。この内容を知れば、おれは殺される。貴殿も始末されるであろう。はやり病でぽっくりと成仏した、とでも言えば煬帝も文句は言えまい」

「わしを脅すのか」

警戒の色を見せたがあながち嘘ではない。恩着せがましく、

「そうではない。貴殿の命を助けたいのだ」

「どういうことか」

「国書は二通あったことにする。一つはおれがもらった国書。これは百済に寄港した折、盗まれたとする。もう一通はこの国書だ。この国書は貴殿が持参した国書にする」

押しつけがましく国書を裴世清に握らせ、憐れみの目を作ると、

「大王様に奏上する際、文面を変えられよ。粉飾するのだ。さもないと貴殿は殺される。貴殿は死んでそれで済むが、国元では妻子が帰ってくるのを一日千秋の思いで待っておろう。それが異国の地で頓死したとあっては嘆き悲しまれよう。下手をすると後を追って自裁されるやもしれぬ。妻子を死に追いやってはならん。そうであろう」

親切ごかしの強迫で妹子は不安を煽る。裴世清のさっと血の気の引いた顔は強張っている。ここが勝負どころと思い、腕捲りして詰め寄った。

「宣撫使でなく答礼使になられよ。帰国すれば貴殿の思い通りに奏聞《そうもん》すれば良い。仮に宣撫に失敗したとしても、遠く離れた異国での出来事など本国には分からぬ」

煬帝が使者を差し向けたのは倭国と誼《よしみ》を通じ、属国として冊封《さくほう》体制の中に組み込みたい思惑もあるようだ。戦を仕掛けて倭国を領土にしたい野望は持っていないことが分かり妹子は安堵する。多大な倭国への贈物の数々にもそれが反映されていた。

数日後、妹子に従って裴世清と下客《しもべ》十二人が筑紫に到着する。採りたての竹の子を主にした饗宴

となる。一行のために難波では新司の普請が急ぎ進んでいた。しばし裴世清らは休暇を取った後、瀬戸内を航行し、難波津に向かう。

六月十五日、一行を乗せた船が難波津に着いた。飾り船三十艘で客たちを江口（淀川河口）に迎え、こぞって鼓笛を鳴らして歓迎する。新造の司に案内した。氷室《ひむろ》に蓄えていた貴重な氷を小鉢の清水に浸してもてなす。歯に染みるほど冷たく、客らは喜色を浮かべる。至れり尽くせりの接待ぶりであった。妹子は、

「大王様への奉告のため、先に参る」

接客官の長に告げて飛鳥へと馬を走らせた。


玉座の前で厩戸、馬子、大夫、群臣らが打ち揃い妹子を迎えた。妹子は口を開くや、

「煬帝より国書を授かったのですが、百済に寄港した折、盗まれました。真に申し訳ございません」

あえて誰とも目を合わさず頭を深く下げた。そのまま口を緘《かん》して語らなかった。真相はすでに炊屋と厩戸には告げていたが他の者は知らない。信じられぬことが妹子の口から出、一同唖然となる。

「使者たるもの、命を懸けて任務を為遂《しと》げるべきもの。何たる失態、おめおめ帰りおって」

馬子が口火を切り激昂した。いい機会とばかりに、厩戸と妹子に重い足枷を嵌《は》めようと狙っている。

「同感じゃ」

「あるまじきこと、極刑が相当」

「大礼の冠位を剥奪せよ」

「重過ぎる。禁足処分で十分」

「それではてぬるい。貶《へん》せられるべきだ。そののち草深い鄙《ひな》の地に追いやれ」

「妹子を大使に命じたお方の責任はいかに」

「もちろん免れまい」

馬子が冷《ひ》ややかな目を厩戸に向けて調子を合わせる。

「厩戸王様に責めなど無いわ」

勝手な主張が飛び交った。国書紛失事件の裏側にある真実などつゆ知らず、思いも及ばないようだ。厩戸は一言も発せず聞いている。重用された身分低き妹子への風当たりは強い。冠位を与えた大王に文句が言えない分、いっそう責められているようだ。まだまだ保守的な考えがはびこっている。真相を語りたい誘惑に耐えていた。流刑と決まりかける。土壇場で厩戸が口に出すべからざる事実を明かそうとした時である。炊屋が、

「妹子は国書を失うという罪を犯したが、軽々しく刑に処すべきではない。あの大国の客人らの耳に入らば厄介なことになる。騒ぎ立て無用」

断じ散会となった。厩戸は国難ともいえる大事を乗り切った妹子の判断と行動力に感心する。

八月三日、裴世清らは飛鳥へ入る。海石榴市で飾馬七十五頭で出迎え、額田部連比羅夫《ひらぶ》が挨拶の言葉を述べた。

十二日、阿倍鳥《とり》臣、物部依網《よさみ》連が一行を小墾田宮に案内する。迎える王族、諸臣らは冠に金の飾りをつけ、服の色を冠の色に合わせ華やかに装った。丁重極まりない歓迎であった。

南門を入った裴世清は朝庭の左右の朝堂の前で厩戸、馬子、妹子、大夫、群臣、百官らが整然と見守る中、玉砂利の庭を厳かな踏み音を立てながら真っ直ぐ歩みを進め、大門の前で止まる。大門を潜ると奥の大殿へと通じているが、これ以上入ることは許されない。裴世清は庭の中央に立ち玉座を見上げる。御帳は閉じられ中は薄暗くてよくは見えない。庭に次から次へと進物が運ばれる。

裴世清は国書を捧げ持ち、玉座に向かって二度再拝をする。ゆっくりと国書を開き言上する。隋語であるがそばで訳語《おさ》が倭語に訳してゆく。

「煬帝から倭国王に申し上げる。大礼蘇因高《そいんこう》（小野妹子の隋国名）らが来て、あなたの気持ちをつぶさに伝えてくれた。朕《ちん》は天の命を喜び受けて地上に君臨し、その徳を広め、万物に及ぼそうと願っている。人々を恵み育《はぐく》もうとする気持ちに土地の遠近は関わりがない」

訳語《おさ》が裴世清に何事か小語する。裴世清が頷いた。細かな表現を確かめたようだ。

「あなたが海の彼方の国にあって、人々を慈しみ、国内が平和で人々の気持ちもよく融和し、誠意を尽くして遥々《はるばる》と朝貢してきたことを知って、その美しき真実を朕は嬉しく思う。それゆえ鴻臚寺《こうろじ》の掌客《しょうかく》（外つ国使臣の接待役）裴世清を遣わし朕の気持ちを伝えると共に、別にある通り進物を贈呈する」

息をつめて聞いていた妹子はほっとする。

（談合通りうまくいった）

やきもきしていた慮外な事態が生ぜず笑みが零れた。厩戸の見込んだ通り、外交折衝にも長《た》けていた。

十六日、宮の広間で賓客《ひんきゃく》たちを饗応する。その大役を馬子が命じられた。いつも接待されるのが常で接待するのは初めてである。炊屋の命令なので断れない。炊屋としては人ごとのように構えている馬子に、この一大行事に参画させてやりたいのかもしれない。蝦夷にぼやくと、

「なあに、父上は大臣として裴世清を相手に酒でも飲んでおれば良いのです。あとはこの蝦夷にお任せください」

心強いことを言った。

宴も酣《たけなわ》である。馬子と裴世清は顔を朱に染め、意気投合したのか訳語《おさ》を介して話し込んでいる。裴世清が杯《つき》の酒を一滴も残さず飲み干した。すかさず馬子が酒壺を持って、酒を注ぐ。天甜酒《あまのたむざけ》（甘酒の起源とされる）である。

「お強いですなあ」

「倭国の酒は旨い」

「よろしければ旅苞にいかがですか」

「ありがたい。煬帝にも飲んでいただこう」

「これはこれは、光栄にございます」

「ところで今頃になって、なぜ隋に朝貢された」

「遥かな海の彼方に大隋という礼儀の国があることを聞いたからにございます」

「遅いではないか。隋が統一してはや十九年」

「ご承知の通り倭国は極東の辺鄙《へんぴ》な島国にございます。それゆえ物事、事情についての知らせが大変遅うございます」

「なるほど、仕方がないか……」

「さようにございます。われらは野蛮人で、海の片隅に住み、礼儀がいかなるものかを知ることがございません。そこへ裴世清様がお見えになられた。これぞまさしく仏の思《おぼ》し召し。そういえば……」

馬子が真剣な眼差しで裴世清を見る。今まで気にもしなかったが眉間の上に小さな疣《いぼ》がある。仏の白毫《びゃくごう》に見えなくもない。

「何だ、遠慮なく申せ」

「裴世清様のお顔が仏様に見えてきました」

手を合わせる。裴世清が小鼻を動かす。

「どうかわれらをお導き下さい」

「煬帝の徳は天地に並び、その恩沢《おんたく》は四海に及んでいる。ご安心なさい」

鼻高々に飲み干した。

裴世清は馬子が述べたことを倭国王が語ったこととして煬帝に上奏する。のちに『隋書』倭国伝に記された。

厩戸と妹子は対等な外交を望んだが、馬子は酒席とはいえ卑屈な態度で応対した。この方が波風が立たぬと踏んでのことかもしれない。

裴世清らの帰国の日が迫る。遣隋使の一行も随行することが決まる。厩戸は小野妹子を再び大使に起用しようとしたが反対の声が上がる。蝦夷が、

「厩戸王様のお言葉ですが、国書を盗られた妹子にそのような重責を担わせてよいのですか」

疑問を投げ掛ける。馬子が追随し、

「ご勘気が無かったが、国書紛失は大失態ですぞ。同じことを繰り返すに違いない。たとえ推挙されても遠慮して固辞すべきだ」

声を張り上げ決めつける。反対意見はもっともなので厩戸は自らの主張を押し付けなかったが、妹子を擁護する意見もでた。時を掛けたがまとまらない。結局炊屋の裁可を仰ぐことになる。

「妹子以上の適任の大使はいるのか」

皆が押し黙る。返答に窮していた。

「大臣、妹子を凌《しの》ぐ者を推輓《すいばん》せよ」

「……では、探します」

「そのような悠長なことを言っている場合か。小野妹子を大使に命ずる。異存があらば誰でもよい、遠慮なく申せ」

玉座から皆を睥睨《へいげい》する。全員頭を下げた。

留学生四人、学問僧四人も陶冶《とうや》すべく乗船させる。

（いつの日か「倭国」を「和国」にしたい。そのために）

厩戸の願いがあった。

「卯《う》（東）の大王が謹んで隋王に申し上げます。特使裴世清殿らが倭国に来られ、久しく国交を求めていた我方の思いが解けました。この頃ようやく涼しい気候となりましたが、貴国はいかがでしょうか。お変わりはないでしょうか。倭国の政はうまくいっております。大礼小野妹子、大礼吉《き》士雄成《しのおなり》を使者に遣わします。意を尽くしませんが謹んで申し上げます」

老巧ともいえる玉章《たまずさ》（書簡）であった。今回は外交に関心を持ち出した馬子とも文面を練り上げ炊屋の勅許を得た。

小野妹子、裴世清らは九月十一日、難波津を船出して隋に向かった。陸から吹く出風《だしかぜ》で、航行するのに都合がいい。験がよかった。

一年後、妹子らは帰国することになったが訳語《おさ》鞍作福利の姿が見えない。船出の刻限となっても現れない。

「福利は何をしておる」

妹子が声高に発す。

「隋に残るなら残るで連絡すればよいものを」

脇で同乗者たちが顔を見合わせ、

「容易ならざる事態が起こったのやもしれぬ」

「事態とは？」

「知るわけがなかろう」

「女子《おなご》の所に通っていると聞いたが」

「女が帰らないでとせがんだやもしれぬ」

「それならそれで別に隠すことでもなかろう」

「おれに言われても困る」

「福利は訳語《おさ》だ。隋語には長《た》けている。案ずることはあるまいて」

妹子は見送りの隋の役人に忽然と消えた福利の探索を頼む。

「急げ――、船がでるぞ――」

船上から風に乗った声が運ばれてくる。うねった波が押し寄せ岸壁で砕ける。

「いくぞ、これ以上待てない」

妹子らは乗船した。

遣隋使の成功で妹子の罪はいつしか立ち消えになっていた。


炊屋十九年（六一一）春正月――。

厩戸は勝鬘経義疏《ぎしょ》の追い込みにかかっていた。一昨年の四月に取り組んで以来二年近く経っている。政務の合間とはいえ、精魂を込めて執筆してきた。単なる注釈書ではなく、自身の思いを盛り込んだ解説をしたいと思っている。厩戸は草稿が仕上がると法興寺の慧慈を訪う。

「法師、すみませんが不備をご指摘いただけませんか」

と頭を下げる。慧慈は朱で付加、削除を行う。まだまだ慧慈には及ばない。慧慈は能筆であり、矩形《くけい》の中に、丁寧で整然とした漢字を記すため刻印と見紛う者もいた。厩戸は手本にしている。

厩戸はようやく結語の執筆に入った。

「その時、世尊は勝れたる光明を放ってあまねく大衆を照らし、身虚空《こくう》に昇ること高さ七多羅樹《しちたらじゅ》なり。み足虚空を歩みて舎衛国《しゃえこく》に還《かえ》りたもう。……」

伊予の温湯で慧慈が、

「日月は天上にあって地上をあまねく照らし、わたくしすることはない」

と語った言葉が連想された。咀嚼《そしゃく》して脱稿したのは正月の二十五日である。ひもといていた義疏を堅く巻き戻した。次は維摩経《ゆいまきょう》義疏の執筆に取り掛かるつもりであった。頬杖をつきながら遠くを見やる。

紫陽花《あじさい》が青から紫に色を変えた夏五月五日——。

大王炊屋は大和の菟田野《うだの》に薬猟《くすりがり》（鹿の若角を取り薬用にする）に出座《いでま》した。靄《もや》が流れるかわたれ時に藤原池の畔に集合し、曙《あけぼの》に出発する。夏の夜明けは早い。路傍で微《かす》かな朝露に濡れたササユリが控えめながらも気高く咲いている。蜜を吸っていた胡蝶《こてふ》が鬱金《うこん》色の花粉を散らす。日が昇り始めた頃は曇っていたが雲が流れ去り、晴れ渡った良き日和となった。

この日諸臣の服の色は皆、冠位の色と同じにする。冠にはそれぞれ飾りをつけた。大徳、小徳は金を使い、大仁、小仁は豹《ひょう》の尾を用いる。大礼より以下は鳥の尾を使用した。朝廷挙げての晴れがましい行事であることを強調する。

厩戸は薬猟は馴染まず不参加であったがその前日、薬猟で鹿が追われるありさまが目に浮かぶ。眼前で母子鹿が射殺された光景が思い出される。厩戸は居ても立ってても居られなくなり、斑鳩から黒駒で小墾田宮に駆けつける。炊屋に拝謁を願った。

「恐れながら、殺生の罪は仏教の中で最も重いものでございます」

この頃は当然のように鹿を射殺してから角を切っていた。

「鹿を殺さずに角をお切り下さいませ」

「……」

「投げ縄で鹿を捕まえ、動けぬようにしてから角を切り、終われば解き放つのでございます」

炊屋は感心したように相槌を打って請け合う。

「そうするであろう」

薬猟を無事終えた五日後、炊屋は内裏で蜂蜜湯を飲みながら尾佐呼と寛《くつろ》いでいた。

「姫様、来年はご存位二十年でございます」

「早いものよ」

感慨深そうに言ったが、尾佐呼の垂髪を束ねた頭髪が気になるのかじろじろ見ている。

「尾佐呼、そなた白髪が増えたのう。そろそろ媼《おうな》（老女）の仲間入りか、めでたくもある」

「恐れ入ります。でも姫様の御髪も、であります」

「人のことは言えぬか、ふふふ」

微笑み掛ける。尾佐呼も笑みを返す。炊屋が蜂蜜湯を上品に飲む。尾佐呼も口に含む。話はこれで終わらなかった。尾佐呼が意表を衝いた提案をする。

「来年、在位二十年の記念行事をやりませんか」

「良い案でもあるのか」

「姫様のお母君堅塩媛《きたしひめ》様を、姫様のお父君天国排開広庭大王様の檜隈坂合陵《ひのくまのさかあいのみささぎ》に改葬なされるのはいかがでしょうか」

「合葬せよと言うのか」

興味深げな目を向け、炊屋がゆっくりと笑みを見せた。

「さようにございます」

炊屋の母堅塩媛は生前大后になれず妃として片身の狭い思いをしていた。豪族の出だったからである。堅塩媛の父は蘇我稲目で、馬子は年の離れた異母弟である。大后は大王家の血筋であることが習わしであった。天国排開広庭大王には妃が六人おり、その中に堅塩媛の妹の小姉君《おあねのきみ》もいた。小姉君は穴穂部間人王女（厩戸の母）を生んだその人である。

炊屋は実家を訪れた折、母から、

「大后になりたかった」

何度か身の不遇を託《かこ》った記憶がある。

（母上様）

炊屋は母の無念さを噛みしめる。

「大王である姫様にできないことはございません。母上様を大后になされませ。母上様への孝行、皆打ち揃うて感じ入りましょう」

炊屋が思案顔を見せる。ここが推《お》しどころと思ったのか、

「天国排開広庭大王様の奥の棺を前に出し、奥には堅塩媛様の棺を納めます。こうすれば大王様が大后様をお守りする配置になり、大王様もさぞやお喜びになりましょう」

「名案だが、朕《わ》がそれを言い出すわけにはいくまい」

「……ならば、大臣馬子殿に奏上させます」

「厩戸ではいかぬのか」

「厩戸様はああ見えても偏屈なところがございます。合葬は私事と難癖をおつけになるやもしれませぬ。ここは馬子殿とした方がよろしいかと。馬子殿は厩戸様への対抗心からか、何より姫様の意に適《かな》いたいと願っておられます。それに馬子殿のいまの権勢ならば、表だって反対する者はいないでしょう」

薹《とう》の立ち過ぎた二人であるが、まだまだ権力への執着は衰えていない。

「尾佐呼にお任せ下さいませ」

自信ありげに胸を張った。

翌日、尾佐呼は朝堂にいた馬子を呼んで語り掛ける。

「大王様は『私事、そうもなるまい』と申された」

「そのようなことはない。そもそも大王様に関わることは何事であれ国事行事である」

「よくぞ申された。大王様は合葬に関心なきようにおっしゃったが本心とは思えません。お気持ちを忖度するは従臣としての当然の務め。馬子殿が奏上なされればこれからは馬子殿をさぞや頼りになされましょう」

「恐れ多いことです」

「ではよろしく」

珍しく尾佐呼が頭を下げる。尾佐呼の策は巧妙に功を奏した。

馬子は全員を招集する。炊屋の出座も仰いだ。厩戸、大夫、群臣、百官らが列する中、馬子が奏上する。

「天国排開広庭大王様の陵に、堅塩媛様を大后としてお迎えし、合葬致したく願い奉ります」

「ほう、何ゆえです」

炊屋が問う。口にこそ出さないが、この奏聞《そうもん》に大きに満足している。

「天国排開広庭大王様のご遺言だからにございます。『堅塩媛と一緒に眠りたいと申された』と渟中倉太珠敷大王様よりお聞きしました」

「なぜ今まで黙っていた」

「申し訳ありません。失念しておりました」

「……さようか」

「どうかお二人の合葬、お許し下さいませ」

「一同が望むなら、そうするがよい」

にこりともせず涼しい顔で言う。さも自分とは関係がないと言いたげである。

(食えぬお方だ)

馬子は心の内でぶつくさ言った。厩戸は一切発言しなかった。

まだ暮れるには早い。輿に乗って穴穂部間人王女が斑鳩宮に乗り込んできた。

「母上、何用ですか」

厩戸が出迎える。年齢と共に痩せるのではなく、顎も二重になって全体にでっぷりとしている。

その二重顎を揺らし、

「用がないと来てはいかぬのか」

「そういうわけではございませんが、お顔が少々苛立ちのご様子」

「これが怒らずにおられるか」

我慢しかねるように口にする。

「あの女、堅塩媛を天国排開広庭大王様の陵に改葬するというではないか、それは真か」

「さようですが」

「ならぬ。やめさせよ」

「そう申されましても、これは朝議で決まったことです」

「剽《ひょう》げるでない。そなたは炊屋を補弼《ほひつ》する立場であろう。炊屋が誤った行いをするというのになぜ諫めぬ。なぜ補弼の務めを放棄する」

「大王家の私事にございます。容喙《ようかい》するのはいかがかと」

「我が母小姉君はどうなる。そなたにとっては祖母ですよ。他人事ではない」

いつもながらしつこくて回り諄《くど》い。張り合っているようだが悋気も無きにしも非ず。

「どうしろと？」

「このような暴挙、黙認するならば小姉君も一緒に合葬せよ。忘れたのか、小姉君は堅塩媛と同じ天国排開広庭大王の妃であられたぞ」

「さようなご無体を申されても」

「何がご無体じゃ。当然のことではないか」

興奮しているのか鼻息が荒く、癇癪《かんしゃく》を起こしていた。

「うるさい、音曲をやめよ」

「？　何も聞こえませんが」

「耳が遠くなったとみえる。そなたは耳が敏《さと》いだけが取柄《とりえ》であったのに」

と言いながら頭を押さえ、

「痛い」

全身をわななかせ、口から泡を吹き出した。突如意識を失い、眼球を上に向けて倒れる。厩戸が抱き止める。そのまま眠り込んだ。いきなりの珍事である。薬師の見立ては、

「頭の中に悪霊が住み着いた」

看破したように飛ばし、

「邪気払いをせよ」

指図する。それ以上のことは分からない。厩戸は気が進まなかったが昔からの習いなので大殿の出入り口に朱の札を貼らせた。聞きつけた菩岐々美郎女が看護を買って出る。そのせいかどうか、

痙攣《けいれん》も治まって王女は回復した。

王女は菩岐々美をすっかり気に入り一緒に暮らしたいと言い出す。菩岐々美は快く受け入れた。


炊屋二十年（六一二）春正月七日――。

炊屋は大夫、群臣らを召して新年を祝う酒宴を催した。馬子、蝦夷、境部もいる。厩戸は斑鳩に移ってからは酒席には参加しなくなった。付き合いが悪いと責める者もいたが、炊屋は論《あげつら》うことでもないと思っているのか気にしていないようだ。

馬子は杯《つき》を捧げ朗々とした声で、寿《ことほ》ぎの言葉を述べ、祝いの歌を献上する。炊屋は返礼のつもりかそれに答え、

「蘇我の人よ、蘇我の人よ。おまえは馬ならばあの有名な日向国の馬、太刀ならばあの有名な異国の真太刀である。もっともなことである。そんな立派な蘇我の人を、大君が使われるのは」

いとも楽しげに詠じる。いつもの色白の頬がほどよく朱に染まっていた。御酒を随分おあがりになったようで、満足げなご様子は見て取れるが酔ったとはいえ、炊屋らしからぬ人も無げな世辞の応酬で、あまりにも蘇我氏を単純明快に誉めそやすので列席の豪族らが白ける。落胆したのか目立たぬように席を立つ者もでた。

（やはりあのことが）

馬子が炊屋に堅塩媛の改葬を奏上した一件である。

（よほど大王様のお気に召したのだ）

多くの者がそう感じていた。幾何も無くこのことは、口に出さない不文律が出来上がる。とはいえ、炊屋と群臣、豪族らとの関係はおおむね上々であった。

蘇我一族でありながら興醒めている男がいる。馬子の弟境部臣摩理勢である。四日前に蘇我氏の後継者は蝦夷と決まった。自分こそが適任だと自負してきただけに腹立たしい。蝦夷に従う気などさらさらない。

（蝦夷を何とかせねば）

境部は酒壺を乱暴に掴む。杯に手酌で注《つ》いで呷《あお》った。

西空に瑠璃《るり》色の薄明るさが残るこの日、蝦夷が馬子の居館で刺客に襲われる。庭を歩いていると人の近づく気配がする。振り向いたのと剣が光ったのが同時だった。危うく剣を避ける。

「誰だ――」

蝦夷の大声で警護の門丁らが駆けつけた。ことなきを得たが刺客は捕り逃がした。何者かが手引きをしなければそうやすやすとこの居館の敷地内には侵入できない。

「摩理勢め、よくも」

蝦夷は刺客を放ったのは境部臣摩理勢だと決め付けた。指の関節を鳴らし憎悪を募らせる。

白い山桜の蕾が綻び始めた春二月二十日――。

堅塩媛が大王天国排開広庭の陵に改葬された。粛々と進められる。非の打ちどころが無い儀式が続いたが、一人だけよく誄《しのびごと》を奏上できなかった者がいた。阿倍内臣鳥《とり》である。鳥は誰にも言わなかったがこの合葬に反対であった。炊屋が私情を公の政にしたと思えてならない。厩戸がどうにかしてくれると渇望していたが終始、容喙《ようかい》せずに改葬を止めなかったのも不満である。表だって反発、批判することは憚られる。無意識かわざとかは分からないが態度に出たのかもしれない。暗黙の抗議とも言えた。炊屋は鳥の誄を聞きながら、

(真《まこと》が無い)

と受け止めたが、あえて傍観した。

厩戸はこのところ斑鳩宮の内裏で維摩経義疏《ゆいまきょう》に勤《いそ》しんでいる。秋も深まり日が沈むのも早い。開け放たれた内裏に西日が差し込んでいた。東の空では淡く白い半月が昇っている。そろそろ夕餉という時分河勝が伺候する。

「お耳に入れた方がいいかどうか迷ったのですが、一応申し上げた方が良いかと思いまして」

厩戸の文机の前に坐り、

「境部臣摩理勢殿が足しげく刀自古郎女様の内裏に通っております。不可解な行動は山背大兄王子様のお相手をするのが狙いのようです」

山背大兄は十六歳になっていた。

「そのことは従僕から聞いている」

この頃はまだ妃らは斑鳩に移っておらず、それぞれの支配地に作られた宮の内裏で暮らしていた。

「刀自古郎女様は境部殿を頼りにされておられます」

「……」

気になるのか子麻呂が入ってきて河勝の横に座した。

「山背大兄王子様が蘇我氏の内紛におのずと巻き込まれることになりはせぬかと」

蘇我蝦夷と境部臣摩理勢は馬子の跡目相続を巡って水面下で争っている。跡目は「蝦夷」と馬子が決めたが摩理勢は納得していない。

「つまるところ境部殿は上宮王家を後ろ盾にして、蝦夷殿と事を構えるおつもりなのでは、と案じております。もしや、山背大兄王子様を大王にしたいとの野望をお持ちでは」

「……」

「境部殿の出入りを遠慮させるべきです。さもないと上宮王家が境部殿を支援していると見られ、蝦夷殿から憎まれることになりかねません」

それまで黙って聞いていた子麻呂が、

「考え過ぎではないのか。河勝はいつも人を疑いの目で見る。性根《しょうね》が悪過ぎる」

「お互い様だ。子麻呂殿は要らざる口出しをせず馬の世話をされておればよい」

「無礼な」

「無礼はどちらですか」

「やめなさい」

厩戸が静かに言った。

「申し訳ありません」

と河勝。子麻呂は横を向いた。

「境部殿に山背に近づくなとは言えまい。魂胆があるにしてもだ」

厩戸が疑問を投げ掛ける。

「では何か口実を作ればよろしいかと」

「そのようなことをすれば、境部殿が不愉快に思われよう」

「かといってこのまま放置すれば王子様の身に危険が及ぶやもしれませぬ」

「子麻呂、良い策はないか」

と厩戸。

「……斑鳩に普請中の妃たちの宮の堂舎ですが、急がせましょう。斑鳩に移れば厩戸様のみならずわれらの目も届きやすくなります。境部某《なにがし》殿も無茶はできないでしょう」

「さすが子麻呂、年の功だな」

「妙案です」

二人は子麻呂を褒め上げた。

炊屋二十一年（六一三）秋八月――。

慈愛の色をおびた夕日が見慣れた二上山の上にあった。近くの富雄川の川面では夕日が揺れていた。厩戸は維摩経義疏《ゆいまきょうぎしょ》の執筆に没頭している。

舎利弗はこの室の中に座席が無いのを見て思う。

（このように大勢の菩薩や大弟子たちは、どこに座したら良いのであろうか？）

維摩長者は彼の心を知って舎利弗に語る。

「あなたは法《のり》のために来たのですか？　あるいは座席を求めて来たのですか？」

舎利弗は答える。

「わたくしは法のために来たのです。座席のために来たのではありません」

「よろしい。そもそも法を求める者は身体や命を貪《むさぼ》らない。ましてどうして座席を欲深く求めるだろうか。法を求める者は、身を亡ぼし命を投げ出して求めるのである。あなたは『法のために来た』と言うならば、どうして座を求めるようなことをするのだ」

厩戸は筆を置き一区切りつける。外も堂舎の中も暗くなってきていた。

（ごおおお――ん）

斑鳩寺の入相《いりあい》の梵鐘が厳かに響く。一《ひと》月余り経って維摩経義疏は完成する。次の法華経義疏に着手した。

樹々の葉もすっかり散った冬十一月――。

干害対策として進めていた巨大な溜め池が続々と完成した。飛鳥から難波までの大道（竹内街道）も拡張整備される。飛鳥の発展に伴い難波津からの人の往来、物資の輸送などが日に日に増え続け交通網の整備が急務とされていた。数年前より山路の拡張工事が行われ完成したのだった。

今日からもう十二月だった。

厩戸は河勝と遠乗りの途中、片岡山（現在の奈良県北葛城郡王寺町）の道端で倒れている一人の男にたまさか遭遇する。薄墨の衣をまとった禿頭なので諸国を経巡《へめぐ》る仏道修行者に見えた。何日も食していないのか痩せ衰えている。

「お気の毒なことだ」

被っていた笠の顎紐を解《ほど》き、笠を取って名を問うも返事が無い。このままでは斃死《へいし》（のたれ死に）するかもしれない。

「いかが致しましょう」

「捨て置くわけにもいくまい」

河勝に命じ近在の舎屋から水と食べ物を手に入れ男に与えるが口にしない。寒そうに震えているので厩戸は馬から降りると上衣を脱いで男の肩に掛けた。

「大丈夫ですか?」

男はこっくりとする。厩戸は歌を詠む。

「しな照るや、片岡山に飯《いい》に飢えて、臥《こや》せるその旅人あわれ。親なしに、汝《なれ》、生《な》りけめや、刺竹《さすたけ》の君、速《はや》なくも、飯に飢えて臥せる旅人あわれ」

片岡山で食に飢えて倒れている旅人はかわいそうだ。親なしで育ったわけでもあるまい。いとしい恋人はいなくなったのか。食に飢えて倒れている旅人はかわいそうだ。

旅人は首を上げ答歌を返す。

「斑鳩の、富の小河《おがわ》の絶えばこそ、我王《わが》の、御名は忘れめ」

斑鳩の宮から流れ出る仏の教えという富の小河は絶えることがない。我が王である厩戸様の御名も忘れ去られることはないでしょう。

厩戸は庇護の必要を感じ、宮に泊まってくれと申し出るも頑として断った。やむなく後ろ髪を引かれる思いでこの場を去る。

翌日の早朝、厩戸は従僕を遣わして様子を見に行かせた。知らせは、

「亡くなっておりました」

厩戸はたいそう悲しみ、倒れていた場所に手厚く埋葬する。官人らの知るところとなった。徒党

を組んで群臣ら面々が朝堂に押し寄せて厩戸に意見する。馬子に煽《あお》られたようだ。

「厩戸王様の妙な行いは官人のみならず人々を迷わせるものにございます。行き倒れの者は賤民《せんみん》。かような流れ者に下馬をしてまで親しく語らい、挙句の果てに手厚く葬るなど言語道断。金輪際承服できかねます」

「憲法十七条には卑賤と仲よくせよ、とは記されておりません。それともわれらの知らぬうちに追加となったのですか」

嫌みなことを述べた。思いも寄らぬ言い草に面喰らったが、

「人として当然なことをしたまで。身分がいかに違えども、誰とも仲よくせねばならん。人に上下の差はない。あるのは役割の違いである」

厩戸は目に力を込める。

「われら官人は礼をもって民草に尽くすのが務め。相手を見下《くだ》すのではなく、相手を敬うことで秩序が保たれ、和の調和が図れる。そう思うのだが、わたしの考えが間違っているのなら遠慮なく申してくれ。憲法十七条の四条通り、わたしはそちたちにも礼をもって接しているつもりだ」

正論を述べ、心得違いを諭す。いきなり一同が平伏し、詫びの言葉を順々に発した。

「分かってくれればそれでよい。これからもよろしく頼む」

厩戸は優しく語り掛けた。この片岡山の旅人は巷の語り草となりさまざまな話が生まれた。

十二月中旬、あの石蛾がひっそりと帰国した。渡海してから十年近くの歳月が流れている。目が

窪み、頬がこけ、痩せ衰えて変貌していた。任那再興の悲願は挫折し、一緒に渡海した仲間たちの多くが新羅の軍丁《いくさよぼろ》に殺される。生き延びた者らとも散り散りとなった。辛酸を舐めただけの日々である。雨の日には湿り気で矛で突かれた股の傷が疼く。とんだ憂き目に遭ったがそれでも強《したた》かにずぶとく生き続けてきたせいか、へたばることもなく、諦念することもない。妖気を感じさせる目に戻るのに日数《ひかず》はかからなかった。

炊屋二十二年（六一四）夏六月十三日――。

風がそよりともせぬ蒸し暑いこの日、遣隋使として犬上君御田鍬《みたすき》、矢田部造らが派遣された。公の任務とは別に、前回帰国しなかった訳語《おさ》の鞍作福利の行方を調べることを厩戸から命じられた。

翌日は雨もよいだった。思い掛けず蝦夷が斑鳩宮を訪ねてきた。蝦夷がわざわざ来るのは初めてのことである。それだけに、道理に合わない内容ではないかと推察される。

「大王様にお覚えめでたき厩戸様にお口添えをいただけぬかと」

問わず語りに口にする。対座したまま二人は互いに相手を凝視する。

「父馬子は葛城県《かずらきのあがた》を賜わりたいと願っております。葛城の地は蘇我氏の本貫地。その県にちなんで蘇我葛城氏の名もございます。どうかご賛同賜りたくお願い申し上げます」

言うに事を欠きぬけぬけと臆面もなく言ってのけ頭を下げる。さらりと言ったが事は重大事である。目に厩戸を利用したい狡《ずる》さが見え隠れしていた。

「頭をお上げ下さい」

蝦夷は顔を上げ弾んだ声で、

「では大王様に」

「お気持ちは分からぬでもないが、大王様はお聞き届けにはならぬでしょう」

「なぜ、なぜです」

「大王家の直轄地を豪族に与えるなど、よほどの功績がなければ許されません」

「蘇我氏は代々大臣として大王家の政を支えております」

背筋を伸ばし、負けずとばかりに言い返した。

「それは十二分に織り込み済みです。由無《よしな》い望みを抱いてはなりません」

明確な立場を示したが、蝦夷が首を左右に強く振る。厩戸も頭《かぶり》をきっぱりと横に振ってみせ、

「このようなねだり事はかえって馬子殿が不忠者として世の誹《そし》りを受けられましょう。大王様と馬子殿は叔父、姪の間柄とはいえ、君臣のけじめは厳しいお方です。馬子殿におかれては、よもやだめで元々との考えはお持ちではないと存じますが、この件はお諦《あきら》めになった方が賢明かと」

「……さようですか。帰ってそう父に伝えます」

戒めたが、苦々しく思っているのか背筋を曲げ、唇を強く噛んでいた。

失望を与えられた蝦夷は鞭で手荒く馬の尻を叩きながら馬子の居館に直行する。居館で馬子と石蛾が渡来の碁《ご》を打ちながら内談している。乱暴に着座した。馬子の傍らの高坏に盛られた李《すもも》に目が

いく。さきほど馬子が裏山で婢に捥《も》いでこさせた果実である。倭国では珍しく、大王でさえまだ食していない。蝦夷が手を伸ばし、袖口で表皮を乱暴に磨くや、酸っぱいのをものともせずがむしゃらに食い始める。膝に汁が雫となって落ちた。馬子と石蛾は呆れたように見ている。数個食い終えると鼻息も静まり、厩戸とのやりとりをつぶさに報告する。馬子は肩を落とし溜め息をついた。腹に据《す》えかねたのか蝦夷が、

「厩戸に頼んだのが間違いだった。まったく話にならん。あの男は奇矯な言動を弄し、古き良き慣習をことごとく破壊する化け物。はたまた仏という幻像に取り憑《つ》かれているのよ」

耳朶《じだ》までも朱に染めて罵《ののし》った。厩戸の言葉を素直に取らず、すべて邪《よこしま》に解釈している。が、心の片隅で厩戸の非凡な発想力、包容力にいつも驚かされている。このままではいつの日か屈服する時がくるのではないかと不安になったりもする。嫉みかもしれぬと思う考えが頭をもたげれば慌てて否定するのが常だった。その事実が己自身に腹立たしい。そんな蝦夷の葛藤を知らぬ石蛾が、

「葛城県など小さい小さい」

手に持った碁石を指の腹でもみながら小鼻を膨らまして口元に笑みを含める。

「どういう意味だ」

思いがけぬ言葉に馬子が問う。

「葛城県より倭国の方が広うございます」

「何が言いたい」

「この際、倭国をいただくというのはいかがでございますか」

まぜっ返した。

「大王に下さいとでも言うのか。石蛾、まだ船酔いが治らないとみえる」

「今の大王家はいずれ滅ぶべくして滅びましょうが、それまで待っていては民が苦しむばかり。気長は許されません。もらうのではなく奪い取るのです、武力で」

真顔でずばりと言って焚き付ける。やけに洞察していた。

「馬鹿も休み休みに言え、反逆ではないか」

大言壮語とは思えず馬子が血相を変える。すぐに蝦夷が、

「厩戸の思い通りにはならぬ、石蛾、続けろ」

気早に尻馬に乗った。げんなりしていた蝦夷の顔が敏感に反応し、生き生きしだす。いささか溜飲が下がったようだ。

「大王は力と徳を兼ね備えたお方がなるべき位でございます。定めし大臣馬子様が一番大王に分相応。しかしながらこのままではご主人様といえど、どうあがいても大王にはなれません」

中国古来の天命思想、易姓革命である。馬子は喜ぶどころか石蛾を唖然と見る。

「万世一系などと言って自らの大王家を正統化しておるが、王朝交替はあったはず。反逆ではございません。天の声でございます。誰に遠慮することなく蘇我王朝をおつくりなされませ。それが世の節理でございますれば」

「物騒なことを気安く申すな」

恐ろしいことを何でもないように言う舌鋒に、馬子が迷惑そうに苦り切る。

「今すぐというのではございません。準備も要ります。腹を括って下さい」

「父上、石蛾の申す通りです。いつまでも走狗のようでは。ご勇断を……」

言葉を添えると座り直して馬子に詰め寄る。馬子は目を瞑《つぶ》り腕を組んだまま微動だにしない。

「大王に成り、もっと良い国をおつくり下さい。今の政では世も末、倭国に災いが及ぶばかり」

無念そうに具申するも取り合わない。逡巡すべきでないと考える石蛾が激語する。

「大王炊屋は徳も無ければ力も無い。いずれ天に見離され罰を受けることになる。その証しが大災害。それに合わせ、炊屋の不徳を巷間に訴えればたちまち怨嗟の声が広がりましょう。そこでご主人様、大臣馬子様の出番、大王に退位を迫るのです」

羽虫が迷い込んだ。天井高く飛び巡っていたが、石蛾の周辺でうるさく飛び回る。馬子がやにわにかっと目を開け、

「譲位の前例は無い。それに厩戸がおる」

「ならばお二人もろとも」

石蛾は手刀で羽虫を打ち落とした。腕を戻した馬子の顔が強張る。

「だめだ。大王家あっての蘇我氏だ。蘇我氏あっての大王家ではない」

怒気を押し殺した面貌で馬子は二人を睨みつけた。共鳴すると見込んでいたがそうではなかっ

た。目を盤上に戻すや八つ当たりするかのように並んだ碁石を手荒く掻き回す。泊瀬部大王の時とは真逆であった。「炊屋大王は利用価値がある」と評価しているようだ。それとも「一蓮托生」とでも思っているのかもしれない。

のちに馬子は群臣に、

「葛城県を蘇我氏に」

と大王に奏上させるが厩戸の言った通り、

「このような請願を許せば、朕《わ》が愚かな女と言われるばかりか、大臣馬子も不忠者とされ、後世に悪名を残すことになろう」

断固として認めなかった。

残暑も和らいだ秋八月――。

馬子は寝床に入る前から体に火照《ほて》りを感じていた。渡来した百済人の歓迎会で酒を飲み過ぎたせいだと思い込んでいる。何げなく額に手を当てる。熱かった。

（くそっ、無理に飲ませおって）

むげに断るわけにもいかず、勧められるままに飲んだ。今になって後悔しても始まらない。庭に出て涼もうと思う。居館の中より外は当然ながら涼しい。あと二日で満ちる月は、二上山からかなり離れた上空で冴え冴えとした光を放っていた。池（泉水）の方から冷ややかな風が流れてくる。

気分が良かった。空で風が舞うのか清《さや》かな松籟《しょうらい》が聞こえる。うそぶき（口笛を吹く）ながら池に向かって歩き出す。大樹の梢で、月明かりに反射する丸い目が二つ、こちらを見下《お》ろしている。ちらっと上に目をくれる。

（ほっ、ほっ、ほっほっ）

フクロウだった。ゆったりと鼻水が出る。樹の葉っぱを毟《むし》り取って鼻をかむ。池に捨てようとすると、水面に薄気味悪い瘴気が立ち上がっている。堪らなく喉の渇きに襲われる。池の水を手で掬《すく》おうと思った時だ。突然目眩に見舞われる。足を縺《もつ》れさせて倒れた。

目覚めた時は褥《しとね》（布団）の中だった。大騒動だったらしい。起き上がろうとするが頭が振らついて立ち上がれない。体も異常に熱い。薬師、蝦夷、石蛾らが枕元のそばに控えている。

薬師が緊張の面持ちで、

「もしや半島の風土病やもしれませぬ」

罹患《りかん》したと知り蝦夷が顔をしかめる。石蛾も眉をひそめた。傷寒《しょうかん》（熱性病）であった。

「お心当たりはございませんか」

「……そういえば、渡来人と親しく酒を飲んでおられた」

「それでございます。伝染されたに違いありません」

「で、治るのか」

「それは何とも言えませんが、熱を下げる薬を調剤します。それと、どなた様もお近づきにならぬ方が……」

蝦夷が困り果てたように石蛾を見る。石蛾は覚悟を決めたのか落ち着き払って、

「大臣様の看護はお任せ下さい」

忠誠心を見せた。

「そうもなるまい」

「蝦夷様は蘇我氏の後継者、氏族の旗頭でございます。もしものことがあれば、一族が悲しむばかりか大臣様がお嘆きになるは確実。大臣様のご回復を信じ、ここは薬師の申すことに従って下さい」

馬子は平癒するどころか日に日に悪化していく。腹痛、嘔吐、下痢などが頻繁に起こる。頭痛も激しく、痙攣《けいれん》も伴った。政から外れ、治療に専念せざることを余儀なくされる。暗澹《あんたん》たる思いに駆り立てられる。口止めしていたが、

「馬子殿、御悩《ごなう》」

たちまち総員の知るところとなった。

蝦夷は男女百人を出家させ馬子の病気平癒を祈らせる。それでも治らなかった。すっかり憔悴し、半開きの口から呻き声を発する日々である。

馬子が参内できない日が九日となる。当然朝議は欠席である。蝦夷は大夫であるので朝議には出席するが馬子がいないので押され気味である。

（これでは政が厩戸のやりたい放題）

心が掻き乱された蝦夷は憂い顔で石蛾に問う。

「気鬱《きうつ》になりそうだ。良い知恵はないか」

「大臣の印である深紫冠をお被りになればよろしいかと。この冠は蘇我氏が代々継いでゆくもの。権利を有するのは蝦夷様ただお一人です。大王様も黙認されておられることは周知の事実。同じことを言っても大夫と大臣では相手の受け止め方が違います。大臣としての重い発言となるので反対できず、主張が通ります。厩戸も恐れ入りましょう」

明解に言ってのけた。

翌日、蝦夷は深紫冠を被り朝議に出席する。秩序をよそに己の私情で動いたがそれに気づかない。上座に着座して待ち受けた。さながら大臣気取りである。誰も何も言わずいつもの所に着座した。一人が面《おもて》を皺《しわ》め何事か言おうとしたが、傍らにいた者に袖を邪険に引っ張られ、止められる。

蝦夷は気分が良い。途中の朝庭で幾人もの官人と擦れ違ったが、驚いたように深紫冠を見ると、昨日とは打って変わり恭しく低頭した。脇に寄って譲る者も数知れない。

厩戸がやって来る。蝦夷の座る位置が違う。頭の深紫冠にも目がいった。

「蝦夷殿、ご自身の席に戻られよ」

何でもないように厩戸が言う。蝦夷も、

「裏目なことを申される。大臣の席はここでございます」

淡々とした言い方が続く。

「勝手な振る舞いは秩序が乱れます。冠位は大王様から授けられるもの、いわば大王様の専権事項。今ならお叱りを受けることはないでしょう」

石蛾の言ったこととまるで逆《さか》しまである。見込み違いで狼狽したが立ち直り、

「大臣位は代々の大王様より蘇我氏に与えられた冠位。厩戸王様といえどもとやかく言うことは遠慮願いたい」

「ご出座にございます」

尾佐呼の声がする。揃って頭を下げる。炊屋は玉座に座るや、

「蝦夷、誰の許しを得てその冠を被っておる」

「恐れながら、父が病で参内できませんので、父の名代として忠節を示したのでございます」

低頭したまま言上した。

「冠位を私物化することが忠節か、そうではなかろう。追って沙汰がある。それまで謹慎せよ」

何か言いたげな蝦夷を無視して鋭い語気で論難する。否《いな》やを言わせぬ威厳があった。さっと蝦夷の忠臣面が硬直した。冠が大夫によって取り上げられて匆々《そうそう》に退下させられる。大いなる当て外れであった。徒爾《とじ》に終わる。自尊心が蹂躙された思いである。

紅葉の盛りを迎えたが馬子の病状は改善しなかった。無精髭が見苦しい。手入れもせずに伸びる

がままにしていた。蝦夷には何の沙汰も無く、不興を買ったまま居館での心安からぬ謹慎が続き、食うのさえ物憂《う》く鬱々《うつうつ》と楽しまぬ放恣《ほうし》な日々を過ごしている。一向に出仕は許されない。石蛾が朝堂内での動きを仕入れてきた。老いさらばえて寝ている馬子に報告する。

「これでは政が停滞すると言って、馬子様から大臣の位を取り上げ、大伴に与えるとの由。邪魔者の居ぬ間に片を付けるのが決まったそうにございます」

「邪魔者じゃと」

双眸がきっと見開く。目が血走っている。やにわに上半身を起こした。石蛾の作り話に気づいていない。

「厩戸がこれ幸いとばかり、邪魔な大臣様を失脚させる手の内ではありますまいか。厩戸は『好い気味だ。役立たずの老耄《おいぼれ》は不要』と言っているそうな」

「くそっ、厩戸め。愚弄しおって、このまま死んでたまるか」

見当違いの闘志を燃やし衾《ふすま》（掛け布団）を跳ね上げ立ち上がる。宿痾《しゅくあ》の如く不快感が残っているはずがたちまち消え失せたようだ。腹がぐうと鳴る。鼻水を啜るや癇《かん》を高ぶらせ、

「腹が、腹が減った。何か持て」

呂律《ろれつ》も回らなかった病人とは思えぬ壮健な声だった。大きな鼻の穴から荒い息を吐き出す。にわかに血色も良くなった。運ばれてきた干飯をがっついた。馬子は齢《よわい》六十四である。当時としてはかなりの高齢である。

「前よりもお元気になられた」

「よもや本復されるとは」

「病に罹《かか》られて良かったのう」

従臣らは馬子を称える。絶望の淵《ふち》から生き返った馬子はやる気満々である。いささか滑稽だった。石蛾の見込み通りとなる。

翌日、馬子が参内する。改めてあの深紫の冠が授けられた。

手持ち無沙汰で意気消沈し、悶々とした自堕落な日々を送っていた蝦夷はやっと謹慎が解かれたが、炊屋と厩戸への腹立ちがのべつ捉えていた。両眉を寄せた不機嫌な面持ちで、

「満座の中で恥をかかされた。おまえが父の冠を被っていけなどとぬかしたからだ」

ふてくされた顔でいきり立ち石蛾を責める。石蛾は悪びれた色も無く形だけの辞儀をした。蝦夷は隅の棚に飾ってあった半島の壺を摑むや床に投げつける。粉々に散った。

「蝦夷様、冷静になって下さい」

「赤恥をかかされたこの屈辱《くつじょく》は収まらぬ」

「消す方法がございます」

「今、何と申した」

「借りを返せばよろしいかと。それで済むことでございます」

「どう、どうすれば……」

「馬子様が大王になる気がない以上、お父上に成り代わり、大王に即位なされませ」

「……できるのか、そのようなことが」

そう言いながら蝦夷の目は悪巧みを示唆している。

「お任せ下さい。今日明日というわけにはいきませんが、必ずや蝦夷様を大王にして差し上げます。それまでは何事も辛抱下さい」

「そうか。おまえに任せる」

詳説は問わず語らずであった。石蛾が勝手にやったことにしなければならない。

細《ほそ》売《め》

朝議が終わる。日の光は西空にあった。やがて乙女の含羞《がんしゅう》のような薄紅色に染まる。厩戸は黒駒を駆って帰路を急ぐ。供は河勝である。飛鳥から斑鳩への筋違道が整備され、のちの世で人々は太子道と呼んだ。

（久しぶりに）

沿道の多神社（多坐弥志理都比古《おおにいますみしりつひこ》神社）に参拝する。豪族多（太）氏の本貫地（現在の奈良県田《た》原本《わらもと》町）の中心に鎮座し、多氏の守り神でもある。のちにこの地で太安万侶《おおのやすまろ》が生まれる。古事記を撰録《せんろく》し、謎の日本書紀の編纂にも関わったその人である。

参拝を終え筋違道に戻ろうとした。

「さっさと歩け」

男のがみがみ声が聞こえる。続いて鞭の叩く音と女の悲鳴が耳に入る。

「何事でしょう」

河勝が声を掛けた。

「はっ！」

厩戸は黒駒を走らせる。筋違道に擦り切れた泥染めの黒灰色の貫頭衣を着た婢とでっぷりした男がいた。首に縄を巻かれた女はいやいやをして縄を握り、男は縄尻を引っ張り互いに縄引きをしている。女の貫頭衣は太ももまでしかなかったが別に気にしている素振りもない。裸足で顔同様に乾き切った泥で汚れていた。縄の長さは二丈（約六㍍）ほど。男はじりじりと縄を手繰り寄せる。

（どこかで見たような）

切れ長の勝気そうな細い目に記憶がある。瞬時に呼び覚まされた。

（あの時の少女に違いない。奇《く》しき縁《えにし》だ）

物部守屋との戦が終わった帰り、川の対岸から厩戸に石を投げつけた少女がありありと目に浮かぶ。あれからはや二十七年の星霜《せいそう》が経っている。今も消え去ることなく深い思いが残っている。救いの手を差し伸べることはできなかった。助けるのは今をおいて外にない。河勝はすっかり忘れているようだ。

女は踏ん張ったがしょせん男の力には敵《かな》わない。男の手が届くまでになる。いきなり平手が飛んだ。女の頬を打つ。勢いで地べたに倒れた。

「やめなさい」

馬上から声を掛け素早く黒駒から降りる。

「乱暴をしてはならん」

厩戸は女の首に巻かれた縄を解こうとする。

「何さらすねん」

飛び掛かってきた。厩戸はその腕を摑み捩《ね》じ上げる。腰に差している鞭を取り上げ道端に捨てた。

「痛たた……乱暴者はてめぇの方や」

「河勝」

厩戸は捩じ上げた手を離す。河勝が男の胸ぐらを両手でぐいと摑むとそのまま首を締め上げ、

「懲らしめてやる」

「おれ、おれが海石榴市で交換した物や。どうしようとおれの勝手や、離さんかい」

逃げ腰になって河勝の手を払う。が、その手を河勝が捩じ上げる。

「わ、分かった。手を、手を離してくれ」

男は静かになった。

「わたしにこの人を譲ってくれないか」

「ははん、あんさんも隅に置けんな。汚れとるが上玉や。洗ってやんのかい、ひひひ」

野卑な笑いをした。舌舐めずりをして、

「で、交換の品は何や」

「こんな輩《やから》と真面《まとも》に相手することはございません。女を取り上げましょう。果ては女で良からぬことを企んでいるだけです」

「そうもなるまい」

「あんさん、道理が分かるやないけ。品もなく取られたらたまったもんやないで。そんなことすりゃ訴えてやる。てめえら厩戸王様を知らんのけ」

厩戸と河勝が笑いを堪えた視線をちらと交える。

「間違ったことは決して許さねえ正義のお方や。定めを破ることがあったら、あかん」

厩戸本人が目の前にいるとも知らず誉め上げた。厩戸は返す言葉が無い。

「河勝、交換の品は？」

「持ち合わせがありませぬゆえ、やつがれの馬と致します」

「う、馬と交換。本気か」

男が魂消《たまげ》たのか上擦った声を上げた。厩戸がこくりとする。気が変わらぬうちにと思ったのか、河勝から馬の手綱を引っ手繰《たく》る。逃げるように去った。

女は、

「細売《ほそめ》」

と名乗った。羈絆《きはん》が解かれても首に残った縄痕が痛々しい。剥き出しの太ももは傷だらけだった。

「あなたは自由の身となった。どこへでも好きな所へ行ってよろしい」

細売は厩戸の前に座する。肩先まで伸びた髪は後ろで朱の紐で結ばれている。朱の紐だけが女らしいといえばいえた。

「あたしは行く所がありません。どうかあなた様の水仕女《みずしめ》として働かせて下さい。一生懸命に務めることを固言《かためごと》します」

深く頭を下げて懇願する。年は三十半《なか》ばに見えるが年は知らないという。数えたことがないらしい。河勝が厩戸にそっと耳打ちをする。

「おやめなされませ。この女の目には毒が隠されておるような……」

「どのような？」

「分かりません。しかし災いを招くようなものでございます」

河勝の言う通りかもしれない。この出会いは単なる偶然とは思えない。あの時の少女に間違いない以上、何か含むことがあってのことだと容易に察しがつく。そうであれば、何者かが裏で糸を引いていているとも考えられるがこれも御仏のお引き合わせ、

(細売の気持ちを受け止めよう)

決断する。正体を知りたい考えは胸中の奥に封じ込めた。河勝にはあの折の少女だと打ち明ける。

「そう言われれば、そこはかとなく面影が残っているような」

確かめるように横目に流した。

二上山の上空が茜《あかね》色に染まっている。細売は斑鳩宮で清掃を担当することになった。

この年、斑鳩宮の近辺に妃たちの宮が完成した。岡本宮に刀自古郎女と山背大兄王子、飽波葦垣《あくなみのあしがき》宮に菩岐々美郎女と穴穂部間人王女、中宮に橘大郎女が移り住んだ。

「一族が仲よく助けおうて生きる」

お互い近くに暮らしていれば意志の疎通も良く風通しもいい。厩戸の長年の思いが実現された。

一方で悲しい知らせもあった。法興寺の寺司善徳がぽっくりと逝《い》く。長年の友垣だっただけに厩

戸の嘆きは普通ではなかった。

炊屋二十三年（六一五）春三月――。

厩戸は政務の合間をぬって法華経義疏《ほっけきょうぎしょ》の執筆に勤《いそ》しんでいた。

「なぜ如来によって経典が説かれたかといえば、人々をことごとく救うためである。ある時は自身について語り、ある時は他人について語り、ある時は自身を示し、ある時は他人を示し、ある時は自己の事例を示し、ある時は他人の事例を示すのである。いずれの場合でも、その語るところは真実であって、虚妄《こもう》ではないのだ」

第一稿では、

「ある時は自身と他人について語り、示し、事例を示した」

簡略に注釈したのだが、慧慈が、

「ここの行《くだり》は大事な場面である。一つ一つ丁寧に記した方が人々の心に響くのではなかろうか」

と助言した。確かにそうだ、と思い直した本文である。

法華経義疏は翌月の十五日完成する。次は大王記（天皇記）、国記等の編纂が待っていた。

伊瑳知《いさち》は日頃の務めが認められて警護の長に就任する。冠位も大義が与えられる。河勝は顧問となった。

「おめでとうございます」

伊瑳知が舎屋《やかす》の庭を通った際、細売から声を掛けられる。夕餉も済み、夕闇が迫った頃だった。辺りは紫色に染められている。

「ありがとう」

顔は知っていたが話をするのは初めてである。上宮王家の人々は子麻呂を除き身分にこだわりが無い。

「どちらへ？」

「いつもの見回りだ」

長になったとはいえ、警護を部下に任せ切りにするのではなく自らも労を惜しまない。

「伊瑳知様のこと、もっと知りとうございます」

控えめな言い方をする。

「……意味が分からんが」

「伊瑳知様のおそばにいとうございます」

顔を赤らめ恥ずかしそうに告げた。

(好いていてくれる)

おくてで女慣れしていない伊瑳知はこの時より思わせぶりな素振りをする細売を意識するようになった。見慣れた景色でさえも昨日までとは違って見えた。

樹々の葉が染まりだした九月、遣隋使の一行が無事帰国した。鞍作福利の消息はおろか噂だに耳に入らず捜しあぐねた。

「あれ以来、隋の役人も懸命に探索してくれましたが残念ながら音沙汰もなく行方知れず、『諦めてくれ』と申しました」

「……そうか、われらにできることは無事を祈るしかないか」

聞こえるはずのない潮騒の音が遠く耳に届いた気がする。磯の巌《いわお》に荒波が打ちつける。やがて咽《むせ》び哭く海鳴りとなる。いつまでかくれんぼしておる、と誰かがぼやいた言が頭の片隅を流れた。キリギリスが絶え絶えに鳴くのが耳に入る。

安否を気遣う厩戸は劇的な展開を期待したが、その後、福利の消息は冥々《めいめい》として摑めることはなかった。


慧慈が帰国したいと言い出したのは十一月の初めである。反対する群臣もいたが慧慈の意向が尊重された。心憎いばかりの出処進退であった。この頃、高麗は度重なる隋国との戦いで多大な死傷者が出ていた。体の傷は月日と共に治るが、心の傷は月日が経《た》てば治るというものではない。

「敵を殺せば出世が待っている」

「敵を殺せば立派だと賞賛されて恩恵に有りつける」

そう言って喜び勇んで参戦した者の多くが戦場で死の恐怖、残酷さを思い知らされることになる。

「頭がおかしくならない方が異常ではないのか」

と、言った者は逆に臆病者、劣った者として処罰されているらしい。慧慈の耳にも入っていた。

戦死した息子の遺体に取り縋り、慟哭する母親に、

「お国のために死んだのだ。泣くことはあるまい。栄誉であり、母への何よりの贈り物じゃ。遺体が戻っただけでも喜ばねばのう」

「こらこら、誤解をするな。母親は嬉し泣きをしておるのよ」

官人が聞こえよがしに話していたという。

(拙僧なら、共に悲しんでやる)

慧慈は官人の無慈悲な言い草に憤《いきどお》る。

こんな内容もあった。生き残った兵たちの苦しみ、罪の意識である。敵兵を殺した加害者でもあった。

「味方を置き去りにした」

己を責める。しだいに無口になり誰とも話さなくなった。話し掛けても無反応である。心が崩壊した兵も少なくないらしい。憎しみ、復讐、怒り、悲しみなどの負の感情が交錯しているという。

(戦が無くならねばまだまだ不幸が続く)

慧慈は唇を強く噛む。

おまけにこんな話も聞いた。

戦の記憶だけを失っている兵がいるという。

(二度と思い出したくないのだろう)

無理に記憶の外側に追いやり悲しみを避けているらしい。ふぬけたように、一日中ぼうっとしている。慧慈は痛ましさに絶句した。

(兵たちの心の傷を癒やしたい。遺族たちの心の支えになりたい)

それには仏の法《のり》が欠かせないと確信している。泥沼化している戦いも微力ながらやめさせたい。

厩戸様の三経義疏も完成しこれ以上教えることも無い。

(すでに厩戸様は拙僧を越えられた)

との思いも強い。厩戸が、

「本国で戦に反対すれば、とんでもないことになるやもしれませぬぞ」

と、慧慈の身を案じ口にする。慧慈の決意は固かった。厩戸は物部守屋との戦がまざまざと瞼に浮かぶ。

(差し出がましくも、いかにも己が一番心を痛めてきたと思い上がっていたやもしれぬ。人の心を思いやっているようで、実は深く寄り添っていなかったのではないか……)

慧慈の帰国の意図《いと》を知り目が覚めたと思った。

(皆がそうなのだ。心の傷が癒《い》えぬのだ)

細売の暗く沈んだ目が脳裏をよぎる。

（いまだ苦しんでいる。わたしのせいだ）

厩戸は己を責める。

（どうすれば細売を救うことができる。心の傷を癒やしてやるにはどうすれば……）

慧慈に相談しようと思ったがやめる。

（細売のことはわたしが責めを追わねばならん。己の手で始末をつけずにどうする、それが償いの一つである。そうでなければ細売の心に寄り添うことはできない）

静かに考える。出した結論は、

「細売と共に」

であった。

慧慈が難波津から高麗に帰国する日がきた。厩戸、河勝、子麻呂、妹子らと一緒に法興寺の慧聡も見送りに来ている。昨夜は全員、難波の迎賓館に泊まった。晴れた日の早朝である。波が日の光を照り返し眩《まばゆ》い。

「倭国は戦がのうてええのう」

「慧慈法師のおかげです」

厩戸が返す。

「いやいや、そなたたちの思いが天に通じているのであろう。高麗も戦を無くさねば」

「法師のお志は国王様にも通じましょう」

「そうであればええのだが」

少々憂《うれ》い有りげに答える。

「そうでありますとも」

厩戸が鼓舞するように言った。慧聡らも賛する。慧慈が笑みを見せた。

銅鑼《どら》が鳴る。

「法師、お元気で」

厩戸が慧慈の手を握る。万感の思いが押し寄せる。

「厩戸様も」

握り返した。前日の送別の宴で幾度も別れを惜しんだのだがそれでも名残《なごり》は尽きない。潮風が強くなり波の音が高くなった。と、思う間に高波の先達が押し寄せる。

「船が出るぞー」

船の甲板で、両手を口元に寄せ筒のようにして叫んでいた。

「それでは」

慧慈は桟橋に向かう。厩戸らは合掌の礼をして見送った。慧慈を師と仰ぎ薫陶を受けて二十年、多くのことを学ぶことができた。今の自分があるのは師のおかげだと心より感謝していた。十一月十五日のことであった。寄せては返す波音をいつまでも聴いていた。

厩戸の計らいで細売は桜井寺（向原寺）に住み込み、雑役をしながら文字を学んだ。手習いの伝授は住職の善信尼が受け持つ。おいおい習得すればいいと思っていたが、教え方がいいのか、細売の努力が実っているのか上達が早い。雑役も万遍無く人並み以上にこなす。

「見どころがあります」

善信尼が誉める。倭国初の尼僧である。出家が十一歳の時で、四十歳を過ぎていた。細売は善信尼らの信頼を得ると夜間こっそり寺を抜け出した。伊瑳知と逢瀬を楽しむためである。決めた飛鳥川の舟小屋で伊瑳知は待っている。夜間の航行は禁止されているので誰もいない。細売は伊瑳知の胸に飛び込む。

「強う、もっと強う抱いて下さい」

「細売……」

冷えた川風が板壁の隙間から入り込む。ぎこちなく抱擁《ほうよう》する。

「寒うはないか？」

それには答えず顔を近づけた。甘美な一瞬であった。

炊屋二十四年（六一六）秋九月初旬――。

小墾田宮での朝議を終えての帰路、雨混じりの湿った風が一段と強くなる。時ならぬ暴風雨となった。野分（台風）である。厩戸は黒駒を疾駆させて河勝と斑鳩宮への帰路を急ぐ。まだまだ夕間暮れには遠いというのに重く垂れ込めた雲で空は薄暗い。斑鳩の手前の飽波《あくなみ》（現在の奈良県生駒郡安堵町）に差し掛かる。この地を筋違道が東南から西北に走っている。危機を孕《はら》む荒れ狂った風と豪雨が行く手を遮る。黒駒が前立ちになって嘶《いなな》いた。いまにも天に駆け上がらんばかりである。厩戸が黒駒の首を撫でる。これ以上黒駒に負担を掛けられない。それにこのまま危険を冒して進めば命にかかわるかもしれない。河勝が馬首を寄せ、

「厩戸様、ここにやつがれの知り人がおります。ひとまずそこで避けましょう」

大声を発しているのだが凄まじい嵐のせいで聞き取りにくい。

河勝が舎屋に案内する。

「粗末な衣で申し訳ありません」

と言って着換えまで用意してくれる。親切な者だった。中で衣を脱ぐと水が滴り落ちる。頭髪からも水が流れる。布で強く頭を擦《こす》った。主屋《おもや》が提供され、嵐が過ぎるのを待つことにする。勢いは衰える気配がない。滝のような雨が斜めに降り注ぐ。

（これではここで夜を明かさねばならん）

どしん、と大きな音がする。同時に主屋が揺れた。飛んできた巨木がぶつかったようだ。ますます風雨の勢いが増している。厩戸はこの地の地形を思い出していた。中央を大和川が蛇行し、上流で多くの川が流れ込んで合流している。この大雨である。

（川の水位が急激に増しているだろう）

しかもこの辺りは川幅が狭い。強い濁流がぶつかり堤防の土砂が削り取られているかもしれない。

「氾濫の恐れがある」

そう言うなり厩戸は主屋を飛び出した。河勝が続く。風雨になぶられながらも必死に大和川を目指す。天地は暗かったが夜というほどではない。日中だったので幸いした。大和川の土手に立つ。河勝も追いついた。案の定、水嵩《かさ》が増して今にも土手から溢れんばかりの勢いである。まるで得体の知れぬ化け物が肥え太ってゆくようだった。曲がった淵《ふち》では渦《うず》を巻いて水が押し寄せている。土手に亀裂が走っていた。

(ただちに手を打たねば決壊する)

烈風に煽られた川波が堤防を越えて二人の足を洗う。

「河勝、人々を全員避難させよ。わたしはこの土手の地割れを防ぐ」

「すぐに応援を寄こします」

河勝が急ぎ主屋に戻った。

翌日の早暁、野分は去った。厩戸らの懸命の努力にもかかわらず堤防は決壊し、途方もない量の濁流で冠水したが、幸い事前に逃げたおかげで全員が無事だった。

「生きてさえおれば出直すことができる」

人々は陶然とした顔で厩戸に感謝する。

他方で川の堤が決壊して多くの死傷者が出た所もあった。舎屋が流され柵にこびりついて一夜を過ごした者もいたらしい。

天変地異は万事大王の不徳の致すところだ、と考える者が少なくない。

「炊屋大王は退位せよ」

譲位の前例は無い。何者かが吹聴して世情不安を煽っているようだ。

「厩戸王も同罪である」

容赦がない。なぜか大臣馬子には非難がなかった。

(対策を急がねば)

厩戸は炊屋に奏上すべく黒駒で疾駆する。飛鳥橋を渡った所で騎馬の使者と擦れ違った。互いに気づき引き返す。

「大王様のお召しです。大臣、大夫らにも召集が」

使者が言い終わらぬうちに厩戸は馬首を返していた。

玉座の炊屋が、

「非常事態じゃ。大臣、何か良い知恵はないか」

最初に馬子の顔を立てて意見を聞く。

「と申されましても、災害は起こるもの。人力で防ぎようはございません」

他所事《よそごと》のように呑気に言う。せっかくの諮問《しもん》なのに答えになっていない。大夫の一人が、

「恐れながら天災は大王様のせい、不徳ゆえと申す者も多く何とかせねばなりません」

「人の口に戸は立てられぬ。言いたい奴《やつ》にはいわせておけ」

蝦夷が異見する。

「いっそ、大王様に徳が無いと贅言《ぜいげん》する者を見せしめのため、引っ捕らえ仕置されてはいかがです」

群臣が過激なことを言った。炊屋は膝上の片方の手の指を小刻みに動かしながら、

「厩戸王、策はないか」

視線を注ぎ問う。

「急ぎ大王様の徳を、天の下に分かりやすい形で披露《ひろう》せねばなりません」

目に見える具現化である。炊屋の手の指の動きが止まった。我が意を得たとばかりに、

「どうする」

「口を封じるのではなく、大地震の折にしたように、舎屋を失った者にお救い小屋を建て、施し粥も与えます。今回は遺族には見舞いの絹布でも下賜なされてはいかがでしょうか」

「朝廷の財政は苦しい。そのような余裕は無い。今度の災害は規模が大き過ぎる」

馬子が険悪な目で横槍を入れる。

「さよう、道理に悖《もと》る。そこまでやらずとも民草は強き者。いかほどのことはない。そのうち立ち直りましょう。過保護はかえって徒《あだ》となりますぞ」

じれったそうに群臣の一人が補足した。著しく考えが異なる。

おっしゃる通り、と蝦夷が賛同する。大地震の際にもこのような反発が出たのを厩戸は思い出す。反論を聞き流し、

「肝心なのは二度と氾濫が起こらないように手を打つこと。決壊した箇所の改修工事、加えて川を調べさせ、危うい土手の補修工事が必要」

「財政が苦しいと申しておろうが」

馬子が声を高め反発する。だがそんな理由で片付けるわけにはいかない。

「逼迫した財政のことは心得ておりますが、その昔、大鷦鷯《おほさざき》大王（仁徳天皇）様は民の貧しさを知り三年間無税になされました。のみならずまたも三年間先送りされ、大王自ら窮乏に耐えられたとのありがたい伝承が残っております。民の幸《さち》を第一義に考えられたからにございましょう」

きっぱりと述べる厩戸の説を炊屋はじっと聞き入っている。

「炊屋大王様は大地震のみぎり、申されました。『民があっての倭国。民があっての朝廷』と。朝廷が民を支えているのではなく、民が朝廷を支えているのでございます」

「大鷦鷯大王様の政は作られた美談じゃ。それに厩戸様の申されることは詭弁」

馬子がまたもや異を唱える。

「厩戸様の申されよう、綺麗事過ぎますぞ。現実に即したことを述べて下され」

調子を合わせた大夫の一人が困ったように意見する。厩戸はあえて抗弁しなかった。

「大王様、ご決断を」

馬子が頭を下げる。

「……厩戸王の意見を執る」

炊屋が敢為《かんい》した。厩戸の提言が実行されるにつれ、怨嗟の声は収まっていった。


霜柱が立つ季節、桜井寺で文字を習得した細売は寺を出て斑鳩宮の文庫で大王記、国記の編纂作業を手伝っていた。といっても貸りてきた書物をそのままこつこつと書き写す作業である。最初は煩《わずら》わしかったが、大王の伝承や国の成り立ちが分かるにつれて関心を持つようになった。だが懐疑的な見方である。そうでありながら億劫がらず一字一字きちんと慎重に写し取っていた。

ここで従僕が二人編纂作業に明け暮れている。傍らに書物、木簡が堆《うずだか》く積まれている。古紙の多くはくすんだ朽葉色で、ところどころ虫喰いもあり歳月の重みが感じられた。木簡には苔も生え、経年の汚れが目立つ。それに古紙や古木の匂いが漂っていた。名は年のいった方が福留、若い方が奈麻呂。時にはいかなる事項を記すかで対立した。

厩戸が顔を見せ、細売の文机に歩み寄ると、

「細売殿、文字が典麗です。読みやすい。そなたらも細売殿の字を見習うがよい」

賞賛する。細売は悪い気がしないが、物部守屋に仕えていた父が守屋と共に殺され、母は後を追うように病死した。自身は戦利品として婢に落とされた。厩戸は悪の親玉として憎んでも憎みきれ

ない男である。なのにのうのうと生きている。

（今に見ておれ）

心中で罵倒した。それに気取《けど》られぬよう、

「厩戸王様、小泊瀬稚鷦鷯《おはつせのわかさざき》大王（第二十五代武烈天皇）様の、この記載を正しく書き写してよろしいでしょうか」

度胸があるというかたじろぎもせず細売が問う。厩戸がどう言うか知りたかった。

「これ、控えよ」

奈麻呂が咎める。

「構わぬ。どれどれ」

史料のあちこちに緑青が吹き出したような黴《かび》がこびりついていた。細売が指し示す。小泊瀬稚鷦鷯大王の暴虐《ぼうぎゃく》な場面が記されている。実に魔物が憑依《ひょうい》したような所業であった。

『刳孕婦之腹而観其胎（妊婦の腹を裂いて、その胎児を見られた）』

『解人指甲使掘暑預（人の生爪を抜いて、山芋を掘らせた）』

『使昇樹巓斮倒樹本落死昇者爲快（人を樹に登らせ、樹の本《もと》を斬り倒し、落とし殺すのを楽しみとした）』

細売が厩戸を見上げる。厩戸が頷き、

「その通り正確に記すように」

「大王記により、このような大王がいたことが広く知れ渡るのはまずくないですか」

「だからといってこちらの都合の良い史料だけを選別するのは良くない。そのまま記すように」

てっきり記す必要がないと言うものと思っていたがそうでなかった。

「和御魂《にきみたま》に見放され、荒御魂《あらみたま》に囚われ過ぎたのやもしれぬ。不幸な出来事であった」

まるでその場にいたかのように足した。

(よく分からぬお人だ)

そう思うしかない。

「よくぞ申してくれた。そなたのおかげだ」

厩戸は笑みを見せる。何がおかげかは分からないが、自分が思っていた男とは少し違うような気がする。細売は作り笑いを返した。

日が傾いた頃、務めから開放される。後片付けを終えた細売は福留に、

「厩戸様はなぜ、大王記を編纂なさるのですか」

問う。そばにいた奈麻呂が、

「おまえは黙って命じられたことをしておれば良いのだ」

素気無《すげな》く言った。福留がその名に似合う福々しい顔で、

「奈麻呂、その言い方はなかろう」

「さようで、ではお先に」

長居は無用とばかりに伸びをしながら去った。務めは人並み以上に熟《こな》す相役なのだが、口の悪いのはいつまで経っても直らない。細売はその後ろ姿に、

「お疲れ様でした」

辞儀をする。福留が脇で見ているからである。

「そなたは知らぬであろうが今から二十九年前のことだ。物部守屋殿と蘇我馬子殿が戦をした」

「そうですか」

細売にとって忘れようとしても忘れられぬ出来事であるが、そのことは黙っていた。詮索されては正体がばれる。

「世間では崇仏派と排仏派の戦いのように思われているがそうではない。まあ、言ってみれば権力争いじゃ。厩戸様の活躍で物部氏一族は衰微した」

「良いお人だと思っていたのですが、悪いお方だったのですね」

「それは違う。戦を止めるためにやむなく参戦なさったが、なにせあの時は十四歳。老獪《ろうかい》な大人共にまんまと翻弄《ほんろう》されたのじゃ。考えが浅いと責めては酷であろう」

「……」

「あの日以来、悔恨の憶《おも》いで自らを律してこられたに違いない。この世から戦を無くすにはどうすればいいか……細売はどう思う?」

「……力のある者が治めれば良いと」

「ほとんどの者はそう考える。じゃがそれが間違っていると厩戸様は気づかれた」

細売はいつしか話に引き込まれていた。

「力のある者が権力を握り国を治めたとしよう。じゃが力が衰えればそれを倒し、己が国を統《す》べようとする者が出る。それの繰り返しだ。それではいつまでたっても戦は終わらぬ」

「……」

「そこで厩戸様は神の子孫である大王が、天の下をしろしめす（統治する）国づくりをしようと考えられた。力、武力で国を治めるのではなく、神の血筋である大王のみが国を統べることができる国にする。これならいくら武力を持っておっても大王には勝てぬ。当然戦が起こらぬ、起こりようがないではないか、そうは思わぬか」

「仮にそうだとしても戦で死んだ者は生き返りません。今更詮無《せんな》いことです」

「それでは死んでいった者たちに申し訳が立たぬではないか」

（？）

「厩戸様のおっしゃるように、戦で死ぬのは自分たちで最後にしてもらいたい。戦の無い世をつくってほしい、そう願っているのではないか。今となっては死者に報いるには、戦のない世をつくる、それ以上にあるとは思えぬ」

「それと大王記とどう関係があるのです」

「大王記は神代の天照大御神様から今の炊屋大王（推古天皇）様まで続く大王家の歴史と系図であ

る。この大王家の血筋の継続を万世一系《ばんせいいっけい》という。ということは、他の家系が大王になったことが無いということである。分かるかな」

「はい。よう分かりました。編纂作業、意欲が湧いてきました。この務め誇りに思います。これからもお導きよろしゅうお願い致します」

熱心に縷々《るる》教えてくれたので一応神妙な顔つきで頭を下げる。

「感心、感心。任せておけ」

福留は顎を上げた。これまでの先入観と違う思いが生じたが追いやり、

（おふざけじゃないよ、万世一系など夢物語だ）

腹の内で細売はそう思っていたが曖気《おくび》にも出さない。石蛾に教えられたことを信じ切っている。

福留の立ち去る後ろ姿に冷たい一瞥《いちべつ》をくれた。

夕餉まで近くの大池の岸で誰にも知られず石投げをするのが日課である。数羽のカイツブリが細《さざ》波《なみ》を立てて泳いでいる。石を拾い目掛けて投げる。

「厩戸のばあーか」

見透かしていたかのように音も無く潜った。その上を石が飛び去り水音を立てて落ちる。

（そろそろ伊瑳知を）

今夜、伊瑳知とここで忍び会うことになっていた。石を拾う。先ほどのカイツブリと思われる数羽が泳いでいる。振りかぶり力を込めて投げる。またしても潜られた。唇を噛むや、さ揺るぎもし

ない草を踏みつける。冷えた風が流れてきた。

中天の寒月が磨《と》ぎ澄まされたように光っていた。池の水面《みなも》にも月が出ている。波で時折震えた。伊瑳知の来るのが遅い。めったにないことだった。月を仰ぎ見ていたら小走りの足音が近づいてくる。

「すまない、遅れてしもうた」

「あたしより、務めの方が大事なの」

邪気を隠し、伊瑳知に寄り添ってべたつく。

「寺の境内に胡乱《うろん》な奴《やつ》がおってな。問い質《ただ》すのに手間どった。許してくれ」

警備の務めをしていると人は皆怪しく見えるらしい。

「大事なお知らせが……」

伊瑳知はびくりとしたように細売を見る。

「何があった」

「そうではなく」

と言って伊瑳知の手を取り自分の腹に当てた。

「あなたのお子です」

「ま、真か」

「このような慶事、戯言《ざれごと》など申せません」

「なれど腹が大きくないではないか」

「嫌ですよ。突然おなかが大きゅうなるものではございません。これから赤子の成長と共に大きくなります」

　噛んで含めるように言う。

「そうであった。何はともあれめでたい限り」

　細売が唇を強く結ぶ。

「どうした」

「厩戸様がお許しになるでしょうか」

「もちろんお許しになる、厩戸王様はそういうお方。そばでお仕えすればよう分かる。案ずることはない、頃合いを見て申し上げる」

　二人は逢瀬を楽しんだ。ここのところ三日に一度ここで会うことになっている。

　三日後の底冷えのする月の無い夜、今度は伊瑳知が待たされた。だいぶ経つというのに細売が現れない。吐く息が今にも凍《い》てつきそうである。

（遅過ぎる）

　待ちぼうけを食わされて白い息を吐きながら宮に戻ろうとした。

「伊瑳知様」

近くの閑寂な林から細売の声がする。

「細売、待ったぞ、何かあったのか？」

声の方角に体が動くも漆黒の闇で分明できない。

「動くな、動くと細売の命はない」

男の殺気立った声がする。伊瑳知が動きを止める。

「伊瑳知様、お助け下さい」

涙ぐんだ細売の声がする。続いて、

「細売の命、助けたくば厩戸の首、持参せよ。細売と交換してやる」

今度はどら声がした。あまりの悪辣さに反吐《へど》が出そうだ。

「伊瑳知様、あたしの命はどうなってもいい。だけどあなたのお子はお助けしたい」

声が湿っている。拉致《らち》された必死な思いが伝わった。

「固事《かためごと》は守るのか」

伊瑳知が苛立ったように言う。

「言うまでもない。厩戸の首を確認すれば細売は返す。三日後、この池で待つ。首が届かねば細売の首をおのれに送る」

「一目細売に会わせてくれ」

「首と引き替えだ」

今度も違った声だった。三、四人はいると思われる。闇の中を探るように、

「細売、細売」

呼び掛けてもしんとしている。夜風が草々を撫でる音だけが静かに聞こえる。伊瑳知は茫然と立ち尽くす。雲間から現れた寒月が冷え冷えと伊瑳知を浮かび上がらせる。無意識に衿を掻き寄せると忘れていた寒さで身震いした。伊瑳知は知る由もないが細売の声、男の声は声色《こわいろ》である。石蛾の声帯模写であった。

月の薄い翌日の夜半、伊瑳知は厩戸の臥所の庭に忍び込む。闇にも目が慣れた。警護の長なので怪しまれることはないが注意を払う。ここに来るまでに巡回の従僕数名と出会ったが相手が辞儀をして擦れ違っただけである。

（いやしくも、厩戸様の首を）

胸中は複雑である。いまだ迷っていた。辺りに誰もいないのだが周囲に目を配る。考えあぐねた末に、

（仕方無い）

決心した。大きく一呼吸し緊張を取ると階《きざはし》の縁《ふち》に音を立てずに歩み寄る。縁に手を掛け、上がろうとする。

「伊瑳知、何をしておる」

ふいを突かれどきりとして振り返る。河勝だった。

「これは河勝様、どうなされたのです、こんな夜分に」

「それはこちらの言い分だ。先に問いに答えよ」

「わたくしは警護の長。厩戸王様の周辺を見回るは当たり前の務め」

「ならばなぜ縁に手を掛けた」

「それは……臥所の方で物音がしたからにございます。もしや刺客でも侵入していては大事《おおごと》と思い、階に上がり確かめようとしたまで」

「刺客はそなたではないのか」

「めっ、めっそうもない。何で厩戸様を」

言い当てられてうろたえる。

(もしや、尾行されてあのことを聞かれたのか)

河勝が鎌をかけたのに感づかない。

「伊瑳知、隠し事があろう。おまえにはおよそ似つかわしくない」

「……」

「三日に一度、夜に宮を抜け出しておるな」

「尾行されたのか?」

観念したように言った。

「従僕に後を追えと命じたのだが、厩戸様がお止めになった。『伊瑳知を疑ってはならん。伊瑳知は掛け替えの無い同胞であり、友垣でもある。兄伊瑳武は知っての通りわたしの身代わりとなって死んだ。伊瑳武は戦のない世を願っていた。それが実現しつつあるのも伊瑳武、伊瑳知のおかげである。わたしと伊瑳知は強い絆で結ばれている。疑ってはならぬ』と申された」

「厩戸様が、そのような、ことを」

かえって恐縮した。兄伊瑳武の面影に厩戸の言葉がかぶる。すっと臥所の板戸が開く。厩戸が現れ縁に立った。伊瑳知が折り目正しく片膝を地につく。

「伊瑳知」

「はっ」

「いつも遅くまですまぬのう」

温情に満ちた労《ねぎら》いの言葉が伊瑳知の琴線を激しく揺さぶる。心が通い合ったと思った。己の迷想にけじめをつける。

「厩戸王様、申し訳ありません」

うかうかと誘いに乗ったことを恥じて深々と叩頭《こうとう》する。苛《さいな》まれていた心が蕩《とろ》けるほどに落ち着いた。

「いかがした、急に改まって」

「わたくしを、わたくしめを罰して下さいませ」

「はて、異なことを言う。罪の無い者を罰するわけにはいかぬではないか」

「大それたことをしようとしました」

「心の迷いは人の常……冷えてきた。そこでは寒かろう、上がってくれ」

「とんでもない。恐れ多き極み」

「遠慮は無用、伊瑳知とわたしは同志ではないか」

「もっ、勿体ないお言葉にございます」

厩戸の目が潤んでいる。兄伊瑳武が死んだ節、厩戸が一筋の涙を流した一齣《ひとこま》が立ち現れた。辺りが暗闇から濃紺に、次には紺色に変色していく。東雲《しののめ》が近い。伊瑳知は晴れ晴れとした顔で何もかも正直に述べた。

その日の夜を迎えた。冴え渡った寒月がぞくぞくさせる。伊瑳知は大池への路をせっせと歩く。手に布袋を下げている。中には作り物の首を入れていた。

(細売、しばらくの辛抱だぞ)

池の縁に寄った。水面が月明かりを照らし返して眩《まばゆ》い。じっと立っていると寒さで歯の根が合わない。布袋を地面に置いて体を動かした。体が温まるというほどではないが幾らかはましである。月が真上に昇った。苛立った。それでも待つしかない。随分と待った。後ろを振り返る。遠くはない所で河勝が見守っているはずだ。

(いったい何者なのだ)

細売を攫《さら》った男が憎々しい。厩戸の命を狙っていることだけは確かだが伊瑳知には見当がつかない。雲が出て月が隠れ空が暗くなる。まだ現れない。かじかんだ両手をこすり合わせた。

（動きが知られたのか）

細売のことが脳裏をよぎる。

（無事でいてくれ）

東の空が淡く赤らんでくる。伊瑳知の願いも空《むな》しくついに現れなかった。


今日は小墾田宮へ参内する日である。厩戸は黒駒に乗り斑鳩宮の門を出ようとした。いきなり風を切った飛矢が襲う。危うく躱した。矢は門の板戸に突き刺さる。一斉に飛来した方角を見る。黒い人影が走り去る。

「追え」

伊瑳知が声を振り立てる。数人の従僕が後を追う。矢文だった。素早く伊瑳知が矢から貴重な紙に記された文を抜き厩戸に渡す。漢文を目で読み下す。

（一人で来い。さもないと細売の命はない。場所、倉梯柴垣宮跡）

大小のある稚拙な字で走り書きされている。入手しにくい紙に文字が記されていることで渡来人が絡んでいると思われた。厩戸は読み終えると河勝に手渡し、

「くべてくれ。これより出掛ける。案ずるに及ばぬ」

と告げ、急ぎ単騎で倉梯方面に向かう。こうと決めたら行動が早い。警護の従僕一騎が追った。

宮は荒廃し、魑魅魍魎が巣くわんばかりにむくつけし佇まいと聞いている。

(読むなとは言われなかった)

河勝が勝手な理屈をつけて読む。やはりこちらの動きが見破られていた。

(内応者がいる?)

懐疑の念が湧いた河勝は斑鳩宮に仕える皆々を思い巡らすが不審な者は思い浮かばない。だが疑えば疑うほど小さな挙動でさえ気になってくる。

(いかん、いかん、厩戸様に叱られる)

思い直した。

文を厨《くりや》の竈《かまど》で燃やそうと歩き出す。子麻呂と伊瑳知が前に立ちはだかった。

「わしにも見せよ」

子麻呂が仁王立ちのまま言い放つ。子麻呂、伊瑳知も知るところとなる。

「わたくしめのせいでこのようなことに」

伊瑳知が頭を下げた。

「気にするな」

河勝が力づける。子麻呂が、

「お止めしなければ、厩戸様は一人で助けに行かれる。それこそ敵の思うつぼだ、殺される」

馬屋に向かう。伊瑳知が止め、

「子麻呂様、それでは細売の命が」

「ここに至って何を言う。厩戸様のお命とたかが婢の命とどちらが重いと心得る。厩戸様は倭国にとってなくてはならぬお方。そもそもおまえがこのような災いを撒《ま》いたのではないか、黙っておれ」

「二人、共に助かる道をお考え下さい」

「そのような道は無い」

子麻呂が邪険に断じる。

「河勝様、何とかして下さい」

伊瑳知が縋《すが》るような目を向ける。その気持ちをいかんともしがたいようだ。

「心配致すな。厩戸様にお任せしておけばよい。『案ずるに及ばぬ』と申された」

「わしはわしの思うようにする」

再び子麻呂が馬屋に向かう。居ても立っても居られぬようだ。

「お待ち下さい」

と河勝。子麻呂が振り返り、

「諄《くど》いぞ。よもやのことがあってはならぬ」

「子麻呂殿にも伊瑳知にも言っていなかったことがある……」

「何だ、疾《と》く申せ」

「細売はこの一件を仕組んだ一味の仲間だ」

「からかうな。酒でも飲んでいるのか」

目に角《かど》を立てる。

「河勝様、妄言《もうげん》はやめて下さい」

河勝が首をゆっくりと横に振る。

「それゆえ細売が殺されることはない」

「厩戸様はご存知なのか」

「知っておられる。やつがれも厩戸様に教えられた」

「何でもっと疾く言わないんだ。一体全体どういう了見じゃ」

意気込みを挫《くじ》かれ子麻呂が地べたを蹴る。こともあろうに細売は厩戸王暗殺の片棒を担いでいる。裏切られた思いだった。

「敵を欺《あざむ》くには味方からと言うではないか」

「勝手なことを言いおって」

子麻呂は憤懣《ふんまん》やる方無いのかまたもや地べたを蹴った。伊瑳知は思い詰めたように黙っている。

「伊瑳知、どうした」

河勝が声を掛ける。反応が無い。

「伊瑳知」

大声を発す。

「細売を、細売を救わねば。行かせて下さい」

哀願した。身を切られる思いなのだろう。必死な思いが通ずる。


日は二上山の上空にあった。荒れ果てた一室で細売は胡座《あぐら》をかき仲間三人と賭け双六をしている。隙間風が吹きつけては魚油の灯をちらちらと揺らす。締め切っているので薄暗い。宮跡への道は二本ありいずれも見張りを置いていた。

「来るわけないだろう。あたしの命なんか虫螻《むしけら》ほども思っていないよ」

面倒臭そうに首の辺りを掻いた。

「そりゃそうだが『あの男は違う』と石蛾様は申された。必ずおまえを助けに来るそうだ」

「ふーん、そうだとしたらよほど物好きな男だよ」

賽子《さいころ》を振った。駆けてくる足音が裏手に回る。見張りのようだ。板戸が開き日が差した。

「男が一人やって来る。厩戸ではないようで」

「誰だ」

見向きもしないで双六に興じている。

「それが、見たことがねぇ奴で」

「……そうか。その男は殺せ」

「待て。わざわざ来た目的を知りたい。始末はいつでもできる」

それまで黙っていた男が賽子をいじりながら落とした声で言う。

「そうだな……見逃せ」

肩越しに振り返り、見張りの男にぶっきらぼうに命じる。すぐに去った。ややあって足音がする。朽《く》ちた門を開いたのか軋んだ音がした。闖入者《ちんにゅうしゃ》の足音が近づいてくる。板戸の前で止まる。灯が洩れているのを見つけたようだ。

「細売、助けにきた」

忘れもしない、伊瑳知の声だ。

「厩戸様のお許しが出た、一緒に暮らそう。細売のこれまでのこと知ってのうえだ」

「同情してくれるのかい」

細売が鼻で笑う。

「そうではない。そなたがいとおしいのだ」

「おいおい、細売。おめえいつの間に誑《たら》し込んだ」

貧乏揺すりをしていた仲間の男が冷やかす。その声は伊瑳知に聞こえたはずだが気にするでもなく、

「細売、出直そう。生まれくる子のためにも」

「おいおい細売、おれとの子じゃなかったのかい」

後ろから意地悪な声がしたが目もくれず、伊瑳知に、

「おまえを引っ掛けるために言ったまでのこと、嘘に決まってるだろうが」

「細売、なぜそんな偽りを言う。そなたはおれを受け入れてくれたではないか」

「だから言ってるだろうが、おまえを騙《だま》すためだ」

「なぜそう悪ぶるのだ。そこの悪人に無理強《じ》いされているんだろう」

板戸を挟んでのやりとりが続く。こんなに思ってくれる男は初めてである。伊瑳知の純情がひしと胸に迫る。

「言わせておけば」

男が板戸に賽子を投げつけた。弓を持ち立ち上がる。細売も立ち上がり男の腕を摑んで止める。

「伊瑳知、帰っておくれ。ありがた迷惑なんだよ。子供じゃあるまいし分かるだろう」

「分かっているから言っている。早く出てきてくれ」

「今のうちなら勘弁してもらえる。あたしに関わるんじゃない、さあ帰ってちょうだい」

「嫌だ」

「聞き分けのないことを」

まるで母子の会話だった。痺《しび》れを切らしたように男が細売の腕を払い板戸を開ける。矢を番《つが》えきりきりと引き絞る。矢の先に伊瑳知がいた。矢尻が反射して光った。容赦なく矢を放つ。伊瑳知は身を翻《ひるがえ》し矢を躱す。男は再び矢を番え、

「細売、最期を見届けてやれ」

弓弦を引き絞る。伊瑳知が剣を抜いた。

「やめて」

細売が男に体当たりする。男は矢を落としてよろめいたがたちまち立ち直り、

「ばばあ」

びんたを食らわす。転倒した細売を両側から男が腕を掴み立ち上がらせる。

「やめろ」

伊瑳知が叫びながら室に飛び込む。男が剣を抜き突いてきた。剣が搗《か》ち合い火花が散る。男の剣が折れ半円を描いて床に突き刺さる。手に残った半折れの剣を投げつける。伊瑳知が剣で打ち落とした。くそっ、と唇をねじ曲げた男が細売の腹を蹴り上げる。同時に二人の男は抱えていた細売の腕を離した。細売が後ろに吹っ飛ぶ。

「細売」

伊瑳知が猛然と細売の傍に走り寄る。細売の口元に血が滲んでいる。抱えて細売の上半身を起こした。

「しっかりしろ」

「伊瑳知、さん。あたしに構わず、逃げて……」

「お二人さんよ、見せつけてくれるじゃないの」

男が弓弦を引き絞る。伊瑳知に狙いを定めたが、唸りを立てた矢が男を急襲する。矢が腕に突き刺さり血が吹き出した。剣を握る二人の男の腕にも続けざま矢が命中する。剣を床に落とした。庭の大樹のそばに黒い影がある。離れてもう一つの影。影が近づく。

「厩戸だな。卑怯だぞ」

「卑怯はどちらかな」

三人とも痛みに堪《こら》え切れぬように顔を歪めている。刺さった矢を抜く元気もないようだ。もっとも抜けば血が溢れ出る。室に踏み込み、

「血止めをせねば命に関わる。手当てをするのでこちらに来なさい」

丁重に言った。

「騙そうたってそうはいかんで。優しい言葉を掛けて一《ひと》思いに殺《や》るつもりだろうが、そんな姑息な子供じみた手に乗るわけないやろ」

だらだらと憎たらしく吐くと仲間に、

「行くぞ」

血の流れる腕を片方の手で押さえて逃げる。走り去る三人の男に目を奪われたその時だ。二本の矢が唸りを立てて飛来する。

「伏せよ」

厩戸が疾呼する。一本は厩戸を襲ったが従僕が剣で打ち落とす。同時にもう一本の矢が細売を見

舞う。とっさに伊瑳知が庇ったが伊瑳知の胸を直撃する。ぐったりと崩れるように倒れそのまま息が絶えた。

「い、伊瑳知、目を覚ませ。こんな所で寝ている場合か」

言葉とは裏腹にいっかな動かない伊瑳知に縋り細売が嘆き悲しむ。大粒の涙が零れ落ちた。

（心ゆくまで泣けば良い）

厩戸は庭に出た。従僕はすでに庭の端に控えている。日が沈もうとしている。一際《ひときわ》光り輝く夕星が西空に見える。

（伊瑳知が星になった）

こんなにじっくりと清《さや》かな星を眺めるのは久しぶりではないか、いや初めてのような気がする。

「伊瑳知、細売を見守ってくれ」

語り掛けた。小さな呻《うめ》き声が厩戸の耳を捉える。室内からだ。駆け込む。細売が伊瑳知の上で被さるように倒れていた。

「細売」

駆け寄り上半身を抱き起こす。小刀で胸を突いている。胸の辺りの衣がたっぷりと血を吸っている。伊瑳知の後を追ったようだ。

（血止めをしなければ）

自身の両袖を細長く裂いて包帯にする。従僕も手伝い、胸から背中に掛けて幾度も巻きつける。

「馬に乗せましょうか」

「安静にせねば出血が酷くなる。急ぎ薬師をこれに」

厩戸は衣を脱ぎ床に広げ上に細売を寝かせる。細売の息が弱くなった。

「細売、しっかりしろ。厩戸だ。そなたの憎き厩戸である。怨敵《おんてき》厩戸はまだ生きておるぞ、先に死んでどうする。死ぬなら厩戸を殺してからにせよ」

「うま、やと」

「そうだ、厩戸はここにおる、生きておるぞ」

「さむ、い。さ、むい」

顔色は青白く、唇は紫に変色し、手足は氷のように冷たい。

(やむを得ぬ)

細売に覆い被さりしっかりと抱き締める。薬師も駆けつけ、瀕死《ひんし》の細売は一命を取り留めた。

二日後、細売は目覚める。顔色は良くなり唇の色も朱を帯びていた。

「ここ、ここはどこ?」

上半身を起こそうとするが、激痛が走ったのか無理だった。

「斑鳩宮です。あと数日、静かに寝ておれば起き上がれるそうです」

献身的に告げる。

「あたしはどうしてここにいるの」

厩戸は詳細にあの夜のことを話した。細売が泣き出さんばかりに顔をしかめる。思い出したようだ。再び上半身を起こす。手伝った。今度はうまくいったが、しかみ面《づら》で胸を押さえる。傷が疼《うず》いたようだ。

「伊瑳知、伊瑳知」

涙を流しながら幾度も名を叫んだ。厩戸が細売の肩に触れて寝かせる。素直に従った。すっと両手を伸ばし衾《ふすま》（掛け布団）を頭まで被る。一人になりたいのかもしれない。衾が小刻みに震えている。厩戸は外に出た。

後日厩戸は完治した細売を伊瑳知の墓に案内する。斑鳩の西方に手厚く埋葬していた。あの争いで、馬子に殺された穴穂部王子と宅部王子の陵がある所に近い。

細売は伊瑳知の墓前で目に悲哀を湛え、いつまでも手を合わせていた。

厩戸は従僕に細売を見守るよう命じ、一人で穴穂部王子と宅部王子の陵に向かう。ここに詣でるのは久しぶりである。

（あれは……）

陵の参道沿いに小さな舎屋が見える。

（いつの間に）

陵守《もり》（墓守）のための小屋のようだ。参道で腰の曲がった老婆が竹箒《ほうき》を持って地べたを掃き清めている。塵《ごみ》一つ無い。陵を美しく保ってくれてありがたいことだった。老婆に会釈する。老婆も返した。通り過ぎる。入り口に立って拝礼する。後ろで異様な殺気を感じる。緊張が全身に走る。半ば振り返った時、刀が襲ってきた。鋭利な切っ先から危うく仰《の》け反《ぞ》る。刀が箒に仕掛けられていた。厩戸は後ろに飛び退《の》く。老婆の曲がっていた腰がぴんと立っている。二重瞼の親しげな目がらりと豹変している。冷たく光った。厩戸は腰を落として身構える。いつものことながら武器は帯びていない。刀が胸を狙って真っ直ぐに迫ってくる。からくも躱したが刀が衣の袖を切り裂いた。厩戸は即座に踏み込むと手刀で老婆の手首を打つ。それでも刀を離さない。横手から刀が唸りを立てて襲ってきた。腰を屈め刀から逃れる。すかさず懐に飛び込み鳩尾《みぞおち》に当て身を食らわせる。地面に崩れ落ちた。老婆に変装した女だった。三十がらみに見える。刀を取り上げて遠くへ投げた。女が正気に戻る。慌てた素振りを見せたが怯むことなく乱れた胸や裾を直して座した。断念したのか殺気が消えている。

「さあ、殺、しな」

肝《きも》の据《す》わった女だった。たどたどしい倭語で息を切らしながら話す。渡来人のようだ。

「なぜわたしの命を狙う」

「任那、再興、の、ため、だ。おまえ、が、おれば、叶わ、ぬ」

「どこかで禍根を絶ち切らねば、戦はいつまでも続くではないか。たとえ新羅を攻めたとて今の新羅には勝てぬ。あまたの死傷者が出るだけだ」

「では、新羅、に、支配され、たまま、任那人は、耐え、忍べといい、うのか」

「恩讐を越えた生きる道を選ぶのだ。必ず生きていて良かったと思う時が来る」

「おまえ、には、国を滅ぼ、された者、の、気持ちは、分か、らぬ」

「分かっているからこそ申している」

任那が滅ぼされてから五十年以上が経っている。任那再興の悲願が子々孫々にまで継承されている。厩戸はその深い思いを理解しているつもりだ。だからといって新羅を攻めることには反対である。あくまでも和をもって解決すべきであるとの考えに変わりはない。

「話、をして、も、無駄な、こと、だ。さっさ、と、殺せ」

「死ぬより生きよ。己の過去と訣別し、やり直すのだ。わたしが力になる」

知己のような親しみで言葉を掛けたが、

「つまら、ぬ、お節介。殺さ、ねばまた、命、を狙う、ぞ」

「構わぬ。何度でも狙うがいい。わたしはそなたの思いを受け止める」

恩寵を示した。

「噂通、り、奇矯な、ことを、言う、変わり者、だ」

「変人で結構。わたしはわたしの道を行くまで」

厩戸はそう言うとこの場を去った。女は厩戸の心根を理解したのか、それとも暗殺失敗の責めを負わされ殺害されたのか、二度と厩戸の前に姿を現すことはなかった。

その日の夕方、細売が斑鳩宮に訪ねてきた。何やら深刻な顔をしている。厩戸の前に座すると、

「あたしは罪深い女。あたしのせいで伊瑳知殿が死んだ。あたしが殺したようなものです」

「そう自身を責めなくてもいいのではないか。伊瑳知はそなたを守って死んだ。悔いはなかろう」

「あたしは厩戸様を殺そうと謀った一味の仲間、許されるはずがない。どうか断罪に処して下さい」

「……」

「それに何より生きるのに疲れました。生きていても何もいいことが無い。正直言って、伊瑳知殿のおそばに参りたい。黄泉《よみ》の国で伊瑳知殿と楽しく暮らしたいのです」

「本気か」

「人を信じる厩戸様のお言葉とは思えません」

「そうまで申すなら、尼にならぬか」

「尼？」

「尼になって伊瑳知の菩提《ぼだい》を弔うのだ」

細売がはっとする。

「あたしに尼など務まりましょうか」

「務まるも務まらぬもない。それがそなたが歩まねばならぬこれからの道である」

「ありがたく、ありがたくお受け致します」

細売は深々と頭を下げた。

細売は桜井寺の善信尼の元に再び預けられる。厩戸は細売の精進を祈った。

伝承　ヤマトタケル、飯豊《いいとよ》王女

明くる年の春三月。種蒔《たねま》きの時節に合わせるかのように田畑にたっぷりと穀雨が降り注いだ。斑鳩宮の文庫では毎日のように福留と奈麻呂が手を尽くして大王記、国記の編纂に従事している。福留は紙よりも木簡の方が書きやすいと言い、今も書き間違った箇所を刀子で薄く削っていた。伝承地を訪れ、古老から故事や伝説を聞くこともある。中には眉に唾を塗るような由緒もあるので注意を払う。厩戸は朝議の無い日には飛鳥に行かず福留らと編纂に携わることが多いが、この日は福留の案内で琴弾原《ことひきのはら》（現在の奈良県御所市富田）で古老からヤマトタケルの冒険譚《たん》を聞くことになっている。ここにはヤマトタケルの白鳥陵《しらとりのみささぎ》があった。王子の死後、白鳥となって飛び立った後に立ち寄った場所だとの言い伝えがある。そう大きくはない陵で、目算で東西四十歩（約六十米《メートル》）、南北二十歩（約三十米《メートル》）ほどかと思われる。この場所ではないとのたまう語り語《かたりべ》もいるにはいた。

　やまとは国のまほろば　たたなづく　青垣山隠《こも》れる　やまとしうるはし

故郷である大和を偲んで詠んだとされる歌である。

帰路の途中で埴口丘《はにくちのおか》（現在の奈良県葛城市北花内）の飯豊王女の陵（現在の北花内大塚古墳）に参拝する予定だ。

厩戸、福留、従僕二人が馬で疾駆する。葛城の山並みが間近にあった。前歯が上下一本ずつ欠けた不揃いの歯並びを覗かせた古老は老残ぶりを晒すこともなく好々爺《や》そのものだった。白いぼうぼう眉と顎に垂れ下がった白い長髭が福徳としている。皺《しわ》深い目尻が下がった笑ったような顔が何ともいえない。八十路《やそじ》を過ぎたという。白鳥陵を眺めながら話を聞いた。従僕らは後ろの方で控える。口を窄《すぼ》め、

「ヤマトタケルはのう、それはそれは惚《ほ》れ惚《ぼ》れするような美しき王子であられた。女子《おなご》は目をうっとりさせて見つめたそうな」

浮世離れした話しぶりである。厩戸と福留をしげしげと見て、

「そなたらはその懸念は無さそうじゃわい」

軽口をたたく。厩戸らは聞き流す。

「初めは小碓命《おうすのみこと》と呼ばれていた。武に秀《ひい》でていたため父の大足彦忍代別大王《おおたらしひこおしろわけのおおきみ》（第十二代景行天皇）は朝廷に従わぬ九州南部のクマソタケル兄弟の討伐をお命じになった」

福留はしゃがみ込んで聞き澄まし、細めの筆を舐め舐め黙々と木簡に記している。

「クマソタケルの館では宴が催されておった。小碓命は女装して館に紛れ込み、油断させて兄を殺し、続いて弟も殺そうとする。その弟が『死ぬ前に尊号を差し上げたい』と告げ、大和一の勇者という意味のヤマトタケルという名を献じたのじゃ」

厩戸が相槌を打つ。福留も首を縦に振りながら速記していたが、ふっと思いついたように顔を上げ、

「堂々と戦えばよいものを、騙し討ち同然。卑怯者の誹《そし》りは受けなかったのですか」

「こうした計略は武人の知恵の深さを示すもので賞賛されこそすれ、批判されるべきことではなかったようじゃわい」

福留は腑に落ちたのか大きく頷く。厩戸も教えられた気がした。

「それにしてもじゃ。女の色香に惑わされ、目がくらむなど勇者としてもっての外。自ら墓穴を掘ったとも言える」

古老は自ら言った言葉が気に入ったのかにんまりし、

「その帰途、出雲国に入られた。ここでも朝廷の意向に従わぬイズモタケルを成敗された」

「さすがですな」

合点したように福留が言う。

「凱旋《がいせん》したヤマトタケルに父大足彦忍代別大王は東国征伐を命じた。休む間もなく東国に向かわれたそうな。大王に従わぬ勢力を服従させたのち帰国の途につかれたのじゃが、病に罹《かか》られ、能煩野《のぼの》(現在の三重県亀山市)で息絶えられた」

「それほどの手柄をお立てになったのに、お気の毒です」

福留が涙ぐんでいる。記した木簡に一粒涙が零れる。文字が滲《にじ》んだ。

「お見苦しいところを……ご無礼致しました」

福留がどちらへともなく辞儀をする。

「お気になさるな」

古老が声を掛け、

「ヤマトタケルの魂は白鳥となって西空に翔《か》けていったのじゃ。立ち寄った所がここ琴弾原。ヤマトタケルの化身である白鳥が降り立ったこの地は、王子の宿る場所として陵が築かれた」

「良い伝承でありますな」

厩戸が感慨深く言った。

「昔は陵守もおった。そうそう鳥の墓守もいたそうじゃ」

「鳥、ですか」

福留が目をぱちくりさせて問う。

「いつも陵の周辺に棲み、悪さをするオオカミ、トビなどを追い払っていたそうな」

「ここがヤマトタケルの陵と知っていたのでしょうか」

福留が真面目な顔で尋ねる。

「どうかのう……それにしても不思議な鳥じゃわい」

厩戸も聞き入っていた。ありえない話だが伝承が残っているということは、人々の思いが形になったとも言える。

「鳥の名は分からないのですか」

今度は厩戸が問う。

「カチカチと鳴くそうじゃ。わしはカササギではないかと思うておる」

腹と肩羽は白色、他は黒色で尾羽は長く、カラスより幾分小さい鳥である。

（確かこの鳥は……）

新羅から帰った難波吉士《きし》磐金《いわかね》がカササギ二羽を炊屋大王に献上したのを思い出す。炊屋六年（五九八）のことである。では、それまでに見つからなかっただけですでに倭国にカササギが棲んでいたことになる。

どこまでが真実なのか今となっては証明するすべが無い。が、古より伝承されてきたということは、後の世に伝えたかったことがあるはずだ。

（何を言いたかったのか、何を残したかったのか）

厩戸は古老の話を重く受け止める。福留は筆を走らせている。

「話すのを忘れておったが、ヤマトタケルが帯びていた剣は草薙剣《くさなぎのつるぎ》と申す。王子が東国に向かう途中、伊勢社に立ち寄られた際、叔母の倭比売命《やまとひめのみこと》から授けられた神剣じゃ」

「古老もしや、須佐之男命《すさのおのみこと》が退治した八俣《やまた》の大蛇《おろち》の尾から現れた剣ですか」

と福留。物知りな質問をした。

「ほう、よく存じておるのう」

古老が応じる。福留が嬉しそうにこくりとした。

「相武国《さがむのくに》（現在の静岡県）で騙され野に分け入ったところ、火攻めに遭ったそうな」

古老はここで深呼吸した。

「で、どうなったのですか」

催促をする。古老は空咳をし、

「草薙剣で草を薙ぎ払って窮地を脱した」

自分のことのように自賛する。

「よかった」

福留が安心したように呟く。

「忘れておった、話が前後する。年を取ると物忘れが多くてのう」

叱るように頭を軽く叩いて続ける。

「王子が倭比売命から授かったのはもう一つあった。火打ち石が入った袋じゃ。火攻めに遭ったので、この火打ち石で向かい火を放ち、敵を退散させた。草薙剣と火打ち石があったればこそじゃ」

福留は必死に筆を走らせる。

「さようですか」

厩戸はそう言ったがこの草薙剣の話は知っていた。初めて聞いたような顔をしたのは年の功である。その方が相手は話しがいがあるというものである。

古老のつまびらかな語りは大いに参考になった。福留は厩戸に指示されていた通り、馬の鞍に括りつけていた絹布の束を古老に与え謝意の気持ちを表す。古老は満面に笑みを浮かべ、

「これはこれはありがたい。よく気がつくわい。さぞや女人におもてになろう。羨《うらや》ましや羨まし

や」

初めに言ったことと逆さまのことを落ち着き払って言う。調子の良い一面を見せた。厩戸らは古老に礼を述べて馬に乗る。しばし駆けて福留が振り返る。まだ見送っていた。帰路の途中、飯豊王女の陵に参拝し、土地の者から話を聞き終えると葛城川に沿って北路を疾駆する。厩戸、福留の頭の中は共にヤマトタケル、飯豊王女が占めている。

（大王記に記すべきか、国記に入れるべきか、それとも両方に……）

国の成り立ちに欠かせない人物であった。葛城川に架かる古そうな橋が見えてきた。ゆっくりと渡る。この辺りは遮るものが何も無く見通しが良い。橋の中ほどで、風を切る音が迫る。厩戸は黒駒を止めて頭を伏せた。頭上を掠めて黒いものが飛び去る。目で追う。鷹《たか》だった。孤を描いて再びこちらに向かってくる。獲物を狙う目で厩戸を見ていた。空気を裂く鋭い爪が厩戸の顔を襲う。危うく黒駒の背に伏せる。飛び去った。と思う間もなく旋回し飛来する。従僕の二人が厩戸に近寄り弓弦を引き絞る。

「やめよ」

「しかし厩戸王様」

「殺してはならぬ、わたしに任せよ」

上衣を脱いで待ち構える。鋭い爪が眼前に迫る。広げた衣を鷹に投げた。目隠しをされて自由を奪われた鷹は勢いのまま川面に落ちる。ばたばたと羽を羽ばたかせているが衣に絡《から》まれてどうにもならない。流されてゆく。

（いかん、このままでは）

鷹を助けねばと思った時、すばやく同行の従僕が提を下り流される鷹を追う。厩戸の気持ちを拝察したようだ。草を押し分けしばし追うも葦の群生でもたついた。間一髪、鷹は衣から抜け出て飛び上がる。こちらに向かってきたが、上空高く舞い上がるとそのまま葛城山の方に飛び去った。抜け羽根の数枚が大空で迷っている。福留が馬首を近づけ、

「おけがはございませんか」

案じた。

「鷹が人を襲うとは聞いたことがありません」

従僕が憮然たる面持ちで言う。やや離れた大樹の下で影が動く。黒っぽい丸頭巾、黒っぽい袖無し衣、黒っぽい袴、腕に黒皮を巻き無言でこちらを見据えている。

（鷹匠……なぜわたしの命を狙う）

厩戸は思いを巡らす。

（そういえば）

鷹飼部廃止の流言が広まっていたのを思い出す。厩戸が朝議で鷹狩り禁止令を持ち出したという根も葉も無い俗言だった。

（軽く受け流していたが）

鷹飼部に関わる何者かが厩戸殺しを企んだとも考えられる。あるいは唆《そそのか》されたのかもしれない。厩戸は誰が放鷹《ほうよう》を始めたのか知りたくなった。もし大王家に関わるのであれば大王記に載せなければと思う。宮に帰り福留、奈麻呂に問うも首を振る。他の者も知らなかった。

文蔵で厩戸、福留、奈麻呂が鷹に関する史料を探したがなかなか見つからない。

「これだ」

ついに堆《うずたか》く積まれた書物の中から厩戸が見つけ出す。茶褐色に変色し所々虫が食っていた。埃も被っていたので手ではたく。

これによると大鷦鷯大王の御世に始まったと記されている。ある者が珍しい鳥を捕まえたので献上した。大王は酒君を呼んで、

「何の鳥か」

尋ねられた。

「百済にたくさんいる鳥で、百済では倶知《ぐち》と呼ばれ、馴らすと人によく従い、速く飛んでいろいろの鳥を捕《と》ります」

と答える。酒君に授けて養わせた。いくらも経たぬうちに馴れ、放って鳥を捕らせるとたちまち数十の鳥を得たとあった。

福留と奈麻呂が文机を挟んで激しい論争をしていた。互いの顔が突っ張っている。

「倭国初の女性大王は飯豊王女様じゃ」

と福留。

「いえ炊屋大王様です」

奈麻呂が反論する。

「土地の者からいろいろ話を聞いたが飯豊王女様に間違いない。近くの忍海《おしぬみ》（現在の奈良県葛城市忍海《おしみ》）には王女が政務を執ったとされる角刺宮《つのさしのみや》跡もある。これがなによりの証拠だ」

「それは福留様の勝手な解釈ではありませんか」

「勝手じゃと。奈麻呂、年上のわしに喧嘩を売るのか」

「これ、二人共やめないか。もっと冷静になりなさい」

やって来た厩戸が叱責する。

「うっ、厩戸王様、おられたのですか」

福留が目を丸くして振り返る。

「お耳障りなことを口走り申し訳ありません」

奈麻呂が抜かりなく言って平伏する。福留も負けじとばかりに深々と頭を下げる。

「分かればよろしい」

厩戸が来たことで雰囲気が和《なご》む。文机の脇に座った。

「厩戸王様はどうお考えですか」

福留が尋ねる。奈麻呂も身を乗り出す。

「収集した今の史料だけではどちらとも決めかねる。真かどうか、それを調べるのがわれらの務め。知っての通り、偽りを除き、正しきものを定め、後の世に伝えるために大王記、国記の編纂に着手した」

大臣馬子、大夫蝦夷、馬子派の豪族らがこぞってこの編纂に強く反対していた。厩戸は大王記、国記の編纂を大王に奏上していない。このため国家の事業としてでなく、あくまで厩戸が私的にやっていることであった。

万世一系への道

炊屋二十六年（六一八）春二月――。

大王炊屋は悪夢を見ていた――。

小墾田宮からそう遠くない蓮池で早暁より蓮見の宴が催された。なぜか蝦夷も同じ舟に乗っている。蝦夷がそっと近寄り、大王に穴の空《あ》いた白蓮の茎《くき》を渡す。小ぶりの白蓮の葉を池からちぎり手に持って冷酒を注ぐ。そこへ蓮の花びらを浮かせて大王の口元に捧げた。大王が茎で酒を吸う。独特の風味があった。

「美味じゃ」

炊屋は旨そうに頬を染めた。紅白に咲く群生の隙間をぬって舟が静かに進む。池に迫《せ》り出した朱色の舞台が周囲の景観を引き立てている。仄かな甘い香りに包まれていると夢心地になった。

（天寿国とは）

このような所かもしれぬと思った。冷然と見つめる蝦夷の目に気がついた。水音がする。間近に舟縁《べり》を握る二つの毛むくじゃらの手があった。舟が大きく傾く。

「あっ」

と思った時は遅かった。水中から半身を浮き上がらせた坊主男が大王の腕を摑みそのまま濁った水中に引き込んだ。水飛沫を上げて炊屋が頭から沈み込む。

「わあ——っ」

うなされて自分の声で目が覚める。恐ろしい夢だった。不快なものに圧迫されて窒息しそうだ。

(梅の季節というのに、蓮か……)

半身を起こす。汗でじっとり首筋、胸の辺りが濡れている。冷たい汗が糸を引いて背中を滴る。拭《ぬぐ》おうともせず両の腕で胸を抱き茫然としていた。


参内した厩戸は大王に召される。尾佐呼も控えている。夢の話を聞かされた。

「夢のようなことが起こるわけがないが、正夢という語もある」

「まさかそのようなことは……念のため警護の隼人を増やします」

と厩戸。尾佐呼が、

「厩戸様、ご宸襟《しんきん》を安《やす》んじいただくための仏の教えとやらはないかえ」

「それならば観音経がよろしいかと。観世音菩薩の名を称え念じるだけで、どこにでも現れて人々を救って下さると説かれております」

観音経は法華経の数ある品（章）の一つである。

「それは良い。願ってもないことじゃ、ぜひ講じて下され」

炊屋が即決する。興味がそそられその気になったようだ。

「わたしはいつでもよろしいのですが、尾佐呼殿、大王様のご予定は」

「大事な祭祀が続いており、三日後の日が高くなってからなら、姫様それでよろしいでしょうか」

場所は桜井寺と決まる。尼となった細売が修行している寺でもある。信心尼という名をもらっていた。あれ以来会っていない。聞き伝えでは副住職として住職の善信尼をよく補佐しているらしい。会うのが楽しみである。それに桜井寺の近くには梅の群生が今を盛りとばかりに甘い香りを漂わせ咲き誇っているという。

(久しぶりに花見を)

この時代、花といえば梅である。梅花に如《し》く花は無い。

三日が経った。厩戸は早めに寺に来た。すさび(気まぐれ)に薄日が差したが徐々にどんよりと曇り、今にも雨が降りそうである。

厩戸は信心尼(細売)に馥郁《ふくいく》たる香りに包まれた梅林を案内してもらいのんびりと歩く。仙境を散策しているがごとき気分にさせられる。大振りの見事な梅が一本あった。その前に立ち止まった信心尼が、

「枝がしなやかなため、風雪に撓《たわ》められても強うございます。しかも美しい」

註をつけて微笑する。厩戸が笑みを返す。

「わたくしも斯《か》くありとうございます」

あたしという訛《なま》りは直っていた。

「いい話を聞かせてもらった。いずれ信心尼殿から法話を聞きたいものです」

「まあ、おからかいになっては困ります」

頬を染め、口元に手を当て慎ましく笑う。お互い過去を話すことは無かったが、信心尼が切れ切れに告げる言葉がいかにも尼らしく身に染みる。白梅と同様、奥床しさに満ち、過去の面影は無い。春を待ち切れぬのか鳴き慣れぬウグイスの囀《さえず》りがした。上空の叢《むら》雲の量と厚さがどんどん増えている。空が暗くなり湿気を含んだ風も出てきた。花々がしなしなと揺れる。衣が膨らんだ。

(雨風になるやも)

空合いが気になった。

日がとうに中天を過ぎた頃、先触れの警蹕《けいひつ》の声が聞こえた。厩戸、河勝、善信尼らが出迎えの準備に入る。しばらくして十人前後の隼人に守られた行幸の輿が到着する。輿のてっぺんの鳳凰《ほうおう》が曇り空にもかかわらず金色に輝いた。駕輿丁《かよちょう》に担がれた輿の後を供奉《ぐぶ》の尾佐呼ら宮人五人ほどが従っていた。ぽつりぽつりと雨が落ちはじめる。

厩戸は広間で観音経を進講する。対座した大王の後ろには河勝、尾佐呼ら宮人たちが座し、その後ろで善信尼、信心尼ら寺の尼が聞き入った。厩戸は面識が無かったが、尼になった河上娘《かわかみのいらつめ》もいた。泊瀬部大王を殺害した駒と両思いだったあの娘である。

「観世音は、仏の身を示して救うことのできるものには仏の身を現して、説法される。修行僧の身を示して救うことのできるものには修行僧の身を現して、説法される。この観世音は恐怖や危急の難の中にある人々に、何ものにも恐れない自信〈無畏《むい》〉を施される。それゆえにこの娑婆世界において、施す人〈施無畏者〉と呼びます」

炊屋がこっくりとする。理解したのかどうか皆も従った。講釈を重ねるにつれてますます磨きがかかってきた。

「仮使興害意《けしこうがいい》　推落大火坑《すいらくだいかきょう》　念彼観音力《ねんぴかんのんりき》　火坑変成池《かきょうへんじょうち》……」

たとえ悪人が害する心をもって、燃え上がる穴に突き落としても、観音の救いを心から念ずれば、火の穴は変じて池となす。

「或値怨賊繞《わくちおんぞくにょう》　各執刀加害《かくしゅとうかがい》　念彼観音力《ねんぴかんのんりき》　咸即起慈心《げんそくきじしん》……」

あるいは賊が取り囲み、刀で斬りつけても、観音の救いを心から念ずれば、賊はことごとく慈悲心を起こすであろう。

「どんな災厄《さいやく》に見舞われようと、ひとたび観世音菩薩の御名を唱えれば救われるというありがたい経なのです」

千尋《せんじん》の教義の一齣《ひとくさり》一齣に炊屋をはじめ皆の感嘆の声が広がる。戸を叩く雨風の音が強くなり広間も薄暗くなる。寺男によって要所要所に灯りが点された。この強雨と空の暗さに紛れ、寺にひたひたと侵入する刺客の一団があった。厩戸の聡い耳も賊の足音を捉えることはできていない。大王と厩戸の二つの命が同時に狙われていた。刺客団を指揮するのは石蛾、首謀者は蘇我蝦夷である。蝦夷は寺から離れた大樹の影で成り行きを見ていた。四人の兵が周囲に目を配り蝦夷を警護している。

「過去に王朝は幾度か代わっている。万世一系などありえぬ。嘘で固めた大王記、国記など世に出回ればそれこそ取り返しがつかない。力と徳の兼ねそなえた者が大王に即位すればいい。そこからまた新たなる王統が始まるのよ」

あからさまに禁忌《きんき》に触れて兵らに言い聞かせている。己なりの強い自負である。

「任那を再興させる気も無く、領土を奪おうともせぬ政など、政ではないぞ。豪族の富を第一に図るのが政である。大王家を支えているのはわれら豪族であることが分かっておらぬ」

持論を開陳して決めつけた。兵らが大きく諾《うべな》う。

「その方らも加わり、大王と厩戸の首、急ぎ取ってこい」

非情な響きがあった。土砂降りの雨をついて兵らが寺内に駆け込む。まさに千載一遇の好機であった。蝦夷は事の成就を確信し、倭国に君臨する己の姿の妄想で満ち足りていた。

広間では講義が続く。

「妙音観世音《みょうおんかんぜおん》　梵音海潮音《ぼんのんかいちょうおん》　勝彼世間音《しょうひせけんおん》　是故須常念《ぜこしゅじょうねん》……」

観世音は妙音であり、梵音であり、海潮の音であり、世の中の勝れた音である。それゆえ観世音菩薩を常に念じよ。

皆が熱心に聞き入っていた。突如隼人の犬吠えがする。

（異変が）

さっそくありがたくない危機に逢着《ほうちゃく》したようだ。河勝が立ち上がる。遠くから争う声が届いた。河勝が厩戸の目を見、厩戸が頷く。河勝が外の様子を見に走り去る。厩戸が大王に近づき胆力のあ

る声で、

「観音様がお守り下さいます。ご安心下さいませ」

顔色ひとつ変えず歯切れよく発する。

「信じております」

炊屋は落ち着いていた。皆も周章することなく冷静である。観音経を知ったせいかどうか、そうであれば講じたかいがあったのだがと一瞬思う。

「善信尼殿、大王様を奥に」

すっと立ち上がり善信尼が大王を導く。尾佐呼、信心尼らが従う。河勝が戻ってきた。

「覆面をした一団に襲われております」

近くで争う声、人の倒れる音がする。揺るぎない自信に満ちた表情で、

「何人ほどか」

「ざっと三十人いるやなしかと」

半数余りで応戦していた。広間の灯りが隙間風で揺れる。消えた灯りもあった。

「やつがれも防戦します」

足早に去る。厩戸は一人残される。絶え間なくやり合う声がする。時折がなり声が交錯した。足音が近づく。一人の従僕が駆け込んできた。荒い吐息で肩が波立ち衣がしとどに濡れている。さっと片膝を床につけ、

「厩戸王様、おけがは」

顔に返り血を浴びている。

「奥の大王様をお守りせよ。一歩たりとも踏み込ませてはならぬ」

膝をつけた床の辺りに雨水が溜まっていた。

「油断するな」

「中に入らせてはならん」

庭の方から勇敢に戦う隼人らの声が雨風に混ざって聞こえる。攻防が続いていた。横殴りの雨が堂舎を叩く。烈風でいきなり雨風が堂舎に吹き込んだ。灯りが瞬時に消える。避けようもなく厩戸が風雨に打たれる。大王らがいる奥へ行くにはこの広間を通るしかない。

（守らねばならぬ）

ここを離れるわけにはいかない。正念場だった。濡れた衣から雫が板敷に垂れ落ちた。目が暗闇に慣れてくる。雨風に晒《さら》されながら口を一文字に結ぶ。風雨の闇の中で正体を秘した凶暴な怪物が荒れ狂っている。

（？）

窓の下縁に両手の指が見える。刺客が忍び込もうとしていた。

（賊の剣を奪おう）

広間の隅に身を隠す。刺客がそろりと入ってきた。後ろにすっと立ち、ぽん、と手を叩く。刺客がびくっとしたように振り返る。即座にふぐりを蹴り上げる。唸りながら股間に手を当て踞《うずくま》った。手早く腰の剣を奪う。天井がみしみしと鳴った。見上げると雨の雫が落ちてきた。剣でやり合う声が耳に入っていたが、わずかずつ減っている。それだけ死傷者が出ているようだ。回廊から複数の足音が近づく。

（ついに来たか）

大きく伸びをして入り口の影に立つ。血の臭いが広間に入ってくる。男が顔だけを突き出して中を覗き込む。すかさず鞘で胸を突いた。男はその場に膝から崩れる。幾つかの手が伸びて男は回廊に引き戻される。人の気配があるも声は聞こえない。風の音が小さくなった。雨も小降りになっている。にわかに回廊で剣刃の打ち合う凄まじい音がする。床を踏み散らす乱れた足音が錯綜する。人が倒れる音がする。足を滑らす音がする。再び激しく突き合い、斬り結ぶ声がした。一瞬明るくなる。火花が散ったようだ。続けざま人が倒れる音が重なる。

「厩戸王様」

河勝の声だった。

「賊を残らず討ち取るもやつがれの不覚、深手を負いました」

「今助ける」

厩戸が回廊に出るや剣刃が急襲した。危うく避けたが前後に敵がいる。前に石蛾、後ろに三人の兵。河勝の声は石蛾の声色で、今の立ち合いは回廊に誘《おび》き出すための芝居だったのだ。道理で派手過ぎた。石蛾らの剣が迫る。

「厩戸王様、河勝はここに――」

絶叫しながら大股で床を踏み鳴らし駆けてくる。手に剣が握られている。石蛾に突きを入れる。石蛾がひらりと身を翻《ひるがえ》した。厩戸は石蛾のことは河勝に任せて後ろの三人と応戦する。先ほど倒した兵はまだ苦しんでいる。肋骨《ろっこつ》が何本か折れているようだ。

狭い回廊では一対一の勝負である。厩戸は賊に後ろに回られないよう注意を払う。一人が剣で突いてくる。機敏に躱《かわ》して踏み込み、鞘で相手の肩を打つ。気色の悪い音がする。肩の骨が砕けたようだ。それでも剣で向かってくる。腕を摑んで捩《ねじ》上げる。もんどり打って倒れた。立ち上がるや背を見せ庭に飛び降り逃げ出した。後の二人も踵《きびす》を返し飛び降りて走り出す。庭の方で獣の咆哮に似た叫び声がする。隼人と鉢合わせしたようだ。厩戸は河勝と石蛾の立ち合いを見ている。石蛾が切っ先を向けたままじりじりと間合いを詰める。突いてきた。河勝が払って突きを入れる。身をずらした。冷笑した石蛾が剣刃を顔の前で斜めに構え走ってくる。河勝も斜めに構え走り出す。擦れ違う一瞬、有りっ丈《たけ》の力を入れた河勝の振るった剣に手応えがあった。石蛾の胸を深々と突き上げていた。石蛾は前によろけると、どっと斃れる。勝負は決した。

「み、任那、再、興を……」

喘いでそう言ったきり動かなくなった。河勝は自身の胸の辺りの衣がざっくりと斬り裂かれていることに気づく。

（危うかった）

紙一重の差だった。河勝が肩で息をする。

厩戸が腰を下ろし血溜まりの中の石蛾の遺体に手を合わす。呪縛から解き放たれたのか、死に顔は妖気が消えて憑物が落ちたような温柔な顔だった。もう重いものを背負わなくていい。

（わたしの政が任那再興を阻《はば》んでいた。さぞやわたしを憎んでいたであろう）

逆恨みであるが同情を禁じ得ない。察するに余りある。傍らで突っ立ったままの河勝に、

「せめて任那の地に埋めてやりたい。任那の土こそが石蛾を安らかに眠らせてくれるだろう。どうであろうか」

「……承知しました。厩戸様のお心持ち、それで晴れるなら新羅に申し入れます」

厩戸が骸の石蛾に、

「このような結末になる前に、そなたと一度話し合うべきであった」

語り掛ける。

（正義とは何か）

厩戸は己の胸に問う。庭での争う声、音が途絶える。

賊は全員誅殺された。隼人は生き残ったのが四人、厩戸の従僕も二人が殺される大惨事だった。

「彼らのおかげで大王様をお守りすることができた。手厚く葬り、残された遺子は取り立て、遺族には生活が困らぬよう取り計らってくれ」

厩戸が大王のいる奥に向かう。

「ありがたや、観音様がお守り下された。加えて警護の隼人、皆のおかげじゃ。多くが亡くなったそうな。彼らのことは、決して忘れはせぬぞ」

「ありがたきお言葉、彼らの死を無駄には致しませぬ」

変事を知った群臣らが兵を率い小墾田宮から駆けつける。この頃には雨が上がっていた。沿道に松明を持った兵が整然と並ぶ。その中を輿の人は超然と還幸した。

「申し上げます」

隼人が言上する。

「寺から逃げ去る怪しげな男を捕まえました」

「それはお手柄だ」

厩戸が誉め、河勝が同ずる。

「それが……」

「どうした」

河勝が問う。

「それが、『わしを誰だと心得る。大夫蘇我蝦夷である。縄を解け』と世迷いごとをほざくのです」

「蘇我蝦夷とな」

河勝が厩戸の顔を見る。厩戸も見返す。

「男が申すには、『通りかかっただけで捕らえるとは無礼である。ただでは済まぬぞ、大王を呼べ』と何食わぬ顔で脅すのですが、寺の中を窺《うかが》っていたのは確かで、逃げたので捕らえました」

「わたしが会おう」

「厩戸様、お待ち下さい。その男は間違いなく蝦夷殿本人でしょう。大王様と厩戸王様の命を奪うよう命じたことに違いありません。ここはやつがれにお任せ下さいませ」

厩戸は了承する。何事も無かったかのようにおぼめくのもまた政というものである。河勝は従僕に命じ斑鳩の宮の牢に入れた。ここなら誰にも知られることはない。

（さて、どうするか）

大臣馬子がこの殺害未遂事件に関わっているかどうか確かめねばならない。あれこれ思案するよりも直接会って反応を見ることに決める。夜明けを待って島ノ庄に馬を走らせた。

「日が昇ったばかりというに何事じゃ」

馬子が不機嫌に、噛みころすことなく大口で欠伸《あくび》をする。

「お人払いを」

「……」

河勝の様子が尋常でないことに気づいたのか居館の奥に通した。声を低め、

「実は蝦夷殿が……」

「蝦夷がどうかしたのか」

訝《いぶか》しげに馬子が問う。

「捕らえられ、牢に入れられました」

「何じゃと」

仰天したのか馬子が両目を見開く。眠気がいっぺんに吹き飛んだようだ。

「大王様と厩戸王様を殺そうとなされました。未曾有の不祥事です」

「寝惚けたことを申すな、座興が過ぎる」

「冗談ではございませぬ。確かなことです」

「では証拠でもあると言うか」

「現場の桜井寺を覗いておられた」

「たまさか通ったのであろう」

「嵐にですか」

「嵐に寺の近くにおれば罪になるのか」

「そのようなことは」

「ならすぐに解き放て」

かりかりしているのか馬子の拳《こぶし》が震えている。気まずい空気が充満する。

「やつがれもそうしたいのはやまやまですが、そうもできないのです。蘇我石蛾殿が厩戸王様を殺そうとしたところを捕らえられ、何もかも白状したのです。蝦夷様の指図だと」

河勝が事実を少々曲げる。これまでのやりとりで馬子がこの事件に関わっていないと思われた。

「厩戸様は大変お怒りです。蝦夷殿の仕業と大王様に告げられては蘇我氏は一大事。物部氏のように滅ぼされましょう。惨めな末路を辿ってはなりません」

やんわりと脅して押し問答を終わらせる。馬子の顔が引き攣《つ》った。心胆を寒からしめる成り行きである。

「大臣位の後継者が大王様の弑逆を企てたなどと公になれば、それこそ朝廷の威信は地に落ちるは間違いなし。それだけは何としても避けねばなりませぬ。そこでこうして大臣様に相談に伺ったのです」

「では早々に蝦夷を無罪放免にすれば良いではないか」

「それでは厩戸様のおそばに仕える者の憤懣は収まらぬでしょう」

「そうまで言うなら妙案でもあるのか」

「こういうのは、いかがでしょう」

じろりと切羽詰まった馬子の顔を見、

「表沙汰になれば、大臣馬子様の面目は丸つぶれ。厩戸様と取り引きをするのです」

「取り引き？」

「厩戸様は大王様に献上すべく大王記、国記などの編纂に力を入れておられます。ところがこれに反対している中心人物が蝦夷殿。大臣様もご子息蝦夷殿の意見に賛成とか」

「そういうことか。蝦夷を釈放する条件として、大王記、国記の編纂に賛同せよと言うのだな」

「ご明察恐れ入ります」

「では厩戸王様に馬子が賛成すると伝えよ」

「大臣様から直接厩戸王様に告げられた方がよろしいかと。厩戸様はやつがれにこの件の始末を一任すると申されましたので、ここでのやりとりは一切ご存知ありません。朝議の始まる前にでも、協力すると申されればよいことにございます」

「それでは蝦夷が無罪放免となる保証は無いではないか」

半信半疑の顔で傾うように言った。

「やつがれが確約します。何なら蝦夷殿がここに戻られるまで人質として停《とど》まってもよろしゅうございます」

「……分かった。おまえを信じよう」

蝦夷の汚名を雪《すす》ぎたいのかさしもの馬子もすっかり折れる。談判は成った。馬子が慌てず騒がず冷静さを取り戻して恬《てん》としたことが蘇我一族を救うことになる。

嵐の日に起こったこの刺客騒動は世に知られることは無かった。蝦夷は訓戒もされず指弾を免れた。蝦夷は皮肉にも、まるで諳《そら》んじていたかのように憲法十七条の第一条「以和為貴　無忤為宗」を思い出す。違和感なく厩戸の思考に足を踏み入れていた。

（和をもって貴しとなし、さからうこと無きを宗となせ）

自ら省察していると自嘲的な笑いが込み上がる。己の狭量、身勝手、馬鹿さ加減を笑わずにいられない。強い信念で立ち向かっていたつもりであったが、単に猜忌《さいき》していたのではないかと思い返される。かくて夢は消えた。これを潮《しお》に厩戸への蟠《わだかま》りが解け、対抗心を断ち切った。野望は潰《つい》えたが自暴自棄にもならず、これで良かったやもしれぬと思う気持ちが表れる。これまでの価値観がすっかり変貌していた。

(倭国が必要としているのは、真《まこと》は厩戸王ではないのか……。うまく考えたものだ)

冠位十二階と憲法十七条をいっている。蝦夷の変わり身を知った群臣の中には、厩戸様の心根に濾過《ろか》され、いっそうご立派になられたと誉める者もいた。

炊屋二十八年(六二〇)春二月——。

厩戸と大臣馬子が揃って参内し、大王炊屋に大王記、国記、本記の編纂を奏上する。

「大王記は万世一系、大王家の系図を中心とした歴代大王の事績でございまして、炊屋大王様までの御時世を記す予定であります」

厩戸が説明する。大王家の王統を正当化するための書でもあった。

「朕《わ》の政《まつりごと》も記されるのか?」

真剣な眼差しを向ける。

「さようにございます。炊屋大王様のご功績はのちの世の模範となりましょう。大王炊屋様の事績を記さねば大王記を編纂する意味がございません」

過分に称える。

「炊屋大王様あっての大王家、倭国でございます」

馬子が追従《ついしょう》する。

「次に国記でありますが、その名の通り国の歴史、成り立ち、謂《いわ》れにございます。政の移り変わり、外つ国《とくに》との関係なども記さねばと思っております」

大王は納得したのか首を縦に振る。

「本記では臣、連、伴造、国造など、その他多くの部民、公民らの系譜も記します」

「それは良い。出来上がるのが待ち遠しい」

炊屋はすぐさま許可を与える。これにより編纂作業が国家事業となる。編纂場所が宮の図書寮に設置されて二十人余りの体制で進められることになった。蒐集《しゅうしゅう》される史料が格段に増えてゆく。小野妹子、福留、奈麻呂らが中心となった。三人共に斑鳩より飛鳥に移り住む。寸暇を惜しむ忙しさとなった。

同じ頃、飛鳥社の石段でちょっとした諍《いさか》いがあった。

参拝を終えた山背大兄王子と、警護の境部臣摩理勢ら八人ほどが石段を降りようとしたところ、下から登ってくる十五人近くの一団があった。その中央で守られて登ってくる蘇我入鹿《いるか》に境部が気づく。入鹿の父は蝦夷、祖父は馬子である。

境部は先頭に立って石段の中央を下る。山背らが続いた。

「どけ、どかぬか、邪魔だ。引き返せ」

境部が尊大に怒鳴る。

「ここまで登ったのだ。引き返すは難儀、そなたらこそ戻るか譲られよ」

従僕の一人が言い返す。続いて傍らの供奉が、

「おい、蘇我入鹿様だぞ」

唾を飛ばす。境部が鼻で笑うや、

「それがどうした」

日頃より入鹿を好ましく思っていない感情が爆発したのか、いきなり従僕ら数人を殴りつける。その勢いで将棋倒しのように次々と転倒する。入鹿も巻き込まれ転がり落ちた。見るに堪えない体《てい》たらくのありさまである。

「摩理勢、今に見ておれ。思い知らせてやる」

入鹿が石段を見上げて口走る。逆上で声が震え顔が朱に染まっていた。このような屈辱を受けるのは初めてである。

のちに山背大兄と境部臣摩理勢は入鹿との大王位継承争いで敗れ、一族もろとも滅ぼされることになる。

霜柱が立ちはじめた冬十月のことである。

檜隈坂合陵《ひのくまのさかあいのみささぎ》（天国排開広庭《あめくにおしはらきひろにわ》《欽明》大王陵。堅塩媛を合葬）が嵐に直撃されて崩壊した。合葬での盛り上げた土が吹き飛び無数の埴輪が砕け散る。馬子の奏上により改修工事が行われる。厩戸の後塵《こうじん》を拝するは御免とばかりに先《さき》んじた。

砂礫《さざれいし》を敷石にして強度を図る。陵域の周囲に土を積み上げ山を造る。各氏に命じ大柱を建てさせた。神聖な大柱で天と地を結び神の御加護を祈る。大柱は神の依《よ》り代《しろ》でもある。

ところで、倭漢坂上直《やまとのあやさかのえのあたい》が建てた大柱が一番高かった。御祓を受けた三輪の神杉である。仰ぎ見る人々に神霊を感じさせる。このため坂上直は名誉ある大柱直《おおはしらのあたい》と呼ばれた。

時に風花の舞う冬十二月一日――。

夜空に鮮やかな赤色の気《しるし》が現れる。長さ一丈（約三㍍）余りで、形はキギス（キジの古名）の尾のようであった。凶兆とされる。

翌日、大王は朝議の前に厩戸と馬子を召して下問する。

「よからぬことでも起こるのであろうか」

すかさず馬子が、

「ご安心下さいませ。何が起ころうがこの馬子がついておりますれば」

意を迎える。大王が厩戸に目を移す。

見た。

「瑞祥《ずいしょう》にございます」

「吉兆と申すのか」

「さようにございます。天が大王炊屋様の政を称賛なされた証しにございましょう」

と厩戸。耳触りのいい奏上だったのか炊屋が顔を綻《ほころ》ばせる。馬子がいまいましげに横目で厩戸を見た。

旬日ならずして雪が降り積もった明け方、刀自古郎女が卒然と倒れ、そのまま帰らぬ人となった。厩戸は一段落すると庭に出る。月の無い空を見上げる。乾《いぬい》（北西）の方角で星が流れた。

「刀自古……」

含み声が洩れた。肩が震え、凍りつくような空気に包まれる。

「厩戸様、夜風は体に悪うございます」

いつ庭に降りたのか菩岐々美郎女が自身の上衣を厩戸に掛ける。

「わたしが至らぬばかりに……」

しんみりと言った。刀自古と噛み合わなかった昔日のことを悔いていた。

（そういえば）

母穴穂部間人、弟来目とも擦れ違っていた。もろもろの記憶がしきりと往還する。

（和が大事と言いながら）

今まで何をしてきたのだと頭が混乱する。菩岐々美の無類の落ち着いた温かな声が耳に入る。

「刀自古様は厩戸様を何より強くお慕いなされてこられました。その深い思いがあったればこそ、これまで妃としてお支えできたのだと存じます。刀自古様はお子にも恵まれ幸せな生涯であったと言えましょう」

「……そうであれば、良いのだが」

厩戸の双眸が濡れていた。

炊屋二十九年（六二一）冬十二月――。

刀自古郎女の殯を終えた数日後。寒風の吹きすさぶなか、飽波宮の菩岐々美から使いが来た。厩戸の母穴穂部間人が喀血《かっけつ》したという。数日前から咳がやまず、薬師が調剤した薬を飲んでいたが、今朝《けさ》、咳《しわぶ》いたところ突然に血を吐いたらしい。厩戸には言うなと口止めされていたが、これ以上黙っておられず使者を送ったのだった。厩戸は急ぎ馬を走らせる。といっても近くなのでそうかからない。

菩岐々美が臥所に案内した。炉に火を入れ、床下にはオンドル（床下暖房）が設置されているので暖かい。

褥《しとね》（布団）の上で上半身を起こし、器で薬湯を飲んでいた。髪はすっかり白くなっている。頰は削《そ》げ、目の周りに黒ずんだ隈があった。ひと回り小さくなったような気がする。むっちりとしていた体は痩《や》せ細り、二重顎も消えていた。飲み干すと、

「まだ生きておったのか」

初《しょ》っ端《ぱな》から憎まれ口を叩く。よく見ると目尻の皺も増えている。

「ごらんの通りです」

軽く頭を下げる。

「しぶといのう」

「申し訳ありません」

「何しに来た」

器をいじりながら無愛想に言う。

「お見舞い旁《かたがた》、無聊《ぶりょう》をお慰めに参りました」

歩み寄り脇に座る。菩岐々美も座する。器を床に置くとこう言った。

「わたしは退屈ではない。そんなことより本心は嬉しいのであろう」

所在無き日々を送っていると心配りをしたのだが、心の内をあたかも見抜いたように言った。

「……おっしゃる意味が分かりませんが」

「見舞いに託《かこつ》けて、わたしが苦しんでいると思い見にきたのであろう。残念じゃったのう、ぴんぴんしておる」

背筋を伸ばす。

「妙なことを申される。誤解です」

「嘘をつけ、顔に書いてある」

「もしそうなら、母上の読み違いでしょう」

「変わっておらぬな。乳母のせいかどうか、そなたは幼き頃より母の申すことにいちいち逆らいおった。子供らしさが何一つなかった。手もかからず、実母を頼りにするでなく、甘えることもなかった。大人びた捻《ひね》くれ者であった。来目とは大違いじゃ」

「そう言われましても……では、母上が苦しんでいるのを見るのは楽しいとでも言えばご満足なのですか」

「屁理屈を捏《こ》ねおって」

病人特有の大きな目で睨むと、

「この際、はっきりと申しておく。そなたの悟り切った言い草が嫌いである。来目とは大違いじゃ」

「またそれを言われる。わたしはわたし、来目は来目でございます。しかしわたしも来目同様、母上の子であることを誇りに思っております」

「かわいそうに、来目はそなたに殺されたも同然じゃ」

蒸《む》し返す。

「来目は出兵する前、わたしに申しました。『わたしに万一のことがあれば、母を頼む』と、それが来目の最後の言葉となりました」

「そのようなことを……」

「はい」

「来目が幼き頃、乳母に連れられて内裏に遊びに来た。舌足らずな声で『だっこ、だっこ』とせがまれてのう。そんな来目が可愛く、ついつい溺愛し、望むものは何でも与えた」

と、弱々しく言う。

「わたしが至らなかったのです。宮が離れているとはいえ、兄としてもっと来目と親しく交わり、面倒を見るべきでした。今更詮無きことですが、お許し下さい」

頭を下げる。穴穂部間人が軽い咳をする。

「お休みになられた方が」

菩岐々美が心配げに告げる。

「何の、これしき」

ふいに手を口元に当て激しく咳き込んだ。今度は重く湿っている。止まらず息苦しそうに幾度も繰り返す。

「母上」

慌てて厩戸が母の骨ばった背中を摩《さす》った。口を覆《おお》っていた指の隙間が赤くなる。見る見るうちに血が溢れ零れ落ちる。

「薬師をこれに」

厩戸が大声を出した。

この日より喀血が繰り返される。薬師は不治の病と見立てたが、菩岐々美は吉野山のなんとも不思議な験力のある行者に使者を送り、霊験いやちこ（あらたか）なる祈禱を申し入れた。だが験《しるし》はない。病魔はすでに胸を蝕んでいた。

厩戸は食を断ち仏に母の快癒を一心に祈る。

「どうか母上の命、お救い下さい。わたしの命と引き換えに……」

必死の思いで須弥壇《しゅみだん》の仏像に語り掛ける。擦れ違いばかりだった母との思い出が走馬燈のように脳裏を駆け巡る。今となっては一つ一つが懐かしく掛け替えのないものだった。

「そなたは好かぬ」

その言葉までが宝石の煌《きら》めきのように思える。

「母上、どうかそのお言葉を今一度」

涙声になった。

厩戸らの願いも空しく穴穂部間人の体は日に日にやつれていった。重湯《おもゆ》も受け付けず、薬湯でさえ喉を通らず戻してしまう。身を起こすこともできない。厩戸は泊まり込んだ。症状に一喜一憂する日々が続く。

「来目、来目」

夢を見ているようだ。譫言《うわごと》で幾度か呼んだ。厩戸が母の手を強く握る。艶を失い骨の浮きでたか細い手であった。

「母上、しっかりなされませ。来目にございます。今筑紫より帰りました」

と厩戸。つい目頭が熱くなる。

「来目王子様ですよ」

菩岐々美も話を合わせた。厩戸が来目に成りきる。母を力づけるための方便である。ぱっと穴穂部間人の充血した両目が開いた。

「母上、来目はここにおりますぞ」

「厩戸、死んだ来目がここにいるはずがなかろう。われを騙すのか」

弱いながらもはっきりとした声である。笑みを浮かべた。厩戸も白い歯を見せる。菩岐々美もほっとしたのか微笑する。厩戸が手を引こうとしたが強く握ったまま手を離さない。そのままにした。

「さようでした。申し訳ありません」

「……今まで誰にも言わなんだが、そなたが腹にいた頃、蒸し暑い夜があってのう。寝つかれず縁に出て涼んでおった。それはそれは星の煌めく美しい夜であった。その時じゃ、突然わたしは光に包まれた。眩しくて目を開けておられず思わず両手で目を覆《おお》った。満ち満ちた光が消えて何げのう腹に手を当てると腹の中で元気に動いた、と言うよりも暴れたと言うべきか……。なぜか、わたしの子ではないような気がしたのじゃ」

身籠《みご》もって二月《ふた》も経《た》っていないという。厩戸は「夢ですよ」とは言わなかった。

「思い起こせばそのせいもあったのやもしれぬ。そなたにはいつも辛《つろ》う当たった。さぞや恨んでいたであろう。許しておくれ」

長年封印してきたであろう心の内を吐露した。

「とんでもない。恨むどころか感謝しております。母上のお言葉に元気をもらいました。わたしがここまで来れたのは母上のおかげ、よくぞ生んで下さいました。わたしは母上の子にございます」

「嬉しいことを言ってくれる」

「もうじき梅の花も咲きましょう。早く元気になられて花見に参りましょう。来目の食事も用意します」

「そうか、そうしてくれるか」

母の充血した目に涙が盛り上がる。耳元に一筋流れ落ちた。

「これ以上ご無理をなさってはお体に障ります。お休み下さいませ」

「母のことなど気に掛けることはない。決して心配してくれるな。そなたは倭国に己の身を捧げたのじゃ。国のこと、民のこと、だけを思うて生きておれば良い。わたしにかもうている暇があれば、民のための政を考えるのがあらまほしい」

「母上より大事なものなどこの世にはございません」

「言ってくれるのう」

「母上、母上はお強いのですね」

「そう見えるか」

「そう見えます。なぜそのように強い心をお持ちなのです」

「そうだとすれば、それはのう、そなたを誇りに思えるようになってからじゃ。むろん顔にはださなかった。これでも意地っ張りが自慢である」

「まさか、まさか母上からそのようなお言葉をいただけるとは、わたしは、わたしは母上の子に生まれ、この国一の果報者にございます」

引き摺っていたものが氷解し、互いの心が触れ合った瞬間だった。見えるところでは擦れ違ってばかりいたが、見えぬところでは深く結びついていた。そのことを厩戸は初めて知った。

「そなたともっと、もっと語り合っていたい。が、そなたは忙しい御身。ついついお喋りが過ぎました。許しておくれ」

母の最後の言葉となる。心の重荷が無くなったのか、爽やかな顔を見せた。

夜が明けきらぬ二十一日の星の降る曙、穴穂部間人王女は娘の佐富《さほ》王女(田目との娘)、厩戸、山背大兄、菩岐々美郎女、橘大郎女、河勝、子麻呂らに看取られてお隠れになった。

(不肖の子であった……。母にもっと温かい言葉を掛けてやるべきだった)

回廊で星空を見上げていた厩戸に後悔の念が忍び寄る。目頭が熱くなる。がくん、と膝が折れる。座ると顔を埋《うず》め肩を震わせた。堪えていた涙がとめどなく零れ落ちる。

穴穂部間人王女が身罷《みまか》った後、菩岐々美郎女が厩戸に、

「『風邪をうつしてはいけない。誰にも知らせてはならぬ』とおっしゃったことがありました。ほんに心のお優しいお方でありました」

と涙ぐんだ。夢にだに思わなかった母の言葉の数々が厩戸の胸に去来した。

飛翔

炊屋三十年（六二二）春正月中旬——。

この時節には珍しい長雨が続き信貴山で山崩れがあった。麓の集落が土砂で流される。多くの人々が被害に遭い、まだ数人が土砂に埋められたままらしい。

「厩戸様、ご身分をお弁《わきま》え下さい。何も厩戸様が出張らなくとも下々の者がやります」

分別くさい顔で子麻呂が自重するよう意見する。子麻呂らしい言い草でもあった。

「捨て置けと言うのか」

「雨が降っております。それに今日は寒過ぎます。風邪でもお召しになればそれこそ大難」

だからといって、このまま気楽にできぬ性分はどうしようもない。それ以上に、身を犠牲にしても民を救うのが務めと自認している。

「子麻呂は留守を守れ」

やって来た河勝が不服そうな子麻呂に、

「子麻呂殿、留守を預かるのは重大なお役目、頼みましたぞ」

厩戸、河勝、上宮王家の力持ち七人余りが救援に向かう。

厩戸らが全員を救出し宮に戻ったのは夕闇が迫る頃だった。その夜から厩戸は咳き込む。何となく体が怠《だる》い。微熱もある。寝汗もかいた。薬師が調剤した解熱の煎じ薬も飲んだが一向に良くならない。子麻呂が危惧したことが現実に起ころうとしていた。

四日が経ったが乾いた咳が止まらない。痰《たん》も出た。うつしてはならぬと出入りは薬師だけとしたが、菩岐々美は聞き入れず献身的に看護する。炉に火を入れて部屋を暖かくする。何かにつけて尽くした。厩戸は木簡を持ち込み文机に向かい大王記、国記の編纂に勤《いそ》しんだ。飛鳥の宮では妹子らが寝食を忘れて編纂に没頭しているがいまだ完成までには程遠い。

河勝が顔を出し、

「ご無理をなさっては」

文机の前に座り気遣う。

「わたしのことより皆は元気か」

「従僕の一人が重い咳をしておりましたが、薬湯を飲ませたところましになりました」

「それは何より。わたしも年か、風邪に罹《かか》るとは……」

厩戸は四十九歳であった。

「河勝は風邪をひかぬ。よくよく丈夫な質《たち》であると見える」

「しぶとくできておりますゆえ、少々のことではくたばりません」

軽口を叩く。厩戸が口元を和《やわ》らげた拍子に咳が出た。胸に灼《や》けるような痛みが走る。

「横になられた方が」

河勝が勧める。

「そうだな」

聞かせるともなく呟くと部屋の真ん中に敷かれた褥《しとね》（布団）に目をやったが、咳き込む時は上半身を立てた方が楽になると薬師が言ったことを思い出す。

翌日の朝餉前、厩戸は回廊に立ち庭を見ていた。日の光を浴びた梅木の花の蕾《つぼみ》が膨《ふく》らんでいる。いきなり激しい咳に見舞われる。手で受けた生温かい痰に血が混じっていた。息苦しい。頭痛がして頭が振らつく。微熱も続いていた。

「いかん」

厩戸は柱に寄り掛かる。そのまま崩れるように倒れた。

目覚めた時は褥の中だった。枕元にぼんやりとした人影が見える。はっきりとしだす。菩岐々美だった。

「わたしは、どうしてここに？」

「回廊でお倒れになったのです」

そう言われても思い出せない。ややあって思い出された。

「薬師殿は『安静にするように』と申されました」

（ごほん）

菩岐々美は口元に手を当て淑《しと》やかに咳をする。驚いた厩戸は上半身を起こした。

「風邪をひいたのか」

「大したことはございません」

気怠《けだる》げに言う。

「たれかおらぬか、薬師を」

見立ては軽い風邪だった。菩岐々美は輿に乗って飽波宮に戻った。

そばに来させてはならなかった。うつしてしまったことに厩戸は後悔する。河勝を呼んだ。

「菩岐々美をわたしに近づけてはならぬ」

厳命する。病魔を恐れていた。

「やつがれは幾度も申しましたがお聞き入れにはなりません。そうかといって閉じ込めるわけにも
……姫様にとって、厩戸様のお世話をするのは最大の喜び、この上もない生きがいなのです。厩戸様を独り占めになされているのです。女人の業《ごう》かもしれず、姫様の幸せを奪い取ってはなりませぬ。どのようなことになろうとも姫様に悔いはないでしょう」

「……」

「こう申されました。『仏様がわたくしに厩戸様をお預けなされた。人生はたまゆら、ほんの少しの間なればこそ信じるままに、悔い無きままに燃え尽きとうございます』と、目を生き生きさせておいでででした」

厩戸は返す言葉が無い。その後、厩戸は小康状態を保ったが、逆に菩岐々美は日に日に悪化していく。厩戸は菩岐々美を飽波宮から斑鳩宮に移した。

「あなたにはすまぬことをした。あなたは常にわたしを包み込んでくれた。その心の広さ深さにわたしは凭《もた》れ過ぎていた。許してくれ」

「何をおっしゃいます。わたくしは幸せ者にございます。これ以上過ぎたる喜びはありません」

あえかな笑みを見せた。

「きっと良くなる。わたしが治してみせる」

そうは言ったが重篤であると見てとれた。

「わたくしのことより」

震える声で言うなり咳《しわぶ》いた。背中を摩《さす》ると咳がやむ。

「休んだ方がいい」

肩に手を掛け寝かせる。この日より厩戸は菩岐々美の看護に専念する。

二日後の日が昇り始めた頃、菩岐々美は辛《つら》そうに咳をする。病魔は理不尽にも居座ったままである。厩戸は菩岐々美の上半身を起こし背中を撫でる。咳は止まったが額に手を当てると熱過ぎた。褥《しとね》にべっとりした広がりがある。血だった。

「薬師殿――」

宿直《とのい》の薬師が駆けつける。枕元に座るや脈を測る。

「水、水が、飲みたい」

喘《あえ》ぐように言った。

「清水を持て」

薬師が厩戸を見つめて首を横に振る。

「水を与えてはなりません。この熱病に罹った者には毒になります」

侍女が水を入れた小壺を持ってくる。が厩戸は薬師の指示に従い水を与えなかった。末期《まつご》の水になってはいけないとの思いもよぎった。

翌日の有り明け、厩戸らの願いも虚しく菩岐々美郎女は永遠の眠りに就いた。あんなに苦しそうに咳をしていたのに口元に微笑を浮かべた穏やかな死に顔だった。まるで眠っているようだ。込み上げる慟哭に震えながらまだ温かい体を抱き締める。華やかだった姿が浮かんでは胸を刺す。

「厩戸様のおかげで安らけきお国を見せていただきました。ありがたき、幸せな生涯でした」

いまわの際《きわ》の言葉である。

（どうせなら、水を飲ませてやればよかった）

厩戸は己を責める。程なく喀血が立て続けに起き、厩戸は自らの死の近いことを知った。河勝に子供たちを呼ばせる。褥の足元に山背大兄王子、財《たから》王子、日置王子、長谷王子、片岡王女、春米王女らが控える。上半身を起こすと順繰りに見渡して声を絞りだす。

「諸悪莫作《しょあくまくさ》、諸善奉行《しょぜんぶぎょう》」

読み下す。

「悪を成すことなく、善を成せ。人は欲を捨て正しく生きねばならぬ」

皆が神妙に聞き入っている。

「山背、もっと近くに」

山背がそばに寄る。

「山背はこれからの上宮王家を背負っていかねばならぬ立場である。決して軽はずみな径行をしてはならぬ」

「どういう意味でしょう」

厩戸は万感の思いを込め、

「上宮王家は大王家の嫡流ではなく傍系である。ゆえに大王位を望んではならぬ。望んで得られるものでもない。和の心をもって誰とでも仲よくせよ。情を越えて秩序を乱してはならん、分かるな」

「お言葉ですが上宮王家は正統であります。仮にそうでなくとも、王族で優れた人徳の者が大王位につくべきであり、直系だからといって徳の無い凡庸なる者が、大王位を継ぐのは慣例の上からも合点がいきませぬ」

「それでは大王位を巡って争いが起こるではないか。人が大勢死ぬ。その繰り返しを断たねばならん」

「正しい政を行うためには仕方ありませぬ。大王に成ることは父上も知っての通り母上の望みでもありました。母の夢を叶えとう存じます。父上のお考えは古うございます。お考えはお考えとして心に止め置きますが、山背はもう子供ではございません。山背には山背の進むべき道がございます」

取り澄ました顔で堂々と述べる。脂の浮いた鼻先が照り返す。父がそう言うのだからそうだろうとは思わない。今年二十六歳、いつの間にか利《き》かん気が強くなっていた。

後ろに座っていた財王子が、

「兄上、父上に向かって無作法ですよ。口を慎み下さい」

叱咤したが、山背が振り返り、

「おまえは黙っていろ」

射竦《いすく》め、

「父上はお疲れだ、これにて引き揚げる」

向き直り、

「父上、お体をおいとい下さい。われら一同、一日も早いご快癒祈っております」

「失礼致します」

全員が声を揃え辞儀をした。山背の屈曲した心情を推し量る財王子だけが残り厩戸に近寄る。

「父上、兄の無礼お許し下さい。兄は強がりを言っているだけにございます。いつも偉大な父と見較べられ、その重圧に耐え兼ねております。偉大で眩しい父を越えようと踠《もが》いているのです」

「そう偉大偉大と言うてくれるな」

はい、と言ってにっこりとする。

（なるほど）

そうであれば、あの反抗的な態度は日頃の父に対する負い目の裏返しとも取れる。

「いずれ目も覚めましょう。及ばずながら兄が人道を誤らぬよう注意します。どうぞ安心して治療に専念して下さい」

「皆のこと頼んだぞ」

「承知しました」

はつらつと言った。ふだんは寡黙な王子だが、父に心配を掛けまいとの思いが溢れている。

財王子が退いた後、河勝と子麻呂が顔を見せる。上半身を起こしたまま、

「わたしはもう長くない」

「お気の弱いことを申されますな。まだまだ先のことですが、その時がきたらお供させて下さい」

「わたくしも同様」

子麻呂《くみ》が与する。

「お供するとは？」

「むろん殉死です」

二人示し合わせたように当然の如く言った。死を共にする覚悟など断じて認められない。

「ならぬ、浅慮なことを申すな。楽な道を選ぶでない」

「厩戸様とは生きるも死ぬも一緒」

　河勝が告げ子麻呂が首を縦に振る。

「それではわたしの志はどうなる。継ぐ者がおらぬではないか。わたしが死すともわたしの志は死んではならん」

　一度言葉を切った。一呼吸して話を続ける。

「仏を篤く敬うことで和の心、慈悲の心が生まれる。人は慈悲の心を持たねばならぬ。さもなくばこの世から戦が無くならん。矜持《きょうじ》をもって慈悲の大切さを伝えてもらいたい。争いの無い世をつくってくれ」

　善《よ》く善《よ》くの思いが宿っている。これこそが厩戸の願ってやまないことである。

「山背のことだが」

　最後まで聞こうとせず、

「心得ております。われらにお任せ下さい。全力で大王位におつきになるよう尽力します」

　河勝が決然と言った。不規則になった息を整え、

「そうではない。わたしは山背に大王位を望むなと告げた。しかし山背は納得しなかった。山背が大王位を望めば必ずや争いが生じ世が乱れる。山背は正直過ぎて政には向いていない。必ず敗れるであろう」

　我が子であれど冷静に見ていた。

「そのようなこと、やってみなくては分からぬではありませんか」

と河勝。子麻呂は黙って聞いていた。

「やる前に、勝つか負けるか分からずして何とする」

「それは……」

「山背には大王位を断念するよう、それとのう導いてくれぬか」

「お言葉ながら厩戸様はお子が可愛くないのですか」

今まで黙っていた子麻呂が抗議する。

「そうだからこそ申しておる」

と、強い信念で返した。

「これまでよくわたしを支えてくれた、礼を言う」

「お別れのようなことをおっしゃらないで下さい」

「わたしには見える。別れは近い」

突如酷い咳をする。幾度か続く。肩で息をし、咳が涙を誘うのか目を潤《うる》め、やつれた顔は苦しそうだった。

「しかと承りました。厩戸様の仰せの通りにします」

厩戸の決意を見てとった河勝がしっかりと承知する。

「そろそろお休みになられた方が……」

沈痛な面持ちで子麻呂が配慮した。

病状を知らされた妹子らが駆けつける。


厩戸は夢とは思えなかった。誰かが呼んでいる。聞いたことが無いのになぜか懐かしさを感じさせる声だった。心のどこかで待っていたような気もする。そっと瞼を開けた。

「厩戸よ、さあ参れ」

「どなたですか、わたしを呼ぶのは」

上半身を起こし立ち上がる。板戸を開けて回廊に出た。庭の中央に光を放つ一人の僧侶がいる。

仄かな良い香りが漂う。

「もしやあなた様は、釈尊《しゃくそん》」

問うでもなく問う。軽く首肯された。

「お会いしとうございました」

「さあ、こちらに来るがよい」

厩戸は海石榴《つばき》の咲いた庭に降りた。崇高な法悦の光が遍満する。

「おまえは選ばれし者ぞ。疾《と》うからその生涯は定められていた」

澄んだ目で瞭然と言った。

「倭国はおまえを必要とした。倭国はおまえを呼んだ。それゆえ仏国より倭国に遣わされた。苦しみによう耐え抜き期待に応えた。倭国のあるべき姿、いかなる国づくりをするかを明確に示した。絶巓《ぜってん》を極めたといえる。役目大儀であった。のちの世に、おまえは敬われ、連綿と崇拝されるであろう。安心して若い者に後事を託せば良い。志を踏襲してくれよう」

厩戸の全身が眩いばかりの光に包まれる。光が小さくなって何かの形となってゆく。羽ばたいた白鳥だった。厩戸の魂かもしれない。光の白鳥は斑鳩宮、斑鳩寺の上空を幾度か旋回すると、暗い空に光を放ちながら天に向かって飛翔した。

河勝、子麻呂、妹子、橘大郎女らは夜明け、厩戸が菩岐々美郎女の棺に寄り添ってお隠れになったのを知った。遷化《せんげ》されたと言うべきかもしれない。二月二十二日のことである。庭に海石榴の花弁が二ひら散っていた。奇蹟は起こらなかった。

言いようのない悲しみを覚え、取り乱した河勝は一人、泣きたくて庭に出る。真っ青な空が広がっている。

「厩戸王様、あなた様は命を懸けて我が国の仕組み、基礎をつくられました。やつがれは厩戸様にお仕えできたこと、光栄に思っております」

河勝の両の目が大粒の涙で濡れる。流れるままに任せた。種々《くさぐさ》の思い出を切なくもはっきりと瞼の裏に描く。河勝はいつまでも空を眺めていた。

厩戸の死は斑鳩、飛鳥のみならずたちまち各地に知れ渡る。

「日月は輝きを失い、天地も崩れてしもうたようだ」

「これから誰を頼りにすればよい」

炊屋大王をはじめ多くの人々が嘆き悲しんだ。高麗に帰国した慧慈の知るところとなる。

「倭国に聖人がおられた。上宮厩戸豊聡耳《とよとみみ》様と申し上げる。天から優れた資質を授かり、大きな聖の徳を持ってお生まれになった。大きな仕事をされ、三宝を敬い、民草の苦しみを救われた。真実の大聖である。そのお方が遷化された。拙僧とは国を異にするとはいえ、心の絆は断ちがたい。いずれ浄土でお会いして共に衆生に仏の法《のり》を広めん」

慧慈は死をたいそう悼み、厩戸のために僧を集め斉会《さいえ》を催した。

厩戸は磯長《しながの》墓（現在の大阪府南河内郡太子町）に厩戸より一日早く死去した妃菩岐々美郎女と共に埋葬される。ここにはすでに前年に亡くなった母穴穂部間人王女が眠っている。ゆえにこの墓は三骨一廟《さんこついちびょう》と呼ばれることになる。

謎の日本書紀と太安万侶《おおのやすまろ》

養老四年（七二〇）春二月十五日――。

藤原京より平城京に遷都して十年が経っていた。

太安万侶は民部省の卿（長官）として敏腕をふるい忙しい日々を送っている。民部省はその名の示す通り行政が民草と直接関わる、戸籍、賦役、田畑、道路など民政の一切を扱う。

今日も政務の終わりを告げる退朝鼓が鳴り響いたが、安万侶は一人朝堂で文机に向かい残業に励んでいた。平城京では五位以上の高級役人が約百五十人、六位以下の役人が六百人ほど、下働きの者六千人近く、宮中の人夫などがほぼ千人、合計七千七百五十人前後が務めている。このため夜明け前の出勤時、日が真上に昇った頃（昼前）の退勤時は混雑した。

「安万侶殿」

回廊から常ならぬ紀清人《きのきよひと》の声がする。清人は安万侶より五歳年下であったが二人は親しく互いに名を呼び合う仲である。清人は古事記を撰録した安万侶を尊敬していた。今は舎人親王、右大臣藤原不比等の下で日本書紀編纂に従事している一人である。

「お入り下さい」

木簡を置く。お仕事中申し訳ない、と言って板戸を開けた。衣に染み込んでいるのか墨の匂いが押し寄せる。安万侶はこの香りが嫌ではない。文机の前に座する。血相を変えていた。いつもの目下のそばかすの小斑点が目立たぬほどである。

「いかがされた」

と、やや吊り上がった特徴の眉尻をきりっと上げて涼しげな目で安万侶が問う。

「にわかに右大臣様に呼び出され、一方的に書き直しを命じられました」

ぼやくなりわざとらしく嘆息《たんそく》した。気が滅入っているようだ。

古事記の倭建命《やまとたけるのみこと》の表記が日本書紀では日本武尊になるという。うそ寒い思いで聞いたと大袈裟に言って語を継いだ。

「わたしの業績を褒詞《ほうし》されないのはいいとしても、日本武尊の兄殺しの場面を無しとせよ、そればかりではございません」

熊襲《くまそ》征伐は日本武尊の手柄ではなく父大足彦忍代別天皇の功績とすること。出雲討伐は無かったことにすること。東征に際しては父に命令されたのではなく自ら進んで行くように。故郷を想う歌は日本武尊が歌ったのではなく父大足彦忍代別天皇の作とせよ、等々まだまだ恣意的な方針があるらしい。

「古事記の内容とは正反対に改変、いや改竄《かいざん》する箇所がこまごまと多いのです」

その強引さ、厄介さにほとほと音《ね》を上げたのか、仏頂面を見せて投げやりに言う。あくまで史実を記すべきだとする思いと、もう放り投げたいという気持ちが葛藤しているようだ。

「新たな史料でも見つかった？」

「聞いておりません。見つかったなら堂々と披露するでしょう」

「右大臣様は、日本武尊と父大足彦忍代別天皇に理想の父子像を描きたいのやもしれぬ。それに天皇の位を高めたいとの作意もあるような」

「それでは正しい歴史ではなく、真実と違う物語になってしまいます」

「不比等様は古事記に対し、不満をお持ちだと人伝《ひとづて》に聞いたことがある」

安万侶は直接不比等から聞いたわけではないが、何やら古事記には批判的で、このような内容が国史となれば日本国の破滅だと大仰に言っているらしい。あの頃は政務にかまけて古事記をなおざりにしていたが、今度の日本書紀には並々ならぬ力を入れているとの風評があった。

安万侶は不比等を理解する発言を繰り返す。清人は意外だった。

「もしや不比等様は日本書紀に、我が国のあるべき姿を提示したいとの意図がおありなのでは」

「事実を曲げてもですか」

「事実かどうかの吟味より、世の規範となる書物になされたいのじゃ。そうであれば納得がいく」

「古事記のどこがお気に障《さわ》るのでしょう」

「人の情を描き過ぎたのやもしれぬ。もっと淡々と記した方が歴史書らしいとも言える」

「では安万侶殿は改変に従った方が良いと」

「清人殿の気持ちは分かるが、右大臣様がそう申されては致し方ないだろう。ここは一番、不比等様の編纂方針、深謀遠慮に協力なさるのが筋かと、それに何より清人殿が横を向いておられては日本書紀の行く末が心配です。それしきのことで、これまでの成果を徒労に終わらせてはなりません」

「……安万侶殿がそう申されるなら……」

目端の利かぬ清人は不服そうであったが承知した。

安万侶は清人を見送ると仕事を終えて馬屋に向かう。厩戸王の残像を求め法隆寺（斑鳩寺）に行くつもりである。安万侶は厩戸にこよなく関心を寄せている。それというのも稗田阿礼《ひえだのあれ》の口伝を記した際、厩戸の伝承に興味を持ったのだが古事記に反映させることができず、いつの日か刮目《かつもく》した厩戸のことをまとめたいと倦《う》まず撓《たゆ》まずいまだ厩戸の足跡を訪ね、あるいは語り部から話を聞いたり、史料を収集したりしていた。そうこうするうちに手放しで礼賛するようになった。

安万侶は住職の案内で本堂に入る。ここには厩戸の等身と伝わる寺宝の救世観音像が安置されている。この頃はまだ八角円堂（夢殿）が建っていない。それに秘仏として開扉が禁止されるのはのちの世のことである。

（ぎぎぃー）

堂の板戸の開く音がする。軋《きし》む音までがありがたかった。安万侶は厨子の前に座する。住職が香を焚き読経した後、厨子の御《み》扉の左右が恭しく開かれる。救世観音のお姿があった。いつ拝しても不思議な微笑を投げ掛けられる。神秘的というか静かな笑みだった。拝する者の心に寄り添って下

さるようだ。遺徳を偲び、

（厩戸王様は今もなお温かく人々を見守っておられる）

安万侶と住職は並んで座して手を合わせる。杏仁形《きょうにんけい》の目が慈悲深げに感じられる。安万侶は厩戸王と語り合うのを何よりの欣快《きんかい》としていた。心を寄せるその姿に厩戸への信頼がありありと見て取れた。

「あちらを立てればこちらが立たず、民と付き合うは難しゅうございます。なあに、大和川に架ける橋のことでございます。『同じ架けるならおれの郷にせよ』といずれの郷も難癖をつけるのです。まあ、便利さを思えば致し方ないのですが……。厩戸王様はいかにお考えになりますか…」

聞き耳を立てる。

「双六で決めよと」

何のことはない、安万侶が自答していた。

「ほう、なかなかの妙案にございますな。そうそう、官人の圧力もありましてな。己の支配する地に架けよと申すので辟易します」

救世観音がこくりとする。そう見えた。

（ごおお――ん）

心地よい夕暮れの梵鐘が殷々《いんいん》と鳴り渡る。今まで黙していた住職が、

「それにしてもなぜ厩戸様は天皇にお成りにならなかったのでしょう」

真っ当な疑問といえる。互いに前々から思っていたことだ。住職は姿勢を正し、

「天皇に即位されていればあのような悲劇はありませなんだ」

厩戸の嫡子山背大兄一族が蘇我入鹿に死に追いやられ上宮王家が滅んだことを言っている。

「厩戸王様は天皇に成り、山背大兄皇子様を次の天皇にすべきでありました」

思いの籠もった声だ。安万侶も賛同し、

「もしや上宮王家は天皇家の直系ではないと考えておられたのやもしれませぬ。よしんばそうであれ、そのように血筋を狭く考える必要はないのに……。民のための良い政をすれば正統となる。天皇家は天皇家のためにあるのではなく、民のためにあると実践されたのに返す返すも残念でなりません」

感傷が忍び込み安万侶の瞼の奥が熱くなる。救世観音に向き直り、

「無責任ですぞ厩戸王様。国づくりを途中で放棄なされ、天寿国へ旅立たれるとは……」

後の言葉は涙声になる。膝頭の上で拳を強く握っている。肩が震えていた。

「厩戸王様、お言葉を……」

救世観音はいつもの微笑を浮かべている。つとこの寺で護《まも》り伝えられた寺宝の一つ、玉虫厨子の側面の腰板に描かれた捨身飼虎《しゃしんしこ》図が脳裏をよぎる。崖下に餓えた虎の母子を見つけると我が身を投じ、虎を餓死から救った釈迦の前世物語が描かれていた。安万侶はこの図を厩戸王の心意気だと解釈している。

安万侶は立ち上がれない。住職は畏敬の念を込め、手を合わせていた。

「厩戸王様……」

安万侶が左京四條四坊の自邸に帰った頃には日が沈み辺りは静まり返っていた。黴《かび》臭い書庫で文机に前屈《かが》みになって厩戸の途中まで記した伝記を加筆訂正する。近頃は書物に少々目を近づけないと文字がぼやけて見えない。夜間の読み書きのせいで視力が弱っていた。書庫の隅々には書物、木簡が背丈以上に積まれている。時折、戸の隙間から風が吹き込む。そのたびに油皿の灯りが心細げに消えかかり伸びた影が泳ぐ。夜も更《ふ》けた頃、突然書庫がぐらぐら揺れた。乱雑に積まれていた書物、木簡が続けざまに崩れる。文机の端に置いた灯火を急ぎ吹き消す。真っ暗闇になった。立ち上がるも踏みとどまりしゃがみ込む。

「厩戸王」

思わず口に出た。

「火事だ――」

外で大声がする。安万侶は四つん這《ば》いになり、文目《あやめ》も分かぬ闇のなかを手探りで外に出た。満月で明るい。平城京の午《うま》（南）、羅城門近い八條東一坊辺りの空が炎で明るく、黒煙が重なり合って立ち昇っていた。自邸の外が騒がしい。消火の衛士たちの駆ける足音に混じって悲鳴、叫び声が交錯する。

「のけ、のけ」

野次馬を怒鳴りつけているようだ。火炎が夜空に噴き上がる。火の粉が四方に飛び散った。建屋が倒壊する激しい音がする。焼け焦《こ》げた臭いが風に乗ってここまで漂う。

やがて鎮火された。火元は正八位上の宇槻虫名《うつきのむしな》の住まいだった。虫名も日本書紀の編纂に従事しており炊屋（推古）紀を担当していた。虫名は仕事熱心な官人で、家に仕事を持ち帰り夜遅くまで史料を読んでまとめていたらしい。それが災いし、地震で灯りが倒れ木簡類に引火したと考えられた。心血を注いだであろう木簡は灰と化した。本人は逃げ遅れたらしく焼死したという。

二日後の薄暗い夜明け前、安万侶はいつものように従者を伴い出勤する。東四坊大路を子《ね》（北）に向かい二條大路を左に曲がる。出勤時間帯なので多くの官人が平城宮に向かっていた。右前方に広大な右大臣藤原不比等の邸宅が見えた。不比等の邸宅は四町（約一万六千坪）の広さがあり平城宮の東側に隣接している。安万侶の邸宅は一町（約四千坪）なので四倍ほどの広さがあった。安万侶の邸宅から朱雀門までは直線距離で千六百歩ほど（約二・四㌔）離れている。このため朱雀門に着いた頃には日は昇りすっかり明るくなっていた。汗もうっすら肌に滲《にじ》む。

朝堂に向かう回廊で不比等の使いが待ち受けていた。

「右大臣様がお呼びです」

安万侶は不比等の元に急ぐ。不比等は上座で座して待っていた。

「お呼びでございますか」

下座に座する。

深紫色の冠を被り紫色の衣を身にまとっている。濃い眉毛、凝視する双眸、端正に引き締まった口元、長い顎髭。辣腕《らつわん》をふるういつも通りの威厳があった。

「日本書紀の編纂に加わってくれないか。炊屋紀で起こった出来事を年の順にまとめてもらうだけで良い」

「右大臣様の仰せとあらば身の引き締まる思い、喜んで務めさせていただきます」

願ってもないことだった。厩戸王は炊屋朝の精華に欠かせない。

「もし卿の務めに支障をきたすのであれば、民部卿から外してもよいが」

「それには及びません。炊屋紀には関心があり、すでに多くの事柄を調べ上げております」

「それは良かった。それに卿には古事記撰録の実績がある」

「恐れ入ります」

古事記を批判していると巷間で聞いていたが気振りにも出さない。

（清人に改変を命じた真の狙いは……）

直接聞きたくなった。が、露骨には問えない。

「恐れながら、編纂方針といいますか、日本書紀の眼目がございますか」

「聖徳の太子、厩戸王の志を継ぎ、外つ国に恥じぬ国史をつくることである。日本書紀を我が民族の心の拠りどころとしたい」

自慢げに昂然《こうぜん》と述べた。心を打たれた安万侶は深々と頭を下げる。

「肝心なことを忘れておった。一月《ひとつき》ほどで仕上げてくれないか。日本書紀奏上は遅れに遅れておる。氷高様より催促があり、舎人親王様は『五月には奏上させていただきます』とお答えしたそうじゃ。親王様はわしに『区切りをつけねばだらだらと延びるばかり』と苦言を呈された」

天皇の御稜威《みいつ》には逆らえない。天渟中原瀛真人《あまのぬなはらおきのまひと》（天武）十年（六八一）に編纂が開始されたがいまだ努力が結晶されることなく四十年近く経っていた。

国史の真実として天皇位に就いたのは天皇家のみであり、王朝交替は無く、初代神日本磐余彦《かむやまといわれびこ》天皇（神武天皇）より今の氷高天皇（第四十四代元正天皇）まで血筋が続く万世一系の天皇家の正統性を強調せねばならぬと不比等は考えている。天皇は天照大御神の子孫、神の子孫であらねばならない。

その夜、安万侶は時ならぬ物音で目覚めた。焦げ臭い煙が臥所に忍び込む。とっさに跳ね起き、

「火事だ！」

大呼《たいこ》する。板戸を開き回廊に出るや書庫に向かって一散に走る。そこしかないと確信していた。やはりそうだった。書庫が燃えている。炎で周囲は明るい。

「水を掛けよ」

下僕たちが忙しない足音を立てて続々と駆けつける。用水桶から汲み出した水を間断なく炎に掛ける。火勢は衰え消火された。辺り一面が焦臭《きな》い。板壁に油を掛けられて火付けされたようだ。幸

い気づいたのが早く大事には至らなかった。

(何者が……)

宇槻虫名の住まいが炎上した一件が重なる。あれは地震騒動に便乗して火付けされたのかもしれぬと推し測る。

(虫名は炊屋紀を編纂していた。わしも同じ)

安万侶は偶然とは思えなかった。この夜より自邸の警備を厳重にする。それに書庫の場所を知っていたということは、

(内応者がいる)

と思われる。だが安万侶は詮索はしなかった。すれば従僕を疑うことになる。信じることを取った。これは厩戸の上宮王家に関する史料から学んだことだった。

三日後の深夜も安万侶は文机に向かい炊屋紀の編纂に勤《いそ》しんでいた。灯りが暗くなってくる。油が切れようとしていた。

「何をしておる」

見咎める怒声が夜のしじまを貫いた。書庫の方からだった。筆を置く。争う声が響く。唸りを立てた刃風が耳に入る。腕に覚えが無いので拱《こまね》いたまま動かない。

「賊だ、ここだ、ここだ」

従僕のがなり声がした。庭々で駆けつける足音が重なる。幾度も争う声がするもやんだ。足音が

こちらに向かってくる。安万侶が立ち上がる。

「申し上げます。賊を仕留めました。書庫に火付けしようとしておりました」

庭から息を弾ませた声が届く。安万侶は板戸を開けて書庫に向かう。明月の夜だった。書庫の板戸の前の地面で男が俯せに倒れ血を流している。従僕が仰向けにして覆面を取る。松明で照らされた。

（この男は）

安万侶は顔に見覚えがある。官人の物部氏の傍系、物部加麻彦《かまひこ》であった。下級役人なので話したことは無いが、回廊で擦れ違った際には声を出さずに礼儀正しく頭を下げる朴訥《ぼくとつ》で生真面目そうな男だった。いつの日も官服がやけにぴったりと肌にくっついていたのを思い出す。

「なぜ書庫に火付けなどしたのでしょうか。よくよくの事情があったと察せられます」

従僕が落ち着かぬ様子で安万侶に問う。

「そうよのう……国史に記されては困る史料がある、とでも思っていたのだろうか…」

「隠蔽《いんぺい》したい史料とは一体……」

関心を示す。安万侶も興味を持ったが今はそれどころではない。

「本人が死んだのだ。分からん。そんなことより衛士に委細を述べ、死体の始末をさせよ。今夜のことは衛士と談合し、くれぐれも表沙汰にならぬように。あれこれ勘繰られ日本書紀に傷がついてはならん」

噂は尾鰭《おひれ》がついて真《まこと》しやかに口から口へと広まってゆくのが常である。それを恐れていた。

(危うく烏有《うゆう》に帰するところであった)

灯りに油を入れさせて再び文机に向かう。じっくりと炊屋紀に関わる史料を読み直したが思い当たるような事項は出てこなかった。

(物部氏が国史に記されて困る案件とは)

大きな出来事といえば物部守屋と蘇我馬子の戦いで物部守屋の嫡流が滅んだことであるが、それ以外いくら考えても物部氏が不名誉となるような事件は思い浮かばない。どこぞに陥穽《かんせい》があるのかもしれないが、

(同じことであっても人それぞれに解釈、受け止め方が違う)

そう思うことで安万侶は望みを果たせず死んでいった物部加麻彦の気持ちを受け止めた。

のちの世で、日本書紀に対抗するかのように物部氏を軸に置いた書物が出回る。何と聖徳の太子の推薦文が初めにある。おまけに系図も付いており、天皇家と同じ天照大御神の子孫とされていた。しかし偽書とされ、内容的にも日本書紀を越えることができず、流布することも無くいつの間にか忘れ去られた。

安万侶は半月で炊屋紀を完成させ右大臣藤原不比等に提出する。

二日後、朝堂で談合を終えた安万侶の元に不比等の使いが来た。不比等の室に急ぐ。いつものよ

うに上座に座り待ち構えている。傍らには提出した炊屋紀の巻物が置かれていた。下座に座り辞儀をする。

「卒読《そつどく》した。さすがに太安万侶、よう仕上がっておる。短期間によくぞここまでまとめ上げた」

「痛み入ります……」

安万侶が頭を下げる。

「さっそくだが、厩戸王は皇太子とする。この件は譲れない」

力強く言った。

「し、しかしながら」

反論させまいとすぐ次に移った。

「ところで、太子厩戸王の誕生日と薨御日であるが、いずれも違った年月日が三つも羅列されておるが」

「三寺に伝わる史料ですが、いずれの寺が正確なのか今となってはおぼおぼしいゆえ、やむをえず併記となりました」

「それはまずいのではないか、太子の徳を傷つけることになる」

「と、申されますと」

「考えてもみよ。我が国が誇るべき偉人のお生まれになった年月日、薨御された年月日が分かりませんでどうする。三つありますので併記します、このようなぶざまなことを記してみよ、それこそ物笑いの種だ」

「そうでしょうか」

「そうだ」

「しかしながら、決め手の史料が無い限り……」

「いずれにしても一つに決めた方が良い」

「そう申されましても」

呆《あき》れて反論するも、すでに定めていたのか、

「くじ引きで決めれば良い」

すぐに反応した。のっけから意表を突かれて困惑する。自身が救世観音と似たことを自問自答したのを失念している。

「な、何と申されました」

「くじ引きである。紙縒《こよ》りを引くも良し、賽子《さいころ》で決めるも良し、占い師に任せるも良し、何でもえ。良きに図らえ」

「その、そのようないい加減なことを」

「そうではない。三つの中から選ぶのではないか」

「しかし真実でないかも」

「日本書紀は日本国の正史であるぞ。正史に記されたことが正史である。誰であれ、あれこれ述べ

るは差し出がましい」

「……分かりました。仰せのままに」

「では次にいく」

「ま、まだあるのですか」

素知らぬ顔で、

「炊屋八年の条であるが、この年の遣隋使の派遣は良くないのではないか」

「良くないとは？」

「正式の遣隋使でないとはいえ、隋国は我が国の政を愚弄しておるではないか」

「というよりも、隋の王は政の道理を教えようとしたのでしょう。いわば親切心から出たものと心得ます。そもそも遣隋使そのものが隋の政も含めて進んだ文明を学ぶため、危険を冒《おか》し海を渡ったのですから」

「そうであれ、これでは我が国がさも劣っている国と証明しているようなものである。この件は削除するように」

「改変ではないのですか」

「そうだ。これに関連して炊屋十五年の第二回目の遣隋使だが、小野妹子が隋王からもらった国書の内容が記されておる」

「それが何か」

「そなた、内容を理解して記しておるのか」

「史料にそう記されており、勝手に潤色するのも憚《はばか》られますのでありのままに」

「ありのままもいいが、この内容は我が国を蛮国と貶《おとし》めている。しかも説教のため宣撫使を送るとある。返礼使か親善使のような使者なら良いが、このような国交が国史として残れば国辱である。これも削除せよ」

「はあ」

冷然とした態度で難癖を浴びせられて返す言葉が出てこない。

「己の国が優れていると思わずして何とする。もっと自信を持て。あくまで我が国を上位に置くのだ」

「厩戸王様は隋国と対等な外交を望んでおられたようですが」

「対等など無い。われらもそうではないか。わしが右大臣でそなたは民部卿、おのずと上下関係がある。太子の時代とは違う、太子に対し不敬であるぞ」

理解しかねることを述べた。

「それと炊屋八年の新羅への出兵が抜けておる」

不比等が無表情で告げる。

「確かと思われる史料が無く、単なる伝承なので記しませんでした。おそらくはそうあってほしいとの一部の者らの願望が作り上げた虚構、そう判断しました」

「訛伝とあっさり言うが、語り部は詳細に語っているというではないか」

「前年には大地震があり、倒れた堂舎も多く死傷者もあまた出ております。出兵するような余裕は朝廷にはございませぬ。それに何より厩戸王様は戦を好まれないお方。出兵の朝議があれば必ず反対され阻止されたことは間違いありません」

「安万侶、この出兵を詳しく記すのだ。国史とする」

安万侶の意見は論外と思っているようだ。

「右大臣様、あまりの潤色はいかがなものかと」

「気に致すな。責めはわしが負う。わしは日本書紀編纂の総裁、舎人親王様より一任されている。これは命令である」

「……了解、しました」

「では次にいく。太子のことであるが、生まれて程なく話されたとの伝承。幼くして聖人のような知恵をお持ちであったとの老翁《ろうおう》の話。成人してからは一度に十人の訴えを聞かれたとの言い伝え、それらが全然条に無いではないか」

「もちろんのことにございます」

「もちろん？」

「そうではありませんか。生まれて間もなく話されたとか、一度に十人が話すのを聞き分けたとの伝承はあくまで言い伝え。そんなこと誰も信じません。条に記せば国史ではなく物語になってしまいます。過ぎたる偶像化は、下手をすれば厩戸王様の存在までをも疑う者が出るやもしれませぬぞ」

諭すように言う。不比等は黙って聞いていたが、

「卿《きょう》の言い分、分からぬではないが、読み手は嘘か真かの詮索よりも、そこで何を言いたいのか、何を訴えようとしているのかに思いを馳せてくれよう。歴史をそう狭く捉えなくとも良いのではないか。それと、太子が摂政《せっしょう》であられたことが抜けておる」

「この頃は摂政という位はありません」

「時代の節目にはその時代が求める、その時代を救う偉大な人物、つまり不世出の英雄が必要なのだ。そのことでいっそう輝きを増す。太子はたくさんの人々に夢と希望を与える政をされた。太子はまさに日本国の誇らしき英雄そのものであった。そうは思わぬか安万侶」

「……右大臣様がそうまでおっしゃるなら加筆致します」

投げやりに言ったが気づかなかったのかどうか、さして気にするふうもなく、

「よろしい、では次に」

まだあるのかと少々うんざりするも今の立場ではどうしようもない。

「太子の師慧慈法師であるが、太子の死を本国高麗で知り、来年、太子が薨御された月日に自分は死ぬだろうと予言し、その通りになったがこれも抜けておるではないか」

「あまりにも話が出来過ぎておりますゆえ、読み手の支持は得られぬものと判断しましたが、付け加えます」

指示される前に言う。

「さすが太安万侶、物分かりが早い」

誉められても嬉しくない。

「それに、慧慈法師と伊予に行き、親しい海盗に会った条があるがこれは良くない。除こう。いっそ、伊予に行かなかったことにしよう」

「はて……」

「次に太子と来目皇子であるが、さも仲が悪かったように記されておるがこれはいかがなものか。たとえそうであっても太子は規範となる英雄である。兄弟が対立しておっては読み手は納得しないであろう。書き直す方が良い。それに来目皇子が暗殺されたのは伏せ、あくまで病死とせよ」

「……」

とてつもない下知に返事をする気にもならない。うかと忘れていたことを思い出す。紀清人に相談されて、不比等様は事実かどうかの吟味より世の規範となる書物にしたいのではないか、日本書紀に我が国のあるべき姿を提示したいと思われているのやもしれぬ、と言ったことである。すでに推察していたのだから今になってがっかりすることではなかった。あの時は人ごとだとして気軽に言ったのかもしれない。まさか自身が清人と同じ立場になろうとは思いもしなかった。

「太子は奴婢や持衰とも親しく言葉を交わし助けたりするが、これは身分、立場を忘れた悪しき所業。和の乱れ、世の乱れに直結する。太子のなさることは正しいと読み手が真似をして広まっては大事《おおごと》。消すように」

「人を差別しない厩戸王様のお心の表れではないのですか」

「今の世では先にも申した通り世の乱れとなる。仏の国と現世《うつしよ》は違う」

安万侶はしかるべき言葉がでてこない。

「分かってくれたのなら次にいく」

納得できないが仕方なく頷いた。不比等がその気になれば、厄介払いするか、安万侶に断らず黙って別人に改変させられるものを、煩雑ともいえる手間をとり、いちいち記した本人と談合するのは見上げたものだった。

「太子が刺客に襲われた条が幾つもあるが、これはいかん。太子は聖徳の人である。誰もが太子を崇拝せねばならぬ。刺客などとんでもない」

「……」

「安万侶、先ほどより返事が無いが聞いておるのか」

「当然にございます。いずれも深いお考えゆえ、声も出ず、感服してお聞きしておりました」

皮肉を込めて無難に答える。心の内で嘆息した。

「さようか」

不比等は唇の端で笑ったようだ。不比等にすれば相手がどう思おうと、自分の命令を忠実に実行させればそれでいいのだろう。不比等の捏造、改変命令はまだまだ続きそうである。あくまで史料、伝承を客観的に解釈し、作為のない条にしたかったがそうもいかぬことを思い知らされた。事実を記すという矜持《きょうじ》が萎《な》えていた。いかんせん相手が手強過ぎる。

(日本武尊、聖徳の太子を理想の日本人とし、世の鏡、手本としたいのだろう)

天皇記では対比するためかどうか天皇の不都合なことも多く記されていた。

安万侶は不比等に断り席を立つ。億劫な気分が湧き起こり気分転換したかった。凝った肩を拳で叩いているとけたたましい野鳥の鳴き声がした。ふいに脈絡もなく思いもしなかったことが炙《あぶ》り出される。火付けをした物部加麻彦のことだった。

(もしや、盲点を突かれた?)

遅まきながら早とちりに思い至る。物部氏の表沙汰にしたくない史料を燃やして抹消しようとしたのではなく、厩戸王の悪行が表に出ないように燃やそうとしたのではないのか。加麻彦は厩戸王が奴婢や持衰らの卑賤《ひせん》と親しくすることを不比等と同じく悪行と捉えたとすれば……。

(そうだ。厩戸王様の敬虔《けいけん》な信仰者)

身分を超えての親交など有り得ない時代である。どんと深い迷路に落ち込んだ気分になった。

巣立ったのか、ツバクラメの巣が静かになった夏五月二十一日——。

舎人親王、藤原不比等らが大極殿への回廊を厳かななかにも足取り軽く進む。二人の後ろに白木の重い文箱を捧げ持った紀朝臣《あそん》清人、三宅臣《おみ》藤麻呂ら日本書紀編纂に携わった二十人余りが脇目もふらずに晴れがましく従う。この中には外つ国の僧や渡来人もいた。感極まったのか目頭を抑える者もいる。太朝臣安万侶は最後についた。冠位は上だが編纂に参与したのが一番遅かったので安万侶が強くそう望んだ。回廊に足音だけが響《とよ》む。

すでに氷高（元正）天皇が上段の玉座に着座していた。下段に舎人親王と不比等、その後ろに紀清人らが着座する。文箱が二人の女官によって御前に運ばれた。文箱にはご奏覧いただくべく日本書紀三十巻と系図一巻が納められている。

「皆の者、大儀でありました」

慰労の言葉を掛ける。次いで、

「よくぞやってのけた。日本書紀がこれからの世に生かされ、皆が日本国の歴史と文化を共有し、いかに民革の期待に応えていくのかを楽しみにします」

と、優渥《ゆうあく》な言《こと》の葉が添えられた。

「ははっ」

舎人親王ら全員が揃って平伏する。丹精込めた労作、国史がついに誕生した。

これより二カ月と十日余り後の八月三日、右大臣正二位藤原朝臣不比等は病のため世を去った。享年六十二歳。太政大臣と正一位を追贈されたのは十月二十三日のことである。

翌年の晩秋、安万侶は久しぶりに甘樫丘に立った。眺望を堪能する。豊饒《ほうじょう》な土地が広がっていた。ひんやりとした風が深まりゆく季節を感じさせる。

「不比等様……」

安万侶は鰯雲《いわし》が棚引く空を見上げて呼び掛ける。

「あなたの思惑通り、厩戸王様は、聖徳太子として民草に崇《あが》められ、人々の心の支えとなられました」

それは心の遺産、信仰といえる。太子信仰が諸国で広まりつつあった。得々とした安万侶の顔に笑みが零れる。なぜか嬉しい気分に包まれた。肩にアキアカネが止まる。じきに飛び去った。

雷丘から白鳥が一羽、天高く舞い上がるのが見える。黒駒に乗った太子厩戸王が天翔《あまかけ》るのと重なった。

「聖徳太子……。お名は不朽となり、これからもますます敬愛、鑽仰の心が生まれ育まれることでしょう」

哀慕が鎮まらない安万侶はいつまでも倦《う》みもせず、感慨をもって見送っていた。

完

参考文献

坂本太郎ほか校注『日本古典文学大系　第六十八　日本書紀　下』岩波書店　一九六五年
井上光貞監訳『日本書紀　上下』中央公論社　一九八七年
宇治谷孟『日本書紀　上下　全現代語訳』講談社学術文庫　一九八七年
森博達『日本書紀の謎を解く　述作者は誰か』中公新書　一九九九年
吉田一彦『『日本書紀』の呪縛』（シリーズ〈本と日本史〉一　集英社新書　二〇一六年
大久保正訳注『日本書紀歌謡　全訳注』講談社学術文庫　一九八一年
大久保正訳注『古事記歌謡　全訳注』講談社学術文庫　一九八一年
加唐亜紀『ビジュアルワイド図解　古事記・日本書紀』西東社　二〇一五年
西宮一民校注『新潮日本古典集成　第二十七回　古事記』新潮社　一九七九年
洋泉社編集部編『古事記　古代史研究の最前線』洋泉社　二〇一五年
秋本吉郎校注『風土記』（日本古典文学大系新装版）岩波書店　一九九三年
宇治谷孟『続日本紀　全現代語訳　上』講談社学術文庫　一九九二年
家永三郎ほか校注『日本思想大系二　聖徳太子集』岩波書店　一九七五年
東野治之校注『上宮聖徳法王帝説』岩波文庫　二〇一三年

坂本太郎『聖徳太子』（人物叢書）吉川弘文館　一九七九年
田村円澄『聖徳太子』中公新書　一九六四年
宮元健次『聖徳太子　七の暗号「太子七か寺」はなぜ造られたのか』光文社新書　二〇〇九年
武光誠『聖徳太子　変革の理念に生きた生涯』社会思想社現代教養文庫　一九九四年
徳永真一郎『聖徳太子　物語と史蹟をたずねて』成美文庫　一九九五年
石井公成『聖徳太子　実像と伝説の間』春秋社　二〇一六年
遠山美都男『聖徳太子　未完の大王』日本放送出版協会　一九九七年
上田正昭、千田稔共編『聖徳太子の歴史を読む』文英堂　二〇〇八年
梅原猛ほか『聖徳太子の実像と幻像』大和書房　二〇〇二年
田中嗣人『聖徳太子信仰の成立』吉川弘文館　一九八三年
藤巻一保『厩戸皇子読本』原書房　二〇〇一年
本郷真紹編『日本の名僧一　和国の教主聖徳太子』吉川弘文館　二〇〇四年
花山勝友『高僧伝二　聖徳太子　和を以てなす』集英社　一九八五年
聖徳太子著、中村元ほか訳『勝鬘経義疏　維摩経義疏（抄）』中公クラシックス　二〇〇七年
聖徳太子著、瀧藤尊教ほか訳『法華義疏（抄）　十七条憲法』中公クラシックス　二〇〇七年
花山勝友『わかりやすいお経の本　はじめて発見！こんなに簡単仏の教え』オーエス出版　一九九五年
八木幹夫訳『日本語で読むお経　仏典詩抄』松柏社　二〇〇五年

参考文献

小野迪夫『祭事・年中行事に役立つ　祝詞《のりと》入門　幸いを祈る神へのメッセージ』日本文芸社　一九八八年
岩崎允胤『日本思想史序説』新日本出版社　一九九一年
井沢元彦『日本史集中講義　点と点が線になる』祥伝社黄金文庫　二〇〇七年
斎川眞『天皇がわかれば日本がわかる』ちくま新書　一九九九年
遠山美都男『天皇と日本の起源「飛鳥の大王」の謎を解く』講談社現代新書　二〇〇三年
大津透『古代の天皇制』岩波書店　一九九九年
野田嶺志『古代の天皇と豪族』高志書院　二〇一四年
河内祥輔『古代政治史における天皇制の論理』（増訂版）吉川弘文館　二〇一四年
中野正志『万世一系のまぼろし』朝日新書　二〇〇七年
遠山美都男『古代日本の女帝とキサキ』角川叢書　二〇〇五年
荒木敏夫『日本の女性天皇』小学館文庫　二〇〇六年
中村明蔵『隼人の古代史』平凡社新書　二〇〇一年
遠山美都男『蘇我氏四代の冤罪を晴らす』学研新書　二〇〇八年
塚口義信『ヤマト王権の謎をとく』学生社　一九九三年
泉森皎ほか『日本古代史と遺跡の謎　総解説　古代ミステリアス・ジャパンの扉を開く鍵』（改訂版）自由国民社　一九九三年
和田萃『日本古代の儀礼と祭祀・信仰　上』塙書房　一九九五年

大日方克己『古代国家と年中行事』 講談社学術文庫 二〇〇八年
上野誠『古代日本の文芸空間 万葉挽歌と葬送儀礼』 雄山閣出版 一九九七年
増田美子『日本喪服史 古代篇 葬送儀礼と装い』 源流社 二〇〇二年
増田美子編『日本衣服史』 吉川弘文館 二〇一〇年
武田佐知子ほか『礼服 天皇即位儀礼や元旦の儀の花の装い』 大阪大学出版会 二〇一六年
井筒雅風『原色日本服飾史』 光琳社出版 一九八九年
氣賀澤保規編『遣隋使がみた風景 東アジアからの新視点』 八木書店 二〇一二年
上田雄『遣唐使全航海』 草思社 二〇〇六年
清原康正ほか編『史話 日本の歴史四 聖徳太子の実像 仏教伝来と斑鳩の里』 作品社 一九九一年
和田萃編『聖徳太子伝説 斑鳩の正体』（史話日本の古代、五巻） 作品社 二〇〇三年
坪井清足ほか監『平城京再現』（とんぼの本） 新潮社 一九八五年
北村文雄監『蓮 ハスをたのしむ』 ネット武蔵野 二〇〇〇年
高柳憲昭『技を極める弓道』 ベースボール・マガジン社 二〇〇七年
久米旺生訳『論語』（中国の思想） 徳間文庫 二〇〇八年
ジュディス・L・ハーマン著、中井久夫訳『心的外傷と回復』 みすず書房 一九九六年
大西修也『法隆寺3 美術』（日本の古寺美術三） 保育社 一九八七年
大脇潔『飛鳥の寺』（日本の古寺美術十四） 保育社 一九八九年

南谷恵敬監、林豊著、沖宏治写真『聖徳太子の寺を歩く　太子ゆかりの三十三カ寺めぐり』（楽学ブックス、古寺巡礼九）　ＪＴＢパブリッシング　二〇〇七年
『日本古代史の基礎知識　古代ロマンへの最新アプローチ』（歴史読本臨時増刊　入門シリーズ）　新人物往来社　一九九二年
芸能史研究会編『雅楽』（日本の古典芸能2）　平凡社　一九七〇年
春日大社宝物殿編『平安の雅を伝える　春日舞楽の名宝　舞楽面・舞楽装束・雅楽器』　春日大社宝物殿　二〇一〇年
葛城市歴史博物館『第十五回特別展　葛城とヤマトタケル白鳥伝説　古代人がのこした鳥の造形』（葛城市歴史博物館特別展図録　第十五冊）　二〇一四年

あとがき

聖徳太子はなぜ大王（天皇）にならなかったのか？
泊瀬部（崇峻）大王殺害後、首謀者とされる蘇我馬子が批難されなかった理由は？
小野妹子、国書紛失の真相？
大王記編纂の謎？
太安万侶と日本書紀？

炊屋（推古）八年（六〇〇）の新羅出兵は日本書紀が事実を記述しているとは思えない。二年後の来目王子（聖徳太子の同母弟）の出兵は背景に聖徳太子と来目王子の確執があった。そうであれば歴史の繋がりが見え、聖徳太子の志、性格などに矛盾が生じない。

この時代、上流階級の子育ては生母ではなく乳母《ちおも》であり、しかも乳母一族もかしずく。兄弟姉妹であれ育つ土地柄が違い、周りの人間が違う環境で傅育《ふいく》されるのである。他人同然と言えなくもない。皇位継承が確立されていないこの頃、

「この王子をいずれ大王に」

そう野心が芽生えても不思議ではないだろう。光と影ともいえる。

渡来人の石蛾は創作した人物の一人である。新羅に滅ぼされた任那《みまな》（加耶《かや》諸国）からの亡命者で、任那再興が悲願であり、鬼謀を弄《ろう》し、全方位外交を進める太子の暗殺を画策する。似たような人物は歴史の狭間《はざま》にいたはずで、歴史の表面に現れない人間の業《ごう》、時代の枷《かせ》、歪みを出すことで重層的になればと思い設定させていただいた。

人としてどうあるべきか。それぞれの正義、大義がぶつかり激動する東アジア情勢の中、国家のありようと和を模索する聖徳太子の姿は、理想に思いを馳せる現代社会に示唆を与えていると思えてならない。

本編では聖徳太子の時代は大王号、太安万侶の時代は天皇号を使い、月日は旧暦です。

時代考証等で編集者の藤田早希子氏にはたいへんお世話になった。史実を指摘されながらも、あえて作者がフィクションを加え、文学性を求めた描写も少なくない。史実の追求と文学……。大きな課題です。

著　者

二〇二一年十一月

聖徳太子《しょうとくたいし》と日本書紀《にほんしょき》の幻《まぼろし》

2021年12月30日　第1版第1刷発行

著　者　飯田《いいだ》　全紀《まさのり》
発行者　田中　篤則
発行所　株式会社 奈良新聞社
〒630－8686　奈良市法華寺町2番地4
TEL　0742（32）2117
FAX　0742（32）2773
振替　00930－0－51735
装丁画　広野　りお
印刷・製本　株式会社 渋谷文泉閣

ISBN978-4-88856-171-6

歴史ロマン小説シリーズ

ごじいん　りゅうこう

護持院
隆光

定価 2,200円（税込み）
（本体価格 2,000円＋税）
B6判、上製本
407ページ

ISBN978-4-88856-111-2

江戸の世で、生きとし生けるものの命を大切に……。

そう願い続け、徳川5代将軍綱吉に仕え、名だたる寺院復興にも貢献した僧・隆光。大和で生まれ、大和で死んだ、その生涯を描く歴史ロマン小説。争いの絶えない今の世に送る著者渾身の力作です。

https://www.nara-np.co.jp/

飯田　全紀 著

ISBN978-4-88856-073-3

節斎《せっさい》

定価 2,200円(税込み)
(本体価格 2,000円＋税)
B6判、上製本
357ページ

大和五條が生んだ幕末の大儒・森田節斎（1811－68）は、若くして学問を志して京・江戸で学び、開塾してからは吉田松陰とも深く交流、師と仰がれるまでになります。

時は幕末から維新へ激しく揺れ動く時代。恋模様も絡めてその知られざる生涯を描きます。もうひとつの節斎像に迫る意欲作です。

お問い合わせ　奈良新聞社 出版係　tel.0742-32-2117(平日)